LOUISE ALLEN

La joya prohibida de la India

HARLEQUIN™

Editado por Harlequin Ibérica.
Una división de HarperCollins Ibérica, S.A.
Avenida de Burgos, 8B - Planta 18
28036 Madrid

© 2023 Harlequin Ibérica, una división de HarperCollins Ibérica, S.A.
N.º 75 - 5.7.23

© 2013 Melanie Hilton
La joya prohibida de la India
Título original: Forbidden Jewel of India
Publicada originalmente por Harlequin Enterprises, Ltd.

© 2015 A.R. Cortés Torrero
Bella como la noche
Publicada originalmente por Harlequin Ibérica, S.A.
Estos títulos fueron publicados originalmente en español en 2013 y 2015

I.S.B.N.: 978-84-1180-032-7
Depósito legal: M-15078-2023
Impreso en España por: BLACK PRINT
Fecha impresión Argentina: 1.1.24
Distribuidor exclusivo para España: LOGISTA
Distribuidor para México: Distibuidora Intermex, S.A. de C.V.
Distribuidores para Argentina: Interior, DGP, S.A. Alvarado 2118. Cap. Fed./
Buenos Aires y Gran Buenos Aires, VACCARO HNOS.

Uno

*El palacio de Kalatwah, Rajastán, India.
Marzo 1788*

Los dibujos creados por la luz del sol y las sombras caían sobre el suelo de mármol blanco y relajaban la vista después de muchas millas de caminos polvorientos. El mayor Nicholas Herriard aflojó los hombros para relajarlos también mientras andaba. La dureza física del largo viaje empezaba a remitir. Un baño, un masaje, un cambio de ropa y volvería a sentirse humano.

Oyó pasos que corrían y el débil arañar de garras en el mármol. La empuñadura del cuchillo que llevaba en la bota pasó a su mano con la familiaridad de una larga práctica, mientras se giraba a mirar el pasillo, agazapado para enfrentarse a un ataque.

Una mangosta se detuvo en seco y le gruñó con todos los pelos del cuerpo ahuecados por el agravio y la cola erguida tras de sí como una botella.

—Animal idiota —dijo Nick en hindi.

El ruido de pasos se hizo más fuerte y apareció una chica detrás de la mangosta, con faldas de color escarlata girando a su alrededor. Se detuvo de golpe. No era una chica, sino una mujer, sin velo y sin escolta. La parte del cerebro de Nick que se ocupaba todavía del ataque analizaba el sonido de sus pasos; ella había cambiado dos veces de dirección antes de aparecer, lo que implicaba que aquella era una de las entradas al *zanana*.

Ella no debería estar allí, fuera de los aposentos de las mujeres. Y él no debería estar allí mirándola, con la sangre del cerebro bajando hacia abajo, el cuerpo dispuesto para la violencia y un arma en la mano.

—Podéis guardar vuestra daga —dijo ella; y a él le costó un momento comprender que hablaba un inglés con un ligero acento—. Tavi y yo vamos desarmados. Excepto por los dientes —añadió. Mostró los suyos, blancos y regulares entre labios que se curvaban en una sonrisa con un asomo de burla y que Nick estaba seguro de que ocultaba miedo. La mangosta seguía gruñendo para sí. Llevaba un collar de gemas.

Nick se rehízo, devolvió el cuchillo a su funda y juntó las manos al enderezarse.

—*Namaste*.

—*Namaste*.

Ella juntó también las manos y sus ojos grises

4

lo observaron. El miedo parecía ir convirtiéndose en recelo mezclado de hostilidad y no se esforzaba por ocultar ninguna de esas dos emociones.

¿Ojos grises? Y una piel dorada como la miel y un pelo castaño oscuro con mechones de color caoba que le caía por la espalda sujeto en una trenza gruesa. Al parecer su presa lo había encontrado.

No parecía desconcertada por hallarse a solas y sin velo con un desconocido, sino que lo observaba abiertamente. La falda roja bordada en plata le llegaba justo por encima de los tobillos y por debajo de ella asomaban pantalones ceñidos. Su *choli* grueso no solo revelaba curvas deliciosas y brazos elegantemente redondeados cubiertos con brazaletes de plata, sino también una perturbadora franja de suave abdomen dorado.

—Debo irme. Disculpad que os haya molestado —dijo Nick en inglés, y se preguntó si no sería él el más perturbado de los dos.

—No lo habéis hecho —repuso ella en el mismo idioma. Se volvió hacia la puerta por la que había llegado—. *Mere picchhe aye*, Tavi —llamó, justo antes de que desapareciera su falda.

La mangosta la siguió obediente y el débil sonido de sus garras se fue alejando con el de los pasos ligeros de ella.

—¡Demonios! —murmuró Nick mirando al pasillo vacío—. Definitivamente, es la hija de su padre.

De pronto, una misión fácil acababa de convertirse en algo muy diferente. Enderezó los hombros y se alejó en dirección a sus habitaciones. Un hombre no llegaba a mayor de la Compañía Británica de las Indias Orientales dejándose desconcertar por jóvenes, por muy hermosas que fueran. Tenía que lavarse y pedir audiencia con el rajá, el tío de ella. Y después de eso, solo tendría que llevar a la señorita Anusha Laurens hasta el otro extremo de India, al lado de su padre.

—¡Paravi! ¡Deprisa!

—Habla hindi —la riñó Paravi cuando Anusha entró en su habitación con un revuelo de faldas.

—*Maf kijiye* —se disculpó Anusha—. Acabo de hablar con un inglés y mi cabeza sigue traduciendo.

—*¿Angrezi?* ¿Cómo puedes hablar con ningún hombre y menos con un *angrezi?* —Paravi, la tercera esposa de su tío, una mujer gruesa e indolente, alzó una ceja exquisitamente depilada, apartó el tablero de ajedrez que estaba estudiando y se incorporó.

—Estaba en el pasillo cuando he salido detrás de Tavi. Muy grande, con el pelo dorado claro y el uniforme rojo de los soldados de la Compañía. Un oficial, creo, pues lleva mucho oro en la casaca. Ven a verlo.

—¿Por qué tanta curiosidad? ¿Tan atractivo es ese hombre?

—No sé lo que es —confesó Anusha—. No he visto a ninguno tan de cerca desde que salí de casa de mi padre.

Pero sentía curiosidad. Y también algo más, una punzada de anhelo interior al recordar otra voz de hombre que hablaba inglés, otro hombre grande que la alzaba en sus brazos, reía y jugaba con ella. Se recordó que era el hombre que las había rechazado a su madre y a ella.

—Es diferente a los hombres a los que estoy acostumbrada, así que no puedo decidir si es atractivo o no. Su pelo es pálido y lo lleva atado atrás, sus ojos son verdes y es alto —movió las manos en el aire—. Es muy grande por todas partes, hombros anchos, piernas largas…

—¿Es muy blanco? Nunca he visto un *angrezi* excepto de lejos —Paravi empezaba a mostrar interés.

—Su cara y sus manos son doradas —«Como eran las de mi padre»—. Pero la piel de todos los europeos se vuelve morena con el sol, ya lo sabes. Quizá el resto de él sea blanco.

Imaginarse al inglés grande entero le produjo un escalofrío no desagradable que él no se merecía. Pero en el estrecho mundo del *zanana*, cualquier novedad era bienvenida, aunque la novedad llevara consigo recuerdos del mundo exterior. El cosquilleo, débilmente sensual, se perdió en una marea de algo parecido a la aprensión. Aquel hombre la ponía nerviosa.

—¿Adónde ha ido ahora? —Paravi se levantó del montón de cojines que ocupaba. La mangosta se hundió de inmediato en el hueco cálido que dejó y se acurrucó allí—. Me gustaría ver a un hombre que hace que te crucen tantas expresiones por la cara.

—Al ala de las visitas, ¿adónde va a ir? —musitó Anusha, intentando no mostrar irritación. No le gustaba que le dijeran que su rostro la traicionaba—. Trae mucho polvo del camino y no pedirá audiencia a mi tío así —se encogió de hombros—. Ven conmigo a la Terraza Atardecer.

Anusha avanzó delante por el laberinto familiar de pasillos, habitaciones y galerías que ocupaban el ala occidental del palacio.

—Tu *dupatta* —siseó su amiga cuando salían de los aposentos de las mujeres para cruzar la amplia terraza donde el rajá se sentaba a veces a ver ponerse el sol sobre su reino—. Aquí no hay rejas.

Anusha chasqueó la lengua con enojo, pero desenrolló la larga gasa color cereza que llevaba al cuello y se la puso de modo que le cubriera el rostro hasta la barbilla. Se apoyó en la balaustrada interior de la terraza y miró el patio de abajo.

—Ahí está —susurró.

Debajo, en el borde de un jardín donde corrían

riachuelos al estilo persa, el inglés grande hablaba con un indio esbelto al que ella no reconoció. Su sirviente, sin duda. El hombre hizo un gesto en dirección a la puerta.

—Le está indicando la casa de los baños —susurró Paravi, detrás de su *dupatta* de gasa dorada—. Ahora tienes ocasión de ver si los ingleses son blancos por todas partes.

—Eso es ridículo. E impúdico —Anusha oyó reír suavemente a Paravi y se irritó—. Además, eso no me interesa lo más mínimo.

Solo sentía una curiosidad ardiente e inexplicable. Los dos hombres se habían metido en las habitaciones de invitados con vistas al jardín.

—Pero supongo que debería ver si han calentado el agua y si hay alguien atendiendo los baños.

Paravi apoyó una cadera redondeada en el parapeto y alzó la vista a una bandada de periquitos verdes que gritaban por encima de sus cabezas.

—Ese hombre debe de ser importante, ¿no crees? Es de la Compañía de las Indias Orientales y mi señor dice que ahora son todopoderosos en esta tierra. Mucho más importantes que el emperador de Deli, aunque pongan la cabeza del emperador en sus monedas. Me pregunto si se quedará de residente aquí. Mi señor no dijo nada de eso anoche.

Anusha apoyó los codos en el parapeto y tomó nota de que su amiga parecía gozar del favor de su esposo.

—¿Para qué necesitamos un residente? Nosotros no negociamos tanto con ellos —la cabeza pálida apareció debajo cuando el hombre salió por la puerta de las habitaciones de invitados—. Supongo que podemos estar en una posición útil para su expansión. Eso era lo que decía *mata*. Estratégica —su madre había tenido mucho que decir en muchos temas, pues era una mujer leída y muy mimada por su hermano el rajá.

—Tu padre sigue siendo amigo de mi señor aunque nunca viene aquí. Intercambian misivas. Es un hombre importante en la Compañía; quizá cree que ahora somos más importantes y merecemos un residente.

—Debe de ser una cuestión de gran importancia para que se digne a pensar en nosotros —repuso Anusha. Su padre no había visitado el estado de Kalatwah desde el día, diez años atrás, en que había enviado de vuelta allí a su hija de doce años y a la madre de esta, expulsadas de su casa y de su corazón por la llegada de su esposa inglesa.

Enviaba dinero, pero eso era todo. Anusha rehusaba gastarlo y su tío lo añadía al baúl de su dote.

Le decía que era tonta, que su padre no había tenido otra opción que enviarlas a casa y que sir George era un hombre honorable y un buen aliado de Kalatwah. Pero los hombres hablaban así, de política y no del amor que le había roto el corazón a su madre aunque se mostrara de acuerdo con su hermano en que no había habido otra opción.

Anusha sabía que su padre escribía a su tío porque este le decía que había mensajes. Un año atrás, a la muerte de su madre, había llegado una nota, pero ella no la había leído como no había leído las anteriores. Al ver el nombre de su padre la había arrojado al brasero y la había visto convertirse en ceniza.

Parevi le lanzaba miradas compasivas desde detrás del velo, pero eso no era lo que ella quería. Nadie tenía derecho a sentir lástima de ella. ¿No era, a sus veintidós años, la sobrina mimada del rajá de Kalatwah? ¿Acaso no le habían consentido rechazar todas las peticiones de matrimonio que había tenido? ¿No le proporcionaban ropas, joyas, sirvientes y todos los lujos que deseaba? ¿No poseía todo lo que podía desear?

«Excepto saber a dónde pertenezco» dijo una vocecita en su cabeza, la voz que, por alguna razón, siempre hablaba en inglés. «Excepto saber quién soy y por qué soy y qué voy a hacer con el resto de mi vida. Excepto libertad».

—El *angrezi* se va a bañar —Paravi retrocedió un paso del parapeto—. Es una bata hermosa. Su pelo es largo ahora que va suelto —añadió—. ¡Qué color! Es como el alazán que envió mi señor al marajá de Altaphur como regalo cuando terminó el monzón. El caballo al que llamaron Dorado.

—Probablemente tiene tan buena opinión de sí mismo como ese animal —respondió Anusha—. Pero al menos se baña. ¿Sabes que muchos no lo hacen? Creen que es insano. Mi padre decía que en Europa no tienen champú y que, en vez de lavarse el cabello, se lo empolvan. Y solo se lavan las manos y la cara. Creen que el agua caliente es mala para la salud.

—¡Agh! Ve a verlo y cuéntamelo —Paravi le dio un empujoncito—. Tengo curiosidad, pero a mi señor no le complacería saber que he mirado a un *angrezi* sin ropa.

El rajá también tendría mucho que objetar si descubrían a su sobrina haciendo eso, pero Anusha corrió por la estrecha escalera y siguió el pasillo. No sabía por qué quería acercarse más al desconocido. No era un deseo de llamar su atención, a pesar del estremecimiento que, por supuesto, no era más que una reacción normal femenina a un hombre que está en su mejor edad. Ella no quería que aquellos ojos verdes la observaran, pues parecían ver demasiado. Había visto un brillo de reconocimiento en ellos. De reconocimiento y de algo mucho más básico y masculino.

Dejó las sandalias en el umbral y se asomó por la esquina de la casa de los baños. El inglés estaba ya desnudo y tumbado boca abajo en una sábana blanca echada sobre una losa de mármol, con el cuerpo reluciente por el agua. Apoyaba la frente en las manos entrelazadas y una de las chicas, Maya, le lavaba el pelo con la mezcla de polvos basu, zumo de lima y yemas de huevo, al tiempo que le engrasaba y masajeaba la cabeza. Entre la cabeza y los talones había una gran longitud de hombre de distintos colores.

Anusha entró haciendo un gesto a las dos chicas para que guardaran silencio y siguieran trabajando. El cuello del hombre era del mismo color que su cara y sus manos, ocultas ahora por el pelo mojado. Sus hombros, espalda y brazos eran de un dorado pálido. Las piernas eran más claras todavía y la piel detrás de las rodillas era casi blanca, de un tono rosado. La franja en la que seguramente llevaba el cinturón era muy clara, y las nalgas tan pálidas como la parte de atrás de las rodillas.

Sus piernas y brazos estaban cubiertos de vello marrón. Un vello mucho más oscuro que el pelo de la cabeza. ¿Sería su pecho también así? Había oído que algunos ingleses eran tan peludos que tenían la espalda cubierta de pelo. Arrugó la nariz con disgusto, y entonces se dio cuenta de que estaba al lado de la losa. ¿Cómo sería su piel al tacto?

Anusha tomó el frasco de aceite, se echó un poco en las manos y las colocó en las clavículas. Sintió tensarse los músculos bajo las manos y vibrar la piel al contacto del líquido frío. Luego él se relajó y ella bajó lentamente las manos hasta que descansaron en la cintura de él.

Decidió que la piel clara era como cualquier otra. Pero los músculos resultaban… sorprendentes. Aunque ella no tenía base para comparar, claro; pues nunca había tocado a un hombre desnudo.

Maya empezó a aclararle el pelo echando agua de una jarra de bronce y recogiéndola en un bol. Savita había subido hasta las pantorrillas y masajeaba los largos músculos. Anusha, por alguna razón misteriosa, no quería alzar las manos pero estaba demasiado desconcertada por la sensación del cuerpo del hombre para aventurarse más.

Entonces él habló y la vibración de su voz profunda le llegó a través de las manos.

—¿Puedo esperar que vengáis todas a mi habitación después de esto?

Nick sintió la vibración del aire y el débil sonido de pies descalzos en el mármol. Otra chica. Lo trataban como a un invitado de honor, lo cual era un buen augurio para su misión. Los dedos fuertes y hábiles que masajeaban su cabeza le daban ganas de ronronear, los músculos de los pies y tobillos se iban relajando en algo parecido a la bendición. La recién llegada llevaba consigo una insinuación de jazmín que se mezclaba con el aroma a sándalo del aceite y la lima del champú. Él lo había olido antes en alguna parte.

Unas manos cubiertas de aceite, que no habían tenido tiempo de calentar, se posaron en su espalda y vacilaron. En comparación con las otras dos, aquella ayudante era novata o estaba nerviosa. Luego el cerebro de él situó el aroma cuando las manos bajaban hasta su cintura y se paraban de nuevo.

—¿Puedo esperar que vengáis todas a mi habitación después de esto? —dijo en inglés. Como esperaba, las manos seguras de la cabeza y las pantorrillas no alteraron su ritmo, pero los dedos en su cintura se convirtieron en garras—. Con las tres a la vez sería muy placentero —añadió con provocación deliberada—. Pediré que fijen las cadenas de la cama a los ganchos del techo para hacer un columpio.

Oyó que ella respiraba con fuerza y sintió que apartaba las manos.

—¡Qué interesante que hasta las ayudantes de la casa de baño hablen bien inglés aquí! —añadió. Era justo decirle que se había dado cuenta de que estaba allí y había hablado intencionadamente.

Oyó un rumor sedoso de ropa y ella se alejó.

Nick respiró con fuerza y se obligó a relajarse. Si estaba excitado era porque se hallaba desnudo y manos hábiles masajeaban su cuerpo. La hija de George no tenía nada que ver. La brujita sin duda había creído que sería divertido jugar con él, pero no volvería a cometer el mismo error. Nick se obligó a poner la mente en blanco y se entregó a las sensaciones que lo rodeaban.

—¿Y bien? —Paravi llamó a las doncellas con unas palmadas—. Tomaremos zumo de granada mientras me hablas de él —echó la cabeza a un lado y el aro que llevaba en la nariz tintineó.

—Es un cerdo —Anusha se acomodó en el montón de cojines enfrente de su amiga y se desenrolló el largo pañuelo de gasa con un tirón impaciente—. Sabía que era yo aunque tenía los ojos cerrados y me ha provocado intencionadamente con insinuaciones indecentes. O tiene ojos en la parte de atrás de la cabeza o usa brujería.

—¿Estaba de espaldas a ti? —Aquello parecía decepcionar a Paravi.

—Estaba boca abajo en la losa mientras le daban masaje y le lavaban el pelo.

—¿Y cómo sabía que eras tú?

—No tengo ni idea. Pero ha hablado en inglés para atraparme.

Paravi chasqueó la lengua y Anusha respiró hondo.

—No es blanco, pero las partes de él que no han estado al sol son rosadas, como el morro de una vaca gris, pero más pálidas.

Paravi se desperezó.

—O sea que usa brujería, es del color del morro de una vaca y no es tonto. Me pregunto si será un buen amante.

—Es demasiado grande —respondió Anusha, con la confianza absoluta de una mujer que había estudiado todos los textos sobre el tema y visto una amplia variedad de dibujos detallados en el proceso.

De una esposa se esperaba que tuviera un amplio conocimiento teórico sobre cómo complacer a su esposo y su madre había procurado que no se descuidara su educación en ese terreno. Anusha a veces se preguntaba si tanto conocimiento no era el culpable de su renuncia a aceptar todos los matrimonios que le habían propuesto

Si una tenía el lujo de elegir, eso hacía que mirara con mucha atención al hombre en cuestión. Y luego intentaba imaginarse haciendo aquellas cosas con él y… Y hasta el momento esas imágenes mentales habían bastado para hacerle rechazar a todos los pretendientes que le habían ofrecido.

—¿Demasiado grande? —Paravi seguía inmersa en la descripción de la escena en la sala de baños. Tenía los ojos muy abiertos con una sorpresa divertida que Anusha no estaba segura de entender.

—¿Cómo puede alguien tan grande ser flexible y sensual? —preguntó, con lo que le parecía una lógica aplastante—. Sería muy torpe. Un tronco de madera —lo recordó volviéndose rápido como una serpiente con el cuchillo en la mano, pero eso había sido violencia entrenada, no la magia sutil de las artes sensuales.

—Un tronco —repitió la esposa de su tío, con una sonrisa de malicia—. Tengo que ver ese tronco humano más de cerca —hizo una seña a la doncella—. Entérate de a qué hora tiene mi señor audiencia con el *angrezi* y en qué *diwan* —miró a Anusha—. Tú te reunirás conmigo en mi galería.

Dos

Nick eligió su ropa con cierto cuidado. El mensaje del rajá había estipulado que no fuera de uniforme. Cuando llegó su escolta, caminó relajado entre los cuatro miembros fuertemente armados de la guardia real. Había esperado ser recibido con calor, pero estaba bien ver cumplirse sus expectativas. Si Kirad Jaswan había decidido que, ahora que su hermana estaba muerta, su interés ya no estaba con la Compañía de las Indias Orientales, la misión de Nick se volvería peligrosa y muy difícil.

Suponía que, si fallaba la diplomacia, sería posible sacar a una princesa inteligente y poco cooperativa de un palacio fuertemente fortificado en mitad del reino de su tío y llevarla hasta Deli con las tropas de un rajá airado en los talones, pero preferiría no tener que intentarlo. Y no provocar una guerra en el proceso.

En cualquier caso, se sentía bien. Estaba limpio, relajado por el baño y el masaje y por la diversión de haberse burlado de la mujer a la que tenía que escoltar hasta Calcuta.

Ahora, con su madre muerta y la esposa de su padre también, George no haría daño a nadie si sacaba a su hija de la corte del rajá y la convertía en una dama inglesa. Y había también muy buenas razones políticas para llevarla a Calcuta.

Nick entró en el *Diwan-i-Khas*, el salón de las Audiencias Privadas. Por el rabillo del ojo vio columnas de mármol, hombres con los elaborados turbantes *safa* de la elite y a los guardias con las armas desenfundadas en un saludo ceremonial.

Mantuvo la vista fija en la figura delgada vestida con un *chauga* bordado en oro y sentada sobre cojines apilados en el trono de plata situado sobre el estrado que había delante de él. Cuando llegó a la longitud de dos espadas de allí hizo la primera reverencia, consciente del rumor de sedas y el olor a perfume detrás del enrejado de piedra de la galería.

Las damas de la corte estaban allí observando y escuchando. Las más favorecidas tendrían acceso al rajá y le darían su opinión sobre el invitado. ¿Estaría allí la señorita Laurens? Seguramente la curiosidad la habría empujado a ir.

—Alteza —dijo en inglés—. El mayor Nicholas Herriard a vuestro servicio. Traigo saludos del gobernador de la Presidencia de Calcuta y os doy las gracias por el honor que me hacéis al recibirme.

El *munshi*, ataviado de blanco, alzó la vista desde su mesa de escribir a los pies del rajá y habló en hindi rápido. El rajá Kirat Jaswen respondió en el mismo idioma mientras Nick mantenía un rostro cuidadosamente inexpresivo.

—Su Alteza, señor de Kalatwah, Defensor de los Lugares Sagrados, príncipe del Lago Esmeralda, Favorecido por el Señor Shiva... —Nick permaneció inmóvil mientras el *munshi* recitaba la lista de títulos en inglés—... os ordena acercaros.

Nick se adelantó y miró los astutos ojos marrones que lo observaban desde debajo del brocado enjoyado y emplumado del turbante. Las cuerdas del abanico *punkah* crujían débilmente por encima de su cabeza.

El rajá habló.

—Es para mí un placer dar la bienvenida al amigo de mi amigo Laurens —tradujo el secretario—. ¿Lo dejasteis en buena salud?

—Sí, Alteza, aunque triste por la muerte de su esposa. Y... otra pérdida. Envía cartas y regalos a través de mí, y lo mismo hace el gobernador.

El secretario tradujo.

—Lamenté enterarme de la muerte de su esposa y lamento que su corazón siga sufriendo, como el mío por la muerte de mi hermana el año pasado. Sé que él compartirá mis sentimientos. Hay mucho de lo que hablar.

El rajá alzó una mano.

—Creo que no necesitamos un traductor —comentó en un inglés perfecto. Os reuniréis conmigo y nos relajaremos, mayor Herriard.

Era una orden, un gran favor y exactamente lo que esperaba Nick.

—Mi señor, me hacéis un gran honor.

La posición de la *rani* en la galería de mujeres que rodeaba el salón de audiencias era la mejor para observar y escuchar. Anusha se había instalado cómodamente en los cojines al lado de Paravi y las doncellas colocaban mesitas bajas cubiertas de platitos a su alrededor.

—Oiremos bien —dijo la *rani* cuando esperaban la llegada del rajá.

La acústica había sido cuidadosamente diseñada en todas las habitaciones; en unas para apagar el sonido y en otras para permitir oír con facilidad. Allí, donde el rajá consultaría con su favorita después de una reunión, una conversación en tono normal llegaba fácilmente a las rejillas.

—Savita me ha dicho que tu tronco de madera es tan flexible como un retoño joven —añadió Paravi con malicia—. ¡Qué músculos!

Anusha dejó caer las almendras que acababa de tomar. Buscarlas entre los cojines le dio ocasión de componer el rostro y reprimir su rebelde imaginación.

—¿De verdad? Me sorprendes.

—Me pregunto si habrá leído los textos clásicos —continuó Paravi—. Sería muy fuerte y vigoroso.

Anusha tomó un puñado de frutos secos y tosió. «Vigoroso»...

—Y tiene muy grandes... los pies.

No había nada que responder a eso, sobre todo porque no estaba segura de lo que quería decir Paravi y sospechaba que se burlaba de ella. Anusha fingió interés en la llegada de los cortesanos varones, que empezaban a llenar el salón formando una masa ruidosa y colorida. A medida que los sirvientes iban de alcoba en alcoba encendiendo las lámparas, los fragmentos de espejo y las gemas de las paredes y el techo empezaban a reflejar la luz formando dibujos chispeantes como constelaciones en el cielo más oscuro de las sombras.

Llegaba el sonido débil de los músicos afinando sus instrumentos en el patio. Todo era hermoso y familiar y, sin embargo, Anusha sentía un anhelo de algo que empezaba a identificar como soledad.

¿Cómo era posible sentirse sola cuando nunca

estaba sola? ¿Sentir que no era parte de ese mundo si había sido su vida durante diez años y estaba rodeada por la familia de su madre?

Su tío caminó entre la multitud, ocupó su puesto e hizo señas a los cortesanos de que se sentaran.

Una figura alta vestida con un *sherwani* de brocado oro y verde sobre unos pantalones verdes caminó entre los hombres sentados hasta los escalones del trono. Por un momento Anusha no lo reconoció, hasta que la luz cayó sobre el oro pálido de su pelo suelto sobre los hombros.

Él inclinó la cabeza y se llevó la mano derecha al corazón en el gesto del saludo. Cuando se enderezó, ella vio el fuego verde de una esmeralda en su lóbulo.

—Mira —susurró a Paravi—. ¡Míralo!

El mayor debería haber parecido más corriente con la ropa de la corte, pero no era así. El brocado y las sedas, las líneas severas de la túnica y el brillo de las gemas volvían aún más exóticos el pelo rubio, los hombros anchos y la piel dorada. Más extraños.

—Ya lo miro.

El rajá hizo una seña impaciente a los sirvientes, que alzaron los cojines del pie del estrado y los colocaron al lado derecho del trono, donde había estado la mesa del secretario.

—Te reunirás conmigo —había dicho Kirat Jaswan.

—Mi señor. Me hacéis un gran honor.

El inglés hablaba un hindi perfecto. Se sentó y cruzó las piernas bajo el cuerpo con la facilidad de un indio. El rajá le puso la mano en el hombro y se inclinó para hablar.

—No oigo —se quejó Paravi—. Pero ahí llega la comida. No pueden susurrar y comer.

Y en verdad, a medida que presentaban una sucesión de platos pequeños al rajá y este los ofrecía a su vez al inglés, los dos hombres se enderezaron y pudieron oír la mayor parte de lo que decían. Pero para frustración de Anusha, la conversación era inocua.

Ella comía con aire ausente, con la vista fija en el pelo rubio de abajo y el perfil del inglés cuando volvía la cabeza para responder a su tío. Su voz contenía el ritmo fácil de alguien que no solo había aprendido hindi bien, sino que además lo usaba a menudo.

¿Cuál había dicho que era su nombre? ¿Herriard? Un nombre extraño. Anusha lo probó en silencio.

Luego se llevaron por fin la comida, les presentaron el agua perfumada y las telas para el lavado de manos y llevaron el gran *hookah* de plata con una boquilla extra para el invitado. Ambos hombres parecieron relajarse cuando empezó la música.

—Ahora están hablando de algo importante —

dijo Paravi—. Mira cómo usan las boquillas para ocultar los labios y que nadie pueda leerlos.

—¿Por qué les preocupa tanto eso? Solo estamos rodeados por personas de la corte.

—Hay espías —repuso la *rani* después de una mirada rápida a su alrededor. Alzó una mano con aire casual para taparse la boca—. El marajá de Altaphur tendrá hombres en la corte y agentes aquí entre los sirvientes.

—¿Altaphur es un enemigo? —preguntó Anusha, sorprendida—. Pero mi tío consideró su petición de casarse conmigo y le envió un hermoso caballo cuando la rechacé. Entonces no dijo nada de enemistad.

—Es más seguro fingir ser amigo de un tigre que vive al fondo de tu jardín que dejarle ver que estás al tanto de sus dientes. Mi señor no habría permitido ese enlace aunque tú hubieras aceptado, pero hizo que la negativa pareciera el capricho de una mujer y no el desprecio de un gobernante.

—¿Pero por qué es un enemigo?

—Este es un estado pequeño pero rico; hay mucho que codiciar aquí. Y como tú has dicho antes, estamos en una posición que interesa a la Compañía de las Indias Orientales y es posible que hagan concesiones a quien gobierne.

Paravi hablaba como si fuera descubriendo aquello sobre la marcha, pero Anusha percibía un conocimiento más profundo detrás de sus palabras. Captó un asomo de miedo en las palabras de la otra y se dio cuenta de que a ella le habían ocultado muchas cosas. Hasta su amiga había usado una máscara con ella. Nadie le había confiado la verdad. O quizá simplemente no la consideraban lo bastante importante; era la sobrina que llevaba sangre inglesa en las venas.

—¿Habrá guerra? —preguntó.

El estado llevaba casi setenta años en paz, pero los poetas y músicos de la corte contaban historias de batallas pasadas, de terribles derrotas y de victorias gloriosas, de hombres que salían a caballo vestidos con túnicas funerarias de color ocre, sabiendo que iban a morir, y de mujeres que se dirigían a las grandes piras para cometer el suicidio ritual antes que caer en manos del conquistador. Anusha se estremeció. Elle elegiría partir para morir en la batalla antes que ir a la pira.

—No, claro que no —repuso la *rani* con una seguridad que Anusha no creyó—. La Compañía de las Indias Orientales nos protegerá si somos sus aliados.

—Sí.

Era mejor asentir. Anusha miró la cabeza dorada, que estaba inclinada escuchando. Luego el inglés alzó la vista para mirar al rajá a los ojos y ella vio intensidad en su cara cuando hablaba con pasión, con las manos golpeando el aire en un gesto que no supo interpretar.

La corte retrocedía para hacer hueco para un *nautch*, los bailarines acompañados por la música de los cascabeles de las cadenas de plata alrededor de los tobillos. Empezaron a moverse perfectamente juntos, con sus faldas anchas de colores vivos girando al aire. Pero ninguno de los dos hombres los miró y Anusha sintió un rastro de aprensión en la columna.

Fue a su dormitorio nerviosa, con la mente llena de ansiedad por la amenaza del otro lado de la frontera y la humillación de la casa de baños.

—Anusha —Paravi entró con la cara seria.

—¿Qué ocurre? —Anusha dejó el libro que hojeaba y se apartó el pelo suelto que le caía sobre la cara.

—Mi señor quiere hablarte en privado, sin sus consejeros. Ven a mi aposento.

Anusha se dio cuenta de que no había doncellas presentes, ni suyas ni con la *rani*. Se levantó del diván bajo, deslizó los pies en sandalias y siguió a Paravi con la mente llena de especulaciones.

Su tío estaba solo, con el rostro poco iluminado por las lamparillas que parpadeaban en una mesa baja a su lado. Anusha hizo una reverencia y esperó, preguntándose por qué Paravi se había tapado la cara con el velo.

—El mayor Herriard, aquí presente, ha venido de parte de tu padre —dijo Kirat Jaswan sin preámbulo—. Está preocupado por ti.

¿Su padre? A Anusha se le aceleró el pulso con algo parecido al miedo. ¿Qué podía querer de ella? Entonces captó las palabras del rajá.

—¿Aquí?

El hombre grande salió de las sombras e inclinó la cabeza sin sonreír. Seguía ataviado con ropa india. Parecía al mismo tiempo exótico y cómodo, tan a gusto de esa guisa como había parecido con el uniforme escarlata.

—Creía que erais de la Compañía —lo desafió Anusha en hindi—. No un sirviente de mi padre.

El rajá siseó una palabra de reprobación, pero el inglés respondió en el mismo idioma, con los ojos verdes clavados en los de ella. Ningún hombre debería mirar así a una mujer sin velo que no fuera de su familia.

—Vengo de parte de los dos. A la Compañía le preocupan las intenciones del marajá de Altaphur hacia este estado. Y a vuestro padre también.

—Comprendo que les preocupe una amenaza a Kalatwah, ¿pero por qué piensa mi padre en mí después de tantos años?

Su tío no le riñó por no llevar velo. Anusha pensó con alarma que parecía que de repente la trataba como a una inglesa. La *rani* había retrocedido a las sombras.

—Vuestro padre nunca ha dejado de interesarse por vos —dijo el mayor Herriard. Parecía irritado con ella y frunció el ceño cuando Anusha negó instintivamente con la cabeza—. Vio la oferta de matrimonio de Altaphur como una amenaza, un modo de presionar a la Compañía a través de vos.

¿Su padre sabía eso? ¿La vigilaba de cerca? Tardó un momento en entender el significado de aquello.

—¿Yo habría sido un rehén?

—Exactamente.

—¡Qué horrible habría sido causar esa molestia a la Compañía y a mi padre!

—¡Anusha! —el rajá golpeó la mesa con la mano.

—Señorita Laurens…

—No me llaméis así —a ella le temblaban las rodillas, pero nadie podía verlo debajo de la larga túnica.

—Es vuestro nombre —presumiblemente aquel hombre hablaba así a sus tropas. Ella no era uno de sus soldados. Anusha alzó la barbilla, que dejó de temblar.

—Vuestro padre y yo estamos de acuerdo en que es mejor que regreses a su casa —dijo su tío con voz tranquila.

—¿Volver a Calcuta? ¿Volver con mi padre después de que nos echara de allí? Él no me quiere a mí, solo quiere que no interfiera con sus complots políticos. Lo odio. Y no puedo dejaros a vos y a Kalatwah cuando hay peligro, mi señor. No huiré. ¡Jamás!

En su mente, el crepitar de las llamas y el choque del acero se mezclaban con el sonido de la risa de un hombre grande y de los sollozos reprimidos de su madre.

—¡Cuánto drama! —gruñó Herriard, borrando las imágenes de ella como una ráfaga de aire frío. Anusha deseó abofetearlo—. Hace diez años vuestro padre estaba en una posición imposible e hizo lo único honorable que podía hacer para asegurar vuestro bienestar y el de vuestra madre.

—¡Honor! ¡Bah!

Herriard se quedó inmóvil.

—Jamás difaméis en mi presencia el honor de sir George Laurens, ¿comprendéis?

—¿O qué? —los músculos del cuello de ella estaban tan tensos que resultaba doloroso.

—O descubriréis que os arrepentiréis de ello. Si no queréis ir porque os lo ordena vuestro padre, hacedlo por Su Alteza, vuestro tío. ¿O tan profundo es vuestro rencor que estáis dispuesta a obstaculizar la defensa de su estado y la seguridad de su familia?

¿Rencor? ¿Podía despreciar sus sentimientos sobre la traición del amor y el rechazo de una familia calificándolos de rencor? El suelo de mármol parecía estremecerse bajo sus pies. Anusha reprimió una réplica furiosa y miró a su tío.

—¿Vos queréis que me vaya, mi señor?

—Es lo mejor —dijo Kirat Jaswan. Él lo era todo para ella: gobernante, tío, padre suplente. Y ella le debía plena obediencia—. Tú… complicas el asunto, Anusha. Quiero que estés segura en tu sitio.

«¿Y este no es mi sitio?». Aquello era demasiado repentino, demasiado brusco. Su tío la echaba como la había echado su padre. Ahora estaba de verdad a la deriva sin un lugar al que llamar su hogar. Protestar sería fútil e impropio de ella. Era una princesa *rajput* por educación, aunque su sangre fuera mestiza.

—Mi sitio no está con mi padre. Nunca lo ha estado; eso lo dejó muy claro él. Pero iré porque lo pedís vos, mi señor y mi tío.

Y no lloraría delante de aquel *angrezi* arrogante que había conseguido lo que al parecer había ido a buscar: su rendición. Ella era de una casa principesca y tenía su orgullo. Haría lo que ordenaba su gobernante sin mostrar miedo. Si le hubiera ordenado cabalgar a la batalla con sus tropas, lo habría hecho. Y por alguna razón, eso le parecía menos terrorífico que lo otro.

—¿Cuándo debo partir?

—Os iréis en cuanto estén reunidos los vehículos y animales y tengamos las provisiones para el viaje —contestó en inglés Herriard. Y fue como si su tío se hubiera lavado ya las manos de ella y la hubiera entregado a aquel hombre—. Es un largo viaje y tardaremos muchas semanas.

—Lo recuerdo —respondió Anusha.

Semanas de incomodidad y tristeza agarrada a su madre, que era demasiado orgullosa para llorar. Apartadas por el hombre grande como un oso que la había abrazado y mimado, que había sido el centro de su mundo y el universo de su madre. Porque el amor, al parecer, no era para siempre. La conveniencia conquistaba al amor. Era una lección que había aprendido bien.

Entonces asimiló lo que había dicho Herriard.

—¿Tardaremos? ¿Me llevaréis vos?

—Por supuesto. Soy vuestro escolta, señorita Laurens.

—Lo siento muchísimo —ella mostró los dientes con una sonrisa falsa. Estaba dispuesta a amargarle el viaje todo lo posible a aquel bruto insensible—. Es obvio que no es un deber agradable para vos.

—Yo haría ese viaje andando descalzo si sir George me lo pidiera —replicó el mayor Herriard. Sus ojos verdes la miraron sin rabia ni placer, tan duros como las esmeraldas que llevaba en las orejas—. Es como un padre para mí y yo procuraré que tenga lo que desea.

¿Un padre? ¿Quién era aquel hombre cuya devoción sobrepasaba en mucho la obediencia de un soldado?

—Hermosas palabras —repuso Anusha; se volvió para marcharse—. Espero que no tengáis ocasión de lamentarlas.

Tres

—Si ese hombre envía un mensaje más sobre lo que debo llevar y lo que no, gritaré —Anusha estaba en medio de las atareadas doncellas—. Es un bandido.

Paravi la miró divertida.

—El mayor Herriard no es un villano ni un truhan —dijo con reprobación—. Y te va a oír. Está al otro lado del *jali*. Es un largo viaje. Hace bien en asegurarse de que tengas todo lo que necesites pero no demasiado.

—¿Qué hace ahí? —preguntó Anusha alzando la voz. Si aquel condenado escuchaba tras la rejilla, merecía oír su opinión. Los hombres que regían su vida le habían dejado solo dos opciones: llorar y rendirse o perder los estribos. Su orgullo no le permitía la primera, así que el mayor tendría que soportar la otra—. Esto es el *mahal* de las mujeres.

—Hay un eunuco con él y han colgado cortinas

en la habitación —murmuró Paravi—. Está revisando todo a medida que lo empaquetan.

—¡Ja! Mi tío dice que puedo llevarme veinte elefantes, cuarenta camellos, cuarenta carros, caballos…

—Y yo digo que es demasiado —respondió una voz profunda detrás de la pared de piedra con agujeros. Anusha dio un salto y se golpeó el dedo gordo del pie con un baúl enjoyado—. Cualquiera diría que os vais a casar con el emperador, señorita Laurens. Y además, vuestro padre querrá que llevéis ropa y joyas occidentales en Calcuta.

—Mamá me habló de esa ropa —Anusha caminó entre un montón de alfombras para acercarse a la pared. Lo único que pudo ver de él fue una sombra larga en las colgaduras de seda—. ¡Corsés! ¡Medias! ¡Ligas! Ella me dijo que eran instrumentos de tortura.

—No son cosas que una dama mencione en presencia de un hombre —respondió Herriard, con risa en la voz.

—Pues marchaos. Yo no requiero vuestra presencia aquí. Mejor dicho, no quiero veros en ninguna parte, presumiendo porque os habéis salido con la vuestra. Si escucháis escondido como un espía, tendréis que soportar lo que diga —la *rani* lanzó un débil gemido detrás de ella—. Idos, mayor Herriard. Veinte elefantes no son más lentos que diez.

—Veinte elefantes comen el doble que diez —replicó él—. Partimos pasado mañana. Todo lo que no esté listo o no entre en la mitad del transporte que habéis dicho, se quedará aquí. Y aunque me produce una gran satisfacción cumplir los deseos de vuestro padre, no presumo de ello.

Anusha abrió la boca para contestar, pero la cerró al oír ruido de pasos alejándose en la otra habitación. Era intolerable no poder discutir porque aquel hombre tenía la mala educación de retirarse.

—Tráeme una daga —dijo a la doncella más próxima, que parecía clavada al sitio—. Eso sí me lo llevaré. Y se me ocurre un blanco muy grande para ella.

También se llevaría todas sus joyas porque, cuando estuviera en Calcuta y el mayor Herriard no fuera ya su carcelero, las necesitaría para pagar su fuga de la prisión. De la casa de su padre.

Tenía la daga en la mano y la usaría porque el maldito inglés le gritaba y la sacudía y sonaban tambores de alarma y había peligro a su alrededor.

—¡Ah! —Anusha iba a gritar, pero una mano grande le tapó la boca. Un momento atrás estaba dormida, soñando, pero ahora…

—¡Silencio! —le susurró Nicholas Herriard al

oído—. Debemos partir enseguida, en secreto. Cuando retire la mano, hablaréis en susurros u os ataré la mandíbula y os sacaré a cuestas. ¿Entendéis?

Anusha asintió, furiosa y asustada, y él apartó la mano.

—¿Dónde están mis doncellas?

Él señaló el rincón con la cabeza y ella abrió la boca para gritar cuando vio los dos cuerpos caídos iluminados por la parpadeante luz de una lámpara. La mano volvió a taparle la boca. Era una mano con callos de montar y le aplastaba los labios. Sabía a cuero.

—Drogadas —le murmuró él al oído—. Hay espías, no puedo arriesgarme. Escuchad —le liberó de nuevo la boca.

Ahora que estaba desierta, Anusha comprendió que los tambores que oía en el sueño eran reales y su sonido vibraba a través del palacio. Nunca los había oído así, nocturnos y urgentes.

—¿Un ataque?

—El marajá de Altaphur ha actuado deprisa. Hay elefantes de guerra y caballería a menos de cuatro horas de aquí.

—¿Ha descubierto que estáis aquí y que habéis venido a por mí?

Anusha se sentó en la cama y Herriard se echó hacia atrás y se sentó en los talones al lado del lecho bajo. Llevaba de nuevo ropa india, pero en esa ocasión era ropa de montar con botas y un apretado turbante oscuro que cubría el brillo traicionero de su pelo rubio.

—Ya estaba movilizando a sus tropas o no habría podido acercarse tanto tan deprisa. Luego sus espías le dijeron que había llegado alguien de la Compañía, quizá que quería llevaros conmigo o quizá que estaba negociando, no sé. Yo creo que ha optado por un ataque preventivo para hacerse con el estado antes de que vuestro tío cierre una alianza con la Compañía.

—Mi tío no se rendirá ante él —Anusha puso los pies en el suelo frío y el aire fresco de la noche atravesó el algodón fino de su camisón.

—No, se mantendrá firme. El rajá ha despachado ya jinetes a sus aliados en Agra, Gwalior y Delhi. La Compañía enviará tropas en cuanto reciba la noticia y sospecho que entonces Altaphur se retirará sin luchar más. Vuestro tío solo tiene que soportar un asedio de unas semanas.

¿Era su intención tranquilizarla con mentiras fáciles? Anusha intentó leer su rostro en la penumbra y controlar su estómago revuelto.

—¿Os quedaréis aquí a luchar? —preguntó.

No sabía qué diferencia podía suponer un soldado más, pero se sentía mejor si imaginaba a aquel hombre al lado de su tío. Era arrogante, petulante y extranjero, pero Anusha no dudaba de que el mayor Herriard era un guerrero.

—No. Vos y yo nos marchamos ahora mismo.

—¡Yo no voy a dejar a mi tío y salir huyendo! ¿Por quién me tomáis? ¿Por una cobarde?

Él la miró y ella fue consciente de pronto de lo fino que era el camisón y de los pezones endurecidos en el aire frío. Se envolvió con la ropa de la cama a modo de bata y lo miró de hito en hito.

—¡Libertino!

El inglés se puso en pie.

—Yo confiaba en que fuerais una mujer sensata —dijo con un suspiro. La agarró por las muñecas—. Escuchadme. ¿Creéis que ayudaréis a vuestro tío si tiene que preocuparse por vos encima de todo lo demás? Y si ocurre lo peor, ¿qué vais a hacer? ¿Guiar a las mujeres a las piras o convertiros en rehén?

Anusha respiró hondo. «Tiene razón; que se lo lleven los demonios». Sabía cuál era su deber y no era una cría para rehusar por despecho. Se iría, no porque se lo dijera aquel hombre sino porque lo quería su rajá. Y porque aquel ya no era su hogar.

—No, si mi tío me dice que me vaya, me iré. ¿Cómo?

—¿Sabéis montar a caballo?

—Por supuesto. Soy una *rajput*.

—Pues vestíos para montar muchas horas. Vestid como un hombre, con ropa resistente y botas buenas y envolveos el pelo en un turbante. Traed un rollo de mantas, pues las noches al aire libre son frías, pero empaquetad solo lo imprescindible. ¿Podéis hacer eso? Yo me reuniré con vos en el patio de abajo. Jaldi.

—Comprendo, mayor Herriard. Y sí, también entiendo la necesidad de apresurarse.

—¿Podéis vestiros sin ayuda? —preguntó él desde el umbral.

Anusha le lanzó una sandalia y la punta de marfil se rompió contra la jamba de la puerta. Él se perdió en la oscuridad y la dejó temblando, con los tambores vibrando en todos sus huesos. Ella permaneció un momento inmóvil, esforzándose por pensar claramente lo que debía hacer. Corrió hasta las doncellas y comprobó que el pulso latía con fuerza en su garganta. Espías o no, estaban vivas.

Alzó la lamparilla de noche y encendió con ella otras lámparas hasta que pudo ver. Los fragmentos de espejo en las paredes reflejaban su imagen en una miríada de pedazos cuando sacaba el último de los baúles, el que contenía la ropa a usar durante el viaje. Se vistió con pantalones sencillos, apretados en la pantorrilla y anchos en el muslo, una túnica y una chaqueta larga marrón oscura, abierta en los lados. Sacó las botas de montar y deslizó una daga en la parte superior de la bota derecha y otra, una navajita curva, en el cinturón.

Tardó poco en recogerse el pelo en una trenza,

que colocó en la parte superior de la cabeza para a continuación envolverse un turbante de tela marrón.

Dinero. ¿Cuánto dinero tenía Herriard? Anusha buscó de nuevo en el baúl y encontró las joyas que había pensado llevar a su llegada a Calcuta, para enfatizar su rango y su independencia. Se quitó el turbante, metió las mejores joyas en una bolsa, envolvió el pelo a su alrededor y volvió a atar el turbante.

Envolvió dos mantas alrededor de un cambio de ropa interior, artículos de tocador, una bolsa con horquillas y un peine y una cajita de yesca. ¿Qué más? Se frotó las sienes. Los tambores invadían su cabeza y le impedían pensar con claridad. Pronto llegaría alguien a buscarla para llevarla a la parte más interior del palacio, donde quería estar. Donde era su deber no ir.

Añadió su cajita de medicinas, volvió a enrollar las mantas, las ató con tiras de cuero y levantó el fardo. De las paredes salían pasillos y escaleras y ella siguió uno de los caminos más estrechos y menos usados hacia abajo y salió al patio de puntillas.

Pero Herriard la había visto. Se apartó de la pared con los ojos brillantes a la luz de la antorcha y tendió la mano hacia el fardo.

—Puedo arreglármelas. No, por ahí no, tengo que despedirme de mi tío y de la señora Paravi…

—¿Y arriesgaros a ser vista? Saben lo que hacemos y tienen otras cosas en las que pensar en este momento. Vamos.

La empujó delante de él y volvieron a entrar en el palacio. Parecía conocer el camino tan bien como ella. Tiraba de ella al interior de alcobas cuando pasaban sirvientes y sabía cuándo parar y deslizarse en las sombras para esquivar un centinela distraído. Fijó su atención en alguien que gritaba en las almenas.

Una figura esbelta se colocó ante ellos y Anusha se detuvo tan bruscamente que Herriard chocó con ella y le agarró los brazos por encima del codo para recuperar el equilibrio. Su cuerpo resultaba duro e inamovible contra la espalda de ella y su voz era un rumor suave. Anusha se alegró entonces de que fuera grande. Cuando la soltó, fue como si hubieran retirado un baluarte.

—Ajit, ¿los caballos están preparados? —preguntó el inglés.

—Sí, *sahib* —dijo el hombre. Y ella reconoció al sirviente del mayor. Debía haber subido corriendo el empinado camino desde el patio principal, pues iba jadeando—. Pavan y Rajat y una buena yegua para la dama. La puerta inferior sigue abierta para los soldados que toman posiciones fuera de las murallas, pero debemos darnos prisa o nos verán.

Corrieron por las piedras negras alisadas por

el paso de elefantes, caballos y hombres durante más de cien años, pegados a los muros, y frenando en cada una de las puertas donde el camino cambiaba de dirección para confundir a los atacantes si estos penetraban las defensas exteriores.

«Una puerta más», pensó Anusha, dando un salto de dolor al chocar con una argolla montada en la pared. Oyó un grito delante, un golpe seco y Herriard se detuvo y se inclinó sobre la figura de Ajit tendida en el suelo.

—La clavícula, sahib —musitó el criado—. Rota. Lo siento —se sentó y ella vio su hombro colocado en un ángulo poco natural. La cara del hombre era gris a la luz de la antorcha.

—Tienes que quedarte —Herriard lo ayudó a incorporarse y lo apoyó en la pared—. Sube y busca al médico de la corte. Puedes fiarte de él. Dile que diga a Su Alteza que hemos salido sanos y salvos.

—*Sahib*, llevaos también mi fardo. Hay armas.

—Lo haré. Tú cuídate, Ajit, amigo mío. Nos veremos en Calcuta.

Herriard alzó el fardo caído, tomó a Anusha del brazo y tiró de ella.

—¿Sois buena amazona? —preguntó cuando frenaron para la última puerta antes del patio inferior. Se detuvo vigilante.

—Excelente, por supuesto —ella miró las hileras de huellas de manos que había a un lado de la puerta, dejadas por las mujeres que la habían cruzado para ir a las piras funerarias de sus maridos. Anusha se estremeció y el inglés lo percibió y siguió su mirada.

—Otra buena razón para no casaros con un marajá que os dobla la edad —observó. La tomó del codo y la guio al interior del patio.

—¡No me toquéis!

Él no le hizo caso hasta que dejaron atrás el alboroto de las hileras de elefantes y entraron en los establos cubiertos de paja que la marcha de la caballería había dejado casi vacíos. Allí se detuvo y tiró de ella contra sí. Él diría que era para poder hablar en voz baja, pero ella sabía que era una muestra de dominación.

—Escuchadme, señorita Laurens. Por mucho que os cueste creerlo, vuestra belleza no me hace arder de lujuria y, aunque así fuera, no soy tan tonto como para perder el tiempo en galanteos con vos cuando está a punto de estallar una guerra a nuestro alrededor.

La soltó y empezó a atar los rollos de mantas detrás de las sillas de los tres caballos que quedaban en los establos: un animoso y atractivo animal gris, uno negro más pequeño y musculoso y uno bayo con la marca de su tío.

—Llevaos este —le puso las riendas del bayo en la mano—. Cuando necesite tocaros, os tocaré. Y cuando lo haga, será mejor que estéis preparada para obedecerme porque será una emergencia. Le prometí a vuestro padre que os llevaría con él, pero no le prometí no azotaros el trasero en el proceso.

—Sois un cerdo —siseó ella.

Herriard se encogió de hombros.

—Si lo soy, entonces soy el cerdo que os mantendrá con vida. Y ya que hablamos de tocar, debo señalar que fuisteis vos la que se coló en el baño y me tocó cuando estaba desnudo. Teníais las manos frías y vuestra técnica necesitaba práctica.

Sacó a los otros dos caballos y ató las riendas del negro en cuello con los fardos sujetos en el lomo.

—Esperad, os ayudaré a subir.

—No necesito vuestra ayuda —Anusha puso el pie en el estribo y subió a la silla—. Y solo quería ver… —cerró la boca confusa.

—¿Ver qué? —él había subido ya al caballo gris. A la luz de la antorcha sus rasgos mostraban una curiosidad divertida.

—De qué color erais —terminó Anusha.

—¿Y vuestra curiosidad quedó satisfecha? —Herriard chasqueó la lengua y el caballo gris y el negro salieron al patio. Ella hincó los talones en el suyo y los siguió.

—Sí. Donde no os ha tocado el sol sois rosa. No sois blanco —no se dejaría avergonzar por él.

—Sospecho que, después de muchos días con

vos, me volveré blanco de manera regular —repuso él—. Ahora guardad silencio y cubríos.

Sacó la punta del turbante y la colocó de modo que velara la parte inferior de su rostro. Anusha siguió su ejemplo y los tres caballos cruzaron la puerta principal y bajaron el camino hacia la ciudad sin tropiezos.

Ella giró en la silla para echar un último vistazo a las grandes murallas que quedaban detrás de ella, al fuerte que contenía un palacio, el palacio que había sido su hogar. Ahora era simplemente una fugitiva, ni Anusha, la sobrina consentida del rajá, ni la señorita Laurens, la hija rechazada de un inglés. Esa idea la asustaba, pero también resultaba curiosamente liberadora. No tenía que pensar adónde iba ni cómo llegaría allí. Pasaría días flotando en el arroyo del destino.

El caballo bayo respondió a la presión de sus talones y se colocó al lado del gris grande de Herriard.

—¿Adónde vamos? —preguntó ella en inglés. Suponía que estaría bien practicar.

—Empezaremos por Allahabad. Hablad hindi.

—¿Para no llamar la atención? —Anusha introdujo mejor el extremo de la tela en el turbante—. Vos hacéis eso sin hablar. Sois demasiado grande y demasiado pálido —prefería morir a admitir que encontraba reconfortante su tamaño.

—Con el pelo tapado, me pueden tomar por un *pathan* —respondió él.

—Algunos hombres del norte son altos, de piel clara y tienen ojos grises —asintió ella—. Pero vuestros ojos son verdes.

La pequeña ciudad hervía de agitación con la noticia del ejército que se acercaba. El bayo relinchó y se puso de costado con la presión de los carros, las figuras que corrían y las reatas de camellos. Herriard tendió una mano hacia las riendas y la apartó cuando Anusha le siseó. Ella controló su montura en cuestión de segundos.

—Me halaga que os hayáis fijado en mis ojos —él rodeó una vaca tumbada en mitad del camino.

—No tenéis por qué sentiros halagado. Por supuesto que me he fijado. Sois diferente… extraño —añadió, para asegurarse de que él no lo considerara un cumplido—. Hace mucho tiempo que no veo a nadie como vos.

Él no contestó; guio su caballo alrededor de un grupo de camellos gruñones y por el puente desvencijado que cruzaba el río. O no se dejaba provocar fácilmente o la consideraba poco importante. La luna resultaba más visible una vez lejos de las antorchas y los fuegos y el inglés se levantó en los estribos para supervisar el camino ante ellos.

—Podemos seguir ese sendero —Anusha señaló con la mano—. Atraviesa por campos y ahora estará desierto. Avanzaremos más y no nos verá nadie.

—Y dejaremos huellas de tres caballos en un terreno que solo cruzan pies descalzos y búfalos. Aquí en el camino será más difícil seguirnos el rastro.

«Al menos se explica», pensó Anusha.

—¿Nos seguirán? —preguntó.

—Por supuesto. En cuanto los espías del marajá se den cuenta de que ya no estáis en el palacio, lo comunicarán. Cuento con medio día de ventaja, pero no más.

A Anusha le dio un vuelco el estómago. De pronto ya no le parecía tan buena la franqueza del inglés.

—Esto es más peligroso que el fuerte. ¿Por qué no nos hemos quedado allí hasta que llegara ayuda?

Él la miró.

—Porque vuestro tío no estaba seguro de poder protegeros dentro del palacio. Vuestro padre es un premio muy tentador para un hombre que no desea más que poder y tener a raya a la Compañía.

—¿Yo corría peligro dentro del palacio?

—Creo que sí. Os he sacado muy fácilmente, ¿no?

—Sí —ella respiró hondo. Traiciones, espías, peligro, mentiras. ¡Y ella que pensaba que su vida era tranquila y aburrida! «Podían haberme secuestrado en cualquier momento».

—¿Asustada?

—¿De qué? —quiso saber ella—. Hay mucho donde elegir.

Aquello arrancó una risa sorprendida al inglés.

—De los perseguidores, del viaje, de vuestro destino, de mí.

—No —mintió Anusha. Tenía miedo de todas aquellas cosas, pero no lo admitiría—. Vos parecéis competente, así que imagino que evitaréis a los perseguidores —parecía importante convencerlo de su valor, de su habilidad para llevar a cabo aquel viaje—. Y a mí me apetece poder mirar a mi alrededor y ver las cosas abiertamente y no a través de las telas de un palanquín. Pensaré en mi destino cuando llegue allí. Y en cuanto a vos, mayor Herriard, sois un —buscó la palabra equivalente en hindi pero acabó por recurrir al inglés—… caballero, si sois oficial. Y mi madre decía que los caballeros ingleses tienen que comportarse de modo honorable con las damas.

—Esa es la teoría —asintió él.

Se echó a reír y puso su caballo al galope, con lo que a ella no le quedó más remedio que seguirlo con el cuerpo tenso por la aprensión.

Cuatro

—¿Por qué paramos? —preguntó Anusha.

Los caballos habían pasado primero al trote y después al paso, cuando el mayor Herriard había salido del camino. El suelo bajo los cascos era pedregoso y desigual.

—Esta superficie es terrible, no podemos galopar por aquí.

—¿Vais a cuestionar todas mis decisiones? —preguntó él sin volver la cabeza.

—Sí —contestó ella.

Ahora que no tenía que concentrarse en mantener su cuerpo dolorido en la silla, el deseo de bajar y dormir resultaba abrumador. Quizá cuando despertara todo hubiera sido un mal sueño.

—La luna bajará muy pronto y será difícil ver por dónde vamos. Allí hay árboles y podemos estar a cubierto. Acamparemos temporalmente y dormiremos hasta la salida del sol. He salido del camino aquí porque en este suelo no dejaremos huellas.

—Muy bien —asintió Anusha.

—Es muy amable por vuestra parte, señorita Laurens, pero no se requiere vuestra aprobación, solo vuestra obediencia —Herriard era entonces una sombra oscura, sentado inmóvil en el caballo y observando el pequeño grupo de árboles y arbustos en lo que quedaba de luz de luna. Hablaba con aire ausente, como si ella fuera algo externo a su interés.

—¡Mayor Herriard!

—Llamadme Nick. Quedaos aquí. Vuestra voz seguramente habrá espantado ya a cualquiera cosa peligrosa que acechara ahí, pero lo comprobaré.

Nick. ¿Qué tipo de nombre era aquel? Anusha prefería pensar en eso que en el hecho de que estaba sola de pronto con cosas deslizándose entre los arbustos. Cosas bastante grandes.

—Hay un pequeño santuario aquí, una plataforma de piedra en la que podemos dormir y algo de leña. Podemos encender un fuego y quedará protegido por las paredes —dijo cuando volvía a su lado—. Hay jarras de agua para los caballos, lo cual es una suerte.

—¿Queréis robar un santuario? —preguntó Anusha, más por antagonismo que por sentirse escandalizada. Después de todo, tomar agua no era un gran robo.

—No haremos ningún daño. Y podemos dejar una ofrenda, si lo deseáis —él desmontó y se acercó a tenderle la mano.

—Puedo arreglármelas. ¿Y qué hace un cristiano dejando ofrendas en un santuario hindú? —sus pies golpearon el suelo con más fuerza de la que esperaba y se le doblaron las rodillas. La mano de Nick bajo su codo resultaba enojosamente necesaria—. He dicho que puedo arreglarme sola.

Él no hizo caso y la sujetó hasta que ella recuperó el equilibrio. Resultaba muy extraño que la tocara un hombre, prácticamente un desconocido. Era una sensación de seguridad y peligro al mismo tiempo.

—Imagino que eso no causaría ninguna ofensa —contestó él a la pregunta anterior—. Y después de doce años en este país, ya no sé lo que soy. Un pragmático, supongo. ¿Qué sois vos?

Era una buena pregunta. Y Anusha supuso que debería decidir la respuesta antes de llegar a Calcuta. Su madre se había convertido al cristianismo después de vivir cinco años con sir George. Anusha había ido a la iglesia con ella durante diez años y en Kalatwah había vivido como una hindú.

—¿Qué soy yo? No lo sé. ¿Importa eso siempre que lleves una vida buena?

—Una buena filosofía. Al menos eso es algo por lo que no tenemos que pelear —él no desensilló los caballos, pero aflojó las correas y dejó caer los fardos sobre la plataforma de piedra.

—No tenemos que pelear por nada siempre que me tratéis con respeto —replicó Anusha—. «Y dejad de mirarme como un halcón». Encontró una rama con hojas y empezó a barrer una zona de hojas que podía albergar insectos o una serpiente pequeña.

—Os trataré con el respeto que os ganéis, señorita Laurens —Nick llevó una palangana al abrevadero de piedra y echó agua a los caballos. Sois una mujer y sois hija de vuestro padre, lo que significa que no os trataré como trataría a un hombre. Lo demás depende de vos.

—No deseo ir con mi padre. Odio a mi padre.

—Podéis desear lo que queráis y pensar lo que queráis, pero no hablaréis mal de sir George en mi presencia. Y me obedeceréis. Quedaos aquí.

Anusha no podía vislumbrar su cara en la semioscuridad, pero oía el enfado en su voz. De nuevo mostraba aquella lealtad fiera a su padre. Él se volvió y se alejó.

—¡Esperad! ¿Adónde vais?

Nick se perdió entre los arbustos y ella oyó el ruido de las botas golpeando las ramas bajas. Cuando regresó, se iba abrochando la parte delantera de los pantalones y ella se sonrojó.

—Ahí hay un arbusto grueso —dijo él; lo señaló con la mano—. Sin serpientes.

—Gracias.

Anusha bajó al suelo con toda la dignidad de que fue capaz y se acercó al arbusto. Empezaba a darse cuenta de lo que implicaría estar a solas con él. Habría zonas amplias con apenas un arbusto. ¿Cómo se las iba a arreglar entonces? Aquel inglés despreciable parecía no tener vergüenza ni pudor a la hora de mencionar aquellas cosas. Ella no había estado nunca sola con un hombre, ni siquiera con su tío o uno de los eunucos.

Cuando volvió, la atención de él estaba fija en encender un fuego pequeño en un ángulo de la pared. Las llamas crearon un estanque de luz en la plataforma, pero quedarían ocultas a cualquiera que se acercara por la dirección que habían seguido ellos. Al lado del fuego había un lecho de mantas.

Ella podía ver en las sombras la columna del *lingam* de Shiva y la luz del fuego se reflejó en algo que goteaba por el costado.

—Ha habido gente aquí hace poco —comentó.

Se acercó y miró el aceite fresco en la cabeza del antiguo falo de piedra y el trozo de arbusto florido depositado en la curva del estilizado órgano femenino del que se alzaba.

—Yo —respondió Herriard, cuando ella unía sus manos en una breve reverencia.

Al parecer, fueran cuales fueran sus creencias, sí sabía mostrar respeto a los dioses, aunque no se lo mostrara a ella. Anusha se volvió y él le señaló la comida colocada en una hoja larga al lado de las mantas.

—Comed y bebed y luego descansad. No os quitéis nada, ni siquiera las botas.

—No tengo intención de quitarme nada.

—En ese caso, vais a pasar unas semanas muy incómodas, señorita Laurens. Oh, sentaos. Estoy demasiado cansado para forzaros esta noche.

Anusha suponía que aquello era una broma. Se sentó en las mantas.

—Comed y conservad las fuerzas. Ahora solo podemos descansar un rato. Espero que mañana por la noche lo hagamos más tiempo.

—¿Dónde vais a dormir? —ella tomó un trozo de *naan*, lo dobló alrededor de lo que parecía queso de cabra y comió, sorprendida de lo hambrienta que estaba.

—Yo no dormiré. Montaré guardia.

—No podéis hacer eso todas las noches —señaló ella.

—No. Descansaré cuando sea más seguro y podáis montar guardia vos —él arrancó un trozo de la torta de pan y comió.

—¿Yo?

—Mirad a vuestro alrededor, señorita Laurens. ¿Quién más hay aquí? Antes o después tendré que dormir. ¿O vos no sois capaz de hacer de vigía?

—Claro que sí. Soy capaz de todo. Soy una...

—*Rajput*, lo sé. También sois la hija de vuestro padre, lo cual debería implicar que tenéis cerebro, a pesar todas las pruebas que apuntan a lo contrario.

Anusha se atragantó con un trago de agua del frasco.

—¡Cómo os atrevéis! Vos estáis acostumbrados a estas cosas y yo no. Me habéis sacado de la cama, me he visto obligada a montar de noche con un hombre y hacía diez años que no estaba a solas con un hombre. Estoy preocupada por Kalatwah…

—Cierto —concedió Nick—. Haré todo lo posible por preservar vuestra intimidad y vuestra modestia, pero vos debéis comportaros lo más posible como un hombre, por vuestro propio bien. ¿Lo comprendéis así?

—Sí. Y ahora voy a dormir.

—*Namaste* —musitó él con tanta amabilidad que seguramente era una burla.

—*Namaste* —repuso ella. Se enrolló en las mantas. Cerraría los ojos y descansaría su cuerpo dolorido, pero no dormiría. No se fiaba de él.

Anusha despertó de pronto con aquel pensamiento todavía en su mente. Al parecer, había sido una bobada tener miedo, pues su descanso no había sido perturbado y seguía envuelta en las mantas. Herriard atendía a los caballos.

A juzgar por la luz, acababa de amanecer y ella debía haber dormido dos horas por lo menos. Y él nada. Anusha lo observó con los párpados semi-cerrados mientras atendía a los caballos y los llevaba a un trozo de hierba donde podían comer unos bocados. La falta de sueño solo parecía haberle vuelto más alerta, con las líneas del rostro más tensas.

No era en absoluto como los hombres entre los que había vivido ella tantos años. La mayoría de los indios eran esbeltos, ágiles. Nick Herriard era demasiado grande, demasiado físico. Los pómulos altos, la nariz grande y la barbilla fuerte expresaban fuerza y voluntad. Anusha recordaba la sensación de sus músculos bajo las manos y se estremeció justo cuando él se volvía y la encontró mirándolo.

Señaló el fuego.

—Hay agua calentándose si queréis lavaros. Yo iré a explorar el camino.

Anusha esperó hasta que se perdió de vista, con el mosquete en la mano, y salió de entre las mantas. Fue primero hasta el arbusto grueso y después se lavó lo mejor que pudo. Él volvió silbando cuando ella estaba enrollando las mantas.

—¿Todo bien?

Nick no esperó respuesta, sino que se acuclilló al lado del fuego y empezó a hacer té, arrojando al agua hirviendo hojas de una bolsa que había entre la comida que había sacado. Era la misma de la noche anterior y el pan estaría seco. Y por los modales bruscos de él, Anusha adivinó que debería haberlo hecho ella en su ausencia. Pero era la primera vez en su vida que estaba sin criados.

—¡Comed! —Nick empujó la comida hacia ella y sirvió té en una taza de cuerno—. No hay nadie a la vista, deberíamos irnos ya.

—¿Cuándo podremos conseguir más comida? —Anusha masticó el pan seco y el queso, que le pareció más picante que la última vez.

—Cuando nos crucemos con alguien que pueda vendernos.

—El próximo pueblo está…

—No vamos a cruzar pueblos, ni grandes ni pequeños. ¿Queréis que vayamos dejando banderas para marcar nuestra ruta?

—Pero seguramente dejarán de buscarnos pronto. Ya podríamos estar en cualquier parte.

Nick mojó el *naan* seco en té demasiado caliente y contempló el rostro altivo y exquisito de la joven que tenía enfrente. Era una pregunta razonable y ella necesitaba desesperadamente consuelo a pesar de la máscara que llevaba.

Pero en lugar de eso se encontraría con una buena dosis de realidad y él se dejaría llevar por la irritación que le producía todo aquel asunto. Era el único modo de poder ignorar la tensión en la entrepierna y el calor que parecía invadirlo siempre que la miraba. O siempre que lo miraba ella. Aún no se había recobrado del impacto de aquellos ojos grises fijos en él cuando se ocupaba de los caballos. Era raro que le afectaran tanto, pues la personalidad irritable de la señorita Laurens tenía poco de cautivadora.

—¿Cuántos hombres armados pensáis que se necesitarían para reducirme? —preguntó. Ella se encogió de hombros y él respondió a la pregunta—: Ocho, tal vez diez. Tengo tres mosquetes, pero hemos perdido al otro tirador y además los mosquetes necesitan tiempo para cargarse. Soy un buen soldado, señorita Laurens, y tengo suerte o no estaría vivo ahora, pero solo soy un hombre. Y los espías del marajá se lo habrán dicho así. Será un golpe para su orgullo que hayáis huido de él, así que podrá enviar fácilmente una docena de jinetes a perseguirnos. Y sabrán que nos dirigimos al este, que es la dirección más lógica.

Esperaba miedo y quizá lágrimas. En vez de eso, ella lo miró con altivez y dijo:

—Pues enseñadme a cargar un mosquete y vamos a algún lugar que no sea lógico.

Nick pensó que no se había equivocado. Ella tenía la inteligencia de su padre después de todo. Y su difunta madre tenía reputación de estudiosa y de políticamente astuta. Tendría que ir con cuidado con ella.

—De acuerdo, os enseñaré a cargar; eso tiene sentido —o lo tendría si ella conseguía aprender. Llevaba consigo mosquetes indios pequeños, no los del ejército británico, pero aun así, ella tendría que pelearse con un arma de casi cuarenta pulgadas de longitud—. Y podemos ir directamente al río Jumna a buscar un bote y no ir hasta Allahabad por el sur. Pero debo guiarme por el sol y las estrellas. No hay mapas detallados de esta zona y cualquier desvío añadirá tiempo.

—No deseo estar con vos, mayor Herriard, pero me gustaría aún menos estar con ese hombre. Tardad lo que sea necesario.

—Entonces iremos más al este del camino de Allahabad —Nick se puso en pie. El mapa que había estudiado antes de partir seguía clavado en su memoria, pero era solo un esbozo.

—¿Los mosquetes? —preguntó ella, alzándose de la piedra polvorienta con la gracia entrenada de una dama de la corte.

Nick pensó sin previo aviso que le gustaría verla bailar. Y una dama bien educada solo bailaría con sus amigas o para su esposo. Hacerlo de otro modo sería rebajarse al nivel de una cortesana. Nick frunció el ceño y ella respondió con una mirada fría. Ella no estaba habituada a encontrarse a solas con hombres y hacía mucho que él no pasaba tiempo a solas con una joven respetable. ¿Cómo diablos la iba a tratar? ¿De qué podían hablar?

—¿Mosquetes? —repitió Anusha con impaciencia.

Era esbelta, pequeña; su cabeza le llegaba a él a la oreja. Tendría que agacharse para besarla. Nick, sorprendido, cerró la puerta a aquellos pensamientos y recordó a otra mujer en sus brazos, lo frágil que había sido y lo torpe que le había hecho sentirse. Pero Miranda había sido débil además de frágil y Anusha tenía un núcleo de acero.

—Cuando paremos a descansar a mediodía.

De pronto él también sentía impaciencia. Cuanta más distancia pusieran entre el fuerte y ellos, más contento estaría. Ató los rollos de mantas al caballo bayo y le pasó a ella a Rajat, el caballo negro de Ajit. En caso de crisis, podía dejar ir el caballo bayo y ella se quedaría con un animal tan entrenado como el de él.

—¿Por qué este?

«¿Es que tiene que cuestionarlo todo?».

Pero Nick casi dio la bienvenida a la irritación, que lo distraía de fantasías y recuerdos.

—Sabe lo que tiene que hacer. Se llama Rajat; dejadle actuar a él.

Anusha se encogió de hombros y montó. Nick ató la larga rienda del bayo al pomo de su silla y se alejaron del santuario, no para volver al camino, sino para cruzar la hierba ondulada y seguir la línea que había dibujado mentalmente en el mapa de su cabeza.

—Esto está desierto —observó Anusha media legua después.

—Sí. Excepto por los tigres.

—Nos moriremos de hambre o nos comerán. Se supone que debéis cuidar de mí —ella no hablaba con petulancia, solo se mostraba crítica con un sirviente incompetente.

Nick respiró con fuerza por la nariz y controló su genio.

—Tenemos agua de sobra. Los arroyos siguen corriendo. Los caballos sentirán a los tigres. Podemos pasar sin comida uno o dos días, de ser necesario. Estáis sana y salva, como prometí a vuestro padre y a vuestro tío. Nunca prometí comodidades.

Ella guardó silencio un momento.

—¿Por qué os caigo mal, mayor Herriard? —preguntó.

Pavan, el caballo, alzó la cabeza, poco habituado a los tirones de las riendas.

—¿Qué? No os conozco. No estoy habituado a damas jóvenes.

Ella lanzó un gruñido y él la miró. La bruja sonreía.

—Eso no es lo que me han dicho.

—Damas jóvenes respetables —corrigió él.

—¿No? —ella reía todavía—. ¿Vuestra esposa no es respetable?

—No tengo esposa.

«Ya no». Nick apretó los dientes y se concentró en observar la llanura ondulante que había ante ellos y en calcular una ruta apartada de los bosquecillos en los que podían esconderse los tigres.

—¿Por qué no tenéis esposa? Sois muy mayor para no tener esposa.

—Tengo veintinueve años —replicó él—. Tenía una esposa. Miranda. Murió.

—Lo siento —ella parecía sincera; la burla había abandonado su voz—. ¿Cuántos hijos tenéis? ¿Volveréis a casaros pronto?

—No tengo hijos y no, no tengo intención de volver a casarme —se recordó que aquella curiosidad por la familia no era más que interés cortés por un desconocido. Él ya estaba inmunizado a todo eso, ¿no?

—Oh, o sea que estabais muy enamorados, como Shah Jehan y Mumtaz Mahal. ¡Qué triste! —cuando ella no se mostraba imperiosa o cortante, su voz era adorable, suave y melodiosa, con algo profundamente femenino que iba directo a la base de la espina dorsal de él.

—No, yo no... —Nick dejó a medias la frase—. Me casé muy joven. Pensé que era lo que se esperaba de mí como oficial de carrera. Me casé con una chica que me pareció apropiada, una mujer dulce que tenía tan poca fuerza para soportar la India como un cordero recién nacido.

—¿Y qué hacía aquí? —Anusha puso su caballo al lado del de él.

—Acababa de llegar a la India con la Flota de Pesca. Los barcos cargados de damas jóvenes que vienen desde Inglaterra —explicó—. Se supone que vienen a visitar parientes, pero en realidad vienen a buscar esposo. Cuando vi a Miranda Knight, tendría que haber adivinado que este país arruinaría su salud en menos de un año. Y así fue. Si no me hubiera casado con ella, habría vuelto a Inglaterra, se habría casado con un hidalgo de campo y ahora sería madre de una familia feliz.

—Debía amaros para casarse con vos y arriesgarse a vivir aquí —sugirió Anusha.

—No convirtáis esto en una historia de amor. Ella quería un esposo apropiado y yo… ¿Qué sabía yo de matrimonio y de cómo hacer feliz a una esposa con mis antecedentes?

—¿Qué antecedentes?

Nick la miró y ella apretó los labios.

—Perdonad —dijo en inglés—. Olvidaba que a los europeos no les gustan las preguntas personales.

Nick sabía que pasaría muchos días a solas con ella. Era estúpido hacer un misterio de sí mismo. Sería mejor acabar con las preguntas cuanto antes.

—Mis padres tuvieron un matrimonio de conveniencia y sin amor. Muy pronto dio paso al aburrimiento por parte de mi padre, y luego a la rabia cuando mi madre insistía en querer… más. No sé si yo sabría reconocer un matrimonio feliz.

¡Qué simple parecían, dicho así, todos aquellos años de angustia e infelicidad no solo por parte de su madre sino también para el niño atrapado en medio que deseaba un amor que sus progenitores, demasiado ocupados destrozándose mutuamente, no podían darle! Pero ya no era un niño y sabía que no debía esperar amor. Ni necesitarlo.

—¡Oh! —ella cabalgó un rato en silencio—. ¿Y cuántas amantes tenéis ahora, hasta que volváis a casaros? —preguntó luego.

—Anusha, no deberíais hablar de esas cosas.

Ella lo miró con curiosidad. Por supuesto, estaba habituada a un modelo de matrimonio y relaciones sexuales completamente distinto.

—No hay razón para que vuelva a casarme. No vivo como un santón, un *sadhu*. Pero tampoco tengo más de una amante cada vez, y en este momento ninguna.

—¿Y teníais una amante cuando estabais casado? Contestadme, por favor, Quiero comprender.

—No, no tenía. Algunos hombres tienen, pero a mí no me parece bien.

Y su resolución se había visto seriamente

puesta a prueba después de unas cuantas semanas de los humores de Miranda. Aunque él era muy cuidadoso y se mostraba gentil, ella había decidido que el sexo era vulgar, desagradable y que solo tenía un propósito. Su alivio al quedarse embarazada y tener una buena razón para expulsarlo de su cama había resultado patente. Volvieron los remordimientos. Él debería haber tenido autocontrol y haberse mantenido fuera de la cama de ella hasta que se hubiera aclimatado a la India. Deberían haber hablado, no haberla dejado embarazada.

Otras mujeres, antes y después, le habían asegurado que encontraban placer en sus brazos. Al parecer era aceptable como amante y un fracaso como marido.

—Siento mucho si no debería haber preguntado esas cosas. Gracias por vuestras explicaciones —se disculpó en inglés Anusha, que no parecía nada contrita.

—De nada —respondió él, en el mismo idioma.

Ella era exigente, tanto emocionalmente, a un nivel que él no estaba acostumbrado, como de un modo práctico. Y lo distraía, lo sacaba del presente y lo llevaba al pasado, y eso era peligroso.

Se le habían erizado los pelos de la nuca y él había aprendido a hacer caso a su instinto. Dio la vuelta al caballo. La hierba era todavía larga y exuberante, aunque el suelo estaba seco. El viento borraba ya las marcas de su paso y pronto resultaría difícil ver cuántos caballos acababan de pasar.

Anusha se había vuelto con él.

—No nos sigue nadie, ¿verdad?

La sensación de peligro seguía presente. Nick se alzó en los estribos y se hizo visera con la mano. En La distancia había una pequeña nube de polvo causada por un grupo de jinetes al galope.

—Allí están. ¿Los veis?

Cinco

—No hay sitio para esconder tres caballos —Anusha se sentía orgullosa de lo tranquila que sonaba su voz. No podía ver a los perseguidores, pero si Nick decía que se acercaban, ella lo creía. Aflojó la daga pequeña que llevaba en el fajín.

—Seguidme exactamente —dijo él.

Entró en un terreno de barro seco, donde la lluvia había formado en otro tiempo un charco grande. En la mitad, se apeó del caballo gris, quitó los fardos de mantas del bayo y los echó en la silla de Pavan.

—Quedaos aquí.

Saltó al bayo y salió del suelo duro. En cuanto estuvo en terreno más blando, lo puso al galope, le golpeó los flancos y se tiró al suelo, donde rodó apartándose mientras el animal se perdía en la distancia.

Nick volvió donde estaba ella y le puso las riendas de Pavan en la mano.

—Llevaos a mi caballo. Caminad despacio hacia ese arbusto.

Anusha, obediente, hizo lo que le decía. Detrás de ella, Nick caminaba de espaldas y barría su rastro con una rama. Cuando llegaron al arbusto, ella vio que estaba en un terreno levemente alzado, pero aun así, era demasiado fino y bajo para esconder dos caballos.

—¿Vais a disparar a los caballos? —ella se deslizó al suelo detrás del arbusto.

—No es necesario —él quitó las sillas, silbó dos notas claras y los caballos doblaron las patas, se echaron al suelo y rodaron de costado con el cuello estirado—. Al suelo.

Anusha se tumbó detrás del bulto del vientre de Pavan y Nick tendió las mantas de color tierra sobre los dos animales, apoyó los dos mosquetes en el flanco de Rajat y empezó a revisar sus armas de mano. Lo colocó todo en orden: munición, armas, sable… Sacó la daga de la bota y la miró.

—Los dos son caballos del ejército —explicó. Miró la mano de ella—. ¿Qué diablos lleváis ahí?

—Una daga, por supuesto —dijo ella.

Dejaría escondida la de la bota hasta que fuera absolutamente necesaria y tuviera que matar a alguien. O a sí misma. Una excitación oscura la embargaba, una emoción tan fuerte como el miedo. Quería hacer daño a la gente que atacaba Kalatwah, a su familia y su reino. Por primera vez entendía lo que había llevado a los guerreros a luchar sabiendo que morirían, comprendía el espíritu de las mujeres que habían ido a las llamas antes que afrontar esclavitud y vergüenza.

—No la vais a necesitar.

—Pero habrá lucha —ella los oía ya llegar, oía el sonido débil de los cascos. Los hombres del marajá habían encontrado su rastro.

—Solo si yo he cometido algún error —Nick echaba puñados de tierra sobre los cañones de los mosquetes para ocultar su brillo—. Pasarán de largo, encontrarán el bayo y concluirán que ha sido un engaño para alejarlos del camino.

—¡Pero tenemos que matarlos!

—Sedienta de sangre como una gata salvaje —murmuró Nick, que parecía regocijado. Debía tener un extraño sentido del humor si aquello le parecía gracioso—. Si no vuelven, el marajá sabrá que nos han encontrado y enviará más hombres. Si vuelven sin habernos visto, pensará que hemos seguido otro camino.

—¡Oh! Estrategia.

—Táctica, para ser más preciso. Y ahora silencio.

Había ocho jinetes. Pasaron al galope y se perdieron de vista. Anusha soltó el aliento que había contenido y se acercó un poco más a Nick.

Pasó el tiempo. Su pierna izquierda se había dormido.

—Se han ido.

—Esperad.

Anusha los oyó entonces volver más despacio, observando el suelo y llevando al caballo bayo de las riendas. Pasaron de largo. El único sonido era el zumbido de los insectos, los gruñidos del estómago de Rajat debajo de su oreja y el grito de un halcón muy alto en el cielo.

—Quedaos aquí —Nick empezó a alejarse—. Podéis soltar mi chaqueta.

—¡Oh! —Anusha soltó la prenda—. No sabía que la tenía agarrada.

Pero Nick se movía ya, con un mosquete en cada mano y la pistola en el fajín, casi pegado al suelo y de arbusto en arbusto.

Era como intentar ver a un fantasma. Anusha pensó que, si le quitaba la vista de encima, se desvanecería en el aire. Parpadeó y él desapareció entre la hierba alta. A pesar de estar detrás del bulto de los caballos, se sintió increíblemente expuesta y muy sola. No se había dado cuenta del gran espacio emocional que llenaba él. Un espacio protector en forma de hombre irritante.

¿Qué haría si oía disparos? Anusha observó las armas que había dejado él. Un mosquete, una pistola, la bolsa con las municiones y el sable. Aquel no era el momento de aprender a cargar, pero podía acercárselo todo a él. Calculó el mejor modo de llevar las armas y se preguntó si los caballos la obedecerían y se pondrían en pie.

Una mano se cerró alrededor de su tobillo.

Anusha se giró con el cuchillo en la mano y lanzó la otra mano con los dedos doblados y las uñas hacia abajo.

Nick rio y se echó a un lado, soltándole el pie en el proceso. La risa fue lo que la hizo estallar. La risa y la tensión acumulada. Anusha soltó la navaja y se lanzó contra él, empeñada en herir al menos su orgullo masculino.

Al instante siguiente estaba tumbada de espaldas con las manos sujetas por encima de la cabeza y el peso de un hombre grande encima de su cuerpo. Y él seguía riendo.

—Gata salvaje. Yo tenía razón.

—Sois… —le fallaron las palabras—. Quitaos de encima.

Él la miró a los ojos un momento largo y los de él se habían oscurecido. Nick dejó de reír y, por un instante, ella pensó que había dejado de respirar.

—No es decoroso —consiguió decir, mientras su mente intentaba asimilar todas las sensaciones nuevas de un cuerpo duro y masculino presionado contra la suavidad del suyo. Le gustaban todas.

—No, no lo es —Nick se retiró de ella y se incorporó con gracia.

«Es tan flexible como un retoño joven», había dicho Paravi. Anusha sintió calor.

—Lo siento, no he podido resistirlo —dijo él—. Os estremecíais como un podenco que quiere que le quiten la cadena.

—Escuchaba por si oía disparos —repuso Anusha con toda la dignidad de la que fue capaz; seguía tumbada de espaldas y llena de lo que temía fuera deseo sexual—. ¿Se han ido?

—Sí. Sin duda creen que solo un imbécil se metería en los terrenos salvajes con solo dos caballos y una princesa.

Anusha sabía que pretendía burlarse de ella al llamarla «princesa».

—¿Y sois imbécil? —preguntó.

Nick tendió la mano y la ayudó a levantarse.

—No, pero lo voy a hacer igualmente. Quitó las mantas de los caballos y les ordenó levantarse con un silbido—. Avanzaremos una legua más y, cuando ya no puedan oírnos, cazaré algo para cenar. Así vaciaré los mosquetes. Descansaremos, un rato, beberemos y os enseñaré a cargarlos —tomó una de las armas y sonrió—. Aunque creo que tendréis que subiros a una piedra para hacerlo, señorita Laurens.

—No me llaméis así —a ella le resultaba intolerable que se dirigiera a ella con la formalidad del nombre inglés que rechazaba.

—¿Anusha entonces?

—Anusha —asintió ella—. Nick.

Volvieron a montar y viajaron en un silencio

que de algún modo parecía más amistoso que antes.

Dos leguas después, Nick se detuvo y la dejó con los caballos mientras él se metía entre los matorrales con las armas.

—Bebe —le dijo antes de alejarse—. Y ponte a la sombra.

—A tus órdenes, mayor —murmuró ella. Pero hizo lo que le decían a pesar de que no había mucha sombra.

Oyó disparos y cuando regresó Nick, llevaba un urogallo y una liebre en la mano. Ella sabía que esa era una buena caza para tener sólo un mosquete.

Él se acuclilló en la sombra pequeña al lado de ella y tomó la cantimplora de agua. Esta se derramó por los lados de la boca y Anusha la vio bajar por el asomo de barba de las mejillas y observó cómo se movía su nuez de Adán al tragar.

—Eres un soldado y esto te ha sacado del ejército —dijo cuando él bajó la cantimplora y se secó la boca con el dorso de la mano—. ¿Por qué no enviasteis a un diplomático a buscarme?

—Porque existía la posibilidad de que ocurriera algo así. Y yo soy una especie de diplomático. Me muevo entre el ejército y las cortes de los príncipes cuando la Compañía lo necesita.

Eso explicaba por qué hablaba tan bien el hindi.

—Pero esto no es para la Compañía, es para mi padre.

—Sus intereses y los de la Compañía coinciden en lo de sacarte de esta situación —respondió él con sequedad—. Pero él tiene tanto prestigio que, si quisiera encomendarme un asunto personal, no habría inconveniente.

«Sir George es como un padre para mí», había dicho él con convicción. En su momento, esas palabras la habían confundido. Ahora, mirando la figura de hombros anchos y relajados, la asaltó una idea inquietante y con ella una punzada de algo que se parecía a los celos.

—¿Eres hijo de mi padre? —quiso saber.

—¡No! —Nick frunció el ceño—. ¿Qué te ha hecho pensar eso?

—Te pareces a él y dijiste que era un padre para ti —Anusha se sentía tonta.

—No me parezco a él. Tengo la misma estatura y una constitución parecida, pero yo tengo los ojos verdes y los de él son grises como los tuyos. Él tiene la nariz ganchuda y la mía es recta. Y mi pelo es más claro.

¿Por qué la aliviaba aquello? Si hubiera sido medio hermano suyo, no tendría nada que temer de él como hombre ni de sus propios deseos.

—Pero si sientes tanto por él, supongo que tu padre de verdad habrá muerto.

—No, está en Inglaterra. Hace doce años que no lo veo, desde que me envió a enrolarme con la Compañía como contable a los diecisiete años.

—¿Contable? Una posición muy humilde para un caballero —musitó ella.

Analizó un poco el alivio que sentía. ¿Habría estado celosa si Nick hubiera sido su hermano? Aquello sería mezquino, pues ella no amaba a su padre. Podía tener medio hermanos por toda Calcula y no le importaría nada. Seguro que trataría a sus madres y a ellos tan mal como la había tratado a ella. No quería pensar en él. No la quería ni ella a él tampoco. Debería olvidarlo, pero el dolor no se lo permitía; era como una vieja herida alrededor de su corazón, siempre irritando y debilitándola.

—El puesto de contable es el primer peldaño de la escalera —dijo Nick. Parecía mirar hacia dentro de sí mismo, no a ella ni las emociones que pudieran leerse en su rostro—. Con suerte y trabajando duro, y siempre que consigas mantenerte con vida, es muy difícil que un contable no pase a comerciante y no se haga rico.

—En ese caso, debió gustaros mucho tener esa oportunidad.

Nick frunció el ceño, como si ese recuerdo no fuera placentero.

—¿Gustarme? No, me quedé anonadado. Rehusé. No tenía ambición ni deseo de entrar en el comercio ni de alejarme de Inglaterra. Pero no ayudó mucho que no supiera lo que sí quería hacer, así que mi padre me golpeó, me retiró la paga y, cuando eso no funcionó, hizo que me llevaran por la fuerza al barco. Durante el viaje contraje unas fiebres y habría muerto de no ser por Mary, por lady Laurens. Ella me depositó como una rata medio muerta en el porche de su esposo y él me acogió.

Anusha se puso tensa al oír el nombre. Lady Laurens, la esposa de su padre, la mujer con la que se había casado antes de ir a la India y que había rehusado irse con él. Y luego, quince años después de haberse separado, había decidido que era su deber estar con su marido. Y en lugar de ordenarle que siguiera lejos, como debería haber hecho cualquier marido ofendido, su padre le había permitido ir a la India, había despedido a Sarasa, la madre de Anusha, y las había enviado a las dos de vuelta con su tío.

La esposa negligente y desobediente, la que no le había dado hijos, había sido recompensada y la amante y compañera fiel, la madre de su hija, descartada.

Los recuerdos de aquel día seguían siendo muy vívidos. A pesar de las lágrimas y de los preparativos, Anusha no había creído a su madre cuando le había dicho que debían irse. Y después el barco de Inglaterra llegó antes de tiempo y ellas seguían todavía en la casa y lady Laurens y todo su equipaje estaban delante de la casa y la otra familia de sir George en la parte trasera. Sarasa se había encerrado en los aposentos de las mujeres y había ordenado a sus criados que cargaran inmediatamente el equipaje en los animales. No quería esperar a que aquella intrusa la echara de su casa.

Pero Anusha, que no entendía nada, había corrido en busca de su padre abriéndose paso entre los porteadores, los carros y el caos. Había subido las escaleras del porche y había oído dentro la voz de su padre y de una desconocida que hablaban en inglés y había sabido que su madre tenía razón. La esposa que era una extraña para él había llegado y su padre ya no las quería allí.

Se había vuelto, tragándose las lágrimas y el terrible dolor y había chocado con una camilla extendida encima de unos sillones en la sombra. En ella había una figura inmóvil.

Miró a Nick.

—¡Yo te vi! Te vi tumbado en el porche. Eras delgado y blanco y creí que estabas muerto. Tú eras blanco y tu pelo del color de la paja.

—Yo también creía que estaba muerto —Nick hizo una mueca que podía ser una muestra de humor negro o quizá del recuerdo del dolor—. Entre George y Mary salvaron mi vida y mi futuro.

—Tú eras un chico, mucho más interesante que una chica, sin duda, aunque no fueras de su sangre

—comentó Anusha. Se mordió el labio inferior al oír su propia amargura. Por el bien de su orgullo, él no debía pensar que le importaba aquello.

—¿Crees que fui tu sustituto? —Nick se levantó y empezó a atar juntas las patas de los animales cazados—. No. Al principio fui una distracción, algo de lo que se preocupaban juntos mientras se iban redescubriendo. Y luego, cuando contradije a todos los doctores y no me morí, George empezó a apreciarme y a interesarse por mi carrera. Pero tú has sido siempre la primera en su corazón.

Apretó los nudos y enganchó los cuerpos muertos en el pomo de su silla. Anusha hizo una mueca de mofa. ¿La consideraba tan tonta como para creerse eso? Si su padre la hubiera valorado en algo, no la habría enviado lejos. Solo la buscaba ahora porque se había convertido en un peón político en aquella partida de ajedrez violenta.

—Para Mary yo era casi como un hijo, eso es cierto. Había perdido un hijo al nacer y luego ya no pudo tener más.

—¿Por eso la dejó mi padre tantos años en Inglaterra? ¿Por qué no se buscó otra esposa si ella no podía darle hijos?

—Porque eso no es legal en Inglaterra. Tienes que divorciarte y eso es un proceso espantoso.

—¿Y por qué no la trajo a la India? —preguntó Anusha, decidida a llegar al fondo de aquello.

—Se… alejaron después de la muerte del niño.

El doctor dijo que no habría más hijos. Ella no quiso venir a la India con él, así que George se ocupó económicamente de ella y la dejó en Inglaterra —Nick subió a la silla y esperó. Anusha se quedó donde estaba con el ceño fruncido—. Se escribían y algunas cosas se fueron curando con los años. Luego ella recibió una carta de su secretario diciéndole que sir George estaba muy enfermo con fiebre y decidió que era su deber estar a su lado.

—Mi madre lo cuidó cuando estuvo enfermo —protestó Anusha—. Antes de que ella recibiera la carta, él estaba ya mejor. No había necesidad de que viniera esa mujer y él nos envió lejos porque venía.

—Ella era su esposa legal —respondió Nick con lo que parecía un esfuerzo por mostrarse paciente—. La cosas son distintas en la sociedad inglesa. Las leyes son diferentes. Si quieres saber más, debes preguntárselo a él; yo no tengo derecho a hablar de eso.

Anusha montó a Rajat y lo envió detrás de Pavan con una impaciencia que hizo que el caballo se pusiera al trote. Tiró de las riendas con rabia.

—¿Entonces no eres su hijo, eres su esclavo obediente?

—Desde luego —repuso Nick con tal placidez que ella lo habría abofeteado.

Le seguía la corriente. Ella quería pelear, discutir, gritarle, y no entendía por qué. Su lucha era con su padre... si no conseguía escapar antes de que él volviera a tenerla en sus garras. Se situó detrás del caballo gris y miró con rabia la espalda de Nick. Una espalda muy erguida.

Admitió que era un placer mirarlo. Los hombros anchos se prolongaban en una espalda que bajaba hasta una cintura estrecha, cubierta por un fajín azul oscuro; los faldones de la chaqueta caían encima de la silla, pero ella había visto su cuerpo desnudo y sabía que sus nalgas eran firmes y con buena forma y sus muslos tenían músculos fuertes. Cabalgaba como si su caballo y él fueran uno, cómodo en la silla y, sin embargo, tan concentrado como un arquero antes de soltar el arco.

—Deja de enfurruñarte —dijo él sin volverse.

—No estoy enfurruñada —repuso Anusha. Y le sorprendió darse cuenta de que era verdad.

«Estoy mirando tu cuerpo y pensando que te deseo, que me gustaría poner en práctica todas esas cosas que dicen los textos que un hombre y una mujer pueden hacer juntos». Cerró los ojos asustada, como si así pudiera convertirlo en un comerciante gordo o un joven delgado o... Pero no, Nick Herriard seguía siendo el mismo cuando abrió los ojos y la sensación caliente y apretada en el vientre de ella, también.

—*Ma ub gayi hu* —dijo. Y clavó los talones en los flancos de Rajat.

—¿Aburrida? ¿Estás aburrida? —oyó decir a Nick cuando lo adelantó—. ¡Diablos, mujer!, ¿qué haces en Kalatwah todos los días para encontrar esto aburrido?

—Me aburres tú —replicó ella, y golpeó con las riendas el cuello del caballo.

Por un momento creyó que la dejaría alejarse, pero el ruido de cascos a sus espaldas se hizo más fuerte. Anusha miró por encima del hombro. Nick había aceptado el desafío y corría.

—¡Bruja! —murmuró Nick entre dientes.

Sentía tentaciones de dejar que se fuera, que galopara hasta perder todo el mal humor. Si hubiera sido otra joven, lo habría hecho, pero era la hija de George y estaban en territorio de tigres, así que…

—¡*Chalo chale*, Pavan!

El gran caballo gris no necesitaba que lo alentara y se lanzó con fuerza en persecución de su compañero de establo. La chica montaba bien, en eso no había exagerado. Nick le dejó llevar la delantera por el momento. No iba a ser fácil convertirla en una damita inglesa.

Soltó riendas y Pavan respondió. Un momento después su morro estaba al nivel del otro animal. Anusha lo miró, sonrió y aumentó la velocidad.

Nick miró las piernas fuertes y esbeltas aferradas al caballo, recordó la sensación de sus manos, frías y vacilantes en la piel desnuda de él y una oleada de deseo le hizo estremecerse. «No».

Debió mover las manos, pues Pavan alzó la cabeza, se recuperó y Anusha empujó a Rajat hacia delante con una carcajada. Entonces hubo un movimiento sinuoso en el suelo delante de ellos, el caballo negro viró con violencia y saltó por encima de la criatura letal que se movía entre sus cascos.

Anusha se vio arrojada hacia delante y cayó por encima del cuello de Rajat hasta la arena, en dirección a la cobra que había alzado la cabeza, furiosa y letal.

Seis

Nick se tiró de la silla cuando Pavan se encabritó para evitar al otro caballo. Al llegar al suelo, rodó por él y su mano buscó la daga en la bota al tiempo que se levantaba. El reptil giró, siseó y movió la cabeza de un lado a otro, indecisa sobre si atacar al peligro más próximo, el de Anusha tumbada inmóvil, o a él, que se movía pero estaba más lejos.

—¡Quédate inmóvil! —gritó él.

Agitó la mano y los ojos brillantes de la serpiente siguieron el movimiento mientras ajustaba el cuerpo para equilibrar la cabeza que giraba. Nick no sabía si Anusha estaba inconsciente o paralizada. Él se movió más hacia un lado, haciendo todavía gestos con la mano y apartando la atención del animal del cuerpo de Anusha.

Esta gimió entonces y se movió, clavando los dedos en la arena. Nick comprendió que debía estar atontada y la serpiente se alzó para atacar a la figura más cercana. No había tiempo para sutilezas ni cálculos. Nick se lanzó al espacio pequeño entre el cuerpo de ella y la cobra, con el brazo izquierdo alzado para parar el ataque y el derecho moviéndose para clavar el cuchillo en el cuerpo del animal debajo de la cabeza cuando los colmillos se clavaran en su muñeca.

Cuando mordió la serpiente, él golpeó el suelo con el puño izquierdo, llevando consigo a la serpiente, sacó la daga, volvió a clavarla y se echó atrás instintivamente cuando otra daga pasó por encima de su hombro y se clavó en el cuerpo grueso y oscilante del reptil. Nick liberó su brazo de los colmillos y cayó hacia atrás, tirando de Anusha y apartándola del alcance de la serpiente.

—Te morderé —la chica se giró en sus brazos y tiró de la manga—. Un torniquete, rápido. Luego hay que cortar la herida, apretar…

—No me ha mordido —Nick intentó inmovilizarla para poder revisar sus heridas, pero ella se soltó y tiró de su ropa, tan empeñada en su herida como él en las de ella.

—No seas tonto, claro que te ha mordido. Solo tenemos unos minutos. Menos, si ha pillado una vena.

Había pánico en su voz. Nick apartó la manga para que ella viera su brazo y el brazalete de cuero que llevaba encima de una vieja herida cuando montaba largas distancias.

—¡Oh! —ella tocó las dos marcas profundas en el cuero con un dedo tembloroso—. ¿Lo ha atravesado?

Buena pregunta. Nick soltó el cuero con el estómago revuelto. La piel debajo estaba marcada por la presión del mordisco y ella la atrapó, la estiró para alisarla con ambas manos y buscar pinchazos y después alzó el cuerpo y lo examinó a la luz.

—¡Oh! —repitió. Y se bamboleó en el suelo, donde estaba sentada—. Pero podría haber mordido en otro punto. Podría haberte matado.

—Y tú podrías haberte roto ese cuello tonto —replicó él.

El miedo por ella se mezclaba con la reacción de su cuerpo a la lucha con la cobra y con la idea de que podía haberle dejado su veneno en el cuerpo. Odiaba las serpientes, prefería luchar con un tigre antes que con una cobra, y le ardía el estómago. Si hubiera vacilado, si se hubiera dejado llevar por ese miedo, Anusha estaría muriendo en sus brazos en aquel momento.

«Basta», se dijo. «Imaginar la muerte te hace más lento. No has vacilado y los dos estáis vivos».

La serpiente había dejado de moverse. Anusha sería el único blanco de su furia.

—¿A qué diablos estabas jugando? ¿Estás herida? ¿Te has roto algo?

—No, no estoy herida. ¿Por qué estás enfadado?

Te he ayudado, he usado mi daga para… —se le había caído el turbante y su pelo, recogido en una trenza tan gruesa como el cuerpo de la serpiente, caía sobre su pecho y su cara estaba muy pálida. Sujetaba todavía el brazo izquierdo de él con ambas manos, pero lo soltó con un sollozo y se echó sobre el regazo de él, que estaba sentado en la hierba.

Nick cerró los ojos y la abrazó instintivamente. La sintió contra su cuerpo, redondeada, esbelta y temblorosa, y le bajó la mano por la espalda. ¿Sentía ella los latidos del corazón de él y su pulso acelerado? ¿Aquello se debía al encuentro con la serpiente o a algo mucho más peligroso, a otra respuesta igual de primitiva?

La lascivia ardía en sus venas, el deseo de poseerla, de celebrar que estaban vivos, de enterrar el recuerdo de ese segundo en el que los ojos negros planos se habían encontrado con los suyos y había mirado a la muerte. Y la deseaba. Deseaba a aquella mujer que era virgen y que debía permanecer así.

La furia era el único modo de lidiar con aquello, furia contra sí mismo y contra la mujer a la que abrazaba.

—¿Qué diablos hacías con una daga? Tú no estás segura con un cuchillo.

Anusha se movió en sus brazos y la presión de su trasero en la entrepierna solo sirvió para incendiar el deseo de él y con él su furia.

—¡Pues claro que tengo una daga! Tú la viste cuando llegaron los hombres del marajá. Y sé usarla —ella temblaba todavía, pero ahora era de rabia, no de miedo—. No me atraparán viva. Yo…

—Si te atrapan con vida, alguien podrá rescatarte. Si estás muerta, estás muerta y eso solo servirá para empezar una guerra —Nick abrió los brazos y ella cayó al suelo con un golpe poco digno.

Él se puso en pie y sacó las dagas del cuerpo flácido de la cobra. La de ella era una joya cara y letal, con hoja damasquinada y empuñadura de marfil enjoyado. Nick las limpió y guardó las dos en su bota.

—Si has dejado cojo a Rajat…

—No puedes pegarme, soy una princesa —repuso ella. Se incorporó.

—Pues compórtate como tal —Nick se agachó a inspeccionar las patas del caballo negro.

—¿Está bien? —preguntó Anusha después de unos minutos de silencio.

—Sí.

Nick se obligó a mirarla. El turbante volvía a estar en su sitio, pero ella seguía pálida y apretaba los labios como para reprimir un sollozo o para no gritarle.

—Has pasado miedo —dijo ella—. Por eso estás enfadado conmigo.

—Solo un tonto no tiene miedo de una cobra

real —respondió él. Si un hombre lo hubiera acusado de tener miedo, habría tenido que pegarle.

—Yo no… No quería decir… —ella se interrumpió y movió la cabeza con impaciencia—. No has vacilado ni un segundo. Eso era lo que quería decir. Hacías bien en tener miedo y, sin embargo, has arriesgado tu vida y la has matado. Mi padre envió un hombre valiente a buscarme.

Sus ojos grises se posaron en los de él y Nick sintió que se sonrojaba mientras combatía el impulso de apartar la vista de la sinceridad dolorosa de la mirada de ella. Comprendió que, si se acercaba a abrazarla, ella se dejaría. No por lujuria ni por admiración por los actos de él, sino porque acababa de pasar algo que desnudaba los sentimientos y dejaba solo otro algo elemental y básico. Anusha era demasiado valiente y demasiado sincera para ocultar aquellos sentimientos. Y demasiado inocente para saber lo que eran.

—¿Seguro que no estás herida? —preguntó él, como si no hubiera dicho nada desde que preguntara por el caballo.

Ella asintió. Su expresión se volvió de nuevo velada y nerviosa y pasó el momento de claridad. Anusha se volvió y él la observó acercarse a tomar las riendas de Rajat y acariciarle el cuello. Se movía con rigidez, pero nada más.

—Me… —empezó a decir con la cara contra el hombro del caballo. Se enderezó y se volvió hacia Nick—. Me has salvado la vida y te doy las gracias.

El sentimiento anterior había desaparecido y ella alzaba la barbilla y lo miraba convertida en una princesa, a pesar del polvo y de la ropa sucia del viaje.

Su coraje apagó la fiereza de la rabia de él y el calor de su sangre, pero Nick no podía permitirse ceder.

—Es mi trabajo —dijo con voz fría—. Entregarte con vida a tu padre.

—¿No dejarás que te dé las gracias? —ella se acercó—. Los ingleses se besan para darse las gracias, ¿no?

Pavan estaba detrás de Nick, que no podía retroceder. Anusha le puso las manos en los hombros, se alzó de puntillas y apretó el cuerpo contra él. Su boca, cálida y suave, tocó la de él durante un momento interminable.

Entreabrió los labios en una invitación que Nick sabía que no comprendía. El tiempo se detuvo mientras él luchaba contra la tentación de estrecharla contra sí, besar aquella hermosa boca y perderse en una inocencia que lo deseaba. Lo deseaba a él.

El instinto le decía que no hiriera su orgullo ni le presentara un reto. Devolvió la presión de los labios con las manos a los costados y luego alzó la cabeza.

—Me temo que las damas solteras no besan a los hombres —dijo con una sonrisa para quitar mordacidad a sus palabras. Su cuerpo se tensaba dolorosamente, pero creía que había conseguido ocultar el deseo en su rostro.

—¿No? —ella abrió mucho los ojos—. Entonces no volveré a hacerlo.

—Bien.

Aquella chica estaba destinada al matrimonio, no a una aventura. Cuando le confió aquella misión, sir George le había contado que pensaba casar bien a su hija con un buen partido inglés y él, soldado, aventurero y un fracaso como marido, no era precisamente un buen partido, y además jamás tendría la osadía de volver a exponer su corazón a otro fracaso.

Se volvió hacia su caballo y habló con voz ligera y divertida:

—Solo puedo decir que compadezco profundamente al pobre hombre que tenga que convertirte en una joven dama.

—Ya soy una joven dama —Anusha colocó el pie en el estribo y montó, aunque le costó un momento de vacilación. Estaba más afectada de lo que daba a entender. Detrás de su lengua afilada y su coraje fiero había una vulnerabilidad que lo empujaba a protegerla de cualquier peligro… del marajá, las serpientes y los hombres como él.

Nick se instaló en su silla.

—No eres una dama inglesa y eso será lo que él quiera que seas.

—¡Ja! Corsés —murmuró Anusha.

—Y reverencias y aprender a bailar y a conversar con hombres en fiestas.

Anusha pensó que Nick había vuelto a controlar su temperamento y parecía divertido mientras describía cosas tan indecentes como bailar con hombres y hablar con ellos.

Era muy peligroso mezclar los sexos de ese modo. Ella lo estaba descubriendo y aquel era solo un hombre. Se sacudió mentalmente. Era increíble la sensación que causaban el peligro y el miedo. Por un momento había perdido toda inhibición y había quedado solo un impulso primitivo de yacer con aquel hombre, de revolcarse desnuda en el suelo con él. Solo le quedaba esperar que no se hubiera dado cuenta.

¿Cómo lidiaban las inglesas con aquella proximidad constante del sexo opuesto? Pero quizá ellos no estaban tan solos como ella con Nick; quizá había reglas y mujeres casadas más mayores para impedir que las cosas se pusieran… elementales.

Pero a las mujeres inglesas se les permitía enamorarse, o eso le había dicho su madre. Incluso en Kalatwah, para una dama de la corte que tuviera influencias existía la posibilidad de elegir. «¿Por eso he rechazado esas ofertas de matrimonio? ¿Creía que me pasaría a mí lo que le pasó a ella?».

Al parecer, su madre había visto un día a su padre y a continuación había actuado de un modo escandaloso para intentar conocerlo. Anusha no podía entenderlo. La única vez que había visto a un inglés como mujer adulta no había sentido el deseo de entregarle su futuro por muchas sensaciones sensuales que le produjera. Y su madre había cometido la estupidez de enamorarse y de creer que George Laurens también estaba enamorado. Obviamente, no había sido así. O había dejado de amarla después, lo cual probaba lo veleidosos que eran los hombres. ¡Qué cruel!

Puso a Rajat al lado del caballo gris para no tener que mirar a Nick montando delante de ella. Eso había sido lo que había llevado a todo aquello en primer lugar.

—No quiero ser una dama inglesa —declaró.

—¿Y qué quieres, pues? —preguntó él, todavía tolerante. Anusha lo miró de soslayo, pero él tenía la cara seria.

—Viajar.

No se le había ocurrido hasta aquel momento, pero después de conocer la libertad y la aventura peligrosa de ser libre, era como si pudiera ver el mundo entero desplegándose ante ella.

—He leído que las damas europeas solteras de rango viajan solas, a menudo disfrazadas —dijo—.

He leído sobre una tal lady Montague y otras. Iré a Europa, al norte de África y a las tierras del Mar Medio.

Si iba de un lugar a otro y no se instalaba en ninguno, no tendría que decidir quién era ni que afrontar el no pertenecer a ninguna parte.

—Excéntricas que se han quedado para vestir santos —repuso Nick con disgusto—. Ricachonas con un avispero en el sombrero. Acaban viejas y enfermas, muriendo en castillos en ruinas lejos de familia y amigos, víctimas de aventureros y cazadotes.

—¿Vestir santos? ¿Las damas trabajan, pues? ¿Y por qué tienen avisperos en el sombrero? Lo de los sombreros sí lo entendía. Su madre le había hablado de los absurdos sombreros ingleses. Y del pelo falso que usaban aunque tuvieran buen pelo propio, y de los corsés que pinchaban y de otras cosas.

—Lo de vestir santos es una expresión para las mujeres que siguen solteras y ya han pasado la edad de casarse. Son solteronas. Y «tener un avispero en el sombrero» es tener una obsesión tonta con algo.

—¡Ja! Pues yo no soy una solterona, simplemente no quiero rendirme a ningún hombre. Y no tengo avispas en el pelo. Pero cuando tenga mi dinero…

—¿Qué dinero? —preguntó él. Y esa vez ella vio que sonreía y deseó pegarle.

—Mi padre es un hombre rico, ¿no? Así que yo también soy rica. Soy su única hija.

—Te fijará una paga, por supuesto. Y cuando te cases con un hombre al que él apruebe, te dará dinero para tus hijos.

Decía la verdad. Anusha había aprendido a creer lo que decía Nick con la voz tranquila que usaba cuando explicaba algo. O sea que ella tendría dinero, aunque tendría más cuando se casara. Y tenía sus joyas. No había muchas, pero eran buenas. Y quizá su padre se sentiría culpable por el modo en que las había tratado a su madre y a ella y podría persuadirlo de que le diera más dinero y joyas, las suficientes para huir con ellas.

Había sido una tonta al comunicar sus planes a Nick, aunque él se burlara y no creyera que podía hacerlo.

—¿Es aceptable que una dama esté a solas con un hombre como estoy yo contigo? —preguntó un rato después.

Seguramente no, si existía la posibilidad de un beso como el que acababan de darse.

Él apenas la había tocado y, sin embargo, a ella le latía todavía el corazón con fuerza cuando pensaba en ello.

—No lo es. Es escandaloso. Pero no es necesario que nadie lo sepa cuando lleguemos a Calcuta —repuso Nick .

Había algo en su voz, o quizá en la repentina

tensión en su cuerpo, que lo advertía de que pisaba terreno peligroso, pero no entendía por qué.

—Sí, pero si lo supieran, ¿pensarían que ya no soy virgen y se negarían a recibirme? —insistió.

—¿Estás sugiriendo que asumirían que te había forzado? —preguntó Nick con voz tan anodina que ella tardó un momento en captar su furia.

Aquello podía ser una salida para no tener que convertirse en una dama inglesa.

—Bueno, podría haber sospechas… —comentó.

Había cometido el error de pensar en voz alta y él no tardó en atacar.

—¿Y tú ensuciarías mi nombre y harías que se cuestionara mi honor solo para poder escapar de los planes que tiene tu padre para ti?

Su furia resultaba ya tan clara como si le hubiera golpeado la cabeza con una cazuela de bronce.

—Lo siento —tartamudeó ella—. ¿Pensarían muy mal de ti?

—Me expulsarían de la sociedad decente y eso pondría en peligro mi posición en el ejército, además de causarme una profunda vergüenza personal —respondió él con voz tensa.

Tenía la vista fija al frente, entre las orejas de Pavan, pero el color que cubría sus mejillas era como una bandera de advertencia. Parecía muy enfadado, casi como si ella hubiera zaherido su conciencia. Lo cual era absurdo, porque él se comportaba tal y como debía.

—Entonces yo jamás diría anda —se apresuró a asegurarle.

El honor de los ingleses era muy diferente al de los indios. Cualquier noble indio que tuviera una oportunidad así la aprovecharía sin vacilar, la usaría a ella como moneda de cambio para arrancarle concesiones y riquezas a su tío a cambio de casarse con ella, que había quedado comprometida y avergonzada. Esos indios considerarían un tonto a Nick. Y él, al parecer, consideraría a los indios malvados y sin principios.

—Pero… alguien sabrá que estamos juntos.

—Habrá un puñado de personas que sabrán que este viaje no se ha hecho con una escolta de tu tío. Tendrán la impresión de que mi criado iba conmigo y a ti te acompañaban un eunuco del palacio y una doncella —él parecía haberse relajado de nuevo un poco.

—Entonces quizá sea mejor que finja que soy tu hermano —dijo ella—. Voy vestida como un chico. Si practicamos eso, podremos entrar en Calcuta sin que se fijen en nosotros —y eso haría la vida mucho más cómoda. Nick emitió un sonido que era algo entre una risa y una mueca—. ¿No crees que puedas pensar en mí de ese modo? —en realidad, ella tampoco podía imaginarlo como un hermano—. ¿Tu hermana, pues?

—No tengo hermanas, así que no sé cómo comportarme con ellas, pero te aseguro que me cuesta mucho imaginarte en ese papel —esa vez soltó una carcajada clara, aunque un poco nerviosa.

—¿Y tienes hermanos?

—Soy hijo único, a menos que mi padre se haya vuelto a casar, pero dudo que haya encontrado a nadie que lo aguante.

—¿Y tu madre ha muerto?

—Sí.

Él apretó la mandíbula y Anusha adivinó que no quería compasión por eso. Ella lo entendía. Cuando la gente la compadecía por la muerte de su madre, sentía deseos de gritar.

—Pero tu padre envió lejos a su único hijo. ¿No deseaba tener a su heredero a su lado?

—Había poco que heredar —respondió él—. Mi padre es un segundo hijo y le tocaba a él abrirse paso en el mundo. Podía haber entrado en el Ejército, en la Marina o en la Iglesia, o haber ampliado la pequeña propiedad que heredó de un tío suyo. Eligió casarse con una mujer por su dinero y después gastarlo en la bebida y el juego. Ella cometió el error de enamorarse de él y pasó el resto de su vida sufriendo.

—Su padre debía estar muy enfadado —aventuró ella.

Debía haber sido horrible crecer en un hogar así. La madre de ella también había sufrido, pero al menos la ruptura había sido definitiva y no había tenido que vivir con el hombre que la despreciaba.

—Mi abuelo lo repudió.

Nick lo dijo a la ligera, como si no fuera nada importante, pero Anusha percibió que lo era, que era como una manta negra sobre la conciencia de Nick.

—¿Y por qué no quiso tu padre conservarte a su lado? Sería más lógico...

—Yo no le servía de nada y lo criticaba. Cuando murió mi madre... —se interrumpió como si se diera cuenta de que traicionaba más secretos de lo que era su intención—. Nos peleábamos mucho. Parece que veía un reproche en mí siempre que me miraba. Yo me parecía a mi madre y probablemente era un mocoso mojigato.

Ella sentía todavía muy hondo el dolor del rechazo de su padre doce años atrás. ¿Cómo sería tener un padre que te desdeñaba y un abuelo que había apartado a su hijo, y por lo tanto también a su nieto?

—¿Tu abuelo vive todavía? ¿Es un hombre importante?

—Sospecho que vivirá eternamente. Ahora tiene sesenta y ocho años y, según mis informes, sigue siendo un hombre duro. En cuanto a importancia, es un marqués. Como un marajá, supongo. Un duque estaría por encima de un marajá y el marqués sigue al duque. Luego un conde es un noble de tercer rango, un rajá.

La madre de Anusha había intentado explicarle los nobles ingleses, pero era algo muy complicado y extraño.

—¿Y tú eres un milord? —preguntó ella.

—No, yo no tengo el título. Mi padre es el honorable Francis Herriard. Su hermano mayor usa el segundo título de mi abuelo, vizconde de Clere. Y lo llaman lord Clere. Mi abuelo es el marqués de Eldonstone —miró la cara de la joven y le sonrió—. ¿Confusa?

—Mucho. ¿Por qué no eres un príncipe?

—Porque solo los hijos de los reyes son príncipes, y normalmente también son duques.

—Pero… —ella se interrumpió al ver que Nick olfateaba el aire.

—Huele a humo.

¿Gente? ¿Peligro? Su daga, la que llevaba en la bota y Nick no había encontrado, seguía allí. Ella cerró los dedos en la empuñadura y se preparó para lo que pudiera pasar.

Siete

Nick inhaló profundamente.

—Hay un pueblo ahí delante. Huelo a humo de excremento de vaca.

—¿Será seguro? —preguntó ella.

«Por favor, que diga que sí —suplicó la parte cansada y asustada de su mente que tanto se esforzaba ella por ignorar. La idea de la compañía de otras mujeres, de poder lavarse, dormir en una cama, aunque fuera solo un *charpoy* pobre con sogas trenzadas en un armazón de madera, la llenaba de anhelo. Y era solo el segundo día.

Anusha enderezó la columna. Había presumido de ser una *rajput* y no mostraría debilidad aunque Nick dijera que el pueblo no era seguro y tuvieran que volver a pasar la noche al aire libre y sin comida.

Él la miró.

—Esperemos que sí. Ha sido un día ajetreado

y yo personalmente ya he tenido suficiente. Esto está muy lejos de cualquier fuente de noticias y no creo que hayan oído hablar de nosotros.

Vieron primero las cabras y después las ovejas. Niños pequeños con cayados en la mano guardaban a los animales y los perros salieron a su encuentro ladrando.

—¡*Are*! —llamó—. ¿Dónde está vuestra casa?

Los niños se colocaron a su alrededor, muy delgados, vestidos con taparrabos, con ojos oscuros y lenguas impacientes, charlando con nerviosismo y atropellándose unos a otros para señalar su aldea a aquel hombre tan grande que iba a caballo. Anusha les oyó decir que seguramente era un rajá, un gran guerrero con armas de fuego.

—¿Vienen muchos hombres a caballo por aquí? —preguntó ella, dirigiéndose al chico más alto.

—No. Ninguno desde que vinieron los recaudadores de impuestos antes de las lluvias.

Nick la miró y asintió con aprobación por la pregunta. Sus perseguidores no habían llegado hasta allí y, al menos por esa noche, estaban a salvo.

—Somos viajeros —dijo él—. ¿Nos lleváis ante el jefe?

Los chicos echaron a correr delante de ellos y los perros los acompañaron ladrando. El pueblo apareció detrás de un montículo bajo; más o menos una docena de chozas de barro, con los tejados formados de ramas y paja y rodeado todo ello por una pared de ladrillos de adobe remendada aquí y allá con espinos.

Las mujeres, que estaban reunidas alrededor de un pozo, se volvieron, se taparon la cara con los velos con una mano y equilibraron los recipientes de cobre con agua en sus cabezas con la otra. Sus ropas eran de colores vivos: escarlata, naranja y verde chillón. Los hombres se arremolinaron en la entrada y los niños guardaron silencio cuando el jefe se adelantó a tratar con aquella visita inesperada.

Era un hombre encorvado de hombros delgados, pero había sido alto en otro tiempo. El mostacho blanco le caía por debajo de la barbilla y llevaba un turbante enorme, una mezcla de telas blancas enrolladas juntas.

Nick desmontó, soltó las riendas y juntó las manos.

—*Namaste*.

Anusha siguió su ejemplo y esperó detrás de él mientras les devolvían el saludo.

—Venimos del oeste —dijo Nick en su hindi perfecto—. Viajamos al Jumna a navegar para llegar a la madre Ganga y buscamos refugio para la noche.

La mención del sagrado río Ganges produjo murmullos y gesticulaciones. Los aldeanos sentirían que habían hecho méritos ayudando a los peregrinos.

—Bienvenidos.

Los ojos acuosos del jefe estudiaron a Nick y después a ella cuando se colocó a su lado, tapándose la nariz y la boca con el turbante. No quería ofender.

—Esta dama está bajo mi protección. La llevo con su padre —dijo Nick.

Los indios eran demasiado educados para mirar fijamente o hacer especulaciones. El grupo se abrió, los guiaron hasta las cabañas y el jefe llamó a las mujeres:

—¡Esposa! ¡Hijas! Dad la bienvenida a nuestros huéspedes.

Anusha esperaba que a ella la llevaran fuera de la vista, pero el jefe se limitó a hablar con Nick mientras caminaban en dirección a la choza más grande. Nick se volvió a mirarla.

—¿Beberás opio? —preguntó.

Anusha sabía que era un recibimiento tradicional en los pueblos, aunque a ella nunca se lo habían ofrecido.

—¿Tú consumes opio? —preguntó.

—¿Quieres decir si lo fumo? —él hizo una mueca—. Lo he probado. Creo que en mis tiempos he probado todo lo que ofrece esta tierra que pueda llevar al olvido. Pero no, ahora no lo fumo. Los sueños que produce no llevan a ninguna parte. Pero así es inofensivo. Lo máximo que puede hacer es ayudar un poco con el cansancio y las magulladuras.

Se sentaron con las piernas cruzadas en una estera de paja enfrente del jefe, que estaba flanqueado por dos hombres que se parecían lo bastante a él para ser sus hijos. El jefe colocó, con el cuidado estudiado de un ritual, una sustancia marrón oscura en un embudo de tela y echó agua. Cuando cayó sobre un recipiente de madera en forma de barco, uno de los otros volvió a echarla en otro embudo de tela. Estuvieron algún tiempo con ese cuidadoso echar agua, recoger y volver a echar. Anusha empezaba a sentirse mareada. Quizá aquello era parte del proceso para relajar a los huéspedes tensos.

Por fin el viejo pareció satisfecho. Sirvió un poco del líquido en el pequeño *lingam* de Shiva del centro de una mesita redonda, curvó su mano derecha, la llenó y se la tendió a Nick. Este se inclinó y bebió directamente el líquido por el lateral de la arrugada palma.

El hombre hizo una seña a Nick, que extendió su mano derecha, la curvó para recibir un chorro de líquido y miró a Anusha.

—Bebe.

Ella se inclinó como había hecho él y pegó la boca al lateral de la mano, debajo del dedo meñique. La piel bajo sus labios era cálida; el contacto parecía íntimo y sensual. Un gesto de confianza.

—Succiona —murmuró él.

Y ella lo hizo y tragó el líquido amargo. La mano se movió y los labios de ella se movieron en la palma. Sacó la punta de la lengua para capturar la última gota. Alzó la vista y vio los ojos de él oscurecidos y fijos en su rostro. Se echó hacia atrás despacio, con la vista clavada en la de él.

El jefe tosió. Nick se volvió e inclinó la cabeza.

—*Dhanyvad*.

Anusha también se inclinó y repitió las gracias.

—Ahora vete —murmuró él—. Las mujeres han venido a buscarte.

Anusha despertó desorientada y rígida en un fino colchón guateado de algodón. Las sogas crujieron bajo ella cuando se movió y a su olfato llegó olor a comida, a ganado y a fuegos de excrementos de vaca.

Recordó que estaban en el pueblo y se sentó. Miró a su alrededor, los límites en sombra de la choza redonda.

—¿Estáis despierta? —preguntó una voz suave detrás de ella.

Anusha se volvió y sonrió a la anciana que estaba en pie en el umbral de la puerta. Una mujer vestida con ropa de chico debía resultarle extraña.

—Sí. He dormido bien —la mujer entró más adentro, y por la cantidad de brazaletes que llevaba y el tamaño del aro de su nariz, Anusha comprendió que debía ser una de las esposas del jefe.

—Gracias por vuestra hospitalidad. Sois muy amable.

La mujer hizo un gesto con las manos. La hospitalidad con los viajeros era algo elemental.

—¿Dónde está vuestra ropa de mujer? —preguntó.

—No tengo. Tuve que dejarla atrás.

—Ese hombre, ese *angrezi* que habla como nosotros, ¿es vuestro amante?

—No. Es mi escolta. Mi guardaespaldas para llevarme con mi padre. Hay un hombre que quería casarse conmigo por la fuerza y… mi padre no quiere que me despose.

Le dolía en el orgullo usar a su padre como excusa, pero era una explicación que la otra mujer entendería.

—¡Ah! Me llamo Vahini. ¿Y vos?

Anusha pensó en mentir, ¿pero de qué serviría?

—Anusha. Y él es *sahib* Herriard.

Oyeron susurros fuera.

—Adelante. Nuestra visitante está despierta —dijo Vahini. Y la choza se llenó con una docena de mujeres de distintas edades—. Esta es Anusha y no tiene ropa de mujer y huye de un mal hombre para ir con su padre.

Las mujeres murmuraron comprensivas.

—No pude llevarme ropa; tuve que salir corriendo —explicó Anusha.

Aquello provocó chasquidos de lengua y movimientos de cabezas. Una de las mujeres más jóvenes se puso en pie.

—Tiene mi estatura. No está bien que esté con un hombre y tenga que vestir como un chico.

—No puedo montar como una mujer —protestó Anusha cuando la joven salió de la choza.

—Pero cuando no estáis viajando, él debería veros como a una mujer —dijo una de las otras—. Es lo que debe ser. Padma tendrá algo.

Cuando regresó Padma, llevaba los brazos llenos de telas.

—Esta noche debéis poneros esto —dijo. Mostró un *kurta* azul brillante, *lehenga* y pantalones rojos. Había también sandalias, un velo rojo de gasa y un pañuelo largo azul.

Anusha las miró. Eran pobres. Probablemente aquella era la mejor ropa de Padma y tendría poca; quizá incluso era su ropa de boda. No tenía un regalo con el que corresponder, solo gemas que no serían de utilidad a unos aldeanos que vivían a leguas de cualquier parte y a los que probablemente engañarían si intentaban venderlas.

—Sois muy amable y la ropa es preciosa —Anusha pasó la mano por los preciosos bordados metálicos alrededor de los dobladillos—. Cuando llegue a la casa de mi padre, haré que os la devuelvan junto con un regalo de agradecimiento.

—Ahora traeremos agua y os lavaréis —anunció Vahini. Y algunas jóvenes salieron al oírla—. Y podréis hablarnos de vos. ¿Cuántos años tenéis?

Al parecer, lavarse y cambiarse iba a ser un

asunto público. Anusha se lo tomó bien. Estaba dispuesta a responder a algunas preguntas con tal de estar limpia.

Las mujeres se reunieron en torno a los hogares de cocinar, con la luz del fuego parpadeando en sus caras, reflejándose en los aros de la nariz, en los brazaletes y en las sonrisas. Detrás, en una de las chozas, lloró un niño dormido y alguien se levantó para acudir a él. Otras iban y venían con agua, verduras cortadas, o llevando comida a los hombres que estaban sentados delante de la choza del jefe.

Anusha se sentía sosegada y, sin embargo, también emotiva. El modo en que vivían aquellas mujeres estaba muy alejado de la vida privilegiada e instruida de su madre, pero la habían acogido como a una hija perdida. Había sido como volver a hablar con su madre. Le habían preguntado por sus pretendientes, contado los acuerdos matrimoniales de las mujeres más jóvenes, reído de sus esposos y gastado bromas con Nick.

Paravi era una buena amiga, pero no podía hablar con ella como había hablado con su madre. Y por supuesto, aquellas mujeres, aunque buenas y maternales, no eran lo mismo. Su *mata* había muerto un año atrás de unas fiebres repentinas. Un día estaba allí, fuerte, inteligente, apasionada, y al siguiente ya no estaba. En las últimas horas antes de perder el conocimiento, había tomado la mano de Anusha y hablado con voz débil y entrecortada.

—El amor, Anusha —había murmurado—… es la vida. Es lo único. Aunque te parta el corazón. El amor…

A veces el amor parecía algo maravilloso, que hacía que valiera la pena el dolor y la pérdida. Y a veces parecía demasiado peligroso, demasiado riesgo. «¡Oh, *mata*, ojalá estuvieras aquí para hablar contigo!».

Anusha sintió la vista nublada, parpadeó para aclararla y se dio cuenta de que miraba a Nick, que estaba sentado con las piernas cruzadas en una esterilla al lado del jefe, en el centro del grupo de hombres. Todos fumaban puros de humo negro que ella sospechaba que habían salido de las alforjas de él y discutían acaloradamente, aunque también cuidaban de que cada uno diera su opinión.

Nick dijo algo con la cara seria y todos estallaron en carcajadas, secundados por los chicos que estaban escondidos detrás de la choza mirando a los mayores. Alguien les gritó y salieron corriendo.

Al fin se colocó la comida, apagaron los puros en la tierra y los hombres empezaron a comer. Solo entonces se reunieron las mujeres alrededor de su fuego y empezaron también a comer. Anusha se sentó, cuidando su ropa, donde podía ver a Nick por debajo del dobladillo del velo cuando lo alzaba para comer. Él estaba tan relajado y cómodo que resultaba difícil recordar que era un miembro de la Compañía, un soldado extranjero y aliado del padre que la había rechazado.

—Es un hombre hermoso —dijo alguien, y las mujeres asintieron con la cabeza—. Se mueve como uno de nosotros —añadió la mujer—. Es un guerrero.

—Sí —asintió Anusha—. Es un guerrero valiente y hábil —«y listo», pensó, recordando el modo en que había esquivado a las tropas del marajá.

—Quizá vuestro padre os entregue a él —sugirió otra voz—. Os daría buenos hijos.

—¡No!

Nick alzó la vista y la miró a ella, aunque Anusha iba tapada con el velo y él no podía saber qué ropa llevaba. Ella dejó caer el dobladillo del velo con el corazón oprimiéndole el pecho.

Un guerrero valiente y hábil. Un hombre atractivo a pesar de su aspecto extranjero y de aquellos astutos ojos verdes. Un hombre amable a pesar de sus órdenes imperiosas. Un hombre que mostraba respeto tanto a un rajá como a un humilde aldeano. Fue como si las barras de una cerradura entraran en su sitio, produciendo cada una un clic en el cerebro de ella. En el *zanana* se aprendía pronto a forzar cerraduras para buscar tesoros y secretos. ¿Era Nick Herriard un tesoro que ella quería poseer?

—No quiere una esposa —respondió.

«No puede ser él».

Lo cual era bueno, por mucho que ella lo deseara. Y el anhelo en su vientre y el cosquilleo que sentía cuando la tocaba le decían que lo deseaba. Pero también lo temía.

Él la entregaría a su padre y luego la vigilaría como el podenco de caza de su padre, alerta a cualquier intento de fuga, pues ella había sido tan tonta como para dejarle entrever sus sueños y esperanzas. Si era tan tonta como para enamorarse de él, sería tan vulnerable como había sido su madre, pues aquel hombre se parecía mucho a su padre: fuerte, independiente y arrogante en su seguridad en sí mismo. Si quería algo, iría a por ello; y cuando no lo quisiera, ningún sentimiento le impediría rechazarlo.

Pero aunque él la deseara, su deber para con su padre le impediría hacer nada con ese deseo.

«No puede ser él», se repitió ella. Y se estremeció por la soledad que la embargó. Estaría atrapada en el mundo extraño de los ingleses, entre personas que sabían que su madre no se había casado con su padre y que la despreciarían por ello, entre personas que esperaban que llevara aquella ropa horrible y actuara como ellas. Y nunca sería libre. Siempre estaría fuera de lugar.

Terminaron la comida y fregaron los platos. Anusha intentó ayudar y se vio empujada de vuelta a su sitio; era una invitada. En el palacio jamás se le habría ocurrido ni siquiera tender un plato a la criada. Ahora veía las manos delgadas y encallecidas de las mujeres que compartían su comida con ella y le daba vergüenza verse servida.

—Por favor, dejadme hacer algo.

La mujer más próxima sonrió y entró en su choza. Salió con el bebé intranquilo en brazos y se lo pasó. Anusha lo acunó con cautela y le chasqueó la lengua. El niño arrugó la carita, disponiéndose a llorar, pero lo pensó mejor y la miró con fijeza. Anusha le devolvió la mirada y le acarició la mejilla con el dedo. Él soltó la mano de la ropa que lo envolvía y le agarró el dedo.

Ella empezó a canturrear, meciéndolo adelante y atrás, sosegada por aquel peso cálido en los brazos. Pronto regresó la madre, sonriente, y se llevó al bebé a la choza para acostarlo. Anusha sintió una punzada de tristeza. La libertad sin marido implicaba que no tendría hijos propios a los que mecer ni manecitas que agarraran confiadamente la suya. Sintió calor en los ojos y respiró hondo. ¿De dónde había salido aquel deseo fiero por un hijo? La sinceridad le dio la respuesta. De su deseo por Nick. Unos hijos de ambos serían altos, de piel dorada, ojos claros y pelo castaño. Se recordó que también serían rehenes de la fortuna, como había sido ella.

El ritmo de los tambores la sobresaltó y alzó la vista dispuesta a salir corriendo, hasta que comprendió que era el sonido de los tambores de mano que tocaban en el círculo de los hombres. Se relajó y el golpeteo adoptó una pauta, una tabla de dieciséis golpeteos. Los demás hombres empezaron a dar palmadas en los golpeteos indicados: uno, cinco y trece, con un giro de la mano en el vacío, el noveno.

Las mujeres se volvieron a mirar, dando también palmadas, y uno de los hombres se levantó y empezó a bailar con los pies descalzos sobre la tierra dura, con el cuerpo girando y balanceándose. Otro hombre se levantó, dos más lo siguieron y la música se hizo más fuerte al unirse otro músico. Anusha vio que era Nick y sus manos se movían sobre las pieles tensas de la tabla como si conociera aquella música desde su nacimiento.

—Vamos —dijo Vahini.

Las mujeres se levantaron y empezaron también a bailar, fuera de la vista de los hombres, con las faldas formando campanas multicolores al girar. Anusha no necesitó más invitación. Sus anhelos y dolores, la punzada de melancolía por el bebé, el deseo por Nick… todo desapareció en la embriaguez familiar del baile.

Alzo la vista cuando se reunió con las manos

cruzadas con la mujer que había enfrente de ella y giró en el centro del círculo de las bailarinas que daban palmadas. Se echó hacia atrás y las estrellas brillaban sobre ella en el terciopelo azul profundo del cielo, ascendían columnas pequeñas de humo y más allá de la aldea aulló un chacal, infinitamente solitario.

El ritmo de los tambores se convirtió en el pulso de Anusha, el pulso del deseo y la necesidad de bailar para Nick, algo que no debía hacer, algo que solo hacían las cortesanas o las mujeres malas.

La risa de las mujeres sonaba clara por encima de los tambores. Una de ellas cantaba una canción sin palabras para marcar la melodía. Nick miró en aquella dirección, con cuidado de no ofender con la mirada, pero estaban escondidas detrás de las chozas y solo se veían sus sombras bailando contra las paredes.

Anusha bailaba con ellas, él oía su risa y la oyó cantar. No habría podido decir cómo sabía que era su voz. Nunca la había oído cantar, ni tampoco reír en voz alta. Pero allí estaba, feliz por el momento. Nunca había conocido pobreza ni sencillez como aquellas, pero se sentía a gusto. ¿Reiría así después de que George la convirtiera en una dama inglesa?

Estuvo a punto de perder el ritmo y se concentró en la piel tirante que tenía bajo los dedos. Ella era una mujer soltera y su sitio estaba con su padre primero y con su marido después. El mundo indio que había conocido durante años ya no era seguro para ella.

¿Por qué, entonces, sentía él aquella incertidumbre en su mente? Perdió el ritmo y alzó una mano para disculparse cuando el bailarín le lanzó una mirada de reproche. Sentía lástima por ella, eso era todo. Pronto tendría esposo e hijos.

Alguien empezó a cantar una canción de amor, anhelante y sensual. Nick dejó que sus manos siguieran el nuevo ritmo sutil. El ritmo era un eco de su pulso y el pulso se convirtió en una necesidad, una exigencia física terriblemente insistente.

«Maldita mujer».

Ella no hacía nada para provocarlo sexualmente, carecía de experiencia para eso, fueran cuales fueran sus conocimientos teóricos; y sin embargo, él la sentía como si estuviera sentada a su lado pasando los dedos largos y fríos por la espalda de él, por sus piernas…

El baile terminó con un grito del cantante. Nick luchó por controlarse, agradecido a la tabla que tenía en el regazo y que ocultaba su vergonzosa excitación.

—Bien —exclamó el hombre sentado a su lado—. ¿Bailaréis ahora?

—No —repuso Nick—. No puedo bailar.

Lo que quería era su cama, una frasca de *raki* y el olvido, pero sabía que no lo iba a tener. No podía despreciar la hospitalidad de los aldeanos marchándose.

—Cantad, pues —le urgieron los hombres.

Ninguna de las canciones que conocía en hindi podían cantarse con las mujeres cerca, pues eran canciones de campamento, de marchas.

—Muy bien —respondió—. Cantaré en inglés para vosotros.

Aquello provocó un zumbido de interés. Nick empezó a tocar la melodía en su tambor y cantó.

Nuestro aprendiz Tom se puede negar
A limpiar los zapatos del bribón de su dueño,
Pues ahora es libre de cantar y bailar
Sobre las colinas y más allá...

Ocho

La reina ordena y obedecemos
Sobre las colinas y más allá.
Todos viviremos más felices
Si nos libramos de mocosos y esposas
Que regañan y berrean noche y día
Sobre las colinas y más allá.

Al amanecer, las palabras de la canción reso-
naban todavía en la cabeza de Anusha cuando se
vestía la ropa de montar y colocaba cuidadosamente en su fardo la ropa prestada.

Así que era aquello lo que Nick pensaba de las
esposas y los niños, ¿no? Tendría que haberlo adivinado en lugar de compadecerlo porque su esposa
había muerto. Probablemente se habría alegrado
de quedar libre, aunque no lo admitiera.

Cuando salió de la choza, él silbaba la misma

melodía. Anusha se acercó a los caballos y dejó su fardo a los pies de él.

—¿Eso es lo que los ingleses llaman música?

—Sí —Nick se había lavado el pelo, que seguía húmedo y se pegaba a su cabeza a la luz del sol—. ¿Qué te pasa esta mañana? ¿Te has levantado con mal pie o te has pasado la noche bebiendo *raki* con tus nuevas amigas y tienes resaca?

Decía tonterías incomprensibles. ¿Qué más daba con qué pie se levantara? ¿Y qué era esa resaca de la que hablaba?

—Nada de eso. Y eso no es música.

—Es música de soldados —Nick ató el fardo a la silla—. ¿Has comido?

—Sí —ella le dio la espalda y miró las chozas y a los aldeanos, que se ocupaban de sus asuntos mañaneros—. Esta aldea es pobre.

—Siento no haberte encontrado otra mejor, princesa.

—¡No lo decía por eso! —Anusha se giró y tropezó con sus propios pies. Nick la sujetó con una mano en cada brazo y alzó una ceja con burla—. Lo digo porque hemos aceptado comida que no se pueden permitir.

Él asintió.

—Pero no podemos rechazar su hospitalidad y no puedo darles el dinero que necesito para llevarte a casa.

«¿A casa? No es mi casa», pensó ella. Pero había aspectos que podía explotar.

—Haré que mi padre les envíe una vaca preñada.

—¿Una qué? ¿Cómo diablos esperas que transporte sir George una vaca preñada por la mitad de Rajastán?

Ella se encogió de hombros y las manos grandes de él subieron y subieron por sus brazos, causando escalofríos a su paso.

—Tu maravillosa Compañía de las Indias Orientales puede hacer cualquier cosa. Sin duda alguien pensará el modo si se lo ordena el poderoso sir George Laurens.

Los dedos largos de él le apretaron los brazos.

—¿Quién te ha echado vinagre en la lengua esta mañana, Anusha? Yo esperaba que la compañía femenina, comida y una buena noche de sueño te hubieran puesto de buen humor.

—Mi humor no tiene nada de malo. Será mejor que te ocupes de tu pelo. Está mojado y el viento lo está enredando —mientras ella hablaba, el pelo tapó la cara de Nick, que se lo apartó con la mano—. ¡Oh, déjame a mí!

Un mechón se había enredado cerca de las pestañas, que eran espesas y en opinión de ella demasiado largas, pues ocultaban bien sus pensamientos cuando optaba por bajarlas.

—No te muevas.

Nick hizo lo que le pedía y ella le apartó el pelo de la cara, capturó los últimos mechones entre el pulgar y el índice y empujó el pelo a los lados de la cara con las palmas.

—¿Dónde está el cordón para atarlo? —preguntó.

—En mi bolsillo.

Él metió la mano en el bolsillo. Estaban muy cerca, ella con la cara alzada hacia él para ver lo que hacía. Si deslizaba las manos en el pelo, se acercaba un paso más y él bajaba la cabeza...

—Lo tengo. Ya puedes soltarlo.

Anusha alzó las manos y retrocedió. Los pómulos de él estaban enrojecidos. ¿Por el calor de sus manos o por su proximidad? Seguramente no por lo último. Hasta el momento, Nick se las había arreglado para controlar con facilidad cualquier instinto amoroso que ella pudiera suscitarle.

—Despídete, nos marchamos —dijo él. Caminó hacia la choza del jefe.

Anusha lo miró de hito en hito y a continuación sorprendió la mirada comprensiva de Vahini. La otra mujer alzó los ojos al cielo y levantó las manos con las palmas hacia arriba. El gesto no necesitaba palabras. ¡Hombres!

Cuando ella terminó de despedirse, Nick había montado ya y volvía a tener el pelo oculto bajo un turbante.

—Vamos, no nos hemos levantado al amanecer

para perder aquí el tiempo hasta que el sol caliente con fuerza.

Aquello era algo que ella recordaba de la época en que había vivido en la casa de su padre, la obsesión de los europeos por el tiempo y la puntualidad. En el palacio de Kalatwah había un reloj y un hombre que le daba cuerda, pero nadie lo miraba para ver la hora, solo para disfrutar de sus hermosas decoraciones y de las campanillas. ¿Qué importaban un minuto o treinta? El sol era guía suficiente para las rutinas del día.

Los niños corrieron con ellos media milla, con los perros ladrando en sus talones. Cuando los perseguidores se detuvieron, Nick alzó una mano en un gesto de saludo y puso a Pavan al trote. Anusha miró atrás, pero los niños quedaban ocultos por el paisaje y Nick y ella volvían a estar solos.

—No me has enseñado a cargar un mosquete —dijo cuando Nick abatió un par de liebres al día siguiente para comer.

—Cierto. Creo que nos distrajimos hablando de mi llegada a la India.

«Y de cómo nos rechazó mi padre a *mata* y a mí y de esa mujer que vino a ocupar nuestro lugar», pensó Anusha, pero se esforzó por que su cara no trasluciera sus pensamientos.

—Es verdad. ¿Me enseñarás ahora?

—Muy bien —él ató las liebres a la silla y apoyó los tres mosquetes en un árbol—. Yo cargo este. Tú repite todo lo que hago con uno de los otros. Tomas un cartucho así —sacó uno de la bolsa—. Y le arrancas el extremo con los dientes —Anusha hizo una mueca ante el sabor amargo de la pólvora negra—. No, no la tragues, escupe si es necesario. Echa un poco dentro así. Baja el martillo, pero no des golpe, echa el resto en el cañón con la bala y saca la varilla.

Esperó con paciencia mientras ella se esforzaba por sacar la larga varilla, con las manos por encima de la cabeza hasta que descubrió que podía subirse a una piedra.

—Y empuja la carga hacia abajo. Pon la varilla en su sitio. Ya está, has cargado un mosquete.

—Ha sido muy lento —gruñó ella.

—Sí. Nos habría alcanzado el enemigo o comido el tigre antes de terminar. Prueba otra vez.

—Necesito más práctica —se lamentó Anusha cuando el segundo mosquete tardó casi tanto como el primero—. Tú lo haces muy deprisa.

—Yo me entrené hasta ser capaz de cargarlo en el fragor de la batalla o en la oscuridad. Incluso encima de un elefante —Nick le quitó el mosquete y pasó la mano por el cañón como un amante acariciando a una mujer—. Como todas las cosas, necesita práctica —alzó la vista—. ¿Qué he dicho ahora para que te ruborices?

—Nada.

Práctica. Por supuesto, hacer el amor también requería práctica, no solo la teoría adquirida en los libros y de escuchar a las mujeres casadas. Al principio ella sería torpe. Sus sueños tontos de que Nick la abrazara y quedara cautivada por sus habilidades sensuales eran solo eso... sueños. Y por supuesto, si él intentaba algo así, se impondría el sentido común y ella lo apartaría, lo abofetearía y le recordaría quién era él y quién era ella.

—Nada en absoluto —repitió.

Y además, ella no quería que le hiciera el amor. Era atractivo, pero era un hombre de su padre y no sentía ninguna simpatía por ella. Quizá Nick estaba celoso de ella. Sopesó aquella idea mientras él devolvía los mosquetes a sus fundas en las sillas de montar. Había sido como un hijo para su padre todos aquellos años y ahora llegaría una hija de verdad a la casa.

—¿Te gusta luchar? —preguntó.

—Sí —contestó él sin vacilar.

—¿Matar?

—En sí mismo, no. Si el enemigo se rinde o se retira, yo estoy encantado, pero si quiere matarme, entonces... —se encogió de hombros—. Encuentro satisfacción en la política de la guerra, en el uso de la fuerza para ganar poder y luego utilizarlo. Pero me gusta hacer eso hablando y negociando tanto como luchando.

—Habrías sido un mal comerciante —observó ella cuando se ponían de nuevo en marcha.

—Creo que sí. Sir George también vio eso. Los dos me conocéis mejor de lo que me conocía mi padre.

—Quizá cuando eras tan joven él no se daba cuenta de que querías ser un guerrero.

—Quizá no. Yo desde luego no me la daba.

Guardaron silencio y los caballos empezaron a subir una pendiente hacia lo que debía ser un arroyo, aunque los árboles y arbustos ocultaban el agua.

—¿Dónde estamos?

—A unas setenta y cinco millas al oeste de Sikhandra. Si continuamos en esta dirección, encontraremos el río Jumna justo encima o debajo de esa ciudad y allí podemos tomar un bote hasta la confluencia con el Ganges y después bajar hasta Calcuta.

Nick hablaba con aire ausente. Movía la cabeza escrutando el terreno delante de ellos y el suelo cada vez más blando debajo de los cascos de los caballos.

—¿Qué buscas?

—Tigres.

—¡Oh! —exclamó Anusha.

Había visto muchas cacerías de tigres, pero solo con grupos de hombres armados, batidores, elefantes y empalizadas fuertes para los espectadores. Allí fuera tenía la sensación de que un tigre la mirara por la espalda.

—Me consuela pensar que un tigre probablemente se asustará tanto de nosotros como nosotros de él.

—¿Tú te asustas? —preguntó ella.

Aquello no la ayudaba. No quería que Nick se asustara de nada.

Recordó que había admitido tener miedo de la cobra pero la había matado sin vacilar. Los soldados debían tener miedo gran parte del tiempo y tenían que aprender a ignorarlo. A ella le gustaría poder hacer lo mismo.

—¡Oh, sí! —respondió él.

A Anusha le dio un vuelco el estómago. Ahora estaban entre hierbas altas, por encima de las cabezas de los caballos.

—Aquí puede haber de todo. Rinocerontes, búfalos, tigres, leopardos —dijo él—. Sigue hablando en voz alta.

Anusha sentía la boca tan seca como el polvo. Buscó algo que decir mientras Pavan bajaba por la orilla del arroyo y subía por el otro lado.

—Mira —Nick señaló el barro—. Huellas de tigre —las huellas parecían enormes.

—Me gustaría ir en un elefante —confesó Anusha cuando subían por el otro lado.

—Pues ya somos dos —asintió Nick—. Pero la hierba ya empieza a hacerse más corta.

—¿Qué hacemos si nos ataca uno? —ella intentaba hablar con la misma ligereza que él.

—Yo lo mataré con suma habilidad y valentía y tú corres en dirección contraria tan deprisa como puedas.

Aquello resultaba reconfortante.

—¿Has matado muchos tigres?

—Este sería el primero.

—¡Ah! ¿No deberías infundirme confianza diciéndome que no hay peligro y que lo tienes todo controlado? —preguntó ella, que se despreciaba porque le temblaba la mano en las riendas.

—Si fueras una chica sin cerebro, lo haría. Pero tú no te lo creerías. Y además, si estás nerviosa, seremos dos vigilando como halcones. Ya está —añadió cuando salieron de la hierba alta a terreno más alto y seco—. Ahora podemos ver durante millas.

Anusha respiró aliviada.

—¿No soy una chica sin cerebro? —preguntó.

—No. Creo que tienes el cerebro de tu padre.

—Tengo el de mi madre —gritó ella—. Era una mujer inteligente y educada.

—Recuérdame que saque este tema la próxima vez que estemos ocultos —Nick clavó los talones en los flancos de su caballo—. Si hubieras hecho tanto ruido antes, todos los tigres en cincuenta millas a la redonda habrían salido corriendo.

—¡Oh! Eres… eres…

Pero él ya no la oía. Anusha tomó las riendas y lanzó su caballo tras él. Era un hombre insolente, intrigante y manipulador. Antes había utilizado su nerviosismo cuando debería dedicarse a aplacar sus miedos y tratarla como a una dama. Lo siguió furiosa.

Habían pasado una noche al aire libre, en una isla de un pequeño río, otro día sin ser molestados por tigres ni perseguidores y después una noche en una choza de pastor abandonada. Anusha se desperezó al amanecer. Quería agua caliente, comida caliente y un montón de cojines blandos.

Nick estaba hirviendo agua para el té de costumbre, que ella había aprendido a tolerar. Él se había mostrado inquieto la noche anterior y la había dejado dormir sola en la choza. Ella lo había oído caminar fuera siempre que se despertaba y ese día tenía sombras como huellas de pulgares debajo de los ojos.

—¿No has dormido nada? —preguntó Anusha. Se acuclilló a su lado y observó su rostro—. Pareces cansado —no quería pensar que él tenía vulnerabilidades; eso lo volvía demasiado real.

—He dormitado.

Nick se incorporó cuando ella alzó una mano para tocar las líneas de fatiga en la comisura de sus ojos. En las últimas veinticuatro horas se había vuelto más taciturno. Anusha buscó en su recuerdo algo que hubiera hecho para enfurecerlo, pero no encontró nada. Quizá simplemente se aburría en su compañía, estaba cansado del viaje. Él dejó de dar patadas al fuego y la miró con el ceño fruncido.

—Ya deberíamos estar cerca del Jumna.

—Eso es bueno, ¿verdad?

—Sí, claro que sí. No hagas caso de mi cambio de humor. Es que estoy… distraído.

«Estoy salido», pensó Nick con crudeza en un esfuerzo por sacudirse mentalmente y concentrarse. Pero era algo más que eso. Él no quería tener una mujer, cualquier mujer. Quería aquella, y para algo más que un revolcón. Quería hacerle el amor lentamente. Quería destapar aquellas piernas largas, aquella piel de color miel, deshacer la trenza de color chocolate y teca. Quería perderse dentro de su cuerpo esbelto y fuerte. «Ese cuerpo inocente», se recordó, como había hecho toda aquella larga noche de pasear inquieto alrededor de la choza, mientras ella dormía dentro.

La urgencia por seducirla chocaba con el instinto de protegerla. Lo había sentido con Miranda, aunque su esposa, a la que había fallado, simplemente se lo esperaba, mientras que Anusha rechazaba sus ofertas o fingía regañarle por asustarla con tigres.

130

Por alguna razón, aunque yacer a su lado al aire libre no había sido muy difícil, la choza cerrada le resultaba peligrosamente íntima y, una vez que esa idea había entrado en su mente, su cuerpo había hecho el resto para garantizarle una noche sin dormir. Y recordarse lo caprichosa, altanera e impredecible… además de intocable… que era ella no había servido de nada.

Y lo peor de todo era que, en las horas de la madrugada, había llegado la sospecha de que aquello que sentía no era solo deseo sino también soledad. Quería tocar algo dentro de ella que Anusha no estaba preparada para dejarle tocar.

El paisaje era gris y violeta en la luz del amanecer. Cuando se pusieron en marcha se fue iluminando poco a poco y los colores se intensificaron hasta que vieron claramente el valle del río ante ellos. Detrás había colinas, todavía de color morado en la sombra del sol. En la distancia, río abajo, una nube de humo marcaba una ciudad o un pueblo grande.

Un carro de búfalos cargado con caña de azúcar cruzó el camino delante de ellos.

—¡*Namaste*! —gritó Nick al cochero—. ¿Qué lugar es ese, hermano? —señaló río abajo—. ¿Es un pueblo grande? ¿Podemos encontrar un bote allí?

—Es Kalpi, hermano —el hombre consideró las preguntas—. Sí, es grande, porque allí hacen azúcar y hay mucho comercio. Seguro que encontráis muchos barcos.

Nick le dio las gracias e hizo virar a Pavan para seguir el rastro arroyo abajo.

—Ya casi estamos. ¿Has viajado antes por un río?

—No, solo he estado en el lago. ¿Es placentero?

—Puede serlo —respondió Nick con cautela.

Solo Dios sabía lo que podrían alquilar o comprar. Algo con un lugar separado para que durmiera Anusha, eso era irrenunciable. No podía pasar más de una semana encerrado de noche con aquella mujer, con sus grandes ojos interrogantes, sus manos suaves y el anhelo en el bajo vientre que él sentía. No, si podía evitarlo.

Estaban ya más cerca del río y este se extendía durante media legua, con numerosos canales que formaban bancos de arena. Contarían con la corriente para impulsarlos, pero necesitarían a alguien que conociera una distancia larga del río, no solo un barquero de allí.

Un movimiento delante de ellos lo devolvió a la realidad con un sobresalto. Tres hombres salieron de los árboles a su derecha, dos a pie y uno a caballo.

Nick se volvió en la silla. Había otros dos hombres a pie detrás de ellos. A su izquierda estaba la orilla escarpada del río, a la derecha el terreno se elevaba en un montículo con muchos árboles. Se habían metido en una emboscada.

—Bandidos —sacó su sable—. Quédate detrás de mí y, pase lo que pase, no pares. Vamos a pasar entre ellos.

Uno de los hombres que iba a pie se arrodilló y alzó algo hasta el hombro.

—Y agáchate. Tienen armas.

Lanzó una mirada rápida a Anusha, vio una daga en su mano y espoleó a Pavan contra el hombre del mosquete. Eso le estropearía la puntería, se levantaría y echaría a correr…

El golpe, el dolor, llegó antes que el sonido del disparo. Nick se tambaleó en la silla y se agarró al pomo con una sensación de fuego en el brazo izquierdo. Clavó bien los dedos y alzó el sable. Pavan, entrenado para el combate, se lanzó contra el bandido golpeando con los cascos y luego se volvió, en respuesta a una presión de las rodillas de Nick, para cargar contra el jinete. Un movimiento del sable y el hombre empezó a gritar agarrándose la cara, donde caía sangre, y se alejó hacia el bosque.

No parecía haber ningún sonido, era como si el tiempo se hubiera detenido. Nick tiró de las riendas de Pavan y el caballo se volvió de nuevo. Anusha había lanzado a Rajat contra el tercer hombre y el caballo se encabritaba y golpeaba. Detrás de ellos, los demás bandidos salieron huyendo.

Los cascos delanteros de Rajat golpearon el suelo y el aterrorizado bandido se puso en pie y corrió hacia los arbustos. Anusha se volvió con la cara blanca y la daga apretada en el puño derecho. Había sangre en ella. Nick vio moverse sus labios, pero no oyó lo que decía. El dolor en el hombro era monstruoso, una bestia que rasgaba nervio y músculo con garras salvajes.

—Vete —consiguió gritar—. Ve al pueblo.

Pero ella no hizo caso. Nick pensó que quizá él no había emitido ningún sonido. Algo iba mal, el suelo no tendría que estar…

Nueve

—¡Lo hemos conseguido!

Anusha giró en la silla con un grito de triunfo, blandiendo la daga. Cinco bandidos y ella había ayudado a Nick a ponerlos en fuga.

Entonces lo vio caer sobre el cuello de Pavan, con el azul de la chaqueta manchado de negro encima del corazón.

—¡No! —gritó. Espoleó a Rajat—. ¡Nick!

El caballo llegó hasta su compañero de establo antes de que Nick cayera al suelo y los animales parecían saber lo que tenían que hacer. Anusha tendió la mano al cuerpo inerte apoyado en el hombro de Rajat y pensó distraídamente que quizá estaban entrenados para aquello. Con una fuerza que no sabía que poseía, volvió a acomodar a Nick en la silla y respiró cuando lo sintió moverse bajo sus manos.

—Gracias, Krishna —ella lo enderezó—. Está

vivo —lo sacudió un poco—. Nick, ¿puedes agarrarte? No me atrevo a desmontar, podrían volver.

—Sí —él abrió los ojos con un esfuerzo visible—. Para la sangre…

Anusha abrió sus alforjas y sacó una camisa de lino que había llevado dos días, pero que era lo mejor que pudo encontrar. Los caballos permanecieron inmóviles como rocas mientras ella abría la chaqueta de Nick. Parecía haber sangre por todas partes, pero cuando ella le puso la mano en la espalda, estaba seca.

—La bala sigue dentro —dijo, colocando la tela debajo de la camisa de él—. ¿Puedes sujetar eso?

Él gruñó. Ella viró a Rajat y Pavan caminó con él como si entendiera la necesidad de mantener a Nick al alcance de ella. Nick consiguió mantenerse erguido en la silla, con una mano en las riendas y la otra sujetándose el hombro. Seguramente lo hacía por pura fuerza de voluntad, pues tenía la cara blanca y los ojos nublados.

Anusha olió la ciudad antes de llegar. El olor empalagoso del azúcar hirviendo llenaba el aire y empezaron a pasar pequeños molinos de azúcar a lo largo del camino, con pares de bueyes uncidos a una viga que hacía girar las ruedas aplastadoras mientras los hombres empujaban las cañas hacia dentro.

—Parecen gente honrada —dijo ella—. Debemos parar.

—No —contestó él. Ella se inclinó para captar

su murmullo—. La ciudad… habrá un agente de la Compañía.

Aquello era verdad. Anusha combatió el instinto de buscar ayuda, cualquier ayuda, lo antes posible y siguió cabalgando. Lo que necesitaban eran un doctor cualificado y alguien con influencia. Empezó a preguntar a gente en cuanto entraron en una calle más ajetreada, con puestos de mercado alineados a los lados, un campamento gitano de hojalateros y más molinos de azúcar. Todos señalaban hacia delante.

Cuando preguntó si había un *angrezi* por allí, le contestaron que había al menos seis. ¿Dónde? En la gran casa o en lugar grande de hervir azúcar o quizá en la orilla del río. ¡Quién sabía lo que hacían los *angrezi*!

Anusha empezaba a desesperarse cuando de pronto vio delante de ella una figura que llevaba un sombrero ancho de paja y cuya cabeza y hombros sobresalían por encima de la gente.

La joven empujó a Rajat hacia delante, gritando en inglés y abandonando a Nick para alcanzar al hombre antes de que se perdiera por una calle lateral.

—¡*Sahib*! ¡Señor, por favor, hay un oficial de la Compañía que está herido!

El hombre la miró con el ceño fruncido y se adelantó. Los porteadores que iban a sus espaldas corrieron con él.

—¿Un oficial? ¿Dónde, muchacho?

—¡Allí! —Anusha señaló con la mano y los hombres corrieron hasta Nick, que se deslizó inconsciente en sus brazos.

—Habrá que sacar la bala, por supuesto. Lo antes posible.

El doctor, de una delgadez cadavérica, miraba a Nick con las manos en las caderas como si estudiara un corte de carne en la carnicería. Su paciente estaba tumbado, desnudo hasta la cintura, en la mejor cama de invitados del agente de la Compañía, en la cual sangraba todavía algo.

—Todavía no —Nick abrió los ojos y Anusha se sentó de golpe en la silla más próxima, ignorada por todo el mundo. Creía que se estaba muriendo, pero él podía hablar. Se pasó el dorso de la mano por los ojos e intentó no llorar.

—¿Y por qué no? —preguntó el doctor Smythe, que tendía ya la mano hacia su maletín de instrumentos.

—Porque eso llevará tiempo, no creo que esté muy bien cuando terminéis y hay cosas que tengo que organizar antes.

—No tienes que organizar nada —explotó Anusha en el rincón. Se acercó a la cama para mirarlo de hito en hito—. Nada. Lo único que tienes que hacer es curarte, hombre estúpido y terco.

El doctor y el agente se volvieron hacia ella.

—Oye, muchacho, puede que tu amo te haya dado licencia para decir lo que piensas —dijo el señor Rowley, el agente—, pero yo no toleraré la insolencia y…

—Caballeros, permítanme presentarles a la señorita Anusha Laurens, hija de sir George Laurens de Calcuta y sobrina de Su Alteza el rajá de Kalatwah —la voz de Nick era pastosa pero sonaba divertida—. La señorita Laurens no necesita que le den licencia para decir lo que piensa, lo hace de todos modos.

—Señora —los dos se inclinaron, ambos claramente escandalizados.

—El mayor Herriard me lleva con mi padre —contestó ella en inglés para dejar descansar a Nick—. Era necesario que no nos encontraran, huir del marajá de Altaphur que desea casarse conmigo, y por eso voy disfrazada de muchacho. Los bandidos nos han emboscado en las afueras de la ciudad.

—¡Inaudito! —exclamó el agente. No estaba claro si se refería a los bandidos, al marajá o a que viajara vestida de muchacho con un hombre. Probablemente a las tres cosas—. Pues aquí estáis a salvo, señorita Laurens. Sin duda querréis cambiaros de ropa y poneros cómoda mientras el doctor trata al mayor Herriard. Mi esposa se encargará de eso.

—No tengo ropa apropiada y no pienso dejar al mayor Herriard —Anusha deseó que los ingleses no fueran tan grandes. Plantó los pies separados en el suelo y enderezó los hombros. Tendrían que sacarla de allí por la fuerza.

—Rowley, necesito un *pinnace*, algo que nos lleve río abajo hasta Calcuta —intervino Nick. Anusha cerró la boca y escuchó—. Y lo necesito con tripulantes, equipamiento y provisiones. También necesito que unos mozos de fiar se lleven a los caballos. Si podéis darme un cálculo de eso, os pagaré ahora y, si falta algo, os lo enviaré cuando llegue.

—Hay tiempo de sobra para preocuparse de organizar eso, por no hablar de pagarlo —el doctor colocaba ya una serie de instrumentos sobre un trozo de lienzo. Anusha tragó saliva—. No estaréis en condiciones de viajar en una semana, será…

—Nos iremos en cuanto preparen el barco —lo interrumpió Nick; se incorporó sobre el codo derecho—. Pasado mañana como muy tarde. Altaphur tiene muchos agentes y habrá enviado órdenes más deprisa de lo que hemos podido viajar nosotros. Si hubiéramos llegado a esta ciudad sin hacernos notar, no me preocuparía tanto, pero ha sido casi como si nos anunciáramos con trompetas.

—Túmbate —ordenó Anusha en hindi—. Estás

tan blanco como la sábana. Eres muy irritante, pero no quiero que mueras —tenía un nudo odioso en la garganta y le aterrorizaba la idea de llorar.

—En ese caso, haré lo posible por no morirme —repuso Nick en la misma lengua; luego volvió al inglés—. Rowley, ¿organizaréis lo del barco y los caballos? —volvió a tumbarse, para alivio de Anusha.

—Ciertamente. No podréis moveros tan pronto como creéis, pero me encargaré de eso inmediatamente si así os quedáis tranquilo. Venid conmigo, señorita Laurens.

—No —ella no pensaba dejarlo a solas con aquel doctor que parecía un esqueleto y sus instrumentos de tortura.

—Pero yo no te quiero aquí —dijo Nick.

El señor Rowley la tomó del brazo y la llevó a un lado.

—Esto no será agradable, señorita Laurens —murmuró—. Si quiere gritar, desmayarse o vomitar, no lo hará mientras vos estéis aquí. Y si os desmayáis, distraeréis al doctor. Pensad en el mayor y no en vos, ¿de acuerdo?

Anusha lo miró fijamente.

—¿Queréis decir que sería egoísta que me quedara?

Él asintió.

—Muy bien —ella se dirigió a la puerta. Abrió la boca, pero volvió a cerrarla. Ninguna de las cosas que quería decir serviría de nada. Quería suplicarle al médico que no lo matara, pero las princesas no suplicaban, daban órdenes. Miró al doctor con altanería.

—Hacedlo bien —dijo—. Si vive, mi tío el rajá de Kalatwah os recompensará. Si muere… —dejó la amenaza en el aire y salió de la habitación.

—¿No tenéis nada de ropa inglesa? —la señora Rowley parecía escandalizada.

—No, y no deseo que me prestéis ninguna; gracias, señora.

Anusha creía que ese era el modo apropiado de dirigirse a una mujer casada, pero no estaba segura. Ya no se sentía como una princesa altiva sino como una niña que había decepcionado a aquella mujer, vestida con un extraño corpiño ceñido y faldas de campana. Obviamente aquella mujer era la señora de la casa, aunque no llevaba ninguna joya.

Era muy extraño, pues allí no había aposentos para las mujeres. La señora Rowley la había llevado a su dormitorio, pero estaba justo al lado de la habitación del señor Rowley y en el pasillo iban y venían sirvientes masculinos y femeninos. Tampoco había casa de baño, solo una bañera, pero Anusha había agradecido mucho el agua fresca, el jabón y las toallas grandes y había intentando concentrarse en lavarse y no pensar en lo que le estaba pasando a Nick.

—Estáis prometida con el mayor Herriard, presumo.

—¿Prometida?

—¿Os vais a casar con él?

—¡Oh, no! Él tenía que escoltar mi caravana hasta la casa de mi padre, que envió al mayor Herriard a buscarme.

—¡Pero no hay caravana!

—No, señora. A causa del ataque del marajá. Pero nadie sabe eso, aparte del señor Rowley, el doctor y vos, claro, así que no importa, porque sé que no diréis nada.

—¿No importa? Claro que importa. Habéis quedado deshonrada, querida —la mujer parecía escandalosamente contenta al pronunciar esas palabras, como si normalmente esperara lo peor y se sintiera gratificada cuando ocurría.

¿Deshonrada? Anusha intentó entender aquello.

—¡Oh, no! —sonrió a la mujer con confianza—. Todavía soy virgen.

La señora Rowley apretó los labios.

—Eso espero. Pero da igual, querida. Debéis casaros con ese hombre; vuestro padre insistirá en ello.

—Eso también da igual. Yo no lo aceptaré.

—¿No lo aceptaréis? Querida, el mayor Herriard es… y vos sois…

—¿Sí? Soy la nieta de un rajá. Así que, si lo quisiera, no habría problema.

«Pero no lo quiero, no como esposo. No quiero a ningún hombre como esposo y él no me quiere a mí».

Los labios de la otra mujer habían desaparecido en una línea fina.

«Si dice que no podría casarme con Nick porque mis padres no se casaron o porque soy mitad india, se arrepentirá de su insolencia».

Su cara debió traslucir algo, pues la señora Rowley se encogió de hombros con petulancia.

—Todo eso puede esperar hasta que lleguéis a Calcuta. No temáis; no dejaré que nadie sepa que estáis aquí.

—Los espías del marajá de Altaphur lo sabrán ya, no me cabe duda.

Pero la casa y su terreno estaban rodeados por una pared alta y había garitas de centinelas en todas las esquinas. Allí estaría bastante segura.

—Me refería a nadie de la sociedad inglesa de aquí.

¿La señora Rowley creía que le preocupaba lo que pensara de ella un grupo de esposas de comerciantes? Anusha estuvo a punto de preguntárselo en voz alta, pero recordó que estaba hablando con la esposa de un comerciante y contuvo su lengua. Necesitaba a aquella mujer, o, mejor dicho, la necesitaba Nick.

—¿Habrá terminado ya el doctor? —la casa estaban muy silenciosa. ¿Había pasado algo y no se atrevían a decírselo?—. Voy a ver lo que pasa.

La señora Rowley se mostró horrorizada, pero por otra parte, esa parecía ser su expresión habitual. La habitación de Nick tenía la puerta ligeramente entreabierta y Anusha acercó la oreja al hueco.

—Si no fuerais tan terco, os desmayaríais, mayor, y eso nos facilitaría mucho la vida a los dos —el doctor parecía hablar entre dientes. Anusha lo compadeció.

—Hubo un gruñido de dolor, seguido del sonido de algo metálico al caer en un bol.

—Ya está fuera. Ahora vendaré la herida y os sangraré.

—Por encima de mi cadáver —Nick parecía levemente sin aliento, pero muy vivo. Anusha se apoyó en la jamba.

—Será vuestro cadáver si desarrolláis una fiebre.

—No.

—No —repitió Anusha, entrando en el cuarto. El doctor estaba vendando el hombro de Nick, había un montón de trapos sangrientos en el suelo, barreños con agua roja y los instrumentos parecían aún peor después de haber sido usados. Nick estaba blanco alrededor de la boca, pero le sonrió.

—Si no quiere que lo sangréis, no lo haréis —

añadió ella—. Gracias, doctor Smythe. ¿Qué os debo por vuestros servicios?

—Os enviaré mi cuenta cuando el paciente ya no requiera esos servicios, señorita Laurens. Tengo la sospecha de que me llamaréis antes de que acabe el día y lo encontraré en un estado febril —colocó la sábana en su sitio e hizo una reverencia—. Buen día a los dos.

—Parece que se haya sentado en un hierro, es un hombre tonto —señaló Anusha en inglés cuando se cerraba la puerta.

Nick hizo una mueca.

—No me hagas reír, te lo suplico.

—¿Qué necesitas?

—Nada, aparte de algo de beber. Mañana te daré una lista de las cosas que necesitaremos y las cosas que hay que hacer para que puedas revisar lo que hace Rowley, no me fío de que actúe con la urgencia debida. Esto es un condenado contratiempo, pero me caeré redondo si intento hacer algo antes de veinticuatro horas. No necesito que me lo diga un matasanos.

—¿Te duele?

Él la miró.

—Perdona, claro que duele —musitó ella—. ¿El opio te ayudaría?

—No. Necesito tener la cabeza clara. ¿Tú estás bien, Anusha? Has luchado como un guerrero *rajput*, tanto con los bandidos como con el doctor.

146

Ella le sonrió y él parpadeó.

—Gracias. He disfrutado, excepto cuando te hirieron a ti —pero no quería pensar en ese terror—. Me han dado una habitación y agua para lavarme y comida y esa mujer que tiene una cara como una bolsa con los cordones muy apretados ha sido insolente, pero creo que tiene buena intención y no comprende. Quería que me pusiera ropa como la suya y se ha ofendido cuando me he negado.

—Te he dicho que no me hagas reír —dijo Nick con un respingo.

—¡Oh! Perdona. Yo me quejo de esa mujer y tú estás sufriendo.

Él no contestó, pero sus ojos se cerraron lentamente, como si pesaran demasiado para seguir abiertos. Su respiración se hizo más profunda y ella comprendió que estaba dormido… o quizá desmayado.

Se dejó caer de rodillas al lado de la cama.

—Me gustaría poder hacer algo. ¿Estás cómodo?

«Una pregunta tonta. No puede oírme».

Nick estaba tumbado de espaldas con la sábana subida hasta las axilas y los brazos por fuera. Por encima de la sábana, la venda que iba desde el hombro izquierdo hasta el pecho era muy blanca. El otro hombro estaba desnudo. Anusha le puso la mano allí.

—Tu piel está bien —murmuró—. Caliente pero sin fiebre.

Él movió los ojos bajo los párpados y se puso tenso bajo la mano de ella.

—Ahora te he hecho daño. ¡Qué torpe soy! —exclamó ella.

Él murmuró algo.

—¿Qué has dicho? —ella se inclinó más para oír sus palabras—. Dime lo que necesitas, Nick.

—Esto —murmuró él, con los ojos todavía cerrados.

Llevó la mano derecha al hombro de ella, que se inclinó hacia abajo hasta que quedaron pecho contra pecho. Sus labios se encontraron. Ninguno se movió por un instante; luego él puso la mano en la nuca de ella y abrió los labios.

«Me está besando».

Aquello no era como el roce de los labios después de matar a la serpiente. Nick apenas se movía, solo hablaban sus labios contra los de ella, no con palabras sino con sensación, cálidos y firmes y con sabor al alcohol que seguramente le habían dado para adormecer el dolor.

Anusha esperaba sentirse asustada y descubrió que no era así; solo estaba excitada y tímida. Ninguno de los textos que había leído hablaban de besar y, cuando ella había imaginado cómo sería, había creído que el hombre estaría arriba. Pero Nick controlaba aquello perfectamente. ¿Quién iba pensar que una mano y unos labios podían atarla a aquel lugar y dejarla incapaz de moverse y casi de respirar?

¿Y por qué aquel intercambio de alientos hacía que le cosquilleara todo el cuerpo? Sus pechos, duros bajo la chaqueta y camisa de hombre, dolían como si se hubieran agrandado de pronto. Había un cosquilleo incesante en el interior de los muslos y un pulso insistente allí abajo.

Anusha abrió la mano sobre la piel desnuda del hombro de Nick y se inclinó más hacia el beso. Quería verlo, mirarlo mientras le hacía el amor a su boca. Cuando abrió los ojos, él hizo lo mismo.

No había mucho espacio para que él retrocediera, pero el movimiento convulsivo que realizó fue tan violento como una bofetada de rechazo. Anusha saltó hacia atrás y cayó de culo con un golpe sordo.

—¡Ay! Nick, ¿qué…?

—Fuera. Sal ahora mismo de aquí, Anusha.

Ella se levantó y se tambaleó, con las piernas inseguras y la vista nublada por la rabia y la humillación.

—Será un placer —contestó—. Solo te he besado porque me dabas lástima, no porque quisiera hacerlo.

Diez

Nick pensó atontado que la pérdida de sangre, el peligro, unos tragos buenos de alcohol y no haber dormido la noche anterior tenían el mismo efecto que un golpe en la cabeza. Luchó por recuperar plenamente la consciencia. A juzgar por la luz, debía ser por la mañana, así que había dormido toda la noche.

Sabía dónde estaba y cómo había llegado allí. Eso era un alivio. La última vez que había sido herido había tardado un día en recordar claramente y ahora no podía permitirse el lujo de estar tumbado porque tenía que organizar el barco y Anusha…

¡Anusha!

Se sentó de golpe y lanzó una maldición cuando el dolor le atravesó el hombro y le dio vueltas la cabeza. Anusha. ¿La había besado o lo había soñado? Le había parecido muy real, tanto la deliciosa sensación de su cuerpo suave como el frescor de sus labios en la piel desnuda y la sensualidad inexperta de sus labios. Su sabor. Y las palabras que le había dicho cuando salía de la habitación eran exactamente las que esperaba que dijera.

Y sin embargo, él no podía haber perdido tanto el control de sus impulsos como para haberla besado. No. Estaba casi seguro de que tenía que ser un sueño. Un sueño delicioso y excitante que dejaba un vacío al despertar.

Pero ese «casi» no resultaba del todo convincente. Nick apartó la sábana y giró los pies para salir de la cama; lanzó un gruñido cuando los pies se enredaron en la alfombra y sintió un tirón en el hombro.

La puerta se abrió inmediatamente y se asomó un sirviente.

—¡*Sahib*! Estáis despierto, pero no debéis levantaros —agitó las manos como para enviarlo de vuelta a la cama—. El *sahib* doctor se enfadará. Volved a la cama, *sahib* Herriard y le diré que venga.

—No haréis eso —el chico lo miro ansioso—. Quiero agua para lavarme y té para beber. Mucho té, con azúcar —ordenó Nick en hindi—. Y después quiero mi ropa.

—Pero… —el criado se encogió de hombros y empezó a salir por la puerta marcha atrás—. La *mensahib* Rowley no estará de acuerdo.

—Dile que he amenazado con bajar envuelto en

una sábana si no me obedecías —sugirió Nick. Sintió tentaciones de tumbarse a esperar, pero combatió el mareo y se obligó a permanecer donde estaba.

Cuando se abrió la puerta de golpe, no entraron ni la anfitriona ni el criado con agua caliente.

—¿Qué haces fuera de la cama tan pronto? —preguntó Anusha en inglés.

Llevaba la trenza suelta sobre el hombro de la chaqueta y Nick sintió una punzada de deseo al recordar el momento del sueño en el que ella se había echado sobre su piel desnuda.

Parecía furiosa, estaba sonrojada y lo miraba de un modo nuevo.

—¿Por qué estás tan enfadada? —preguntó él, que tenía la terrible sospecha de que no era solo porque estaba sentado.

—Porque no haces caso al doctor y te vas a poner enfermo y tendrás que quedarte aquí en la cama y ser un pesado y no me llevarás a Calcuta, que es lo que debes hacer.

—Gracias por tu preocupación —repuso él con sequedad.

—No estoy preocupada por ti. Tú no te lo mereces.

—¿Por qué no? Ayer estabas preocupada. ¿Qué ha pasado para cambiar eso?

Ella se sonrojó.

—¿Y lo preguntas? La señora Rowley me advirtió que sería así y yo creí que era una tonta.

—¿Entonces sí te besé anoche? —preguntó él, y solo se dio cuenta de su falta de tacto cuando lo hubo dicho.

—Si se puede llamar beso a eso —respondió ella cortante, ahora en hindi—. No fue muy interesante; quizá por eso lo has olvidado.

—Lo siento terriblemente. Fue un error —«Y decir eso también». Anusha Laurens lo miró con rabia y él se alegró de que no llevara la daga encima—. Quiero decir que no debería haberlo hecho; pensaba que estaba soñando.

Aquello pareció complacerla.

—¿Quieres decir que sueñas con besarme? —preguntó, con una curiosidad puramente femenina que en otras circunstancias le habría hecho sonreír.

—No —tenía que poner fin a aquello enseguida—. Quiero decir que no era yo mismo, estaba casi inconsciente y me temo que si un hombre se encuentra pegado a una mujer atractiva en la cama, cuando no tiene la mente clara, actúa por instinto.

—¿O sea que habrías besado a cualquiera?

Nick asintió.

—¿A la señorita Rowley?

—He dicho «atractiva», Anusha.

Ella se mordió el labio inferior, pero él sabía que estaba a punto de reír. Con un poco de suerte, habría conseguido reducir aquel tremendo error a un desliz embarazoso. Lo cual lo dejaba flagelándose a sí mismo por una traición de confianza tan grande.

—¿Qué te dijo la señora Rowley de mí? —preguntó.

—Solo que es escandaloso que viajemos juntos y que no se puede confiar en los hombres. Pero yo le dije que hemos hablado de esas cosas y que tú eres un caballero y te escandalizaría que alguien pudiera pensar que me hubieras forzado.

«¡Oh, diablos! ¡Maldita hipócrita! En cuanto bajo la guardia…».

—¡Mayor Herriard! —la señora Rowley estaba en el umbral con los brazos en jarras y el criado se asomaba por detrás de ella.

El primer pensamiento de Nick fue de alivio porque no estaban hablando en inglés. Luego se dio cuenta de que llevaba una venda, una sábana que le cubría parte del cuerpo y nada más. El pecho estaba desnudo y las piernas a partir de la mitad del muslo, también. No se atrevía a bajar la vista para comprobar si la sábana le cubría adecuadamente la entrepierna.

—Buscaba mi ropa y, desgraciadamente, no he oído llamar a la señorita Laurens.

—Señorita Laurens, debéis salir inmediatamente —intervino la señora Rowley.

Tiró de Anusha hacia fuera y dejó entrar al criado con la jarra de agua.

—¿Y mi ropa?

—Yo se la pediré al *dhobi wallah*, *sahib*. Dice que la sangre ha salido y que el *darji* ha remendado la chaqueta. Ahora viene vuestro desayuno, *sahib*.

Nick tardó demasiado para su gusto en lavarse, afeitarse y vestirse. Comía con una mano, intentaba controlar el tenedor con esa mano que temblaba y maldecía a los bandidos, las balas, su debilidad física y su falta de voluntad.

El hecho de que hubiera estado casi delirando cuando la besó no era excusa. George le había confiado a su hija. El modo en que lo había tratado George, el hombre que le había dado todo lo que debía dar un padre, incluida la vida, convertía casi a aquella chica en su hermana. Le había dicho que confiara en él cuando la verdad era que, desde el primer momento que la había visto, el sentido común se le había bajado a la entrepierna junto con la mayor parte de la sangre.

«Tengo que controlarme, porque si hay algo más que un beso, acabaré en el altar». Creía que podía negociar con su conciencia no confesarle la idiotez de la noche anterior a George, pero si había algo más, el viejo lo obligaría a casarse, y con razón.

La idea de otro matrimonio lo estremecía. Las mujeres querían muchas cosas que él no podía dar y necesitaban muchas cosas que él parecía incapaz de proporcionar. No debería haberse casado con Miranda, no podía sacudirse el recuerdo de la muerte de su esposa. Lo atormentaba la imagen de su cuerpo frágil hinchado por el embarazo e hirviendo de fiebre en el ardiente calor del verano de Calcuta, demasiado débil para luchar.

Él no necesitaba un heredero, pues no tenía título ni propiedades que legar. La riqueza que adquiriera la dejaría a alguna caridad, su cuerpo se pudriría en el cementerio inglés de Calcuta, donde las plantas trepadoras y los helechos taparían pronto cualquier inscripción que pusieran.

—¿*Sahib*? ¿Más té, *sahib*?

—No, gracias.

Nick se riñó mentalmente. Se estaba poniendo macabro. Tenía una carrera, ambición y el mundo estaba lleno de mujeres bien dispuestas que no necesitaban un anillo en el dedo. Su lugar en el cementerio esperaría muchos años. Esperaría al menos hasta que llevara a Anusha Laurens río abajo hasta Calcuta, a la nueva vida que la aguardaba allí. Se puso en pie con movimientos de viejo y se dirigió a la puerta.

—Eso ha sido fácil —Anusha estaba sentada con las piernas cruzadas y la espalda apoyada en el barco de vela y miraba con satisfacción el río delante de ellos.

—¿Fácil? —gruñó Nick desde la silla plegable de lona situada al lado de ella—. ¿Te parece fácil encontrar un barco sin agujeros, una tripulación que no nos asesine en el lecho, comprar provisiones, ocuparse de los caballos, sacarte de las garras de la señora Rowley, sacarme a mí de las del doctor y todo eso en solo dos días? Ha sido gracias a mis habilidades logísticas y a la fuerza de mi carácter.

—Estás cansado y eso te pone de mal humor, o eso es lo que dijo la señora Rowley. ¿Te duele mucho el hombro?

—Un poco.

Nick se había mostrado malhumorado desde que se levantara de su lecho de enfermo.

—He desempaquetado todas nuestras cosas en los camarotes —dijo ella—. No hay mucho espacio. ¿Por qué les hiciste poner esa pared? Eso y las puertas ocupan mucho sitio.

—Para que tuviéramos un camarote cada uno.

«Ah, conque volvemos al beso». Anusha podía saborear todavía en su memoria aquella mezcla de brandy, especias y hombre. Se pasó la lengua por los labios como si pudiera recrearla.

Nick no lo había mencionado desde la mañana siguiente y al principio ella pensó que lo había olvidado. Ahora sabía que no y le halagaba pensar que no se fiaba de sí mismo si se quedaba a solas con ella; eso le hacía sentirse muy mujer y extrañamente poderosa. Por otra parte, si la besaba y hacían las otras cosas, la cosas en las que pensaba ella cada vez que miraba el cuerpo largo y fuerte de él y sus manos grandes, entonces Nick estaría aún de peor humor más tarde y, si se enteraba su padre, insistiría en que se casaran.

Y ella no quería casarse con un hombre que solo quería una cosa... si es que la quería. Intentó imaginarse la vida como esposa de Nick. Tendría que vivir como una esposa europea. No estaría en un *zanana*. Tendría que llevar aquella ropa horrible y aprender a llevar una casa como la señora Rowley y ser respetable al modo inglés, que parecía aún más estricto que las normas del *mahal* de las mujeres.

Nick se iría a vivir aventuras o recorrería el país haciendo la guerra y ella se quedaría en casa y tendría hijos en un mundo que no era el suyo. Si cometía el error de enamorarse de él, Nick no la amaría. Y eso le dolería todos los días como si le clavaran cuchillos pequeños.

No, tenía que controlar su vida, crearse a sí misma en un mundo nuevo en el que no dejaría que nadie se acercara tanto como para hacerle daño.

—¿Qué ocurre?

Anusha vio que Nick la miraba con el ceño fruncido. Estuvo a punto de confesarle algunos de sus miedos sobre Calcuta, la soledad que imaginaba ante sí. Pero no, no debía olvidar que él estaba de parte de su padre. La llevaría con él aunque tuviera que meterla en un saco para hacerlo. Pero ella podía comportarse como él quería por el momento y una vez en Calcuta, reuniría el dinero y las joyas con los que escapar.

—El río es interesante, pero echo de menos Rajat —dijo.

Nick parecía estar cómodo, con el brazo derecho colgando relajado al costado, tan cerca que ella solo tenía que inclinarse un poco y la mano de él le rozaría el hombro. Resultaba tentador comprobar si ese roce despertaría el cosquilleo en su piel y el anhelo entre sus piernas.

Aquello era deseo sexual, lo cual resultaba muy interesante. Los hombres parecían sentirlo por casi todas las mujeres que no fueran claramente repulsivas, ¿pero las mujeres, una vez que eran ya conscientes de él, lo sentían también por muchos hombres? Si hubiera aceptado casarse con uno de sus pretendientes que le resultaba indiferente, ¿habría sentido deseo por él? Todas aquellas cosas que los hombres y las mujeres hacían juntos parecían embarazosas y confusas si no había deseo. ¿Qué significaba desear a Nick?

—¿Por qué te has quitado el cabestrillo? —preguntó. Una pelea apartaría su mente de todo aquello.

—Porque era una molestia —él flexionó los dedos en la rodilla—. Y porque no quiero parecer débil si nos ve alguien.

—¿Crees que seguimos corriendo peligro?

Él asintió.

—Tal vez.

—No parece que quieras tranquilizarme. ¿Así es como tratáis a todas las mujeres inglesas? Yo pensaba que los caballeros las protegían.

Una sombra cruzó el rostro de él.

—¿Quieres que te mienta? —preguntó—. ¿Que te trate como si no tuvieras coraje ni inteligencia? Tú presumías de ser una guerrera *rajput*.

—Lo soy. Y no quiero que me engañes.

—Quizá no haya nada que temer de los hombres de Altaphur, pero aunque así sea, hay también ladrones que roban en los barcos —tomó el mosquete que yacía en la cubierta a su lado y lo apoyó en su silla para que resultara más visible—. ¿Sigues teniendo tu daga?

—Tengo una, la otra me la quitaste.

—Te la devolveré. Duerme con las dos a mano y no salgas de tu camarote por la noche a menos que sepas que yo estoy presente.

Las orillas se deslizaban más deprisa ahora que el caudal del río los empujaba hacia abajo y ella se dio cuenta de que Nick las observaba y a ella la miraba solo de vez en cuando al hablar. La jungla llegaba hasta el río en algunos lugares; en otros eran bancos de arena o afloramientos rocosos. Hubo un grito en la popa cuando chocó con ellos el bote-cocina, de fondo plano y poco manejable al extremo de la soga de arrastre.

—Estúpido hijo de un camello —gritó el hombre que gobernaba el timón—. ¡Usa las varas para no acercarte a nosotros!

—Debemos atracar por la noche y que los hombres duerman en la orilla —dijo Nick—. Y en cualquier caso, prefieren comer allí.

—Pero eso significa que cualquiera podría atacarnos y además perderemos tiempo.

—¡Mira! —él señaló al frente, donde se alzaba una forma negra redondeada fuera del agua—. Perderemos más tiempo si chocamos con una de esas rocas.

—¿Y qué vamos a hacer tantos días en este barco? —se preguntó ella en voz alta.

—Tú querías viajar y ahora tienes la ocasión de ver uno de los grandes ríos del mundo. Pronto llegaremos al Ganges. El Jumna a su lado parecerá un arroyo, así que te distraerás mucho solo con mirar las orillas.

«Y me llevará a un nuevo mundo». Viajar le parecía menos interesante en ese momento; temía llegar a su destino.

—Dime cómo es ser una dama inglesa —pidió.

—¿Cómo voy a saberlo yo?

—Estuviste casado con una, tu madre era una, vives entre ellas en Calcuta. Dime lo que debo hacer para ser una de ellas.

Nick vaciló y Anusha se movió en el suelo a sus pies y le sacudió una rodilla con la mano como para obligarle a responder.

—No me lo dices. ¿Es porque nunca seré una de ellas? —no le importaba lo que pensaran aquellas mujeres desconocidas, pero si iba a vivir en aquel mundo y huir de él, tenía que entenderlo.

—Tú siempre serás diferente —comentó él—. ¿Cómo podría ser de otro modo? Has sido criada de un modo diferente.

—Y no me parezco a ellas —señaló Anusha, decidida a encarar todos los problemas—. Ellas serán rosas como tú y yo soy marrón.

—Tú eres dorada —contestó Nick—. Como la miel. Y tus ojos con como los de tu padre, grises, y tu pelo es marrón, no negro. Podrías ser europea, italiana o del sur de Francia, quizá. Pero eso no importa, no sentirán prejuicios contra ti por tu madre —sonrió—. O al menos no los sentirán en cuanto sepan quién es tu tío. El rango se respeta en todas las sociedades del mundo, supongo.

—Pero sabrán que mi padre no se casó con mi madre.

Aquello no importaba en Kalatwah. El rajá tenía tres esposas, cuatro cortesanas y numerosas amantes ocasionales. A los niños los trataban según sus méritos a ojos de su padre y según la habilidad que tuvieran las madres en llamar la atención sobre esos méritos. Los europeos solo tomaban una esposa cada vez, sus cortesanas estaban escondidas y no se hablaba de ellas.

—Eso del matrimonio es verdad.

Nick parecía ponderar el problema. Al menos se mostraba dispuesto a hablar de aquello sinceramente con ella, lo cual era un alivio, pues Anusha necesitaba entender cuál sería su posición.

—Tu padre tiene un estatus considerable y es muy respetado. Es rico y de una buena familia inglesa. No hay razón para que no te acepten.

Guardó silencio un rato cuando pasaron un pueblo donde los niños chapoteaban desnudos en el agua y las mujeres lavaban la ropa. Un hombre lanzaba su red en el remolino del río.

—Tendrás profesores que te enseñarán a bailar, perfeccionar el inglés y etiqueta. Algunas de las damas casadas se encargarán de tu guardarropa y te proporcionarán ropa y zapatos. Luego asistirás a bailes y recepciones y harás amigos.

A Anusha todo aquello le parecía horrible.

Once

—¿Qué ocurre? Te has enroscado como un erizo —comentó Nick.

—¿Qué es un erizo?

Anusha enderezó la espalda y soltó los brazos de alrededor de las rodillas levantadas. No le gustaba cómo sonaba el nuevo mundo con sus lecciones, su amenaza de ropa europea y su comportamiento escandaloso. Bailar con hombres… Su cuerpo había traicionado su agitación.

—*Sharo* —tradujo él—. Nunca he visto ninguno tan al este. Es un animal pequeño con la espalda cubierta de púas y cuando hay peligro, se enrosca formando una bola y sus enemigos solo sacan un morro lleno de pinchazos.

—¿Como un puercoespín?

Eran criaturas feas. Y ella no se había acurrucado por miedo al peligro. No, ella sería lo bastante valiente para escapar.

Lo que la ponía nerviosa era tener que pasar por tantas cosas embarazosas antes.

—Son mucho más pequeños que los puercoespines —él curvó las manos para indicarle el tamaño—. Son muy simpáticos. Resoplan como cerditos.

—Yo no resoplo.

—Despierta no —Nick sonrió y se levantó—. No te ofendas, princesa. He dicho que son simpáticos.

—No me llames eso —murmuró ella cuando Nick se alejaba a hablar con el timonel.

Si veía cuánto la irritaba, se burlaría más. No era una princesa, aunque fuera hija de una, pues su padre no era de sangre real. Y tampoco era una *mensahib* inglesa, y no iba a fingir que lo era ni un momento más de lo que tardara en aprender lo necesario para sobrevivir sola en el mundo.

Se le humedecieron los ojos y parpadeó, enfadada consigo misma por aquel momento de debilidad y agitó la mano para saludar a unos niños que llevaban una familia de búfalos río abajo para el baño de la tarde.

«Observaré, aprenderé y reuniré todo el dinero y las joyas que pueda», se dijo. «Luego buscaré un barco y zarparé para Inglaterra, donde no me conoce nadie y haré lo que quiera».

Solo que no sabía lo que quería aparte de pertenecer a algún sitio y que la quisieran por sí misma. Fijó la vista en la amplia espalda de Nick.

«Qué raro es llevar este dolor dentro y al mismo tiempo ser feliz».

En el compartimento al lado del suyo había silencio. O Anusha no se había dormido aún o se había tomado muy a pecho el comentario sobre que resoplaba en sueños. Nick se había acostumbrado a los ruiditos que hacía a veces, seguramente soñando, y había sido injusto llamar a eso «resoplar».

Estiró sus largar piernas en el camastro de madera y miró molesto la prueba de lo que parecía ser un estado de excitación constante. La fuerza de voluntad no parecía funcionar, como tampoco la seguridad ilusoria de una fina barrera de madera conseguía expulsar a Anusha de su imaginación.

Apoyó la espalda sudorosa en las almohadas, incómodo con el calor. Llamar a aquello «camarotes» era una gran exageración; eran más bien alacenas. No tenían ojos de buey y, con la escotilla cerrada por las noches, había muy poca ventilación.

Nick se levantó y giró los hombros. Pensó que no estaba muy mal. Por suerte, siempre había sanado bien y dudaba que nadie que lo viera se diera cuenta de lo grave que había sido la herida. Se puso el pantalón fino indio y un blusón que llevaba suelto sobre las vendas, tomó el mosquete y una almohada y abrió la puerta. Entreabrió la puerta de Anusha y subió la escalera para empujar y abrir la escotilla que llevaba a la cubierta.

En la arena de la orilla, los tripulantes estaban sentados en torno a una hoguera conversando tranquilamente después de haber terminado la cena. Pronto dormirían, un hombre en cada una de las cuatro sogas de atracar, uno a los pies de la pasarela de madera y los otros en el bote cocina.

Colocó la almohada al lado de la escotilla abierta, dejó el mosquete al alcance de su mano y se estiró. Así le entraría algo de aire a Anusha y él tendría el alivio de poner alguna distancia más entre ellos. Le palpitaba la herida y le dolía la entrepierna, pero al menos el aire refrescaba su cuerpo caliente. Nick se esforzó por dormir.

—Enséñame etiqueta —pidió Anusha—. ¿Qué es lo que debo saber?

Nick, que estaba arrellanado en la silla de lona, se incorporó con un suspiro.

—Yo encuentro eso aburridísimo. No soy una condenada institutriz.

—Por favor. No quiero parecer tonta.

—Muy bien. Cuando conoces a alguien nuevo, tienes que esperar a que os presenten. Si tú eres de más rango que ellos, te los presentarán a ti y luego al revés. Si sois del mismo rango, tiene preferencia la persona mayor. Entonces haces una reverencia si son de mayor rango; para los demás inclinas solo la cabeza o les estrechas la mano.

—Enséñame cómo hacer una reverencia —pidió ella.

—¿Y yo qué sé? No puedo mirar debajo de las faldas de las damas cuando lo hacen.

Anusha se limitó a esperar. Había descubierto que, si miraba intensamente a Nick el tiempo suficiente, él acababa por hacer lo que ella quería si se trataba de un asunto trivial. Todavía no lo había intentado con uno importante.

—Ah, junta los talones con los dedos de los pies separados. Ahora inclina las rodillas hacia fuera, mantén la espalda recta y baja —él frunció el ceño cuando ella obedeció—. Así está bien. Y vuelve a subir. Cuanto más importante sea la persona, más baja será la reverencia.

—Eso ha sido fácil. ¿Y lo de inclinar la cabeza?

Nick se levantó e inclinó la cabeza.

—Buenas tardes, señorita Laurens.

Ella lo imitó.

—Buenas tardes, mayor Herriard. Eso también ha sido fácil. ¿Pero estrecharse la mano? ¿Eso solo lo hago con las damas?

—No, con todos los del mismo rango.

—¿Hombres? ¿Toco la mano de los hombres?

—Desde luego. Algunos quizá te besen la mano

—Anusha puso ambas manos a la espalda—. Ven, te lo mostraré. Tú llevarás guantes, por supuesto —Nick extendió la mano derecha—. Dame la mano derecha.

Sus dedos se rozaron. La mano grande y cálida de él se apoderó de la suya y la apretó levemente antes de soltarla. Anusha pensó que seguramente él habría sentido su pulso errático igual que ella había sentido el de él, fuerte y firme. Volvió a esconder las manos.

—Es solo eso —dijo él—. Ahora vamos a fingir que estamos en una recepción y has sido presentada a mí. Dame otra vez la mano con la palma hacia abajo, así.

Ella lo imitó nerviosa. Nick le tomó los extremos de los dedos, se inclinó, alzó la mano de ella casi hasta su boca y besó el aire muy cerca de su piel; le soltó la mano e inclinó la cabeza.

—Señorita Laurens, esta noche sois una gran belleza. Ahora tú haces una reverencia, sonríes y dices: «Sois muy amable, mayor Herriard».

—Querrás decir «sois muy atrevido» —ella retrocedió un paso con las manos apretadas. El aliento de él había rozado la piel sensible del dorso de su mano. Había sentido los labios aunque no la habían tocado y tenía el pulso desbocado—. Eso es indecente, ¿y tengo que soportar esas caricias de hombres a los que acabo de conocer?

—Es la costumbre, pero nunca estarás a solas con esos hombres, siempre habrá mujeres casadas mayores que tú al lado, así que no tienes nada que temer. Flirtearán un poco y tú harás lo mismo. Eso es aceptable.

—¿Flirtear? No sé lo que es eso —ella se sentó sobre la tapa de la escotilla, a una distancia segura de la silla de él, aunque no sabía de qué se protegía.

—Flirtear es un juego de cortejo que practican todas las damas jóvenes y los hombres solteros. Los hombres dicen cosas galantes, cumplidos a las damas. Ellas pretenden no creer unos halagos tan evidentes, se ruborizan un poco, esconden la cara, pero sus ojos cuentan otra historia. Luego, a su vez, dicen cosas que hacen que los hombres se sientan fuertes y viriles y se ríen un poco de lo atrevidos que son y siguen así.

—¿Y eso está permitido? Tienes que enseñarme a flirtear —Anusha lo encontraba escandaloso, pero si era necesario para verse aceptada, lo haría.

Nick se encogió de hombros y ella vio que hacía una mueca de dolor, que suprimió rápidamente.

—No se me dan bien los coqueteos —dijo él.

—Oh, pero un hombre tan valiente y galante como vos no puede tener miedo de hablar con unas jóvenes, mayor Herriard —ella abrió mucho los ojos y al instante siguiente se preguntó si había hecho bien en decir eso.

—No necesitáis lecciones, señorita Laurens —él movió la cabeza con una de sus raras sonrisas, que le hacían parecer años más joven y mucho menos formidable—. Ya sois una coqueta redomada. Mira, atracaremos dentro de un momento. Te enseñaré cómo conversar en la mesa mientras cenamos.

«Prefiero flirtear», pensó ella. Aunque sabía que era peligroso jugar al amor. El corazón de Nick podía estar blindado, pero el suyo no.

—Eso es un alivio —comentó Nick cuando regresaron a la cubierta después de haber ido a preguntar al oficial del puerto en Allahabad cómo estaba la situación en Kalatwah.

El hombre les había dicho que había recibido noticias esa mañana.

—Acaba de llegar un mensaje. Altaphur está acampado fuera de las murallas profiriendo amenazas de todo tipo. El rajá espera y no se aventura a salir. La caballería de la Compañía está a unos días de marcha de allí y los vecinos del rajá se están reuniendo, pues ninguno quiere que Altaphur se vuelva después contra ellos. Mi informador predice que el marajá se retirará en veinticuatro horas.

Mientras la tripulación subía al barco, Anusha estaba de pie al lado de Nick observando la escena en la orilla, con los vendedores de guirnaldas de caléndulas, un barbero que afeitaba a un cliente y una procesión que caminaba con un cadáver envuelto en un sudario hasta la pira, situada un poco río abajo.

—Que las langostas consuman sus cosechas, todas sus esposas sean estériles y sus tripas se llenen de gusanos —dijo ella en hindi.

Nick sonrió.

—No te culpo por ello, pero no es precisamente conversación elegante, señorita Laurens.

—Lo sé —suspiró ella; volvió al inglés—. He pasado tres días aprendiendo cómo hablarle a un conde, un obispo, al gobernador y a sus señoras. Y he aprendido que en las cenas uno solo puede hablar de bobadas y que no se espera que las mujeres tengan cerebro.

—Desgraciadamente, así es.

—Hasta los flirteos son tontos. ¿Los hombres no quieren que sus esposas sean habilidosas en la cama? ¿De verdad quieren esposas ignorantes?

—Sí —contestó Nick con énfasis.

Izaron las velas del barco, el timonel los sacó al centro de la corriente y empezaron a moverse río abajo.

Anusha fue a sentarse en la puerta de la escotilla, que se había convertido en su lugar favorito.

—¡Qué extraño! A todas nosotras nos enseñan cómo dar placer a nuestros maridos.

Nick estaba cerca de la silla de lona y se sentó con una brusquedad que le hizo lanzar un juramento.

—¿Y cómo lo…? —empezó a preguntar—. No, no me lo digas, no quiero saberlo.

No quería hablar de esposas y del lecho matrimonial. No quería recordar a Miranda encogiéndose con disgusto ante sus caricias, obligándose a «cumplir con su deber», como ella decía. Nick había intentado convencerse muchas veces de que, o bien alguien le habían contado algo que la había asustado o era fría de por sí. Pero permanecía la convicción de que él no sabía hacer feliz a una mujer respetable. Era un truhan con demasiada experiencia, con gustos y hábitos que habían escandalizado a Miranda.

Pero seguramente ocultaba bien sus pensamientos, pues Anusha respondió despreocupadamente a su pregunta.

—Leyendo los textos clásicos, por supuesto. Estudiando las imágenes y hablando con nuestras madres y hermanas. ¿Por qué? ¿Cómo imaginabas tú que aprendíamos?

—Me estaba esforzando por no imaginarlo —repuso él—. No le costaba nada verla tumbada en montones de cojines, ataviada con sedas y volviendo perezosamente las páginas de algún texto ilustrado.

—Siento mencionar ese tema —comentó ella—. Olvidaba que debe hacer muchos días que no yaces con una mujer.

—Anusha…

Ella lo miró.

—¿Las damas inglesas no hablan de temas sexuales?

—¡No! Al menos no las mujeres solteras. Las chicas solteras no deben saber nada de esos temas.

—¿Porque se supone que deben enseñarles sus esposos?

—Sí —él se abrió el cuello de la camisa. Tenía calor.

—Eso puede ser bonito si la mujer está enamorada del hombre —musitó ella—. Pero si no, debe ser una fuerte impresión.

—No podría decirlo —repuso él.

Ella lo miró con los labios entreabiertos. Debió ver algo en su cara, pues bajó los párpados y guardó silencio.

«No podría decirlo porque mi esposa obviamente no me amaba. Yo pensaba que podría hacer que me amara, enseñarle a amarme. Pero, por otra parte, dudo que sea fácil amarme a mí. Aunque soy bastante habilidoso en la cama cuando estoy con una mujer con experiencia…».

«Basta». «Todo eso es orgullo herido. Orgullo herido y nada más».

—Anusha, te lo suplico —dijo con firmeza—.

Cuando estemos en Calcuta, no digas nada de textos ilustrados, ni de complacer a hombres en la cama.

—Muy bien, Nick.

Ella se volvió a mirar el agua y él captó un momento su mirada pensativa. Había adivinado que él pensaba en Miranda. Sintió el impulso de contárselo todo, de compartir el dolor, la rabia y la sensación de fracaso, de romper aquella soledad autosuficiente. Aquella debilidad autosuficiente. Miró el brillo del sol en el agua hasta que dominó ese impulso y estuvo seguro de que la niebla de sus ojos se debía solo a aquello.

Anusha despertó en la oscuridad. Parecía muy tarde y el aire refrescaba por fin. Una ligera brisa pasaba rozando la cama, lo cual era extraño porque ella siempre cerraba la puerta por la noche. Pero pensándolo bien, nunca estaba caliente e incómoda, como podía esperarse de un camarote tan cerrado. Se dio cuenta de que la puerta estaba entreabierta. ¿La abría alguien todas las noches? Salió de la cama, silenciosa como la brisa, y se acercó a mirar. Su puerta estaba un poco abierta, pero la de Nick estaba cerrada.

Mientras pensaba en eso, oyó un sonido débil en la cubierta, un gruñido, como si alguien se hubiera golpeado un dedo del pie. Anusha tomó la daga que yacía sobre el montón de ropa y subió la escalera hasta la escotilla abierta.

La luna llena iluminaba la orilla arenosa donde las figuras envueltas en mantas de los tripulantes rodeaban las ascuas de la hoguera. La luz plateada iluminaba también la cubierta y al hombre que estaba sentado con las piernas cruzadas y la espalda apoyada en el mástil. Nick.

Anusha se quedó inmóvil, con los ojos justo por encima del borde de la escotilla. Había una almohada y una manta en la cubierta y un mosquete al lado. Lo conocía ya lo bastante para saber lo que significaba aquello. Nick dormía en la cubierta para poder dejar la escotilla abierta y que entrara aire para ella mientras él dormía en las tablas duras para protegerla.

¿Pero por qué no estaba descansando? Estaba descalzo, con el pecho desnudo, vestido solo con un pantalón ligero, y se estaba desatando la venda que llevaba alrededor del torso.

Anusha se dio cuenta con una punzada de culpabilidad de que había olvidado su herida. «¿Cómo he podido?». Pero él parecía tan indiferente a eso desde hacía días, que ella había dejado de preocuparse e, imperdonablemente, la había apartado de su mente. Él era un hombre, un guerrero, y no la mencionaría hasta que se cayera de bruces al suelo.

Nick terminó de soltar la venda, pero seguía haciendo algo con la herida del hombro. Anusha oyó un siseo de dolor y subió a la cubierta y corrió a su lado.

Él se levantó y ella le puso la mano en el hombro ileso.

—Nick, tu herida… Lo siento mucho, pero debiste decirme que había que cambiarte la venda. Déjame ver —intentó hacer que volviera a sentarse, pero Nick se resistió.

—Puedo arreglármelas, vete a la cama.

La luz de la luna convertía su pelo en plata y su pecho desnudo estaba tan cerca que ella podía ver con detalle su vello y el modo en que se endurecían con el aire frío las aureolas marrones de los pezones.

Le apartó la mano y alzó la venda.

—Hay una parte pegada a la herida —dijo.

—Ya lo he notado —respondió él.

—Hay que retirarla con agua y volver a vendar la herida. Ven abajo y lo haré yo. Tú tienes que estar tumbado y en el camarote están las lamparillas que me diste. Aquí no veo bien.

—Yo veo muy bien —replicó él sombrío—. ¿Qué diablos es eso que llevas puesto?

—Mi camisón. Lo viste la noche que me despertaste para salir de Kalatwah —ella le puso el extremo de la venda en la mano con brusquedad porque estaba conmovida por su estoicismo y se sentía culpable—. ¿Por qué estás aquí en la cubierta dura y no durmiendo? ¿Cómo vas a cuidar de mí si te pones enfermo?

—No había pensado en eso —respondió él—. Vete a la cama.

—No me iré sin ti.

Nick alzó las cejas.

—Bobadas —le riñó ella. No se dejaría afectar por aquel pensamiento no pronunciado en voz alta—. ¿Es que los hombres solo piensan en eso? Quiero vendarte el hombro y quiero saber por qué estás aquí arriba.

Nick se dejó arrastrar hacia la escotilla.

—Abajo hace mucho calor para dormir. He abierto la escotilla y tu puerta, pero entonces tenía que hacer guardia. Puedo arreglármelas.

—No, no puedes, o ya te habrías cambiado la venda.

Él tomó el mosquete y bajó la escalera

—Supongo que no me dejarás en paz hasta que deje que me tortures.

Anusha no se dignó a responder a aquello. Llenó una palangana de cobre del barril de agua atado a los pies del mástil y los siguió abajo.

—Entra en mi camarote, la luz es mejor y necesito mis cosas.

Doce

El hecho de que aquella irritante mujer tuviera razón no era ningún consuelo. Nick debería haberse cambiado la venda al menos tres días atrás, pero no era fácil hacerlo solo y el camarote de Anusha tenía una cama más ancha y más luz.

También olía a la esencia de jazmín que ella usaba en el pelo, a una miríada de lociones y pociones femeninas que parecía haber adquirido en Kalpi y, lo más perturbador de todo, a ella misma.

Lo mejor sería resistirse poco, hacer lo que ella quería y luego escapar.

—Túmbate —Anusha pasó a su lado con una jarra en una mano y una palangana en la otra. La presión de la nalga de ella en su muslo fue incentivo suficiente para obedecer. Nick se tumbó en el hueco que había dejado el cuerpo de ella en el fino colchón y apoyó la cabeza en una almohada firme que olía a ella.

—Estate quieto —ella se sentó en el borde de la cama, con la cadera contra la de él. Cortó la venda suelta con unas tijeras minúsculas y se inclinó a mirar la parte que se había secado en la herida. Nick cerró los ojos y apretó los dientes—. Todavía no he hecho nada que te pueda doler —protestó ella.

«No, pero ese camisón es prácticamente transparente con la lámpara detrás de ti, tu pecho derecho aplasta mi torso y estoy fantaseando con tumbarte ahí y aplastarte contra el colchón.

—Ha sido el movimiento al tumbarme —mintió con un esfuerzo heroico de autocontrol.

No sabía por qué se molestaba en fingir cuando ella solo tenía que mirarlo debajo de la cintura para adivinar el problema. Estaba duro como una piedra. Y a pesar de todos sus conocimientos teóricos, ella se asustaría.

Anusha se levantó y empezó a sacar cosas del estante.

—Menos mal que traje mi botiquín.

Nick abrió un ojo con cautela.

—¿Sabes lo que haces con él?

—Por supuesto —ella mojó una esponjita en la palangana y tomó un objeto siniestro afilado—. Es parte de las lecciones en el *mahal* de las mujeres, saber cuidar de nuestro hombre si está enfermo o herido.

Volvía a hablar en *hindi*, como si lo que hacía la llevara de vuelta a Kalatwah. «Nuestro hombre».

Ella lo decía con indiferencia. No coqueteaba, era una forma de hablar. Nick sintió endurecerse de nuevo la entrepierna y la miró a los ojos. Los pantalones finos y sueltos no eran ningún escudo contra sus pensamientos obvios.

—Ahora pondré estas toallas aquí y retiraré la venda con la esponja —ella volvió a sentarse a su lado.

Nick vio que aquello se le daba bien. Se mostraba firme pero gentil, con las manos moviéndose en el cuerpo de él con una seguridad que solo servía para alimentar sus fantasías.

—Ya está —dijo ella cuando consiguió soltar la venda—. Ahora ya está mejor.

—Sí, gracias —y era cierto. El calor y la presión en la herida se vieron inmediatamente aliviados.

—Pero hay que limpiarla.

—¡Oh, no!

—¡Oh, sí! Esto te puede escocer un poco —ella vació directamente el contenido de un frasquito en la herida medio curada.

—¡Por todos los diablos! —Nick alzó el tronco y ella lo empujó de nuevo sobre la cama.

—Lo siento —utilizó un trozo de tela suave para empujar el líquido a la herida—. Ahora le daré un beso para que se cure. Eso era lo que hacía mi madre.

—¿Y funciona? —preguntó él con desesperación.

—Dímelo tú —ella se inclinó y depositó un beso en la piel al lado de la herida.

—No ayuda nada —comentó Nick con sinceridad; soltó la sábana que apretaba con los puños para no acabar rompiéndola.

—Lástima —musitó ella—. Ahora volveré a vendarla. ¿Puedes sentarte?

Nick se sentó y ella se levantó.

—Tengo gasas limpias y la venda vieja está lo bastante bien para ponerla encima si le corto los extremos.

—Bien —consiguió decir él mientras ella le ponía las gasas y empezaba a enrollar la venda en torno al pecho y el hombro.

Aquello estaba muy bien siempre que pudiera ignorar lo cerca que tenía que sentarse ella y cómo le rozaban los dedos una piel que nunca había considerado especialmente sensible y que actuaba ahora como una gran zona erótica palpitante.

—Anusha.

—¿Sí? —ella estaba atando la venda con el ceño fruncido con concentración.

—Gracias —aquello sí podía hacerlo. Podía portarse como un caballero, darle las gracias y salir del camarote. Le dedicó una sonrisa de agradecimiento—. Ahora me voy.

—¡Por favor, espera! —Anusha se mordió el labio inferior y bajó las pestañas para que él no pudiera verle los ojos. Aquello era muy difícil—.

Hay algo que debo decirte, algo que debería haber dicho antes. Cuando viniste a buscarme a Kalatwah, te odié porque eras el agente de mi padre y porque nunca había conocido a un hombre como tú.

—Has conocido a pocos hombres —comentó él.

—Sí, eso es verdad —ella alzó la vista y lo miró a los ojos—. No me fiaba de ti. Aprendí pronto que me equivocaba al no confiar en ti con mi cuerpo, pero no confiaba en ti con mi futuro —añadió ella.

—¿Tu futuro? No entiendo.

—Necesito ser libre e independiente para descubrir quién soy. Empezaba a darme cuenta de que eso no podía ocurrir en Kalatwah, pero puede ocurrir en Calcuta si me aceptan en la sociedad de allí, y tú has empezado a enseñarme y me has dado confianza.

Y era cierto. No se había dado cuenta de lo asustada que estaba en el fondo de lo que la esperaba.

—Si no supiera cómo se hacen las cosas, me quedaría encerrada en la casa de mi padre y no podría salir y ser libre.

—Pero tu padre te buscará profesores y mujeres mayores que te guíen —explicó él.

—Sí, pero ellos pensarán en buscarme un esposo.

—¿Y eso no sería buena idea?

—No, claro que no. ¿Por qué quiero un esposo si puedo ser libre? He rechazado a un pretendiente tras otro en Kalatwah porque no quiero estar atada.

«Y porque en alguna parte del mundo puede estar el amor, como el que encontró mi madre. Y que esta vez sea un amor que dure.

—Mi padre es un hombre rico, así que yo soy rica, ¿no?

—Te dará una dote, sí —asintió Nick con cautela.

—¿Lo ves? Yo no sabía cómo comportarme ni si tendría dinero, así que pensaba vender mis joyas y huir de ti antes de llegar a Calcuta. Pero ahora que has sido bueno y me has explicado las cosas y has cuidado de mí, no necesito escaparme.

Nick la miró fijamente.

—¿Joyas?

—No pasa nada, las tengo escondidas.

Él parecía preocupado, pero no había necesidad. Las había escondido bien.

—Excelente —contestó Nick, pero no parecía aliviado—. Tu padre…

—Solo quiere que vuelva por la política, porque en Kalatwah soy un problema para la condenada Compañía. No me quiere a mí ni yo lo quiero a él.

Nick apretó los labios, pero no la riñó por su falta de respeto. Parecía que estuviera pensando en otra cosa.

Anusha alzó una mano hasta su hombro. Ansiaba el placer de su contacto. La piel de él estaba caliente y suave bajo su mano. Él no intentó soltarse.

—Nick, será como me decía mi madre, ¿no? Decía que las mujeres inglesas hacen lo que les place y nadie obliga a sus hijas a casarse. Eso es así, ¿verdad?

Él respiró hondo, como si se preparara para algo. Luego sonrió.

—Por supuesto. Serás una joven rica con toda la libertad que puedas desear.

—¿Sí? —«Seré libre. Puedo elegir»—. ¿Lo prome…?

Nick la estrechó contra su pecho y la besó. Lo súbito del gesto fue sorprendente y liberador. Ella se fundió contra él, le echó los brazos al cuello y apretó tanto los pechos en su piel desnuda que pudo sentir endurecerse los pezones a través del camisón de fino algodón que llevaba.

Entreabrió los labios sin vacilar y su lengua se encontró con la de él para explorar y acariciar. Él sabía a té y especias y algo peligroso y masculino.

Nick bajó las manos por los hombros de ella, hasta la cintura y la curva de las caderas y la alzó para sentarla a horcajadas sobre sus muslos. Anusha dio un respingo cuando sintió la dureza que evidenciaba su excitación. «Me desea mucho. Me necesita. Yo lo necesito a él. Esto está bien, es bueno».

Nick la volvió para agarrar con la mano el peso de sus pechos. Ella siempre los había considerado muy pequeños, pero llenaban la mano de él, que acarició el pezón hasta que ella empezó a soltar gemidos en su boca. Comprendió que aquello era la excitación; sintió su calor húmedo y olió el aroma acre de su mutuo deseo.

Nick alzó la cabeza y le puso las manos en la cintura como si fuera a apartarla. Anusha abrió los ojos y lo miró. Él había liberado algo en ella: una pasión, un entendimiento femenino que no estaba allí antes. Le había dicho que no tenía que casarse. Aquella aventura le había dado el valor de ser libre, de crear su propio mundo. Y ella sabía lo que quería: a aquel hombre fuerte que escondía su dolor como hacía ella con el suyo. Entendía que no podía tenerlo mucho tiempo, pero…

—Nick, por favor; yace conmigo.

—¿Qué?

Nick se echó hacia atrás y ella sintió como si la hubiera abofeteado. «No me desea. Esto solo han sido unos momentos de juego».

—Anusha, lo siento, no debería haberte tocado.

La joven lo vio buscar palabras amables, el tono apropiado para salvar el orgullo de ella.

—¿Entiendes por qué las damas no deben estar a solas con hombres? No puedes fiarte de ellos.

Le estaba dando ocasión de que fingiera que

ella no había entendido lo que pedía, dándole un modo de salvar su orgullo. Pero ella no lo aceptaría.

—Yo puedo confiar en ti. No me voy a reservar para un esposo, así que, ¿por qué no voy a hacer el amor con un hombre si quiero?

—Porque sería una deshonra por mi parte quitarte la virginidad. Y tampoco debería haberte besado ni haberte tocado de ese modo —los ojos de él se habían oscurecido, se habían vuelto del tono que ella había aprendido a asociar con el dolor mental o físico.

—Sería deshonroso si yo no lo quisiera —replicó ella.

—Podría dejarte embarazada —comentó él, como si buscara desesperadamente una excusa.

—Si no es el momento apropiado de la luna, no —contestó ella con pragmatismo.

Señaló el paquete de medicinas. Allí llevaba alumbre. Funcionaba para parar la sangre y el sudor, pero también ayudaba a prevenir la concepción, aunque ella no sabía cómo.

—Tu padre…

—¿Soy su esclava?

—No, pero yo soy uno de sus hombres.

Anusha abrió la boca para protestar, pero él se le adelantó.

—Tú dices que confías en mí. Pues él también confía. ¿Acaso quieres que os traicione a los dos?

—No —respondió ella después de un momento—. No, yo no quiero que traiciones la confianza de nadie. *Maf kijiye*.

—No lo sientas, Anusha —le contestó Nick en hindi—. Me haces un gran honor, pero es un regado que no puedo aceptar.

«O sea que salva mi orgullo fingiendo que lo siente. Es mi protector». Ella consiguió sonreír cuando él tomó su camisa y salió de la cama. Ella también podía fingir. Quizá él tenía razón, no por los motivos que daba, sino porque había algo frágil e incierto entre ellos a lo que ella no podía poner nombre y esa intimidad, con culpabilidad por parte de él y algo parecido a la desesperación por parte de ella, la habría roto.

—Mañana llegaremos a Calcuta —dijo Nick.

Le explicó que estaban ya en el río Hooghly, uno de los brazos del Ganges, el brazo que fluía hacia el mar pasando por el gran puerto fluvial de Calcuta.

Aquel viaje a través de llanuras embarradas, jungla y alguna que otra colina con una aldea o un grupo de templos ya no resultaba excitante. Árboles verdes, río marrón, barro marrón, cielo caliente azul y Nick mostrándose amable y educado y fingiendo que ella no le había dicho aquellas cosas en el camarote, que no habían estado abrazados, boca con boca y pecho con pecho, y que ella no había sentido el calor y la realidad del deseo de él.

Su cuerpo lo anhelaba todas las noches. Y todas las noches se decía que debía dar gracias porque él hubiera hecho gala de su honor inglés y se hubiera resistido.

—Creo que llegaremos tarde, pero habremos vuelto sanos y salvos —continuó él.

Anusha oyó alivio en su voz. Era normal. Llevaban ya tres semanas juntos y al principio de todo, él no deseaba estar a solas con ella ni al revés. Nick querría entregarla a su padre y volver a su vida, su casa y, sin duda, a buscar placer con otra mujer.

¿Había dejado entrever ella que sentía algo más que deseo por él? Todavía no entendía lo que sentía: admiración y deseo, sí, por supuesto. Pero había algo herido dentro de él que ella quería calmar, curar. Estaba segura de que era algo que tenía que ver con su matrimonio. A pesar de lo que decía, debía haber amado desesperadamente a su esposa, porque, de no ser así, ¿por qué estaba tan solo en su espíritu?

Anusha se apoyó en la barandilla cuando pasaban por un pueblo grande con botes de pesca arrastrados hasta la playa de barro y luego pasaron un recodo del río y volvieron a estar entre acantilados bajos cubiertos de vegetación. Era pacífico, la corriente no era más fuerte que de costumbre y no había piedras.

El único aviso que tuvo ella fue un grito y al instante siguiente se vio tirada en la cubierta, con los oídos llenos del crujido ominoso de la madera. El bote-cocina los había golpeado con fuerza por la popa y los había encallado en un banco de arena.

—¡Se ha roto el timón! —gritó el timonel.

—¡*Dhat tere ki!* —gritó Nick—. Si lo hubieran hundido...

Pero el único daño era el del timón.

Media hora más tarde, los tripulantes se congregaban en la arena alrededor de los trozos de madera astillada y miraban nerviosos a Nick.

—¿Se puede arreglar?

—No, *sahib*. Pero podemos encargar que hagan otro en el pueblo que hemos pasado. Había muchos botes, tendrán carpinteros.

—Id, pues —contestó Nick—. Y daos prisa.

—Tenemos que ir remando con el bote—cocina río arriba —explicó el capitán—. Para remar contra corriente tendremos que ir todos, y se hará de noche.

—Pues daos prisa —repitió Nick—. Atracad bien este barco, dejadnos comida y volved mañana temprano.

Media hora, después se habían marchado, dejando el barco amarrado por la proa y por la popa a un banco de arena grande en el medio de la corriente.

—No hay necesidad de preocuparse —comentó Nick.

—No estoy preocupada. Aquí no puede llegar ningún animal de la orilla y los hombres volverán mañana.

—Cierto. Encenderé fuego en el banco de arena. ¿Quieres cocinar tú para variar?

—No —repuso ella con firmeza—. Nunca he tenido que cocinar. Siempre ha habido criados que hacían eso. ¿Por qué cocinas tú tan bien?

—Todos los soldados sabemos cocinar, aunque el resultado no es siempre muy comestible. Vamos a ver lo que nos han dejado.

Cayó la noche y la jungla quedó oscura y llena de ruidos. Encima de sus cabezas, el terciopelo azul oscuro del cielo estaba cuajado de estrellas y el fuego ardía animoso alimentado con madera flotante que había reunido ella mientras él cocinaba.

Anusha se apoyó en la barandilla y lo observó sentado con las piernas cruzadas y con los tres mosquetes clavados formando un trípode a su lado.

—Vete a la cama —le dijo él sin volverse, como si pudiera sentir la mirada de ella posada en él.

Si los hombres volvían al amanecer con el timón, aquella sería la última noche que pasarían juntos. Su última noche como princesa de la corte de Kalatwah. Al día siguiente sería la señorita Laurens e intentaría recordar las clases de etiqueta y vocabulario de Nick. En aquel momento solo quería abrazarlo con fuerza.

Nick sacó algo de una bolsa que había a su lado. Anusha no vio lo que era, pero después de un momento, un ritmo suave flotó en el aire inmóvil. Se había llevado el tambor de la aldea.

Los pies de ella se movieron, casi con voluntad propia. Esa noche seguía siendo Anusha y había un regalo de agradecimiento que podía hacerle a Nick.

Trece

La música salía sin voluntad consciente; sus dedos golpeaban la piel tensa del tambor con el ritmo que los hombres de sus tropas le habían enseñado en largas noches de campamento. Podía seguir escuchando si había peligro y la intricada melodía lo mantenía alerta y despierto.

Pero no le impedía pensar, y otra noche sin dormir pensando en Anusha era un castigo. Quizá se lo merecía, pues su conciencia le seguía afeando las mentiras que le había contado sobre cómo iba a ser su vida. ¿Pero cómo decirle la verdad, que su padre esperaría organizarle un matrimonio, que su vida en Calcuta como una dama inglesa sería casi tan restrictiva como la vida en el *zanana*, que su dote iría a su esposo y no a ella?

Por el modo en que se había ofrecido a él, estaba claro que lo había creído.

Quería disfrutar aquella libertad nueva y pensaba que no había peligro de que tuviera que casarse.

Había algo más, lo había visto en sus ojos y oído en su voz.

«Quiere enamorarse, quiere amor como tuvo su madre».

Nick había estado a punto de decirle la verdad, casi le había dicho que era un sueño cruel, ¿pero quién era él para dar lecciones de amor? Anusha merecía tener esperanza, quizá incluso encontrar el amor con un hombre que mereciera todo lo que ella podía darle.

Si sabía la verdad, se marcharía a la primera oportunidad a menos que la encerrara en su camarote.

«¿Qué podía decirle? ¿Que los matrimonios de las mujeres de su nivel no son forzados, pero sí organizados? ¿Qué su padre la tendrá vigilada y solo le dará dinero para gastos?».

Ella había estado a punto de pedirle que le diera su palabra. Él había tenido apenas un segundo para elegir entre el honor y el deber.

Anusha se había ofrecido a él con un coraje tímido que lo había excitado terriblemente al primer contacto. Ella sabía a té y especias y agua de rosas, a sexo, a mujer y a inocencia. Nick sintió una opresión en el pecho. Lo que ella le había ofrecido era lo que él quería desde el primer momento que la había visto; la fantasía que había atormentado sus noches.

Cerró los ojos y se permitió creer por un momento que ella era suya y que no era una inocente que quería amor y merecía cuidados, sino una cortesana experta de la que podía separarse sin dolor por ninguna de las partes.

Si todo iba bien con el timón, a la noche siguiente la tendría de vuelta en su casa y, si ella lo odiaba por ello, sería un precio pequeño. Él ya no estaría allí para ver aquellos ojos grises mirándolo con el dolor de la traición. Simplemente tendría que vivir con el recuerdo de ellos.

Cuando ahora intentaba recordar a Miranda, sus ojos azules aparecían superpuestos por otros grises con largas pestañas, su piel pálida que tanto se sonrojaba en el calor era ahora de un color miel.

A pesar de estar alerta, el sutil acompañamiento a su música lo pilló por sorpresa. Nick se quedó paralizado cuando una figura apareció a la vista, con faldas amplias, pantalones ceñidos, tintineo de brazaletes y los pies descalzos golpeando la arena al ritmo del tambor.

Anusha bailaba a la luz del fuego, con su sombra larga y dramática detrás de ella, con los colores azul, verde y rojo de su ropa atrapando los colores de las llamas, el oro entrelazado de plata que reflejaba la luz.

Hacía algo que las mujeres respetables solo hacían para su marido o sus amigas, bailar una de las danzas clásicas de la corte. Hacía oscilar la cabeza con movimientos laterales imposibles y llenos de estilo, giraba y volvía las manos transmitiendo el significado de la danza a los que pudieran leer su lenguaje. Sus pies descalzos golpeaban el suelo con un contrarritmo complejo al ritmo que marcaban las manos de él.

La tensión aumentó deprisa hasta que Nick llegó a respirar como si corriera o hiciera el amor con embestidas vigorosas y urgentes. Los latidos de su corazón reflejaban el ritmo del tambor y jadeaba por el esfuerzo, pero Anusha siguió bailando hasta que, justo cuando él pensaba que se iban a derrumbar los dos, lo miró a los ojos y juntó las manos con una palmada.

Nick alzó las manos del tambor y ella se detuvo, posando como una talla de un templo y solo el sudor de su frente, el movimiento de los pliegues de la falda y el modo en que subía y bajaba su pecho traicionaban que era una mujer de carne y hueso.

A él le temblaban las manos cuando dejó el tambor y rompió el conjuro. Anusha se movió, se echó atrás la trenza y le sonrió.

—Esto es algo que no había hecho nunca —dijo—. No creo que vuelva a bailar nunca para un hombre, así que es mi modo de darte las gracias que no quieres que te dé con palabras.

Nick no podía hablar. La vio pasar a su lado y

no se volvió cuando oyó cambiar el sonido de sus pasos al llegar a la cubierta. Lo había dejado sin aliento y se preguntó si volvería a recuperarlo alguna vez.

—Hemos llegado.

No era una pregunta. Volvían los viejos recuerdos, aunque no de puntos de referencia exactamente, pues estaba oscuro y ella solo veía la miríada de luces tanto en tierra como en los barcos que parecían cubrir la superficie del gran estanque de agua que formaba el puerto de Calcuta. Anusha se apoyó en la barandilla. Sus recuerdos se veían ayudados por la mezcla de olores de la ciudad: a desperdicios humanos y de animales, a fuegos de cocinar, a especias y a flores.

—Creo que me acuerdo de esto, de todos los barcos grandes —dijo. Y los mercantes seguían allí, anclados bajo la protección del Fuerte William—. Mi padre nos llevó una vez a las almenas del fuerte a ver las vistas.

—Ahora iremos al fuerte —contestó él—. No quiero llevarte por las calles sin una escota, y además, quizá sir George no esté en la casa.

—¿Sigue siendo la misma?

—Sí.

Bailar para Nick había abierto algo dentro de ella, la liberación del movimiento, la alegría de hacer algo escandaloso porque le apetecía habían elevado su espíritu. «Libertad». Ahora su estómago se llenó con aprensión y con el sabor amargo de la vieja traición. ¿Y si no conseguía ocultar lo que sentía lo bastante bien para que su padre hiciera lo que ella quería?

—No sé por qué, pensaba que no sería la misma casa —llena de recuerdos de su madre que sin duda la otra mujer habría intentado borrar.

—Puede que la encuentres cambiada —respondió Nick.

Un pequeño skiff se acercó a su lado para llevarlos a tierra.

Sí, estaría cambiada y quizá eso no sería malo. Ya era bastante malo encarar el presente para tener que hacerlo además con los fantasmas del pasado acechando en cada esquina. Anusha bajó al skiff y se quedó en pie al lado de Nick hasta que les pasaron sus escasas pertenencias. Los tripulantes charlaban entre ellos, contentos con la perspectiva de pasar una noche en la ciudad con las bolsas llenas de dinero.

Anusha los miró mientras el bote los llevaba a la orilla. Eran pobres, trabajaban duro y sus vidas eran inseguras. ¿Era una tonta al envidiarles la risa y su alegría de una noche?

—Coraje —Nick la miraba—. Eres una *rajput*, ¿recuerdas?

—Ahora no sé lo que soy —replicó ella—.

Pero lo descubriré —apretó los labios—. ¿Qué pasa? ¿Todavía te duele el hombro?

—No —Nick sonrió—. Me pincha mi conciencia, supongo.

Hablaban en inglés, pero ella bajó la voz de todos modos.

—¿Por haberme besado? ¿Porque viniste a mi camarote?

—Debe de ser eso —asintió él.

—No pasó nada. Tú fuiste fuerte y dijiste que no —ella lo agarró amistosamente del brazo y se apoyó en su hombro para consolarlo—. ¿Lo ves? Ahora solo somos amigos.

Inhaló para absorber el aroma del jabón de Nick y del sudor del día. Tocaba con la mano la firmeza de sus músculos. Era tan consciente de él como cuando había bailado para él, consciente a un nivel mucho más profundo que la atracción física que había habido entre ellos en el camarote, cuando la había besado.

Anusha, temblorosa, miró su perfil, negro contra las luces del escalón del fuerte más próximo. En él solo vio fortaleza y virilidad y algo de tensión en el modo en que apretaba la mandíbula.

—Amigos —repitió, porque necesitaba que le diera esa seguridad aunque no entendiera por qué.

—No lo olvides —dijo él—. Y agárrate a mí cuando bajemos. Esta noche hay mucha gente.

Había un festival en honor de alguna deidad

menor. La muchedumbre se apretujaba en los anchos escalones húmedos del fuerte, lanzaban cadenas de caléndulas al agua, depositaban en la corriente platillos de loza con velas encendidas que flotaban en la superficie. Había música y vendedores de carne dulce y niños que gritaban de alegría.

Anusha se dejó llevar a tierra por Nick y se quedó en pie sobre el granito resbaladizo mientras él pagaba al barquero.

—Calcuta por fin —dijo él. Se echó un fardo al hombro ileso y le quitó el otro a ella—. Ahora solo tengo que llevarte media milla más y habré cumplido mi misión.

Parecía complacido y ella supuso que no podía culparle por ello. Anusha se agarró a su manga y lo siguió hacia la puerta del fuerte William. Con el recuerdo de Kalatwah tan próximo, no le impresionaron mucho las murallas bajas ni las fortificaciones en forma de estrella, pero la respuesta de los guardias de la puerta y la eficiencia con que los llevaron dentro y buscaron un palanquín no tenían nada de descuidadas. Uno de los dos nombres, el de Nick o el de su padre, funcionaba como un talismán.

Anusha subió al palanquín, dejó caer la cortina y se agarró a los costados cuando los porteadores se colocaron la larga vara curvada en los hombros. Se pusieron en marcha.

—¡Nick!

—Estoy aquí. ¿Estoy bien? —la voz de él sonaba como si caminara a su lado.

—Sí. Estaba… estaba muy oscuro y es muy pequeño. Me he acostumbrado a montar y al río. Al aire libre.

Ahora se sentía prisionera. Pero no sería por mucho tiempo. Su destino, Old Court House Street, estaba detrás de los grandes edificios gubernamentales y de las casas de la Explanada, justo al norte del *maidan*, la gran extensión de hierba que rodeaba el fuerte. Y ella no volvería a ser una prisionera, confinada detrás de celosías y puertas guardadas, con la prohibición de salir, tapada con velos y oculta.

—Nick —fue un susurro. No sabía lo que quería, pero una mano apartó la cortina y se curvó en el borde del agujero de la ventana. Anusha le puso la suya encima y sintió que remitía el pánico mientras la transportaban, ciega, por las calles.

—Hemos llegado.

Él apartó la mano, el palanquín se detuvo y quedó alzado y oscilando. Se oyeron voces excitadas y el ruido de una puerta al abrirse.

—Llama al *sahib* Laurens. Dile que la hija de la casa ha regresado.

El palanquín fue depositado en el suelo y se apartaron las cortinas. Anusha salió parpadeando a un patio rodeado de paredes altas y blancas, una barandilla ancha y la masa baja de la casa.

—Ahí fue donde te vi tumbado como un muerto —dijo cuando Nick llegó a su lado.

Era todo familiar y, sin embargo, diferente. El patio parecía más pequeño y la casa más grande. Había árboles inesperados y todos los criados que se acercaban corriendo a ella eran desconocidos.

—¡Anusha! ¡Anusha, mi querida niña!

El hombre del porche era su padre, y no lo era. La voz fuerte era la misma, la estatura y la amplitud de los hombros también; pero su pelo ahora era gris, ya no era el oro oscuro que recordaba ella; había arrugas en su cara y lo que antes había sido un vientre plano ahora estaba algo curvado.

«Diez años. ¿Esperabas que no hubiera cambiado nada mientras tú crecías?».

Ella dio un paso al frente.

—*Namaste*, padre.

Él bajó los escalones sonriente, la tomó por los hombros y ella creyó por un momento que la alzaría en vilo y le pediría un beso como hacía siempre cuando llegaba a casa y ella era pequeña. Pero ahora no tenía necesidad de alzarla. Agachó la cabeza y la besó en la frente.

—Eres muy hermosa, hija mía. Igual que tu madre.

Ella se puso rígida y él añadió, con voz preñada de emoción:

—Fue una tragedia que muriera tan joven. Debes echarla mucho de menos.

—Todos los días —respondió ella.

Miró aquellos ojos grises tan parecidos a los suyos.

«¿Qué sientes, padre? ¿Remordimientos?».

Al oír su tono de voz, él enarcó las cejas, todavía oscuras a pesar de que su cabello se había vuelto gris. ¿Rabia, confusión o ambas cosas? La soltó y dio un abrazo rápido a Nick.

—Nicholas, muchacho, gracias por traérmela sana y salva. He recibido mensajes codificados de Deli y sabía que viajabais solos. Y nos han llegado noticias de Kalatwah. El marajá ha renunciado al asedio y se ha retirado. No ha habido derramamiento de sangre.

Anusha sintió un alivio que fue casi una sensación física, y hasta ese momento no se dio cuenta de hasta qué punto había estado preocupada.

—Me alegra saberlo —contestó Nick. Sonrió a Anusha—. Ya podéis dejar de preocuparos.

—¿Preocuparse? —su padre se volvió—. No había ningún motivo para preocuparse. Esa fortaleza es inexpugnable y había ayuda en camino. Nick, has debido explicárselo. El peligro era que entraran algunos hombres y te secuestraran, Anusha, y el furor que eso causaría.

—Me lo explicó muy claramente, pero ellos

son mi familia —contestó Anusha. Miró a Nick, que le sonrió—. Claro que me preocupo.

De nuevo frunció el ceño su padre.

—Debéis estar cansados los dos. Entrad donde podamos hablar. Tendréis hambre y querréis lavaros y cambiaros antes de la cena. He hecho que te preparen la mejor habitación, Anusha. ¿La recuerdas? La de la parte de atrás que da al jardín. Espero que te guste.

Ella captó sentimiento en su pregunta y endureció su corazón.

—Gracias, la recuerdo.

No era la habitación que había preparado para su esposa, lo cual resultaba un alivio, pues habría tenido que negarse a dormir en ella y esa noche no tenía fuerzas para una confrontación activa, solo para resistencia.

El amplio vestíbulo estaba lleno de criados, todos varones, por supuesto, excepto por una mujer que esperaba pacientemente en la parte de atrás con la cara oculta por el *dupatta*.

—Esta es Nadia, tu doncella. Nadia, lleva a la señorita Anusha a su habitación. Cenamos dentro de una hora.

—Namaste, Nadia —dijo la joven cuando se adelantó la doncella.

—Buenas noches, señorita Anusha —respondió la mujer y Anusha se dio cuenta de que era muy joven—. *Sahib* dice que debo hablaros en inglés en todo momento. La habitación está por aquí. Mi inglés es bueno, ¿no? He recibido lecciones de la doncella de lady Hoskins sobre cómo ser una buena doncella personal.

Pasaron un *punkah wallah* sentado con la espalda apoyada en la pared y que movía incesantemente el pie de modo que el cordón atado al dedo gordo moviera los grandes abanicos de tela que había en las habitaciones a ambos lados del pasillo.

La doncella abrió la puerta al final del pasillo y esperó a que Anusha pasara. Esta había olvidado que los muebles serían así: una cama alta, envuelta con un mosquitero de muselina fina, las sillas altas y rígidas y los sillones, más bajos y acolchados. No había cojines en el suelo cubierto de alfombras. Tendría que sentarse erguida en aquellas sillas, algo a lo que siempre se había negado su madre.

Había una cómoda cubierta con cajitas y frasquitos, cepillos para el pelo y con un espejo. También había una puerta que daba a lo que debía ser la habitación de bañarse. Todo era triste. Los únicos colores brillantes eran la ropa de la doncella y una colcha rojo oscuro sobre la cama.

Las grandes ventanas estaban abiertas, con persianas de agujeros que dejaban entrar la brisa pero daban intimidad y seguridad, pues toda la casa era de una sola planta. El ventilador crujía en el techo, moviendo el aire y del pasillo llegaba murmullo de conversaciones a través de las rejas de encima de la puerta.

—Creo que es una habitación bonita —comentó Nadia—. Los chicos del agua habrán llenado la bañera si queréis bañaros ahora, señorita. Y yo prepararé vuestra ropa.

—No tengo ropa —respondió Anusha. Fue a asomarse al baño. La bañera era grande y ya estaba llena de agua.

—Eso ha debido ser muy difícil para vos, pero el señor Laurens ha hablado con lady Hoskins y ella ha enviado todo lo que necesitáis. Mirad —Nadia abrió el armario de la ropa y tiró de un par de cajones—. Vestidos, enaguas, corsés, medias y…

—Basta. Me bañaré y luego volveré a ponerme esta ropa con ropa interior limpia debajo. Pero sin el velo, claro.

La doncella abrió la boca para protestar, pero miró a Anusha y volvió a cerrarla.

—Sí, señorita.

Anusha recordaba también el camino al comedor, aunque todo el interior de la casa parecía diferente. Las paredes estaban pintadas con tonos claros, los muebles eran nuevos, seguramente de estilo más europeo. Desde luego, extraños e incómodos para alguien acostumbrada a cojines blancos, sedas vaporosas y algodones acolchados.

Había enviado a Nadia a un recado para poder sacar las joyas del turbante y esconderlas en una tabla suelta debajo del asiento de la ventana. De niña había descubierto que la mayoría de esos asientos tenían paneles que se podían sacar, seguramente habría todavía juguetes y tesoros suyos escondidos por toda la casa.

Ahora, con la trenza del pelo suelta a la espalda y la ropa severa de hombre sin adornar con joyas era muy consciente de las miradas de soslayo de los sirvientes. Debían estar acostumbrados a las mujeres sin velo, pero su extraña mezcla de europea e india y su atuendo masculino seguramente les resultaban extraños y escandalosos.

—Está cansada, eso es todo. Ha sido un viaje duro para mí, imagínate para una joven que ha crecido protegida y resguardada.

La voz de Nick le llegó claramente a través de la rejilla de ventilación de encima de la puerta del estudio de su padre y Anusha se detuvo a escuchar.

—… reservada —oyó la voz de su padre más lejana—. Fría.

—Hacía mucho tiempo que no te veía —respondió Nick—. Y ha estado en el *zanana*. Supongo que esperarías alguna incertidumbre.

«Me está defendiendo», pensó ella.

¿Qué habría hecho sin Nick? La había protegido, había controlado sus fuertes instintos masculinos por ella y le había enseñado algunas cosas de las que necesitaba para aquella extraña vida nueva que debía llevar hasta que pudiera ser libre.

«Mi amigo», pensó alejándose, pues no podía quedarse a escuchar con los criados moviéndose por allí.

Seguramente se quedaría algunas semanas allí antes de partir en otra misión, ¿no? Tenía que descansar, dejar que se curara su herida y ella lo tendría entre ella y aquel mundo extraño. «Nick».

Catorce

Mientras se sentaba en una de las grandes e in-cómodas sillas de mimbre del salón, Anusha pensó que tenía que haber una palabra para el lugar que ocupaba Nick en su corazón. «Amigo» no bastaba para lo que sentía y no describía el cos-quilleo de atracción física que le producía cuando estaba cerca. Cuando entraron los hombres, se-guía buscando palabras, tanto en hindi como en inglés.

—Ah, estás ahí, querida. ¿Esta habitación es de tu gusto? —su padre la miró desde el umbral—. ¿Qué haces vestida así todavía? ¿Tu doncella no te ha enseñado tu ropa nueva? No me digas que no te vale. Me enviaron las medidas.

—Esta noche estoy más cómoda con esta, padre —contestó ella, que no quería empezar una discu-sión. Al día siguiente lidiaría con los corsés, las me-dias y los demás horrores de la ropa europea.

—Muy bien —la sonrisa de su padre era amable, pero había cierta incertidumbre.

«No sabe cómo tratarme», pensó Anusha. «Está nervioso. Bien».

Ese pequeño triunfo la distrajo y se perdió la siguiente frase de él.

—… apropiado.

Parecía una broma, aunque Nick no reía en absoluto. De hecho, estaba como en la tierra de los tigres: alerta y nervioso. Y ella sintió un escalofrío en la columna.

—Lo siento, padre, no he oído…

—George, ¿te he dicho que la situación…?

¿Por qué intentaba Nick distraer a su padre? Este también parecía confuso.

—Solo he dicho que ese atuendo masculino no es apropiado para buscar marido, aunque haya sido muy útil para huir a través del país —dijo.

—¿Buscar marido?

—Pero por supuesto. Eso es lo que debemos hacer, ¿no? Hay que buscarte un marido apropiado.

—Estoy aquí porque Nick me dijo que debía salir de Kalatwah por el bien del estado y para evitar problemas a la Compañía de las Indias Orientales —Anusha se había levantado de la silla—. No estoy aquí para casarme con nadie. ¡No quiero un marido!

Miró a Nick.

—Tú me dijiste que no tendría que hacerlo. Me dijiste que sería libre.

—¿Nicholas? —preguntó su padre—. ¿Qué es esto?

—Si le hubiera dicho que pensabas organizarle un matrimonio, habría huido —respondió Nick, como si le arrancaran las palabras a punta de cuchillo.

—Me mentiste —Anusha no podía creerlo—. Creía que eras mi amigo, confiaba en ti y me mentiste. ¿Qué honor hay en las mentiras, oficial y caballero inglés? Ninguno.

—O te mentía o te ataba en el camarote —replicó él—. Sabía que huirías si sabías la verdad.

—¡Me lo prometiste!

—No. Tú me pediste que lo prometiera, pero yo no te di mi palabra.

—No, porque…

«Porque me besaste».

No hizo falta que él señalara a su padre con la cabeza para que ella se tragara sus palabras.

«Por eso me hiciste el amor, para distraerme. No porque me desearas, no porque sintieras algo».

—Tú me dijiste que tendría dinero y libertad. No tendré dinero. ¿Es eso también lo que dices ahora?

—¿Qué tonterías le has dicho, Nicholas? —preguntó el padre—. ¿Qué dinero?

—Anusha cree que su dote le pertenecerá a

ella, que como hija tuya, será rica e independiente. Quiere viajar, no casarse.

Hubo un silencio.

—¡Condenación! —exclamó sir George—. Pues claro que te casarás, muchacha. ¿Quién te ha metido esas tonterías en la cabeza? Nicholas, ¿qué cuentos de hadas le has contado?

—Los que ella quería oír. Tenía que elegir entre traicionar tu confianza y arriesgarme a que huyera o mentirle. ¿Qué querías que hiciera?

Nick hablaba con voz tranquila y razonable, pero Anusha captaba en ella su rabia y la frustración que el respeto a su padre le impedía mostrar.

—Lo que has hecho, por supuesto —su padre hundió los hombros—. Anusha, no tienes ni idea de lo que dices. No conoces el matrimonio europeo. No hay nada que temer.

Ella miró a los hombres con los ojos entrecerrados.

—¿No me obligarás?

—¡Por supuesto que no! ¿Tu tío y yo no te hemos dado libertad para rechazar todas las ofertas matrimoniales que te han hecho?

—Sí —Anusha miró la cara de Nick, que seguía mostrando cierta tensión—. ¿Entonces puedo viajar? ¿No tengo que casarme?

—¡Por supuesto que no puedes viajar! Y por supuesto que debes tener un esposo, pero no te obligaré a casarte con uno que no pueda gustarte.

Ella lo miró de hito en hito.

—¿Tengo que casarme pero no me obligarás? ¿Puedo elegir pero no soy libre? Sé que mi inglés no es perfecto, pero no puedo creer que lo entienda tan mal.

Su padre le devolvió la mirada, claramente frustrado por su falta de comprensión.

—Nicholas, explícaselo tú. Es evidente que yo no puedo —dijo media vuelta y salió de la habitación.

—Sí, por favor, Nick, explícamelo tú —musitó ella con dulzura—. Y esta vez intentaré creerte. O quizá puedas besarme hasta que deje de pensar y de hacer preguntas difíciles.

Nick se había sonrojado, pero respiró hondo y contestó pacientemente:

—No habrá besos. Tu padre solo quiere lo mejor para ti. Habrá elegido pretendientes adecuados para que los consideres.

—¿Quiénes son esos hombres? ¿Qué son?

La furia casi ahogó el pánico de Anusha. Se adelantó un paso y agarró el brazo de él con ambas manos. Le sacaría la verdad como fuera.

—No tengo ni idea de lo que tiene en mente —repuso él—. Pero sir George querrá verte casada lo antes posible. Eres más mayor que la mayoría de las chicas solteras de la sociedad de Calcuta.

—Casada con un marido inglés que ha elegido él.

—Por supuesto. Tienes que convertirte en una dama inglesa, eso sí lo sé. ¿Qué otra cosa puedes hacer en Calcuta? ¿De qué otro modo podrías vivir con él? No necesita un ama de llaves.

Anusha le soltó el brazo y se apartó un paso.

—Yo no quiero hacer nada en Calcuta excepto irme. Yo no pedí venir aquí. No quiero un marido, he rechazado una oferta tras otra.

—Lo sé. Pero esto es diferente. No estamos hablando de un matrimonio político con un hombre que podría ser tu padre o con un príncipe joven al que podrían asesinar en un golpe en el palacio en cualquier momento. Serás una dama inglesa y elegirás a tu esposo cara a cara.

—¿A cualquiera? —preguntó ella, aunque conocía ya la respuesta—. ¿Cualquier hombre que quiera?

—Por supuesto que no, pero sí cualquier buen partido que apruebe tu padre. Ya te he dicho que seguro que habrá pensado en alguien. No será cualquiera, Anusha, serán hombres ricos e influyentes que te darán una buena vida.

«Ricos e influyentes». Por eso la habían llevado allí tras haberla prácticamente secuestrado de la casa de su tío.

La amenaza de Altaphur era real, pero eso le había dado una excusa a su padre. Sin duda había alguna alianza que deseaba cimentar y se había acordado de ella, un peón en su tablero de ajedrez.

Al menos eso explicaba por qué la quería de vuelta después de tanto tiempo.

El instinto la había avisado de que aguardaba un peligro y al menos ahora sabía cuál era: el riesgo de casarse con un inglés que la trataría como su padre había tratado a su madre. Solo que ella estaría legalmente atada a él y esperarían que se quedara con su marido aunque se portara muy mal con ella.

—Anusha, escúchame —Nick la tomó por los hombros y la volvió hacia él—. Con la dote que te dará sir George y la influencia que tiene, no será difícil buscarte un marido que te guste. Un comerciante importante, un oficial del ejército, el hijo más joven de una casa noble… un caballero de ese tipo.

«Un oficial del ejército, el hijo más joven de una casa noble». Ella lanzó a Nick una mirada fulminante. ¿Se refería a sí mismo? El matrimonio con ella lo convertiría en el hijo y heredero del hombre al que consideraba como un padre. Le daría dinero y más estatus para continuar lo que era obviamente una carrera prometedora. ¿Sus besos y su amabilidad habían sido eso… pasos cuidadosos destinados a seducirla?

Si Nick se casaba con ella, se largaría en cuanto le diera un hijo a alguna de sus misiones emocionantes y ella se quedaría con los corsés, los niños y las señoras de mirada desaprobadora y nunca encajaría en aquel mundo ni nunca sería libre.

—Entiendo.

De pronto estaba tranquila. La habían trasladado desde la jaula dorada de la corte a otra jaula menos dorada y menos lujosa. Y claramente menos segura.

—Él elige hombres, me los presenta, yo los rechazo y él busca otros. ¿Cuánto tiempo dura eso?

—Hasta que encuentres a alguien que te guste —Nick la miraba con la paciencia a la que ella estaba acostumbrada, pero también había lástima en sus ojos verdes—. Anusha, siento haberte mentido, pero tú no sabes lo peligroso que es que una mujer educada como tú vaya por ahí sola. No habrías durado ni un día.

¡Qué inocente había sido! ¡Qué romántica al pensar que aquel guerrero sería su amigo o quizá incluso algo más que amigo!

En la corte, si hubiera rechazado a un pretendiente y su tío hubiera insistido, la habrían encerrado en su habitación hasta que se sometiera. Allí al parecer no habría coacción física y escapar sería cuestión de astucia.

—Comprendo —apartó la vista—. ¿Y quién me enseñará a ser una dama inglesa con la que esos hombres deseables quieran casarse? ¿O se casarían con quien fuera con tal de conseguir el dinero y la influencia de mi padre?

—Te querrán por ti misma. ¿Cómo no van a quererte cuando aprendan a conocerte? Y lady Hoskins te tomará bajo su ala. Vive tres casas más allá en esta misma calle. Está casada con sir Joshua Hoskins, un colega de tu padre, y tienen una hija que se casó el año pasado y un hijo de diecisiete años.

Una matrona con experiencia a la que no sería fácil engañar. Lo mejor sería empezar ya el juego.

—Veo que tendré que irme haciendo a la idea —se encogió de hombros. Tampoco podía parecer aún demasiado dispuesta a aceptar su destino.

—Vamos a cenar, pues. Pelearte con los cubiertos hará que dejes de pensar en otras cosas.

—Seguro que no tendré problemas. Después de todo, he tenido el beneficio de tus clases.

Anusha estaba enfadada con él, por muy bien que lo ocultara. Nick la siguió al comedor con la preocupación y la lástima mezclándose en su pecho. Durante el viaje, por difícil y peligroso que fuera, habían estado en su mundo y ella había sido la sobrina del rajá.

Ahora no sabía quién era, solo sabía que estaba con el padre que creía que la había rechazado y un hombre que le había mentido para llevarla hasta allí.

Un criado le apartó la silla a los pies de la mesa y ella se sentó con las manos cruzadas en el regazo y la barbilla alzada. Nick ocupó su lugar, a mitad de camino entre el padre y la hija y los criados empezaron a llevar platos que conformaban una típica cena angloindia.

El modo en que estaba puesta la mesa copiaba el estilo indio de colocar una serie de platos todos a la vez, pero los platos en sí eran un popurrí de curries, conservas agridulces y arroz indios y sopas, verduras y asados ingleses.

—¿Puedo ayudarte con alguna cosa? —se ofreció Nick—. ¿Un trozo de cordero o pollo?

—Gracias. Pollo.

Ella miró las verduras, extendió la mano derecha hacia el arroz y volvió a retirarla con los labios apretados hasta que encontró la cuchara de servir y la utilizó. El criado le sirvió vino en la copa.

Nick le puso dos trozos de pollo en el plato.

—¿Quieres verduras?

Vio que ella se las arreglaba con concentración feroz y observando como un halcón lo que hacían George y él. No debía subestimar la inteligencia de Anusha ni su capacidad para aprender y adaptarse.

—Te gustará lady Hoskins, Anusha —sir George al parecer había decidido ignorar el enfrentamiento en el salón—. Y su hija Anna, ahora señora Roper, es una joven encantadora. Pásame la sal, ¿quieres, Nicholas?

Tenía que estirar el brazo. Nick reprimió una

mueca cuando el movimiento estiró la herida del hombro, pero Anusha vio su reacción.

—¿Os duele el hombro, mayor Herriard? —preguntó con tanta dulzura que él tardó un momento en darse cuenta de que lo había llamado por su rango y su apellido.

—¿Hombro? —George alzó la vista—. ¿Qué te has hecho?

—Fueron los bandidos, padre —respondió Anusha—. Al mayor le dispararon en el hombro justo en las afueras de Kalpi.

Bajó las pestañas, que le abanicaron las mejillas, y Nick reprimió un fuerte deseo de tomarla en brazos y llevarla a su habitación. Sabía que se proponía algo.

—Y lo cuidaron en casa del señor Rowlye, el agente de la Compañía. Su esposa se mostró muy desaprobadora conmigo —alzó los ojos grises—. ¿Crees que estaré deshonrada cuando se lo cuente a la gente?

«Muy lista, Anusha», pensó Nick. Sonrió forzadamente.

—No hay de qué preocuparse, George. Hablé con los Rowley y con el doctor. Solo tuve que mencionar tu nombre y me juraron discreción y silencio eternos.

—Eso espero —gruñó George—. ¿Pero la herida fue grave? Llamaré a mi médico después de la cena para que te examine.

—Puede esperar a mañana —Nick sabía que no podría eludir el examen del doctor—. Se ha curado bien. La señorita Laurens tuvo la amabilidad de cambiarme la venda.

—¿De verdad?

—El mayor fue increíblemente valiente —señaló Anusha—. Tuvimos bandidos, una cobra real, los hombres del marajá y tigres.

—¿Tigres?

—Vimos algunas huellas de garras —aclaró Nick; lanzó una mirada de reprimenda a Anusha, que cortaba aplicadamente su pollo con los cubiertos—. A los hombres que nos perseguían los despistamos fácilmente, los bandidos fueron... molestos. Afortunadamente llevábamos caballos del ejército entrenados.

—¿Y la cobra real? —preguntó George con una sonrisa.

Nick recordó que el otro lo había visto subirse de joven a los árboles para huir de las serpientes y sabía muy bien que le producían un pavoroso sudor frío.

—El mayor estuvo... Estuvo... Me salvó la vida y yo creí que le había mordido —la voz de Anusha sonaba débil. Su falsa dulzura había desaparecido y casi toda la sangre de sus mejillas también—. Disculpad, de pronto estoy muy cansada. Iré a mi habitación.

Dejó los cubiertos en el plato, apartó la silla

antes de que el criado llegara hasta ella y salió de la estancia.

—Bien —señaló George cuando volvieron a sentarse—. Ceo que se impone un informe completo, ¿eh? Y nada de falsa modestia, Nick, o pediré todos los detalles a Anusha.

Quince

El abanico llevaba una hora inmóvil. En la lejanía se oían ruidos de la ciudad y la casa crujía al refrescarse, pero el único sonido humano había sido el de los pies del vigilante, que había pasado cien latidos más atrás.

Anusha salió de la cama, calculó mal la altura y dio un respingo cuando sus talones golpearon el suelo. Esperó un momento y, como no oyó nada, respiró de nuevo y se puso una bata oscura.

Sus pies desnudos no hacían ruido en la alfombra y su puerta se abrió en silencio gracias al *ghee* que había usado antes para engrasar los goznes.

Avanzó por el pasillo alumbrada por su lamparilla, con la llama protegida con la mano y el sonido suave de sus movimientos enmascarado por los ronquidos del hombre que dormía atravesado en la puerta principal. No se movió cuando ella

222

giró al pasillo que llevaba al salón, que pasaba por el estudio de su padre.

Allí estarían los mapas, la caja fuerte y las hojas que anunciaban los fletes. Cosas que no podía usar todavía, pero que necesitaba localizar. ¿Sería fácil abrir la caja fuerte? Anusha probó la puerta del estudio, vio que no estaba cerrada con llave y entró.

La estancia estaba tal y como la recordaba de niña, cuando entraba allí los sábados a sentarse en las rodillas de su padre y recibir una rupia de plata que era toda suya para gastarla en el bazar cuando la llevara su *ayah*.

Se sentó en la silla grande de él, con los ojos nublados y recordó la habitación a la luz del día y la risa de su padre cuando le enseñaba los juguetes y dulces que había comprado.

«Debilidad». Recuerdos de la indulgencia de un hombre con una niña… que ahora era una mujer. Una hija que era una posesión y una moneda de cambio, pero cuyo valor se veía disminuido por el mestizaje y por ser ilegítima.

Anusha alzó los pesados cuadernos de cuentas de tapas de cuero rojo y, tal y como esperaba, allí estaba la pesada caja fuerte de hierro. Era más grande que nada de lo que ella había intentado abrir nunca y necesitaría más horquillas.

—¿Sientes el impulso de visitar el bazar de noche y necesitas dinero para gastar? —preguntó una voz baja detrás de ella.

Anusha se giró. Nick la observaba con la espalda apoyada en la puerta cerrada. ¿Cómo la había encontrado? ¿Y cómo había entrado en la habitación y cerrado la puerta sin que ella lo oyera?

—Quiero ver si hay un lugar más seguro para mis joyas.

—Embustera —contestó él con suavidad—. ¿A las tres de la mañana?

—No podía dormir. ¿Cómo me has oído?

—Te estaba vigilando.

—¿Dónde?

A medida que se calmaba su respiración, Anusha empezaba a captar más detalles. Él llevaba una bata de pesada seda negra con un cinturón y en la V del cuello se veía piel y vello rizado. Iba descalzo, con el pelo suelto sobre los hombros.

—En mi habitación.

—¿Tú duermes aquí?

—Vivo aquí. Tengo habitaciones en la parte de atrás de la casa.

—Los aposentos de las mujeres —comentó ella. Allí había vivido con su madre durante doce años.

—Sí. Cuando os fuisteis, George hizo arreglar una parte para mí. Puedo ver tu ventana y la luz brilla a través de las persianas.

Apenas acababa de marcharse su madre y ella cuando Nick había invadido su territorio y llenado el espacio que habían dejado.

—Me estás espiando —devolvió los cuadernos al estante.

—Me parecía buena idea hacerlo. ¿He acertado?

Anusha había olvidado que él podía moverse como el humo, como un tigre. Cuando se volvió, él estaba a su lado, tan cerca que pudo captar el olor familiar de su piel mezclado con algo nuevo, el jabón con el que se había lavado esa noche.

—No puedes estar despierto todas las noches —consiguió decir.

—No, pero puedo poner un hombre a dormir atravesado en tu puerta y otro sentado debajo de tu ventana. ¡Quién sabe lo vengativo que puede ser el marajá! Hay que protegerte.

—Tú no crees que vaya a intentar secuestrarme aquí.

—No. Pero tu padre puede que lo crea si yo se lo sugiero.

—Y tú eres su espía y mi carcelero.

—Soy tu amigo, Anusha. Me gustaría que pudieras creerlo —Nick se acercó más. La luz temblorosa creaba sombras en su rostro, doraba su pelo y volvía sus ojos oscuros y misteriosos. A ella le costaba respirar.

Abrió la boca para maldecirlo, pero de ella solo salió un gemido. Horrorizada, notó que los ojos se le llenaban de lágrimas.

«Quiero creerte. Quiero confiar en ti».

—Anusha.

Nick la atrajo hacia sí, hacia la suavidad de la seda y la fuerza dura de su cuerpo. Ella hundió el rostro en la tela y sintió piel en la mejilla y el latido del corazón de él en el oído. Todas las fibras de su ser le decían que él era seguridad, protección y deseo; todos los instintos le decían que era peligro y traición. «Y deseo».

—Duele, ¿verdad? Volver aquí, no comprender. Pero entonces eras una niña y ahora eres una mujer. Habla con tu padre, intentad entenderos. Él te quiere.

La seda pesada absorbía las lágrimas, pero ella seguía sin poder hablar, pues iba entendiendo lo que significaban los sentimientos que la embargaban. «Te amo». Sin palabras, temblando con la fuerza de su descubrimiento, rodeó con los brazos la cintura de Nick y se agarró fuerte. Él se movió, la sensación de estar apoyada y rodeada se hizo más intensa y se dio cuenta de que él se había sentado en el borde del escritorio y la sostenía contra su pecho con ella de pie entre las piernas de él.

No hizo nada por tocarla aparte de dejar sus manos en su espalda, pero Anusha se fue relajando poco a poco y se fue dando cuenta de que estaba excitado, duro contra la suavidad del bajo vientre de ella.

«Confío en él», pensó, tranquila por fin. «Hizo

lo que tenía que hacer porque quiere a mi padre y se lo debe todo. Y yo lo quiero y él se quedará aquí toda la noche consolándome porque cree que es lo que necesito. Eso no es lo que necesito. Te amo».

Anusha acarició con la boca el vello de él y el músculo duro de debajo.

—Anusha…

Él soltó un suspiro cuando la boca de ella encontró un pezón, que se contrajo en un nudo duro a la primera caricia de la lengua de ella. Cerró los dedos sobre el cinturón que cerraba la bata y tiró cuando él la apartaba ya de su cuerpo. La bata se abrió y ella se acercó a él, al esplendor de su desnudez.

—Anusha —repitió él. Y esa vez fue un gemido.

Ella alzó la cara, con los labios abiertos en una invitación, y él bajó la cabeza y los besó. Anusha podía sentir el conflicto en él mientras deslizaba la lengua entre sus dientes para acariciar y explorar. El sabor de él era caliente y viril y ella sintió acelerarse su corazón a través del fino algodón que llevaba.

—No —murmuró Nick, alzando la cabeza—. No —repitió con más fuerza.

Anusha se agarró a su cuello, alzó una rodilla sobre el escritorio y después la otra, de modo que se sentó a horcajadas sobre él, con el camisón subido. Antes de que él pudiera soltarse, se sentó de modo que la erección de él quedó atrapada a lo largo de los pliegues íntimos de ella, que estaban calientes, húmedos y que lo anhelaban a él.

—¡Dios santo, Anusha, no!

Nick movió las caderas, pero eso solo lo acercó más y ella se movió con él, balanceándose con un ritmo que la hacía sollozar de necesidad.

—Tesoro, para. Para, por favor, antes de que no pueda…

Nick luchaba consigo mismo, con ella, con su miedo a hacerle daño y con su necesidad de poseerla. Era una lucha, una batalla que ella deseaba desesperadamente ganar. «Porque lo amo».

Anusha dejó de moverse. Sabía que Nick nunca se perdonaría a sí mismo si le quitaba la virginidad allí. Eso lo destrozaría, rompería el vínculo con su padre, destruiría su honor.

Se dejó caer sobre su pecho e intentó mantenerse inmóvil.

—Lo siento, Nick. Es que te necesito mucho.

«Si le digo que lo amo, se irá. No quiere amor».

Siguió un silencio, roto solo por el sonido de sus respiraciones jadeantes, el siseo de la mecha de la lamparilla y un perro que ladraba en la noche.

—Yo también te necesito —contestó él con voz ronca, como si le hubieran sacado esa confesión bajo tortura.

Era un hombre sensual y viril y ella sabía que

no había tenido una mujer en semanas. Por supuesto que la deseaba, pero eso no significaba nada más. Anusha intentó bajarse.

—Espera.

Nick se puso en pie, la alzó junto con él, se acercó al sofá en el rincón, volvió a sentarse y la depositó a su lado.

Su rostro estaba bañado en sudor, pero no le temblaban las manos cuando se envolvió de nuevo en la bata y ató el cinturón.

—Tú te has quedado anhelante.

—Sí.

Ella quería tocarlo, alisar la seda bajo sus dedos, pero no se atrevía a tocarlo, a ponérselo más difícil a él. Un momento después, cuando dejaran de temblarle las piernas, se levantaría e iría a su habitación y dejaría de atormentarlo.

—Ven aquí, preciosa. Déjame ayudarte.

Él la sentó en sus rodillas, la acomodó contra su hombro y la besó, todo ello antes de que Anusha pudiera reaccionar.

Nick la besó en los labios y deslizó la mano por la pierna de ella, apartó el algodón fino del camisón y rozó su núcleo palpitante. Lo único que pudo hacer fue gemir en los labios de él.

Y entonces… ¿Cómo era posible que tanta gentileza creara una violencia tal en su cuerpo? Se arqueó y se apretó contra la mano de él, cuyos dedos exploraban, acariciaban, encontraban el punto… el punto… Anusha dejó de pensar, dejó de respirar y se rindió a la sensación, al calor y a Nick. Entonces la otra mano de él tomó su pecho, pellizcó ligeramente un pezón y una ola de placer exquisito la envolvió de tal modo que la hizo gritar y él capturó el sonido con su beso.

Anusha fue vagamente consciente de que la alzaba, de que se movían y luego se sintió depositada sobre algo blando.

—Duerme, Anusha —le murmuró Nick al oído.

Le rozó la mejilla con la mano y ella sonrió, con el cuerpo relajado y la mente en paz.

«Te amo».

Intentó decirlo, pero las palabras se perdieron cuando se deslizó en el sueño.

—Conque tú eres Anusha. Bienvenida a Calcuta, querida.

—Señora —Anusha hizo una reverencia.

Al parecer la hizo bien, pues lady Hoskins sonrió y asintió con aprobación.

—¡Qué joven tan encantadora, sir George! Estoy segura de que nos llevaremos muy bien, ¿verdad, Anusha? ¿Cómo es tu inglés? ¿Necesitamos un intérprete y un tutor?

—No, señora. Aprendí inglés aquí antes de que me enviaran fuera y luego lo hablaba a menudo con mi madre.

Fue una falta de tacto intencionada por su parte.

Notó que su padre apretaba los labios y que lady Hoskins se movía nerviosa. Anusha mantuvo una expresión inocente.

—Excelente. ¿Y vuestra doncella es satisfactoria? Os ha arreglado muy bien esta mañana.

—Gracias, estoy muy contenta con ella.

Anusha sabía que esa mañana se había mostrado lo bastante difícil como para disculpar un motín por parte de Nadia mientras esta la vestía pacientemente con camisa, corsé, enaguas, más enaguas para dar volumen a la falda, medias, ligas y zapatos que le hacían daño en los dedos. Y encima de todo eso un vestido de algodón con faldas amplias y mangas y cuerpo ceñidos. No sabía cómo esperaban que alguien se moviera con todo aquello, pero estarse quieta y hacer reverencias resultaba fácil en comparación.

—Lo primero es cambiar el estilo del peinado —lady Hoskins dio una vuelta a su alrededor—. Es imposible hacer nada con todo ese peso de pelo.

—No quiero cortarme el pelo, señora.

Pero la mujer hacía ya señas a la doncella. Antes de que Anusha pudiera protestar más, tenía ya la trenza deshecha y el pelo suelto.

—Hace ondas y el color es interesante, pero hay que cortar al menos un pie. Quizá más.

«Mi pelo, mi hermoso pelo». Cuando estaba suelto, le llegaba hasta debajo de las caderas. Había fantaseado con dejarlo caer sobre el cuerpo desnudo de Nick, moverlo adelante y atrás hasta que él… Pero eso era antes de que él supiera cuánto lo deseaba. Ahora seguramente la esquivaría.

—Muy bien —dijo.

Haría lo que fuera con tal de hacer creer a su padre que pretendía quedarse y ser una buena hija. Lo miró por el rabillo del ojo. Pensó con resentimiento que parecía más interesado por los intentos de lady Hoskins de convertirla en una dama inglesa que por ninguna otra cosa de su hija largo tiempo perdida.

—Excelente. Entonces, sir George, con vuestro permiso, enviaré a mi peluquera y mi doncella, solucionaremos el tema del pelo y revisaré el guardarropa de Anusha. ¿Y vendréis a cenar esta noche en mi casa? He pensado en una reunión pequeña de veinte personas para que se vaya acostumbrando.

Anusha se encontró mirando esperanzada la espalda de su padre que salía, para ver si se volvía y la rescataba. Pero, por supuesto, él no hizo tal cosa y ella no quería que lo hiciera. Lo que quería era preguntar dónde estaba Nick y por qué no había ido a desayunar.

—Lo primero ahora es atar bien ese corsé —

232

lady Hoskins se acercó a ella cuando se cerró la puerta—. Tu figura es demasiado natural.

Anusha apretó los puños y consiguió sonreír.

—Hace siglos que no os veía en una fiesta, mayor Herriard. El otro día le decía a mi hermana que debíamos renunciar a vos, lo cual sería una lástima, porque siempre andamos escasos de hombres atractivos con casacas rojas.

La mayor de las señoritas Wilkinson terminó la frase con una risita y movió las pestañas por encima de su abanico. Eran un abanico bonito y unos ojos azules encantadores y ella lo sabía.

Nick consiguió sonreír entre dientes. ¡Y pensar que había pasado horas en el Ganges enseñando a Anusha a hablar así! La apartó de su mente y volvió a concentrarse en las mujeres que tenía delante. Estas no le provocaban ningún deseo.

—El deber llama a menudo, señorita Wilkinson, y nos aparta a los pobres hombres de la deliciosa compañía de las damas de Calcuta.

Al parecer, era una respuesta aceptable. La señorita Wilkinson se acercó un poco más y, para su sorpresa, hizo una seña a un grupo de jóvenes cercanas y Nick se encontró rodeado.

—Estamos llenas de curiosidad, mayor Herriard, y vos podéis ayudarnos —dijo la señorita Annis Wilkinson—. ¿Es cierto que sir George

Laurens tiene a su hija natural viviendo con él y que ella es una princesa india?

—La señorita Laurens ha estado viviendo con su tío, el rajá de Kalatwah. Su estado ha sido atacado hace poco por un príncipe vecino y yo he escoltado a la señorita Laurens hasta la casa de su padre —repuso Nick. No había por qué hacer un misterio de esos hechos básicos.

—¿Escoltado?

Nick procuró contestar sin mentir directamente.

—Los viajes de la corte son el asunto más lento y tedioso imaginable. Carros de bueyes, palanquines, las tiendas *zanana* para proteger a las damas…

—¡Oh! —un estremecimiento de horror recorrió el grupo ante la mención del *zanana*—. ¿Y ella va a todas partes escoltada por un eunuco enorme?

Hubo movimiento cerca de la puerta y el mayordomo anunció:

—Sir George Laurens y la señorita Laurens.

—Podéis verlo por vosotras mismas —dijo Nick.

Se volvió a mirar. Había evitado la parte principal de la casa todo el día y enviado un mensaje a George de que tenía asuntos en el fuerte. No estaba seguro de que Anusha y él pudieran controlar sus reacciones si se veían ese día y no deseaba tener que explicarle a George por qué lo abofeteaba su hija.

Lo de la noche anterior había sido exquisito e increíblemente peligroso. No había podido quitarse el sabor de Anusha de la cabeza en todo el día. Tenía que hablar con ella, asegurarle que no volvería a ocurrir y que protegería su inocencia a toda costa, porque ese día ella debía estar enfadada, asustada y escandalizada.

Miró por encima de las cabezas de la gente. Podía ver a George hablando con su anfitriona, pero no vio a Anusha.

—Pero es muy corriente —dijo una de las jóvenes con todo de decepción—. Es como nosotras.

—Yo no…

¡Santo cielo! La figura delgada al lado de sir George era Anusha. Llevaba el pelo recogido en un moño elaborado con un rizo suelto cayendo sobre el hombro. Su cintura se elevaba minúscula desde la campana de las faldas y ella echó hacia atrás el encaje de las mangas al alzar el abanico con un movimiento que era pura coquetería.

—¿Corriente? —preguntó Nick cuando pudo hablar.

Dieciséis

Nick tragó saliva y recuperó el control de su cara.

—Yo esperaba que llevara sari y aros en la nariz y creía que sería de piel oscura, con pelo negro y grandes ojos marrones. Pero es igual que nosotras, solo que su piel parece que hubiera estado mucho tiempo al sol —observó la señorita Wilkinson. Hubo un murmullo de asentimiento—. Me gusta esa seda ámbar.

Anusha se movió entonces, entró en la habitación al lado de su padre y Nick sintió que todos los hombres menores de ochenta años respiraban hondo. Podía parecer otra joven más, bien vestida y peinada, pero se movía como la bailarina entrenada que era, con una gracia felina que a él le oprimía la garganta. La deseaba. ¿Cómo diablos había podido contenerse la noche anterior?

—Disculpad —dijo—. Tengo que ir a hablar

con sir George y a ser presentado a la señorita Laurens.

—Pero vos la conocéis —protestó la señorita Wilkinson—. La escoltasteis vos. Y vivís en casa de sir George, ¿no?

—El *zanana*, ¿recordáis? Y yo tengo un ala propia, por supuesto —«Y a esta mujer no» —añadió para sí. «A esta mujer no la he visto nunca».

Había visto muchas caras de Anusha. La altiva princesa india temperamental; una chica valiente y cansada que combatía el miedo vestida de muchacho; una joven con un sueño de libertad muy poco realista… La inocente apasionada que conocía toda la teoría y nada de la realidad de lo que sucedía entre hombres y mujeres…

Pero no conocía a aquella mujer, a la señorita Anusha Laurens, ocupando su sitio legítimo del brazo de su padre y en una fiesta de la Compañía de las Indias Orientales.

—Señorita Laurens —él hizo una inclinación de cabeza.

—Mayor Herriard —ella hizo una reverencia; su rostro no mostraba otra cosa que un interés educado, pero le brillaban los ojos. ¿Temperamento o deseo?

—Esta noche mostráis una gran belleza, señorita —Nick respiró hondo.

—Vos también, mayor —las pestañas oscuras de ella subían y bajaban observando el uniforme de color escarlata—. Tan espléndido como estabais en la corte —le lanzó una de sus miradas aparentemente cándidas que él sabía que podían ocultar mucho y añadió—: No esperaba veros aquí. ¿No habéis regresado a vuestro regimiento?

—Estoy de permiso, señorita Laurens.

—Cuando no habéis venido a desayunar esta mañana, he creído que habríais abandonado Calcuta —le lanzó una mirada muy directa. ¿Regañina por haberla esquivado?

—He tenido asuntos en el fuerte todo el día.

Anusha miró a su alrededor con expresión agradable y una sonrisa en los labios. Nick la conocía ya lo suficiente para saber que estaba nerviosa en aquella reunión de extraños, que no sabía cómo actuar con el hombre que le había dado su primera experiencia sexual la noche anterior y que, si se mantenía allí, era gracias a su orgullo y su entrenamiento en la corte.

Empezó a retroceder para dejarla con su padre y lady Hoskins, pero ella lo agarró por la manga.

—¿Qué tengo que hacer ahora, Nick? ¡Hay tanta gente a la que no conozco! —susurró—. Y hombres.

Él apartó sus dedos con gentileza.

—Tómate de mi brazo —le ofreció el brazo derecho doblado por el codo y murmuró—: Pon las yemas de los dedos en mi antebrazo.

Ella lo hizo así y lo miró con una chispa de malicia en los ojos. Por un momento volvió la Anusha confiada.

—Ahora damos una vuelta por la habitación y te presento a la gente.

—¿A los hombres también? Todos me miran y hay muchísimos.

—Solo diez, incluidos tu padre y yo. Ocho hombres desconocidos. Y te miran porque te admiran y desean retarme a duelo por osar estar contigo antes que ellos.

—¿Pero tú no me dejarás? —ella apretó los dedos en su brazo.

«Todavía confía en mí, todavía me necesita».

—No —prometió Nick, aliviado—. Con los hombres no, pero quizá tenga que dejarte con las damas.

—Eso no me importa —respondió ella—. Estoy acostumbrada a las mujeres.

Y estaba acostumbrada a las mujeres de una corte principesca, que serían como felinas cazadoras comparadas con las bonitas palomas que eran las jóvenes de aquella estancia.

Anusha se mostró callada y seria cuando le presentó a los caballeros. Hacía reverencias, lograba sonreír y decir unas palabras, pero levantaba instintivamente la mano como para echarse un velo sobre la cara.

—No tienes velo —murmuró él—. Usa el abanico.

El problema con eso era el efecto de sus grandes ojos grises sobre la seda del abanico en hombres cuya imaginación estaba ya desbordada por los rumores sobre sus orígenes y que tenían la vista clavada en el balanceo lleno de gracia de su figura.

—Estoy orgulloso de ti —dijo él cuando se encontraron un momento a solas en un extremo del salón.

—¿Porque hago reverencias como me enseñaste tú? No creo que pueda flirtear, todavía no. Es muy difícil estar así con desconocidos.

—Conmigo te las arreglaste.

Ella alzó la vista.

—Tú eres diferente —declaró.

—¿Estoy perdonado?

—¿Por mentirme sobre las intenciones de mi padre?

—Y por lo de anoche —añadió él.

—Eso no requiere perdón —musitó ella—. También fui yo.

—Tenemos que hablar de ello, pero no aquí.

—No, aquí no —asintió Anusha—. Y respecto a lo otro, te he perdonado —dijo con cara seria—. Comprendo por qué me engañaste y sé que tu primera lealtad es para mi padre. Pero no lo he olvidado.

—Entiendo. Perdonado, pero no te fías —aquello era justo pero dolía.

—No confío en nadie —declaró ella—. Ni en mi

padre, ni en ti, ni en lady Hoskins, que lamenta que su hijo no sea mayor y ha mencionado dos veces a los «muy prometedores hijos de su hermano» y a un primo suyo muy rico que acaba de perder a su esposa.

—Ven a conocer a las chicas —pidió Nick con un toque de desesperación. Confiaba en que George supiera lo que hacía. Si intentaba imponerle a Anusha una búsqueda de marido rápida, era imposible saber lo que podía hacer ella—. ¡Señoritas! ¿Puedo presentaros a la señorita Laurens? Señorita Wilkinson, señorita Clara Wilkinson, señorita Browne, señorita Parkes.

Anusha las miró atentamente e inclinó la cabeza exactamente una pulgada.

—Buenas noches.

—Os… dejo que os conozcáis —Nick se apartó sintiéndose muy torpe. Tal vez fuera un cobarde, pero no tenía intención de estar presente si preguntaban a Anusha por los eunucos.

—¿Conocéis bien al mayor? —preguntó la rubia delgada. «Parkes, se llama Parkes»—. Es tremendamente atractivo, ¿verdad?

—No conozco a ningún hombre excepto a mi tío el rajá y a mi padre —respondió Anusha—. Me parece muy inmodesto el modo en que la sociedad inglesa espera que nos mezclemos con hombres que no son de nuestra familia. Y encuentro a todos los ingleses demasiado grandes, demasiado pálidos y poco elegantes.

«Excepto a Nick. Él se mueve como un tigre y su pelo es luz de luna sobre oro. Mi amor, no te marches dejándome aquí».

—¡Oh! —la señorita Parkes parecía contrariada por aquella observación—. ¿Pero cómo vais a encontrar un buen marido si no os relacionáis con hombres?

—Mi padre lo encontrará por mí. ¿No hará vuestro padre lo mismo? —aquellas chicas eran el mejor modo de descubrir cómo buscaban pareja los ingleses.

—Bueno, sí, mi padre dará su aprobación. ¿Pero cómo conozco hombres para que pueda decidir a quién quiero si no me muevo en sociedad? ¿Y cómo pueden decidir los hombres a qué damas cortejar si no nos vemos?

—Pero vuestro padre rehusará a cualquier hombre que no sea lo bastante rico, de buena familia o que tenga mal carácter, aunque os guste a vos. ¿Para qué, pues, conocerlos antes a todos? ¿Y si os enamoráis de un hombre que no os conviene? Es mucho mejor no conocerlos y confiar en el criterio de vuestro padre.

«Hipócrita», pensó para sí. Pero resultaba interesante provocar a aquellas chicas para que le dijeran lo que pensaban.

Clara Wilkinson fruncía el ceño.

—Sí, pero… —dijo—… pero el matrimonio será mucho mejor si los dos nos gustamos antes.

—¿Queréis decir que eso impedirá que el hombre tenga amantes? Lo dudo —todas las chicas se sonrojaron. Interesante. Obviamente, no había que mencionar a las amantes—. Al menos vuestros esposos solo tendrán una esposa cada vez.

¿Y si ella se casaba con Nick y él tomaba amantes? Eso le partiría el corazón. Pero él lo haría, por supuesto. No podía esperar que le fuera fiel. ¿Por qué iba a serlo? Pero no se casaría con ella. La muerte de su esposa le había dolido demasiado. Anusha no se creía que no hubiera sido un matrimonio de amor.

—Ah… ese es un vestido muy elegante, ¿pero no tenéis joyas? —inquirió la señorita Browne con el aire desesperado de alguien que quiere cambiar de tema.

—Oh, sí, muchas, pero todas son indias y no van con este vestido europeo.

—¿Pero no tenéis las joyas de lady Laurens?

—Yo no me pondría esas —declaró Anusha—. Y las de mi madre, por supuesto, también son indias.

Aquello produjo una serie de toses, movimientos estratégicos de abanico y sonrojos. Al parecer, su nacimiento irregular tampoco se mencionaba.

Oyó pasos detrás de ella.

—Señoritas, he estudiado el plano de la cena y vengo a informaros de vuestra buena suerte con vuestros acompañantes en la mesa.

Anusha se volvió y se encontró delante de un joven, lo bastante cerca para oler el aceite que usaba en el pelo. Él parecía encontrar fascinante su boca, así que Anusha levantó el abanico como una barrera. Los ojos de él siguieron bajando y ella reprimió el impulso de darle una patada en la espinilla por insolente. Pero, por supuesto, aquello no era insolencia, aquello estaba permitido.

—Oh, señor Peters, decidnos, ¿quién es vuestra afortunada acompañante? —preguntó la señorita Wilkinson.

—Vos, señorita, y el afortunado soy yo —él se inclinó y se las arregló para mirar el escote de Anusha en el proceso. Ella cerró el abanico, que casi lo golpeó en la nariz.

—Lo siento mucho. ¿Os he dado?

—No, señorita. Señorita Laurens, ¿verdad? ¿No nos va a presentar nadie?

—La señorita Laurens, el honorable Henry Peters —dijo la señorita Wilkinson con un mohín. Al parecer, tenía las miras puestas en aquel caballero.

Anusha hizo una inclinación de cabeza.

—Señor Peters...

—¿Y quién escolta a la señorita Laurens a la cena? —preguntó la señorita Clara Wilkinson.

—Dejadme pensar —él se llevó un dedo a la barbilla y adoptó una pose reflexiva exagerada—. Vos vais con el reverendo Harris, señorita Clara —ella arrugó la nariz—. La señorita Browne tiene al galante mayor Herriard y la señorita Laurens, lamento decir, va con el aburrido de Langley.

—Ese es lord Langley, hijo y heredero del conde de Dunstable —explicó la señorita Browne. Ella, al parecer, estaba muy contenta con su acompañante—. Allí, el caballero de estatura mediana de pelo castaño y chaqueta azul. Tenéis suerte, se considera un buen partido.

«También tiene barriga, papada y una risa que parece un rebuzno. Pero es un lord y tienen que lucirme delante de él». Anusha intentó recordar las clases de Nick. Un conde era una especie de rajá.

—¿Cómo se decide el orden de las mesas? —preguntó.

—Por rango, por supuesto —dijo la señorita Parkes—. Al menos ese es el principio. Pero los miembros de la misma familia no se sientan juntos y el marido y la esposa tampoco, así que es un poco confuso. Si una pareja está de cortejo, la anfitriona puede compadecerse de ellos y ponerlos juntos. Y si hay escándalos, peleas o problemas, tiene que mantener a esas personas separadas, así que es todo bastante complicado. ¿Nunca habéis comido con caballeros?

—No —Nick no contaba.

Anusha intentó recordar sus lecciones sobre cubiertos y las instrucciones de lady Hoskins. Hablar con el caballero de la derecha durante la primera retirada de platos y cambiar a la izquierda en la siguiente. No conversar con las personas de enfrente, dejar los guantes en el regazo debajo de la servilleta, tomar solo un sorbo de vino, fingir que no tenía hambre y limitarse a mordisquear la comida, seguir los temas de conversación de los caballeros y reírles las bromas aunque no fueran graciosas. «En otras palabras, ser un poco idiota con buenos modales».

—La cena está servida, milady.

El regordete lord se dirigía hacia ella, pero Nick llegó antes.

—Valor —le susurró al oído—. Tú has derrotado a bandidos.

—Me gustaría estar comiendo alrededor de una hoguera bajo las estrellas —murmuró ella.

—A mí también. Tenemos que hablar.

Lord Langley se presentó, le ofreció el brazo y la guio al comedor. Anusha miró la mesa. La cantidad de cubiertos que flanqueaban su plato era ridícula. ¿Para qué narices necesitaban todo aquello los ingleses?

Se sentó, se quitó los guantes e intentó atraparlos debajo de la servilleta para evitar que cayeran al suelo.

Todos los demás se acomodaban en sus asientos y ella miró a su izquierda, donde un hombre alto y delgado ocupaba su lugar.

—Buenas noches. Clive Arbuthnott a vuestro servicio, señorita.

—Anusha Laurens —respondió ella.

Él hizo una inclinación de cabeza y se volvió a hablar con la señorita Browne, que parecía muy agradecida por sus atenciones a juzgar por las miradas que le lanzaba. Lord Langley le preguntó si no encontraba el clima insoportablemente cálido para la época y, por alguna razón, esa pregunta parecía requerir que le mirara la boca.

—En absoluto; esto es más fresco de lo que había imaginado.

«Oh, no, se supone que debo asentir a todo lo que dice». Anusha le dirigió una sonrisa vacua, que a él pareció gustarle.

En la mesa no podía abrir su abanico y ocultarse detrás, pero las damas no parecían encontrar nada que objetar en la atención que los hombres prestaban a sus rostros o a la piel que dejaban al descubierto los escotes.

Las damas eran todas muy pálidas, muy rosas. Anusha sospechaba que lady Hoskins había elegido el color ámbar del vestido que llevaba porque hacía que su piel pareciera más clara por contraste.

Sonrió y se dijo que estaba siendo tonta. Ninguno de los caballeros pretendía nada siniestro con aquella atención; era simplemente la costumbre y nadie la había ofendido por su nacimiento o por su sangre.

Cuando sirvieron la comida, se arregló bastante bien mirando lo que hacían las otras damas y con pistas que le daba Nick rozando con los dedos la copa correcta o el cubierto apropiado. Una de esas veces ella le dedicó una sonrisa de agradecimiento e intentó no sonrojarse cuando él le devolvió la sonrisa.

La conversación era fácil. Lo único que tenía que hacer era escuchar a los caballeros y asentir de vez en cuando o emitir algún comentario tibio. Parecían contentarse con eso. Quizá no querían esposas versadas en los poetas clásicos, en la música y en las artes, mujeres que pudieran conversar sobre cualquier tema que ellos sacaran. ¡Qué extraño! Ella creía que valorarían a las mujeres educadas, pero solo los llamados intelectuales parecían creer en la inteligencia femenina.

Nick, rodeado por dos damas, parecía pasarlo bien. Eran un buen ejemplo de flirteo en acción, y ninguna de las matronas mayores parecía pensar que sucediera nada raro, así que las presiones en los hombres para portarse bien debían de ser grandes, lo cual era un alivio.

Entonces pensó en lo que le había hecho Nick la noche anterior, en cómo había querido ella que perdiera el control, y se sonrojó. «Pero lo amo y no quiero a ninguno de estos hombres. Y esa es una gran diferencia».

Cuando los criados comenzaron a despejar la mesa por segunda vez, se volvió a su izquierda para conversar.

—Disculpad, pero no sé cómo dirigirme a vos. ¿Sois el señor Arbuthnott o lord...?

—Sir Clive, y soy baronet.

Anusha se apresuró a disculparse.

—No conozco bien los títulos ingleses, ¿sabéis?

Movió las pestañas de aquel modo que los hombres parecían encontrar tan atractivo y, desde luego, funcionó con sir Clive. Este empezó a explicarle todo sobre la aristocracia y, para sorpresa de ella, lo hizo bastante bien. Cuando llegó el momento de volverse de nuevo hacia lord Langley, se dio cuenta de que había hablado con un desconocido sin sentirse incómoda para nada. Y con un hombre bastante atractivo, por cierto.

Al volverse, sus ojos se encontraron con los de Nick y él no parecía muy complacido. De hecho, lanzó una mirada a sir Clive que era claramente fría. «Está celoso». Anusha sintió deseos de sonreír, pero se contuvo y adoptó una expresión neutra.

¿Estaba pensando en lo ocurrido la noche anterior y el placer que le había dado? Anusha sabía que él no permitiría que eso volviera a ocurrir. Era leal a su padre y su padre quería para ella un hombre rico e influyente.

Diecisiete

Las damas se levantaron a una señal de la anfitriona; los hombres se pusieron también en pie y todas salieron, manteniendo un aire de elegancia y contención hasta que se cerraron las puertas tras ellas y el grupo empezó a hablar y a reír. Unas fueron en busca del salón privado a empolvarse la nariz, otras salieron a la terraza caminando del brazo con las cabezas juntas y, hasta donde Anusha podía oír, hablando de hombres. Las mujeres mayores se sentaron a abanicarse en sofás de mimbre. Anusha esperó a ver qué sucedería a continuación.

Al parecer nada, excepto media hora de risitas y comentarios, y para entonces ella estaba aburrida. Paseó por la habitación y encontró una silla semiescondida detrás de unas macetas con palmeras, cerca de las señoras mayores. Su conversación sería más interesante que la de las chicas solteras.

—… muy sorprendida de ver al mayor Herriard aquí esta noche —decía una de ellas—. ¿Cuándo fue la última vez que lo vimos en una cena formal?

—Hace meses —respondió otra—. ¿Sigues pensando intentar unirlo con la querida Deborah?

—¡Ojalá pudiera, lady Ames! Parece que ha renunciado al matrimonio. Quizá se casó por amor con la pálida Miranda Knight, aunque una no lo tomaría por un hombre sentimental.

—Quizá sir George lo quiera para la señorita Laurens —el comentario fue casi un susurro.

Anusha tiró el abanico y lo buscó en el suelo con los oídos muy atentos.

—No sé. Tengo entendido que sir George le dijo a Dorothea Hoskins que quería un hombre muy rico para ella.

—Apunta alto, dadas las circunstancias —Anusha apretó los puños—. Ella no puede ser para ninguno de los caballeros con título, por supuesto, pues todos volverán a Inglaterra cuando cumplan su tiempo aquí y una medio india jamás será aceptada en la Corte.

—Pero es una joven atractiva y muy bien educada. Y él le dará una dote magnífica. Aquí su esposo tendrá todos los beneficios de la influencia de sir George. Él querrá invertir en sus nietos.

—Ah, bueno, entonces claro. Sir George siempre consigue lo que quiere.

«Gran riqueza». El sueño con que había despertado esa mañana de que quizá su padre le permitiera casarse con Nick murió allí. Nick era un soldado profesional, no un comerciante ni un oficial rico. Y además, no mostraba ningún deseo de casarse con ella.

«Y yo no quiero casarme», pensó con fiereza. «Si me amara… pero no me ama. Es débil amar a un hombre que no te ama. Recuerda lo que le pasó a *mata*. Recuerda el dolor».

—¿Anusha? ¿Por qué tan triste?

Los hombres habían entrado en la habitación sin que ella se diera cuenta y Nick estaba en pie ante ella.

—¿Es por lo de anoche? Tenemos que…

—No —ella se levantó con una sonrisa—. No, no hay nada de lo que hablar. Fue un error que es mejor olvidar.

Dio un paso al frente y Nick no tuvo más remedio que inclinar la cabeza y hacerse a un lado para dejarla pasar.

La atmósfera de la habitación había cambiado por completo. Anusha se esforzó por prestar atención a lo que la rodeaba. Las mujeres casadas seguían con los ojos a sus hijas, pero miraban también a veces a los hombres solteros. Ella intentó discernir quién era un buen partido y quién no observando las expresiones de las madres.

Y luego estaban las chicas solteras, que fingían

indiferencia, reunidas en grupos pequeños, aparentaban no fijarse en los hombres y se ruborizaban cuando estos se dirigían a ellas.

Anusha decidió que las atenciones de los hombres no eran serias. Disfrutaban del flirteo, ¿pero buscaban esposas a su vez? Los mayores probablemente sí, pues tendrían que pensar en sus familias, en las herencias y los títulos.

Su padre estaba sentado al lado de su anfitriona y le decía algo que hizo que ella asintiera con la cabeza. Miraron a Anusha y luego apartaron la vista, como si hablaran de ella.

«Tendré que participar en esos flirteos», pensó ella. «Engañar a mi padre haciéndole pensar que soy una hija obediente y cumplo con mi deber».

Varias parejas habían salido a la terraza. Eso la sorprendió, pero ninguna de las mujeres mayores parecía preocupada, así que debía ser aceptable. ¡Qué bien debían portarse los hombres para que confiaran en ellos de aquel modo!

—¿Señorita Laurens?

Era sir Clive. Ella sonrió, vio que Nick los miraba y añadió más calor a la sonrisa. Nick no debía adivinar lo que sentía por él.

—¿Queréis dar un paseo por la habitación? —preguntó sir Clive.

Anusha se tomó de su brazo como le había mostrado Nick y pasearon a lo largo de los grandes ventanales abiertos.

—¿Os gusta Calcuta, señorita Laurens?

—No sé decirlo, sir Clive. Acabo de llegar. La conocía de niña, por supuesto.

—Aquí es muy agradable montar a caballo. El *maidan* alrededor del fuerte es excelente. Yo monto allí todos los días. ¿Vos montáis, señorita Laurens?

—Ciertamente. Pero no tengo mis caballos aquí, por supuesto.

—¿Y cómo montan las damas con ropa india?

—A horcajadas.

—¡Dios mío! Eso daría que hablar aquí, me temo. Salgamos fuera, la habitación se está poniendo muy cargada.

—Muy bien —había varias parejas en la terraza iluminada por antorchas y también criados. Y el aire era más agradable allí fuera.

Una serie de ruidos fuertes y luces de colores fueron acogidos por gritos de placer.

—Fuegos artificiales cerca del fuerte —dijo alguien, y hubo un movimiento general hacia la balaustrada.

—¡Qué lástima que no se vea mejor desde aquí! —comentó sir Clive—. Parece un espectáculo hermoso, una celebración de bodas quizá —hubo otra explosión de color, recibida con aplausos—. Ya sé... Subamos a la terraza superior.

A Anusha le encantaban los fuegos artificiales y las escaleras por las que la llevó estaban iluminadas con antorchas, así que seguramente lady Hoskins esperaba que los invitados las usaran como parte del jardín. Sin duda también habría criados allí.

Cuando llegaron al nivel superior, las explosiones de luz eran tan espectaculares que ella corrió a admirarlas y hasta que no terminaron, no se dio cuenta de que estaban solos en un espacio en penumbra que se abría sobre la terraza inferior.

—Señorita Laurens… Anusha —él estaba muy cerca. Demasiado cerca.

—Deberíamos bajar. No hay nadie más aquí.

—Pero eso es bueno, ¿no? —sir Clive puso una mano a cada lado de ella, de modo que quedó atrapada contra la balaustrada con los antebrazos de él sujetándole las caderas—. Hemos subido aquí para estar solos, ¿no?

—Yo he subido aquí para ver los fuegos artificiales y creía que habría más personas aquí —no estaba asustada porque suponía que aquello era solo un flirteo que iba demasiado lejos, pero empezaba a irritarse—. Por favor, apartad los brazos, sir Clive.

—Solo cuando me deis un beso —él se acercó más y ella sintió su calor y olió el aroma a madera de sándalo que usaba en el pelo. Su aliento olía a brandy.

—No tengo deseos de besaros, sir Clive —estaba demasiado cerca para que ella alzara una rodilla con fuerza o pudiera girar.

—No me digáis que sois una coqueta, Anusha —él inclinó la cabeza y la besó en un lado del cuello. Ella giró la cabeza y la boca de él encontró su mejilla.

—¡Basta! No estoy coqueteando con vos.

Los labios de él bajaron por su cuello hasta el escote.

—Oh, pero sí lo hacéis —murmuró él—. Esos grandes ojos grises, esas larguísimas pestañas, esa boca y sus mohínes —alzó la cabeza. Tenía los ojos brillantes. Depredadores—. Sé lo que os enseñan en el *zanana*, cómo complacer a un hombre con trucos exóticos. Ahora podéis enseñarme alguno.

—Tenemos que hablar de Anusha, George.

Nick tomó al otro por el brazo y lo llevó a una habitación vacía.

—¿Ahora? ¿Aquí? —sir George lo miró sorprendido.

—Estoy preocupado por ella. Tienes que hablarle de su madre. Jamás consentirá en casarse con eso en mente porque espera ser rechazada de nuevo… apartada más tarde.

—Nunca fue mi intención.

—Lo sé. Tú hiciste lo único que podías hacer en una situación imposible. Pero ella no se fía de ti y ve el matrimonio como una carga, en el mejor de los casos y como una trampa en el peor.

—Igual que tú, a menos que haya cambiado algo —George se sentó en un sillón, ofreció un puro a Nick y, cuando este negó con la cabeza, encendió uno para sí.

—No estamos hablando de mi situación.

Nick se preguntaba a veces cómo sería un matrimonio feliz por amor, pero eso era solo un sueño. Había visto el matrimonio de sus padres y los problemas de George y había conocido personalmente una unión sin amor entre dos personas sin nada en común. Debería haber hecho algo, haber sido más bueno, más indulgente… o quizá más firme. Movió la cabeza, exasperado por su propia falta de comprensión. No, el matrimonio no era para él.

—Lo sé. Y también sé que yo te presioné mucho para que te casaras con Miranda y eso fue un error. No intentaré interferir nunca más en tu vida amorosa, Nicholas. Pero quiero felicidad, seguridad y respetabilidad para Anusha. Le encontraré el hombre adecuado.

—Pues habla con ella, convéncela de que la quieres y de que nunca dejaste de querer a su madre. Hazle ver que puede confiar en ti. Si no, me temo que podría huir.

—Pero ella nunca haría eso, ¿o sí?

Nick comprendió que la conocía mucho mejor que su padre. George subestimaba la fiera determinación de la chica.

—Hablaré con ella de su madre. Me sorprendió encontrarla tan hermosa, tan crecida... tan fría. No sé lo que esperaba cuando volviera a verla y no he llevado bien el asunto —George alzó la vista con una vulnerabilidad en los ojos que oprimió el corazón de Nick. ¿Aquella era su figura paterna fuerte? ¡George no podía hacerse viejo!—. Gracias al cielo que te tengo a ti para ayudarme a cuidar de ella.

Si gritaba, atraería mucha atención. Anusha añoraba la daga que se había quedado en su bota de montar.

—Oh, muy bien —dijo.

Alzó la cabeza y Clive bajó los labios. Anusha abrió la boca, dejó que la tocara y le mordió con fuerza el labio inferior.

Sir Clive saltó hacia atrás con un juramento, se llevó una mano a la boca y alzó la otra como si quisiera pegarle.

—¡Eres una perra! —murmuró.

—¡No os atreváis a volver a tocarme! —siseó Anusha—. Si tuviera una daga...

—Si la señorita Laurens tuvieran una daga, os castraría seguro, Arbuthnott. Agradeced, pues, que yo solo os vaya a romper la mandíbula —intervino Nick sonriente, con los ojos verdes brillando a la luz de la antorcha.

—Esta pequeña traidora me han provocado. Y en cuanto a vos, Herriard, me gustaría que lo intentarais.

Anusha tragó saliva. La sonrisa de Nick se volvió letal.

—Pensaba romperos la mandíbula, pero ahora os voy a tirar por encima de la balaustrada.

Se movió deprisa, pilló al baronet desprevenido, lo agarró por la cadera y lo lanzó por encima del borde. Hubo un golpe, un coro de gritos femeninos y el sonido de un juramento.

—¡Cielo santo! —Nick se inclinó por encima de la balaustrada—. ¿Estáis bien, Arbuthnott? Os he dicho que no os subierais ahí a ver los fuegos artificiales.

—¡Demonios! Tengo espinas en el tra…

—Delante de las damas, no —dijo un hombre abajo—. Vamos, Arbuthnott; os sacaremos de ahí.

Nick se volvió.

—Eso ha sido un golpe para su dignidad.

A Anusha le costaba trabajo hablar.

—Gracias. Pensaba que lo ibas a matar —se dio cuenta de que iba a llorar. ¿Qué había sido de su coraje?

—¿Tú querías que lo matara? —preguntó Nick, irritado—. ¿Esperabas que lo retara a duelo?

—¿A duelo? —ella tragó saliva con fuerza—. No, claro que no. Solo ha sido una tontería.

—¿Y se puede saber que hacías aquí con él?

—preguntó él con rabia—. ¿Buscabas otro hombre que te diera placer como una gata en celo?

La injusticia de aquello la golpeó como un latigazo. Anusha intentó enfadarse, pero solo se sintió desgraciada. Había estado asustada, confusa, lo había necesitado y él había acudido. ¿Y ahora creía que ella había alentado a aquel hombre?

—¿Cómo iba a saber yo que no habría nadie aquí arriba? Todo esto es extraño para mí... todos esos hombres... que se espere que flirtee con ellos, caminando juntos del brazo... ¿Le digo a uno de los invitados de lady Hoskins a la cara que no me fío de él?

Nick se volvió y se alejó al otro extremo de la terraza con los hombros rígidos. Anusha se dejó caer en un banco bajo y las lágrimas rodaron por su rostro. Aquello era demasiado. «Te amo, no puedo tenerte y ahora crees que soy solo una... solo una...».

Él se volvió con la misma brusquedad con la que se había alejado.

—Lo siento. Perdona. Tienes razón y no estoy enfadado contigo, estoy enfadado conmigo mismo.

—No im... —ella iba decir que no importaba, pero su voz se desvaneció en un sollozo. Sí importaba. La realidad era que ella lo amaba, no podía tenerlo y tendría que casarse con otro hombre que no la comprendería y al que jamás podría amar.

—¡Diablos! —él cruzó la terraza y cayó de rodillas a su lado—. Anusha, ¿te ha hecho daño?

Le tomó la mano, pero ella intentó apartarlo.

—No. Tú sí. Soy muy desgraciada y ya no quiero seguir siendo valiente, Nick. No quiero estar aquí, no entiendo las reglas, no quiero casarme con un hombre apropiado y ahora tú me odias y…

—No —él le apretó la muñeca—. Yo no te odio. Todo irá bien. Te acostumbrarás a esta vida y encontrarás un hombre que te guste.

Nick hizo una mueca. Sabía que decía tonterías.

«Me odias».

Aquello dolía. Pero no tanto como parecía sufrir ella.

—He pasado miedo por ti y eso me ha enfurecido. Ya deberías estar acostumbrada.

Ella pasó por alto aquel intento de bromear. Nick nunca la había visto así, casi derrotada.

—Anusha, por favor…

Odiaba aquello. Todos sus instintos le decía que la protegiera como había intentado hacer desde que salieron de Kalatwah y solo había conseguido que fuera desgraciada. ¿Cómo hacer que dejara de llorar? Con Miranda nunca lo había logrado.

—Anusha. ¡Oh, diablos! —Nick la abrazó con brusquedad, aplastándola contra la trenza y los botones de la chaqueta—. Ven aquí y no llores más.

—No lloro —la voz de ella sonaba apagada y temblorosa.

—Mentirosa —ella estaba abrazada a él y Nick tenía la boca en su pelo.

Después de unos minutos, ella suspiró y se movió. Nick abrió los brazos y ella se apartó y se pasó los dedos por los ojos.

—Toma.

Nick le tendió un pañuelo y ella se sonó la nariz con una falta de elegancia desafiante que hizo que algo se estremeciera dentro de él. Aquello era tristeza genuina, no un ataque de lágrimas para hacerse la interesante.

—Lo siento —ella volvía a controlar su voz—. Gracias por cuidar de mí.

—¿Ya estás mejor?

Anusha negó con la cabeza.

—No, no creo que lo esté nunca. Me casaré con alguien, supongo, e intentaré ser una buena esposa inglesa. Él no me amará y tendrá amantes, supongo —enderezó los hombros y a Nick se le oprimió el corazón—. Es mi destino y no debo ser cobarde.

—Quiero ayudarte. ¿Cómo puedo ayudarte? —él lucharía contra todo por ella, tigres, bandidos, una fosa llena de cobras… pero aquella tristeza honda lo derrotaba.

—Búscame un marido que no me rompa el corazón.

¿Quién? Un marido apropiado quebraría su espíritu hasta que fuera una esposa entregada más o la llevaría a la rebelión y el escándalo. «¿Qué hombre podría comprender como yo su herencia, su orgullo y sus miedos?».

«Como yo», repitió en su mente. Él no sería un buen marido para ninguna de las señoritas convencionales que bailaban abajo, pero para aquella mujer quizá pudiera ser mejor que las alternativas.

Se sentó en los talones e intentó pensar con la cabeza y no con sus instintos protectores. Era de buena cuna, cosa que le importaba a la sociedad, aunque no a ella. Podía permitirse una mujer aunque no pudiera darle grandes lujos. Podía serle fiel y eso, al menos, no sería difícil. Y ella lo encontraba lo bastante atractivo para querer que le hiciera el amor. En eso, al menos, no se repetiría el error de su matrimonio con Miranda.

—Se me ocurre un hombre —sugirió, antes de que su cerebro suplantara a la parte de él con la que pensaba en aquel momento—. Uno que haría lo posible por entenderte y cuidarte, por darte libertad.

Ella lo comprendió al instante. Él lo vio así en

el modo en que abrió sus ojos grises, brillantes todavía por las lágrimas.

—¿Tú?

—Tú no buscas amor, eso lo entiendo. Y no tienes que preocuparte de que yo lo espere. Y yo pasaré mucho tiempo fuera, pero no me echarás de menos.

—¿No?

—Y te seré fiel, así que no tendrás que preocuparte de amantes. Solo te pido que tú no busques amantes —terminó él.

—Yo… no lo haría. Nick, tú no quieres volver a casarte. Tú me lo dijiste.

—No me importaría casarme contigo.

Cuando lo dijo, se dio cuenta de que era cierto. Ella sería maravillosa en la cama y estimulante fuera de ella. Probablemente lo bastante temeraria para meterse en algún lío que otro, pero también lo bastante honorable para cumplir las promesas que le hiciera a él.

—No soy un hombre rico —añadió—, pero puedo permitirme hijos si los quieres. Solo si tú los quieres.

Ahora sentía un dolor interior. Casi podía pensar que era ansiedad por si ella lo rehusaba. ¿Pero por qué? Aquello era una solución práctica para los problemas de ella que a él no le costaría mucho. Y George se alegraría de casarla por fin, aunque no fuera con un gran partido. Pero si ella rehusaba, él tendría que pensar en alguna otra cosa. Después de todo, su corazón no entraba en aquello.

—Yo sería una molestia para ti —comentó Anusha.

Dudaba. No lo rechazaba de plano. Nick sintió un gran alivio.

—Has sido una molestia desde que te conocí. A ti y a aquella condenada mangosta.

—La mangosta es de Paravi.

—¿Tú nunca dejas de discutir?

La besó y la atrajo hacia sí. La deseaba. La besó en la boca y ella respondió con dulzura. La deseaba y así podría tenerla y ella tendría lo que necesitaba.

Cuando la soltó, ella enterró la cara en las manos durante un momento largo, luego las bajó y lo miró a los ojos con resolución.

—Sí —respondió con voz firme—. Me casaré contigo, Nick.

Dieciocho

«¿Esto está mal?»

La pregunta le daba vueltas por la cabeza cuando bajaba las escaleras tomada del brazo de Nick.

«Pero yo lo amo y seré todo lo mejor esposa que pueda ser y él no quiere a ninguna otra. Nunca sabrá que lo amo; sabe que lo deseo y pensará que eso es todo lo que hay.

Seguía confusa por la sorpresa del ataque, su tristeza y la propuesta increíble de Nick.

«No pienso con claridad», se dijo cuando volvían a entrar en el salón de la recepción.

—Ahí está mi padre.

—Sí. Creo que deberíamos ir a casa y confesárselo.

Cuando se acercaron a su padre, este la miró y después lanzó una mirada reprensiva a Nick.

—¿Cansada, querida? —fue lo único que dijo—. Vamos a pedir el carruaje.

Cuando el vehículo avanzaba ya por la calle con surcos, Nick dijo bruscamente:

—He pedido a Anusha que sea mi esposa y ella me ha aceptado.

—Esto es muy repentino —George no parecía descontento—. No voy a decir que no esté encantado, por supuesto, ¿pero estáis seguros los dos?

Anusha no le veía la cara a Nick, pero la voz de este sonaba feliz cuando dijo:

—Yo estoy muy seguro.

—Yo también, padre —ella intentaba parecer complacida, pero no tan deseosa que Nick pudiera adivinar sus sentimientos.

—Habrá muchos jóvenes decepcionados — contestó su padre con una risita cuando subían los escalones de la puerta principal.

—Padre...

—Anusha, debo hablar con Nicholas. Estás cansada, hija. Vete a la cama y hablaremos por la mañana —la besó en la mejilla y ella asintió y sonrió.

Suponía que querrían hablar de dinero. Si su padre le daba una buena dote, eso sería bueno para Nick. Otra cosa que podría hacer por él.

—Buenas noches.

—Buenas noches —Nick le tomó la mano como había hecho en el barco y se inclinó sobre ella. Esa vez no besó el aire por encima, sino que besó los nudillos a través de los guantes de cabritilla. Cuando la soltó, ella lo miró a los ojos, se giró y se alejó.

—Parece un poco alterada —observó George, abriendo la puerta de su estudio.

—Encontré a alguien molestándola, me ocupé de él y luego hablamos. Le asusta el matrimonio con uno de esos buenos partidos que tú tienes en mente. Y yo sé por qué. Ellos no la comprenderán, intentarán moldearla y le harán perder todo lo que la hace única, lo que la hace ser Anusha.

Tomó aliento y pensó un momento. George no dijo nada.

—Ella sabe que yo no quería casarme, que lo estropeé todo con Miranda. Supongo que tiene miedo de que tome amantes y la descuide a ella, aunque le he prometido que no lo haré. Pero no siente que su sitio esté aquí y, sin embargo, sabe que no puede hacer que las cosas vuelvan a ser como antes.

Se encogió de hombros. No era fácil exponer todas aquellas razones, los motivos por los que él era la solución a un problema y no el hombre de los sueños de Anusha.

—Hablaba en serio cuando dijo que quería ser libre. No sabe quién es y creo que quiere averiguarlo. Yo al menos puedo protegerla, comprenderla un poco y ella confía en mí en ese sentido.

—Bueno, ella no es tonta, así que debería saber cuándo tiene suerte —respondió George—. Será una buena esposa, Nicholas. No es débil como la pobre Miranda. Es inteligente, fuerte y no parece mostrarse tímida contigo. Y aunque esté mal que yo lo diga, es una belleza. Ha salido a su madre.

—La cuestión es… ¿puedo ser yo un buen marido para ella? Si no pude tener un buen matrimonio con una esposa débil que quería casarse, ¿qué esperanzas tengo con una animosa e inteligente para la que soy el mal menor?

«¿Y qué sé yo lo que es un matrimonio feliz? ¿Puedo hacerla feliz?».

—No intento escabullirme, solo quiero lo mejor para ella. Lo siento si te he decepcionado, George. Cero que no soy el marido que querías para ella.

—¿Decepcionarme? ¡Diablos, no! Nicholas, tú jamás podrías decepcionarme. Yo solo quería… seguridad para ella, supongo. Tú solo haz lo que puedas por que sea feliz, es lo único que te pido.

—Felicidad no puedo prometer, pero haré lo que pueda. Tienes mi palabra. Y la protegeré con mi vida, eso también te lo puedo jurar.

Anusha entró en el estudio de su padre en cuanto lo oyó moviéndose por allí. Después de una noche insomne luchando con su conciencia, no se sentía con fuerzas para un desayuno angloindio.

—Anusha —él se puso en pie, salió de detrás del escritorio y le señaló una silla—. Parece…

—Que no he dormido nada. Sí, padre, lo sé. Ha sido todo muy… repentino.

Él se sentó enfrente de ella.

—Es lo mejor para ti. ¿Has cambiado de idea? ¿No quieres casarte con Nicholas?

—No quiero ser una carga para él.

Él la observó durante un minuto.

—A ti te gusta, ¿verdad?

Ella asintió.

—¿Lo deseas?

—¡Padre!

—Bueno, ¿qué? —él se había sonrojado, pero persistió en la pregunta—. No tienes una madre que te pregunte estas cosas. No finjas que no sabes de lo que hablo, porque no me lo creeré.

Anusha apretó los labios y miró el cuadro del río Hooghly con el fuerte delante que había encima de la chimenea. Si decía algo, acabaría confesando que lo amaba y que era muy egoísta por su parte atarlo en matrimonio. Y su padre se lo diría a Nick y este se sentiría incómodo y la compadecería.

—Yo me casé muy joven —comentó su padre—. Me casé con una joven muy apropiada, una mujer inteligente y atractiva a la que conocía muy poco.

—No quiero oír tu… —«no quiero que te justifiques».

—Pero yo te lo voy a decir —repuso él con gentileza—. Y tú vas a oír la historia de mi estupidez y a dónde me llevó. Me casé con Mary y ella se quedó embarazada casi inmediatamente. Perdió el niño a los tres meses. Volvimos a intentarlo. Perdió otro y luego otro. Los doctores dijeron que no debía intentar quedarse embarazada en un año por lo menos para dejar que su cuerpo se recuperara. ¿Entiendes lo que me pedían?

Anusha se sonrojó, pero asintió, con la vista fija todavía en el cuadro.

—Yo era joven y arrogante y no entendía por qué debíamos esperar. Pensaba que el que mi esposa no estuviera embarazada se reflejaba en mi virilidad. Y además, yo no estaba hecho para privaciones. En cuatro meses volvía a estar embarazada y esa vez el embarazo llegó hasta el final. Eso casi la mató, porque su cuerpo no podía lidiar con ello. El niño nació muerto y los médicos nos dijeron que no podría volver a concebir.

Anusha captó dolor y remordimiento en la voz de él. «Le está bien empleado», pensó, intentado endurecer su corazón. Y después: «Pobre mujer. Pobrecitos los dos. ¿Cuántos años tenían?».

—Me surgió la oportunidad de venir a la India con la Compañía a hacer fortuna. Asumí que Mary vendría también. No se lo pregunté, solo se lo dije. Y ella rehusó. Yo casi la había matado. Había conseguido que no pudiera tener hijos y por primera vez vi lo que le había hecho a ella, no solo a mí mismo.

—¿Por qué no te divorciaste de ella o ella de ti?

—En la ley inglesa no había base para un divorcio en nuestras circunstancias. No es suficiente con que una esposa sea estéril y un esposo egoísta. Nos separamos. Yo procuré que no le faltara de nada económicamente y ella hizo su vida en Inglaterra. Pero tenía un fuerte sentido del deber. Me escribía todos los meses y yo empecé a contestarle. Poco a poco pareció que podríamos ser amigos, aunque fuera a distancia. O quizá por eso.

—Pero tú vivías con mi madre.

—No voy a fingir que vivía como un monje. Pero unos años después de llegar a la India conocí a tu madre en la corte de tu abuelo y nos enamoramos.

—Ella me dijo que te había buscado deliberadamente. Que se portó de un modo escandaloso.

—Sí. Yo tenía treinta y cinco años y ella veinte. Por algún milagro, el rajá aprobó la relación, porque no podía negarle nada a ella y porque veía que la Compañía tendría un gran poder en esta tierra. Estábamos enamorados y fuimos muy felices cuando naciste.

—Y luego nos enviaste lejos porque ya no nos querías —ella intentó que su voz no expresara dolor, pero sabía que no lo había conseguido.

—Mary pensó que estaba enfermo y decidió

venir porque era su deber estar conmigo. La carta en la que me decía que estaba en camino me llegó cuando ya no podía hacer nada por detenerla. Ella era mi esposa legal; podía rechazarla y volver a poner en peligro su vida enviándola a otros tres meses de travesía, o podía hacer lo que dictaba el honor y darle la bienvenida. Intenté hablarlo con tu madre, pero se negó a escuchar. Yo no veía ninguna salida excepto que volvierais las dos a Kalatwah, donde sabía que estaríais seguras y os tratarían con respeto. No podía deshonrar a las dos mujeres manteniendo a una como amante a espaldas de mi esposa.

Su voz se quebró y guardó silencio. Anusha volvió la cabeza despacio para mirarlo. Por las mejillas de él rodaban lágrimas, aunque no hizo nada que diera a entender que lo sabía.

Algo se movió en el corazón de ella: el dolor de él, que parecía también suyo, y el darse cuenta de que nunca había intentado ver nada que no fuera su rabia y su sensación de traición.

—¿Entonces todavía nos querías, papá? —descubrió que su rostro también estaba húmedo.

—Con todo mi corazón. No lo dudes nunca, Anusha. Con todo mi corazón.

Extendió la mano y ella la tomó entre las suyas.

—¿Y no fue porque ya tenías un hijo en Nick y no querías una hija? —le avergonzaba revelar sus miedos y sus celos, pero tenía que saberlo.

—¡No! Él fue para Mary el hijo que ella nunca pudo tener. A mí me costó más, porque os añoraba a tu madre y a ti, pero llegué a amarlo como a un hijo. Anusha, el amor no es finito. Puedo quereros a los dos y es lo que hago.

—¡Oh! —ella apretó la mano de él y se permitió sentir por fin—. ¡Oh, padre!

Se echó en sus brazos y los dos lloraron y no importaba nada más excepto que había vuelto a casa.

—Buenas tardes, señorita Laurens.

Anusha alzó la vista de las dos miniaturas que le había dado su padre. Una de su madre, la otra de su esposa, la mujer que le había salvado la vida a Nick tantos años atrás. Las depositó con cuidado sobre la mesita.

—¿Dónde has estado todo el día, Nick?

—He pensado que tu padre y tú necesitabais tiempo a solas. ¿Estás bien ahora? Tienes los ojos rojos —él iba todavía de uniforme, con la cara bien afeitada y el pelo atado atrás. Parecía formal y distante.

—He llorado —dijo ella con dignidad—. Y mi padre también. Va a enviar una vaca preñada a aquella aldea —añadió, recordando de pronto cómo la había mirado Nick allí sentado al lado del fuego y algo había encontrado acomodo en el corazón de ella. «Me enamoré de él entonces, pero no lo sabía».

Nick sonrió y, para sorpresa de ella, hincó una rodilla en el suelo.

—¿Qué haces?

—Este es el modo correcto de pedir matrimonio. Me siento un poco idiota, pero si me perdonas que… anoche no lo hiciera del todo bien… Señorita Laurens, ¿queréis hacerme el honor de aceptar mi mano en matrimonio?

Ella no contestó; se limitó a mirar las manos unidas de los dos apoyadas en la rodilla alzada de él.

—Quería asegurarme de que no has cambiado de idea —comentó Nick .

«¿Quiere que nos casemos? ¿Lo quiere de verdad?». Anusha lo miró a los ojos y supo que debía decir no, pero que sencillamente, no tenía fuerzas.

—Haré lo posible por cuidar de ti, por darte toda la libertad que pueda y hacerte feliz —dijo Nick.

—Pero te gustaría no tener que hacerlo —comentó ella.

—¿Hacerte feliz? Por supuesto que quiero hacerlo.

Era extraño que ella no hubiera visto antes la delgada cicatriz que cruzaba los nudillos de la mano derecha de él ni cómo sobresalían los tendones cuando unían las manos. Quizá estaba tan nervioso como ella. Anusha sabía que se había sonrojado y vio por la expresión de él que Nick podía leerle un poco la mente.

—Hay más modos de hacer feliz a alguien que el sexo —dijo Nick con sequedad—, pero al menos ese será un buen comienzo, si vamos a ser francos.

Ella tragó saliva.

—¿Y tus amantes?

—¿En plural? Nunca he tenido más de una cada vez y en este momento no tengo ninguna. Anusha, mírame.

Ella alzó la cabeza. Él estaba muy serio, aunque sus ojos sonreían. Quizá todo aquello saliera bien después de todo.

—Te lo dije anoche, Anusha. Hace tiempo que no ha habido otra mujer excepto tú y nunca la habrá, te lo juro. Te seré siempre fiel.

«Nick hace lo que promete. ¿Y promete eso por mí, ser fiel aunque no me ama? ¡Oh, Nick!, te amo».

Anusha consiguió sonreír y se vio recompensada por el modo en que la miró él.

—No he cambiado de idea. Me casaré contigo.

—Gracias; me siento muy honrado.

Él se adelantó y la besó en los labios y ella cerró los ojos y se permitió soñar.

Diecinueve

Le dijeron que tardaría un mes en casarse.

—¿Tan pronto? —preguntó Anusha—. ¿Y qué hay de los preparativos, el festín y los bailarines?

Lady Hoskins rio y Anusha se sonrojó. Había olvidado que aquel mundo era diferente.

El tiempo parecía fluir como el agua y a medida que se acercaba el día, el pánico apretaba su corazón como un puño. Lo había atrapado. Cuando lloró en sus brazos, debía haber sabido que él siempre la protegería, solo que esa vez no lo hacía con su vida sino con su libertad y ella estaba segura de que acabaría odiándola por ello.

Ajit regresó de Kalatwah con mensajes y noticias. Todos estaban bien y la echaban de menos. Los espías del marajá habían sido eliminados, por el momento. Él volvió al servicio de Nick, una sombra sonriente de andar suave.

Los caballos llegaron de Kalpi, cansados pero

ilesos. Nick la llevaba por las mañanas temprano al *maidan* para que pudiera montar a Rajat a horcajadas con ropa inda, pero ella sabía que tendría que empezar pronto a montar de lado.

Nick había usado parte de los antiguos aposentos de las mujeres como aposentos de soltero, aunque tenía una casa en las colinas a un día de distancia. El padre de Anusha convirtió ahora esos aposentos en una casa independiente para los recién casados con dos dormitorios, comedor, salón, un estudio para Nick, un saloncito para Anusha y una terraza amplia abierta a los jardines de la parte de atrás.

Aparte del tiempo en que montaban por la mañana, no se veían mucho. Nick pasaba en el fuerte casi todo el día, y cuando estaba en casa, se mostraba distante y formal. Lady Hoskins explicó a Anusha que se esperaba que un novio mantuviera las distancias y, ella, por supuesto, no quería molestarlo, pero lo echaba de menos.

—¿Te importa? —preguntó Nick diez días después de su compromiso, un día que miraban trabajar a los jardineros. Había regresado a media mañana y parecía dispuesto a pasar tiempo con ella.

—¿Que no tengamos una casa propia separada en Calcuta? No. Papá estaría solo y lo mismo me pasaría a mí cuando tú estés fuera.

—¿Me echarás de menos?

—Por supuesto. Y me preocuparé por ti, ahora que sé los riesgos que conllevan tus misiones.

—No temas. No creo que ninguna misión futura incluya escoltar a jóvenes peligrosas —bromeó él—. ¿Cómo pasarás el tiempo cuando esté fuera?

—Ayudaré a papá y seré su anfitriona. Lady Hoskins dice que es el mejor modo de aprender a ser una dama inglesa. Así sabré cómo comportarme cuando vuelvas a casa. Y pondré la casa hermosa y compraré ropa y me acostumbraré a llevarla —el instinto le indicaba hablar con ligereza, como si así pudiera fingir que seguían todavía en el viaje. Movió las faldas adelante y atrás, mostrando un pie descalzo.

—¡Anusha! ¿Te pintas los pies con henna? —Nick puso una rodilla en el suelo y alzó el pie de ella en su mano—. Eres una traviesa.

—Nadie puede verlo con las medias y los zapatos.

El pulgar de él acariciaba la parte superior del pie, siguiendo el complejo dibujo. Ella miró a su alrededor. Los jardineros se habían ido. Hacía mucho tiempo que no estaban los dos solos.

—¿Y esto es solo para tu esposo?

—No, claro que no —ella intentó cubrirse, pero él acercó la boca a la piel desnuda y Anusha se llenó de deseo—. ¡Deja de hacer eso! —dijo. Pero se movió en la silla e intentó colocar el pie

en la posición perfecta para las caricias de él—.
¡Nick!

Él se metió los dedos en la boca y empezó a
acariciarlos con la lengua. Como no podía hablar,
movió las cejas con aire lascivo y ella se echó a
reír.

—Idiota, deja eso o te verán los criados.

—¡Qué europea y reprimida te muestras, querida! —él le soltó el pie y volvió a su silla.

Anusha movió los dedos húmedos y lo miró
con severidad.

—Estoy intentando aprender a ser buena.

—Pues no lo aprendas para el dormitorio —
respondió él con voz ronca.

—No, no lo haré.

Siguió un silencio. Anusha intentó buscar un
tema seguro.

—Lady Hoskins dice que soy afortunada de no
tener que aprender todas las cosas que debe saber
una dama de la aristocracia, cómo comportarse en
la corte y cómo llevar los extraños vestidos de la
corte y cómo ser una anfitriona política, llevar un
salón en Londres y dirigir una casa enorme en el
campo. Dice que las señoritas son educadas desde
la infancia para saber todo eso.

—Eso tengo entendido. Yo no he visto mucho
de eso, pues mi padre no se habla con mi abuelo,
pero la vida en la corte es una pesadilla y en la sociedad de Londres hay tantas maquinaciones

como en un *zanana*. Aunque no creo que los eunucos ejecuten a los herederos rivales. Puedes poner eso en la balanza de las cosas positivas de este matrimonio. Solo tendrás que preocuparte de la sociedad de Calcuta.

—No tengo que buscar cosas para alegrarme —respondió ella con cautela—. Pero yo ya sabía que no me casaría con un aristócrata. Lady Hoskins me lo explicó.

—¿Por qué no? Hay muchos herederos por aquí.

—Porque jamás sería recibida en la corte, por supuesto. Mis padres no estaban casados y mi madre era india. Solo tienes que verme. Y papá se dedica al comercio. Menos mal. No me gustaría tener que llevar un avestruz en la cabeza —comentó. «Lo que quiera que eso sea».

—Solo algunas de sus plumas —respondió Nick con aire ausente. Tenía el ceño fruncido—. ¿Esa mujer te ha dicho que no eres lo bastante buena?

—¿Para la corte inglesa? Sí —a ella no le preocupaba; después de todo, no iría nunca a Inglaterra—. Creía que me despreciarían aquí por mi madre, pero no lo hacen, así que está bien.

Nick no parecía convencido.

—¿Estás segura? Si alguien dice algo de tu nacimiento o tu aspecto…

«Él luchará por mí. Lo amo». Anusha tendió la mano y le desarrugó el ceño.

—No estás guapo con el ceño fruncido. Nadie me trata mal aquí.

—Mejor —él se inclinó hacia delante y le tapó el pie desnudo con la falda—. Deja de tentarme, mujer malvada. Estoy decidido a resistirme a ti hasta del día de nuestra boda.

—¡Oh!

Anusha se sentía decepcionada, aunque también resultaba… encantador que él la respetara y obedeciera las convenciones para hacer aquello bien por ella. A menos que eso implicara que no deseaba esa parte del matrimonio tanto como ella.

—Eso no significa que no piense besarte entera —añadió Nick, con tanta suavidad que ella pensó por un momento que había oído mal.

Lo miró, pero él estaba recostado en su sillón de mimbre con los ojos cerrados, aparentemente dormido.

¿Jugaba con ella? Seguramente. ¿O era su propio anhelo lo que oía? Anusha se levantó y entró en la penumbra del salón. Allí no había muebles todavía, solo un montón de alfombras en el suelo a sus pies, de vivos colores y dibujos complicados. Ella se detuvo de golpe y tragó saliva.

—¿Qué ocurre? —Nick entró silencioso, la tomó por los hombros y la apretó contra su pecho.

—Las alfombras. El día que tuve que empaquetar mis cosas para el viaje también las había iguales. Tú estabas al otro lado de las celosías. Fue la última vez que estuve en aquella habitación antes de que todo cambiara.

—¡Pobre amor mío! —murmuró él, abrazándola.

—¿Qué me has llamado?

—Es una expresión —dijo él con ligereza—. No te preocupes, Anusha. No me estoy volviendo sentimental. Sé que tú no quieres eso.

—No, claro que no. Pero quiero los besos que me has prometido.

—¿Besos? Ah, sí, te he prometido besarte entera. Cerraré las puertas.

Ella lo vio cruzar la habitación para cerrar la puerta interior. Nick llevaba un pantalón indio suelto y una túnica hasta la cadera de dibujos marrones y verdes que volvían más intenso el color de sus ojos. Sus pies, bronceados y fuertes, estaban descalzos como los de ella.

Anusha hizo una mueca.

—¿Qué? —preguntó él.

—Es injusto que los hombres europeos puedan llevar ropa india y yo tenga que usar esta —señaló el vestido de faldas amplias y cuerpo ceñido.

—No hay razón para que no puedas relajarte con tu ropa india en privado —contestó él—. Solo tendrás que ponerte los corsés si viene alguien de visita —sus dedos trabajaban en la larga fila de botones en la espalda de ella y sus labios besaban la piel que iba dejando al descubierto.

—No es fácil ponerse un corsé corriendo —protestó Anusha.

Intentó permanecer inmóvil mientras él liberaba el corpiño y desataba los cordones de las faldas. Estas cayeron a sus pies, seguidas por las enaguas, y ella quedó con el corsé, la camisola y poco más.

Anusha respiró hondo cuando él soltó los lazos, en parte por perder esa opresión y en parte por la tensión que se acumulaba en ella muy deprisa.

—¡Pobrecita! —mustió él. Le frotó levemente las costillas con las manos—. Se curará con un beso.

Acarició con los labios cada mancha roja de la piel y fue bajando por cada lado de la caja torácica hasta llegar al ombligo, que lamió con la lengua.

—¡Nick!

Ella se retorció, pero las manos de él le sujetaban con firmeza las caderas mientras se arrodillaba y besaba el vientre, primero a la derecha y después hacia abajo, hasta la entrepierna, donde rozó los rizos con los labios.

—¡Nick!

Anusha sabía que aquello se hacía, pero la realidad, la intimidad, eran inesperadas. Él volvió a subir por el otro lado y a ella le cosquillearon las manos por el esfuerzo de no agarrarle la cabeza y apretarlo en el punto que a ella le dolía y palpitaba.

Nick se adelantó de rodillas y la empujó hasta que las piernas de ella chocaron con el montón de alfombras y cayó hacia atrás, abierta a él sobre la plataforma sedosa.

Nick le separó los muslos, rígidos por los nervios, la buscó con la lengua y ella se dejó caer hacia atrás y se abandonó a lo que él eligiera hacerle.

Él eligió llevarla hasta el borde de la locura con lametones y besos lentos, cada uno más íntimo y profundo que el anterior hasta que ella gimió y suplicó. Entonces, con ella agarrada al montón de alfombras, él la abrió suavemente con los dedos, se inclinó y acarició solo un lugar concreto con la lengua una y otra vez y ella se estremeció, gritó y tendió los brazos hacia él.

Nick yacía con Anusha en los brazos y la observaba volver a la realidad mientras la frustración de su propio cuerpo se iba calmando un tanto. Ella era hermosa en las garras de la pasión: desinhibida, confiada y muy sensual. Dieciocho días más parecían una eternidad todavía. Pero esperaría para hacerla suya porque ella confiaba en él y porque él quería hacer aquello bien por ella.

Había acertado al no hacer declaraciones de amor. Anusha habría visto sus mentiras y él sabía que ella no quería una relación sentimental. Necesitaba ser ella misma, no estar atada sentimentalmente a un hombre al que no amaba. Y él lo entendía.

Era un alivio, por supuesto. Él no podía lidiar con el amor dependiente y necesitado de una mujer. Había herido a Miranda al no ser lo que ella quería en ese aspecto y no quería herir también a Anusha. Al menos intentaría no ser cruel. Recordaba los sollozos de su madre que él, de niño, escuchaba en la oscuridad en la puerta de la habitación de ella.

«¿Por qué no puedes amarme, Francis?», decía su madre. «Solo quiero tu amor».

—¿Nick? Anusha le sonrió. Alzó una mano para tocarle la mejilla—. ¿Qué pasa?

—Nada. Solo un viejo recuerdo de hace tiempo.

Llamaron a la puerta interior.

—¿*Sahib*? El señor Laurens pregunta si podéis ir a su estudio a hablar con él.

—Dile que en diez minutos, Ajit —respondió Nick.

Se incorporó y besó a Anusha en la boca—. Tengo que irme. Deja que te ayude a vestirte antes.

La observó acercarse a su ropa, para nada tímida en su desnudez.

La ayudó a ponerse la ropa, le ató los lazos del corsé y le abrochó el vestido.

—Ya está. Este es el último botón.

—¿Estarás aquí para la cena?

—No, hay cena de oficiales en el fuerte. Volveré de madrugada, borracho como un lord.

—¿Los lores se emborrachan más que el resto de la gente?

—Es solo una expresión.

—Aun así, me alegro de que no seas un lord.

Nick reía todavía cuando llamó con los nudillos a la puerta del estudio de George, pero su regocijo desapareció en cuanto vio la cara el otro.

—¿Qué ocurre?

—Acaba de atracar un barco de Inglaterra. Hay correo para ti —tomó media docena de cartas de su mesa y se las pasó a Nick—. También ha traído periódicos. He empezado por la columna de muertes, una costumbre morbosa. Nicholas, tu tío ha muerto.

—¿Qué tío? —Nick recordaba que su madre tenía tres hermanos, aunque él no podía ponerle cara a ninguno.

—Grenville. El vizconde de Clere.

Nick tardó un momento en asimilarlo. Lo primero que pensó fue que su padre no lo sentiría mucho; los hermanos no se querían gran cosa. Luego se dio cuenta.

—Mi padre es el heredero del marquesado. ¡Dios mío! Perder a Grenville y tener que ver a mi padre en su puesto matará al viejo.

—Según mis noticias, tu abuelo se mantiene bien. Según el periódico, un mes después del funeral estaba vivo y al parecer en buena salud. En cuanto a su estado anímico, solo podemos suponerlo —George señaló las cartas con la cabeza—. Puede que ahí haya alguna pista.

—¿Aquí? —Nick alzó el sobre de encima de todos—. ¿Por qué?

—¿Estás perdiendo facultades, Nicholas? Ahora eres el segundo en línea para el marquesado de Eldonstone. Esas cartas serán de los abogados y de tu abuelo. Posiblemente también de tu padre.

¿Volver a Inglaterra? ¿Al abuelo que se había lavado las manos de él, al padre que lo odiaba, a la vida rígida de la aristocracia inglesa, a una montaña de responsabilidades que no quería en un mundo que ya le era ajeno? En la India se había creado una nueva vida, una vida que amaba.

—No —empujó las cartas, que cayeron dispersas sobre el escritorio—. No, condenación. No puedo… afrontar esto ahora. Tengo un compromiso… cena de oficiales.

Salió, dejando la puerta abierta. En el pasillo, cuando se dirigía a su habitación, vio a Anusha con expresión interrogante, pero pasó a su lado sin decir nada. ¿Cómo diablos podía hacerle aquello el destino?

Veinte

—¿Padre? —Anusha se deslizó en el estudio por la puerta abierta—. ¿Qué le ocurre a Nick?

—¿Escuchando detrás de las puertas? —su padre sonrió, pero sus ojos estaban serios.

—He oído su voz aquí y luego lo he visto en el pasillo. Parece que lo persiguiera Kali —el peligro volvía a Nick más alerta, más vivo, pero aquello, lo que quiera que fuera, había matado algo en él—. Dime lo que ocurre.

Su padre hizo una mueca.

—Te lo dirá él mismo cuando se le pase la sorpresa, pero el hermano mayor de su padre ha muerto, lo que significa que Nicholas, Dios mediante, será marqués de Eldonstone algún día.

—Eso es bueno para él, ¿no?

Anusha sintió moverse el suelo bajo sus pies. Un marqués era un aristócrata importante. Nick debería casarse con una dama nacida, criada y entrenada para ser esposa de un marqués. El estómago le dio un vuelco. «Yo no. Yo soy la hija ilegítima y mestiza de un comerciante, por muy rico y poderoso que sea mi padre aquí».

—Lo es, si quiere riqueza y propiedades, seis casas por lo menos, y todo el poder y la influencia política que quiera ejercer desde un lugar privilegiado en la cima de la sociedad inglesa.

—¿Y si no lo quiere? —quizá Nick pudiera renunciar a eso. No quería a su padre y no parecía añorar Inglaterra. La invadió la esperanza.

—Eso no tiene remedio. No puede renunciar al título, solo la muerte puede liberarlo —respondió su padre—. Si no acepta su herencia, las cosas de las que sería responsable quedarán descuidadas, gobernadas a distancia por agentes. No creo que Nicholas pueda hacer eso. Afectaría a cientos de personas.

El suelo se movió de nuevo.

—Entonces necesita una esposa que haya nacido en la aristocracia, ¿no? Una que sepa ayudarle y que sea aceptada.

—Se va a casar contigo —musitó su padre con una gentileza que solo sirvió para intensificar el dolor de ella.

«Me compadece. Sabe lo que esto significa. Entiende que Nick siempre cumple su palabra e insistirá en casarse conmigo».

—Sí —asintió.

Ella ya sabía lo que debía hacer. Las mujeres de su familia habían ido cantando a la pira antes que perder su honor con ejércitos conquistadores. Ella había heredado también ese sentido del honor. A pesar de su corazón roto, sacrificaría la reconciliación con su padre y su amor por Nick antes que interponerse en el camino del deber y el honor de él.

—¿Anusha?

—Perdona, padre. Te estoy impidiendo trabajar. Nos veremos en la cena.

Tenía cuatro horas hasta entonces para planear y preparar; y quizá una hora después. Nick volvería tarde, borracho como un lord. ¡Qué certero había sido en su predicción! Cuando se serenara y empezara a pensar con claridad, ella se habría marchado ya.

—*Sahib*, apoyaos en mí —Ajit estaba al lado del escalón del carruaje.

—No estoy tan borracho, Ajit.

—Sí lo estáis, *sahib*.

Nick se agarró al marco de la puerta, falló el escalón y Ajit paró su caída.

—Sí lo estoy. Borracho como un lord.

Cuando le había dicho eso a Anusha, le había parecido divertido. Probablemente todavía lo era, pero él había olvidado cómo reír. Aun así, se sentía bien. Nada era real, todo flotaba, no sentía dolor, aparte de la sensación que le clavaba los talones en el corazón.

—Ahora os acostaréis, *sahib* —Ajit tiró de él por los escalones y hasta el vestíbulo, por encima del sobresaltado vigía—. Silencio, *sahib. Sahib* Laurens y la *mensahib* duermen. No quieren oíros cantar.

—De acuerdo.

El pasillo se doblaba de un modo extraño y el suelo se movía como una pasarela de cuerdas sobre un precipicio, pero Nick avanzó hasta que un empujón de Ajit lo lanzó sobre su cama, con la cabeza en los pies y los zapatos sobre la almohada.

—Lárgate. Gracias.

—Los zapatos, *sahib.* Ajit se los quitó.

—Vete —repitió Nick—. Acuéstate.

Cuando cerró los ojos, la oscuridad se movió peligrosamente, pero él cayó en ella agradecido.

—¡*Sahib* Nicholas! ¡Despertad!

¿Un terremoto? Nick abrió los ojos y miró la cara de Ajit. No, la habitación estaba inmóvil y el criado lo sacudía.

—¿Qué ocurre? ¿Y qué hora es? —estaba oscuro todavía y sentía la cabeza como un saco de arena caliente.

293

—Las tres y media, *sahib*. Han robado a Rajat.

—¿Cuándo? —Nick se incorporó y luchó contra el mareo y la náusea. Hacía una hora que había vuelto y su sangre luchaba una batalla perdida contra el brandy.

—El mozo se ha dado cuenta cuando ha metido en el establo los caballos del carruaje. Faltan el caballo, la silla y la brida.

—Pero… —allí había algo raro. Nick intentó descubrir lo que era—. Rajat mataría al que intentara llevárselo. Y Pavan también.

—Lo sé —Ajit se agarró el turbante—. No dejo de pensar. ¿Quizá lo han drogado?

—O se lo ha llevado alguien a quien conoce —contestó Nick. Le pareció que la poca sangre que circulaba por él caía hasta los pies—. ¡Oh, no! Ella no lo haría.

—¿La *mensahib*? ¿Pero por qué?

—No lo sé, no puedo pensar. Averigua si está en la cama.

Nick puso los pies en el suelo y consiguió llegar hasta la palangana. El agua de la jarra estaba tibia, pero metió la cabeza en ella y se secó con la toalla. Llevaba todavía el uniforme; se lo quitó y empezó a vestirse con ropa de montar y botas.

—La *mensahib* está dormida —anunció Ajit desde la puerta.

—¿Estás seguro?

—He abierto un poco la puerta y me he asomado. He visto su forma en la cama debajo de la sábana.

El brandy actuaba como un golpe en la cabeza, pero su instinto para el peligro no había abandonado a Nick y tenía erizado el pelo de la nuca. Fue a la habitación de Anusha, entró y apartó el mosquitero. Debajo de la sábana había una almohada colocad de arriba abajo.

—Despierta a su doncella.

Media hora más tarde, Nick tomaba café cargado mientras George, en bata, caminaba arriba y abajo por la estancia.

—¿Qué diablos se cree que hace? Su doncella dice que se ha llevado varios cambios de ropa y la ropa que llevaba cuando llegó ha desaparecido. Esto no es un paseo a caballo a la luz de la luna. Sé que está disgustada, pero…

—¿Por qué está disgustada? —Nick se sirvió más café.

—Sabe lo de la herencia.

Aquello lo explicaba todo.

—Se ha escapado —dijo Nick—. Cree que no es lo bastante buena para un aristócrata.

—Para ella no sería fácil —musitó George—. Y quizá para ti tampoco.

—Ya lo sé. Pero si alguien intenta decirme que ella no es aceptable o se niega a recibirla, se arrepentirá, y eso incluye a toda la condenada Corte de St. James. Ha sido educada como una princesa, su linaje se remonta a la antigüedad y tiene más coraje que la mayoría de los hombres que conozco. ¡Diablos, George! ¿Qué voy a hacer si no consigo encontrarla?

—La encontrarás —George lo agarró por los brazos y lo sacudió un poco—. Vamos, piensa. ¿Adónde ha ido?

Nick pensó un momento.

—Ha vuelto a Kalatwah, el único lugar donde cree que será aceptada.

—¿Pero cómo? Si se ha llevado el caballo, no intentará encontrar un barco.

—¿Has ido a tu estudio? Vamos —Nick salió del salón con George pisándole los talones—. Mira esos rollos de mapas, los ha tocado. Y los libros de contabilidad delante de la caja fuerte han sido movidos. Ella sabe forzar cerraduras. Comprueba el dinero. Yo descubriré qué mapas se ha llevado. Tengo la horrible sensación de que piensa volver a caballo. Si eso es lo que planea, muy probablemente encontrará un grupo de viajeros que vaya en esa dirección. Sospecho que empezará por ir a Barrackpore.

George se volvió desde la caja fuerte abierta y echó un montón de gemas verdes sobre el escritorio.

—Se ha llevado dinero y ha dejado sus joyas en prenda.

—No temas, la traeré de vuelta —musitó Nick.

El dolor de cabeza iba desapareciendo a medida que se serenaba, pero se veía remplazado por un nudo de miedo por Anusha y por algo más, un sentimiento que no podía definir, pero que le daba esperanza y lo aterrorizaba al mismo tiempo.

—Ajit y yo probaremos las puertas alrededor de la ciudad. Va montando a Rajat y ese caballo no pasa desapercibido.

Salió y llamó a Ajit. Movería cielo y tierra para encontrarla. Anusha era suya, aunque ella no lo supiera.

Amanecer. Anusha cambió de postura en la silla de montar y se volvió a mirar atrás por enésima vez. El camino detrás de la cabalgata de comerciantes bengalíes a los que se había unido estaba despejado. Pero era lógico que fuera así y su miedo era infundado. Nick habría llegado a casa borracho y nadie notaría nada raro hasta que llegara Nadia con el té de la mañana y entonces habría confusión y preguntas y tardarían en descubrir que ella no había salido a montar un rato sino que se había fugado.

Uno de los mercaderes que le habían dado permiso para unirse a ellos se situó a su lado.

—¿Lamentáis iros de Calcuta, mi joven amigo? ¿Habéis dejado a vuestra enamorada atrás?

—Sí —gruñó ella.

Llevaba la cola del turbante tapando la nariz y la boca, como para protegerse del polvo del camino y la chaqueta de faldones largos le aplastaba el pecho y cubría las curvas de las nalgas y los muslos. Si no se hacía muy amiga de nadie, tenía posibilidades de no ser detectada.

—Es un caballo muy bueno —prosiguió el hombre—. Supongo que no estará a la venta, ¿eh?

—No, lo siento, pero es de mi amo, que me ha encomendado este encargo.

Oyó cascos detrás y se volvió. Una tropa de caballería pasó al galope dejando a los comerciantes maldiciendo detrás y el corazón de Anusha latiendo con tanta fuerza que creía que iba a vomitar.

La nube de polvo se agitó un poco y acabó asentándose, como el pulso de ella.

—Debisteis salir de prisa para no haber tomado provisiones para el viaje —dijo el comerciante—. Si vuestro amo no os ha dado dinero para una mula de carga, podéis guardar vuestros suministros en mi carro si queréis.

—Os lo agradezco —dijo Anusha.

—No es necesario. ¿Dónde estaríamos si no nos ayudáramos unos a otros en el camino? A merced de los bandidos, eso seguro. Barrackpore es un buen lugar para conseguir suministros y estaremos allí para la comida del mediodía.

Siguió hablando sin que pareciera importarle no obtener más respuesta que algún gruñido de asentimiento. Anusha sintió que se dormía y se incorporó más en la silla. Ya tendría tiempo de dormir por la noche y al menos el cansancio podía atontarla lo suficiente como para darle un respiro a su pobre corazón.

«¿Por qué tuve que enamorarme de él? Debería haber sabido que sería imposible».

Era extraño que un corazón roto doliera físicamente. No lo había creído nunca, pero…

—¡Despertad, amigo! —el comerciante le puso una mano en el hombro—. Os vais a caer de la silla. Y ahí llegan más jinetes con prisas. ¿Qué pasa hoy para que todo el mundo pase corriendo y llene de polvo a los pobres viajeros?

Anusha, desorientada, reaccionó despacio y cuando quiso darse cuenta, los jinetes estaban ya entre ellos.

—*Sahib*, ahí está Rajat —dijo Ajit.

Ella giró el caballo hacia los campos y la jungla de más allá, pero Rajat se mostró reacio, relinchó llamando a su compañero de establo y Pavan se lanzó hacia ella entre los carros de bueyes y los caballos.

—¡Anusha!

Ella se volvió; un camello le bloqueaba el paso.

—¡Dejad en paz a este joven! Viaja bajo nuestra protección —gritó el fornido comerciante bengalí desde su caballo, con un coraje que ella apreció a pesar de su angustia.

—Si pensáis que es un joven, amigo mío, es que necesitáis gafas —respondió Nick sin mirarlo—. Anusha, ¿por qué te has ido?

—¿Sois una mujer y este es vuestro amor? —quiso saber el bengalí, sorprendido.

—Sí —respondió ella, que no se fiaba de que Nick no usara la fuerza si su protector insistía en su postura—. Por favor, no os agitéis. Hemos tenido un… desacuerdo. Lo discutiré con él.

—¿Queréis que esperemos? —los demás comerciantes habían empezado a rodearlos y apoyaban las manos en las empuñaduras de las dagas.

—No, os doy las gracias por vuestra ayuda.

Era inútil. Nick jamás le permitiría marcharse. Tendría que convencerlo de que no podía casarse.

—Adiós, amigos míos. Que tengáis un viaje bueno y provechoso —colocó a Rajat entre Nick y Ajit, que montaba el caballo de caza favorito de George—. Tendrías que haberme dejado ir —dijo.

Nick tenía muy mal aspecto, con barba de dos días, los ojos inyectados en sangre y la frente arrugada como si tuviera una jaqueca terrible.

—Yo iré delante, *sahib* —dijo Ajit. Y se alejó.

—Vuelve a Calcuta —le dijo Nick—. Dile al señor Laurens que ella está bien.

Ajit alzó una mano y puso el caballo al trote.

—¿Por qué diablos has hecho esto? —Nick se volvió en la silla y la miró a la cara—. Tu padre está loco de preocupación.

—Lo siento. ¿Has venido por él?

—He venido por los dos. Tú te ibas a casar conmigo. Creía que te habías reconciliado con eso. Pensaba que eras feliz.

—Lo era. Pero no puedo casarme con un lord.

—Yo no soy…

—Lo serás. Serás marqués y yo no soy esposa para ti. Ya lo sabes. Hablamos de lo que tiene que ser la esposa de un lord y un marqués es un lord muy importante, casi un príncipe.

—Anusha, yo no quiero ser marqués —parecía tan triste que ella deseaba abrazarlo y besarlo.

—Padre dijo que no puedes hacer nada sobre eso. Que sabía que cumplirás con tu deber y yo sé que tiene razón.

—Anusha… ¡Condenación! No puedo hablar así. Vamos a sentarnos ahí abajo.

«Ahí» era un pequeño santuario situado al borde de los campos, con su plataforma de piedra muy parecida a otra en la que habían pasado la primera noche fuera del palacio.

Anusha se dejó guiar en silencio y se sentó en el borde de la plataforma con las rodillas alzadas y abrazada a ellas como si así pudiera contener su infelicidad.

Nick se quedó ante ella con las manos a la espalda. Quizá no se fiaba de no tocarla.

—Sé que no puedo evitarlo. Si sobrevivo a mi padre, mi destino será heredar.

Anusha asintió. Ella creía en el destino. El suyo era amar a aquel hombre y perderlo.

—Pero no puedo hacerlo sin ti, Anusha. No —alzó una mano para cortar la protesta de ella—. Sé lo difícil que será para ti y sé que no tengo derecho a pedírtelo, pero lucharé con todos los que intenten insultarte o negarte algún privilegio debido a una marquesa. No puedo hacerlo sin ti.

Veintiuno

—¡Pero yo no sé nada! ¿Por qué me necesitas? —Anusha casi no se atrevía a respirar.

—Porque te amo —dijo él, mirándola con intensidad—. Porque no creo que pueda vivir sin ti.

Ella dio un respingo de incredulidad y esperanza y Nick siguió hablando como un hombre que luchara contra todo pronóstico para expresarse.

—No, déjame explicártelo. No me daba cuenta; no sabía cómo es amar a una mujer. Pero cuando nos hemos puesto a interrogar a todo el mundo en las puertas del norte, tenía tanto… miedo que al fin he comprendido lo que era, por qué me sentía como si me hubieran arrancado la mitad de mi ser.

Su voz, normalmente fuerte y segura, temblaba con el sentimiento que lo embargaba.

—Sé que no me amas, Anusha. Entiendo que accediste a casarte conmigo porque era la única salida a tus problemas —se volvió y miró el campo como si no pudiera soportar ver el rechazo en la cara de ella, como si le dejara libertad para decirle que no lo quería.

Cuando ella no contestó, él siguió hablando.

—Pero tenemos amistad y deseo, ¿no? Eso es un comienzo. No tenemos que vivir en Inglaterra por el momento. Mi padre está vivo y bien y tendrá tan pocos deseos de que vuelva como yo. Pueden pasar años hasta que tengamos que volver. Tendrás tiempo de acostumbrarte y quizá de llegar a quererme un poco.

Anusha se levantó y se acercó a él.

—¿Tú me amas?

—Sí —él seguía con la vista fija en la distancia—. Lo siento, no quiero obligarte a que te quedes y te cases conmigo. No te pediré más de lo que tú puedas darme, pero…

—Te amo, Nicholas.

Anusha, incapaz de soportar más tiempo el dolor de él, le tomó la mano y él la miró a los ojos.

«Debe ser verdad», pensó ella, casi mareada de alegría. «No es un sueño, lo siento aquí, piel con piel, pulso con pulso».

—Yo también te amo, tanto que me pareció que se me partía el corazón cuando me fui. Pensé que dejarte era lo más honorable porque tú nunca habías querido casarte conmigo de verdad. ¡Oh!

Nick la abrazó con tanta rapidez que ella perdió

pie. Él la alzó en vilo y la besó. Y luego la estrechó con tal fuerza que ella apenas podía respirar.

—¡Nick!

—¿Amor mío? —la depositó de nuevo en el suelo, pero no la soltó—. ¿Te estaba aplastando?

—Sí pero no me importa. Nick, dime la verdad. ¿Casarte conmigo te pondrá las cosas más difíciles cuando heredes el título?

—¿La verdad? No lo sé —él le pasó el dedo índice por la nariz y los labios, como si fuera la primera vez que los veía—. ¿Habrá racistas y esnobistas tan estúpidos que no vean lo que vales? Tal vez, pero no les dejaré que rijan mi vida y, cuando llegue el momento, sabrás tanto como pueda saber cualquier marquesa.

—¿Seré una marquesa?

—Por supuesto. Y todos los demás, excepto los miembros de la familia real, los duques y duquesas, los marqueses y las otras marquesas, tendrán que hacerte reverencias. Eso no elimina a mucha gente, así que estarás muy arriba, querida mía.

Anusha le bajó la cara para otro beso y fingió no ver a un grupo de pastores de camellos que miraban con ojos muy abiertos a aquel *sahib* que besaba a un muchacho al lado del camino.

—Pensaba que no volvería a sentir tus brazos alrededor de mi cuerpo, ni a saborearte con mi lengua —dijo.

Nick parecía no saber qué decir, algo tan poco

habitual en él, que ella se sintió libre de parlotear con alegría.

—Ahora debes tener un heredero cuanto antes.

Eso le hizo sonreír. Le echó un brazo por los hombros y caminaron hacia los caballos.

—¿Estás proponiendo que vayamos a casa y nos ocupemos de eso enseguida?

—Tal vez —ella le miró los labios—. ¿Sí?

—No, mujer malvada. Esperaremos hasta que estemos casados, para lo que ya faltan solo diecisiete días, así que tendrás que esperar.

—Y tú también. Nick, ¿recuerdas la primera noche juntos en el santuario? ¿No te parece un buen presagio que hayamos descubierto que nos amamos en otro santuario?

—Un presagio muy bueno. Creo que debemos dejar una ofrenda. Llevo un frasquito de esencia en las alforjas. ¿Tienes tu daga? Hay un arbusto florido ahí.

Juntos echaron la esencia dulce sobre el *lingam* de Shiva y colocaron unas flores en la base.

—He encontrado una rama con flores y frutos —Anusha apoyó la cabeza en el hombro de Nick y él le tomó la mano. ¿Había lágrimas en los ojos de él? En los de ella sí—. Por el futuro.

—¿Esta es tu casa?

Diecisiete días después, Anusha miraba encantada la casa blanca de una planta con sus tejados largos y la terraza ancha que la rodeaba.

—Es nuestra casa de campo, señora Herriard. Pensé que no te importaría viajar todo el día después de la boda si al final había paz, tranquilidad e intimidad.

—Es preciosa.

Salieron mozos para ocuparse de los caballos y ella saltó de la silla de la yegua castaña que había sido un regalo de bodas de Nick.

—Quería una casa alta con vistas y este fue el mejor punto que pude encontrar a un día de marcha de Calcuta. Vengo cuando puedo —señaló con la mano—. El Hooghly está allí, pero las colinas hacen que esto sea menos húmedo y más sano. Ven, te enseñaré tu nueva casa.

La tomó en brazos y subió los escalones con ella.

—Esto es una costumbre inglesa: el novio cruza el umbral con la novia en brazos.

—Me gusta —Anusha escondió la cara en su cuello y luego luchó por soltarse cuando pasaron una fila de sirvientes, todos ellos inclinados con las manos juntas.

—*Namaste* —les gritó mientras su marido decía lo mismo sin detenerse—. ¡Nick, bájame!

—Por supuesto.

Él abrió una puerta con el hombro y la dejó en una habitación que parecía ocupar toda la parte de atrás de la casa.

Cortinas de muselina blanca se movían en una brisa refrescada por las mantas húmedas que colgaban delante de cada ventana. Delante de las grandes ventanas dobles había un pequeño estanque de mármol y además de una gran cama europea, había también otra india de armazón de madera colgada de cadenas atadas a las vigas del techo.

—¡Una cama normal! —exclamó Anusha.

—¿Nos bañamos? —preguntó él.

—¿En el estanque? ¡Oh, sí! —ella recordó las lecciones del *zanana*. Te desnudaré yo, esposo.

Nick se había sentado en el borde de la cama para quitarse las botas.

—Si tú quieres. Y después te devolveré el favor.

—¡Oh, no! Yo tengo que desnudarme para ti.

Él llevaba ropa india y ella empezó por soltar el extremo del turbante y enrollarlo en sus manos.

—¿Esas son las reglas? —Nick se quitó la chaqueta cuando ella terminó con los botones y la dejó sobre una silla.

Anusha llevaba también pantalones ceñidos y una chaqueta larga y había montado a horcajadas, pero ese día la ropa de los dos era de seda y brocado para señalar el viaje de bodas.

—Por supuesto.

Anusha tiró de la camisa y se la sacó por la cabeza, y el pelo de él le cayó en la cara y tuvo que apartárselo.

«¿Tiene alguna idea de lo hermoso que es?».

Anusha pasó las manos por su pecho, acarició los puntos duros de los pezones con la presión de las palmas y bajó después las manos por los músculos duros y el estómago plano hasta los cordones de los pantalones. Sintió que la piel de él se tensaba bajo sus manos y sonrió.

—¿Qué pasa? —preguntó él.

—¿Te acuerdas de la casa de baños?

—Recuerdo a una ayudante más bien incompetente con manos frías y poca técnica.

Él parecía regocijado, pero contuvo el aliento cuando ella bajó los pantalones por las caderas y pasó las manos por los flancos. Su erección saltó libre y Anusha cerró los ojos y la acarició un momento con ambas manos.

—Mi señor tiene que tumbarse —dijo luego.

Nick respiró hondo y obedeció.

—Siento haber sito tan torpe en la casa de baños —se disculpó ella—. Había ido por curiosidad y luego te toqué y ya estuve perdida.

—Yo lo estuve desde el momento en que te vi —murmuró él.

—¿De verdad? —ella se quitó el velo y se soltó el pelo. Movió la cabeza de modo que cayera libre sobre sus hombros—. No deberías llevar esta ropa —murmuró, súbitamente consciente de que no era así como debía aparecer ante su esposo.

—Estoy de acuerdo —contestó él con una risita maliciosa.

Anusha sonrió y se desnudó a su vez. Era imposible hacerlo con el erotismo que hubiera proporcionado otra ropa más adecuada, pero él no pareció descontento con lo que vio. Pero, por otra parte, Nick la había visto ya desnuda, y eso le dio confianza.

—¿Mi señor se bañará ahora? —preguntó.

—El señor y su señora se bañarán.

Nick se levantó, la tomó en sus brazos y bajó con ella los escalones hasta el estanque. Era lo bastante hondo para llegarle a él hasta el pecho cuando se sentó riendo porque ella se movía al sentir el agua fría en la piel caliente.

La risa desapareció cuando la miró a los ojos y ella le devolvió la mirada, hundiéndose en las profundidades verdes y en el amor que vio allí. Su amor, su caballero inglés, su noble. Fue su último pensamiento coherente antes de que él la besara y sus manos empezaran a moverse, seguras y sutiles, sacando magia del agua y las esencias mientras la acariciaba y bañaba.

—Debería lavarte yo a ti —protestó Anusha cuando tuvo fuerzas, flotando lánguidamente, pero también con cosquilleos de excitación.

—Estoy a tu disposición —Nick colocó los brazos a lo largo del mármol y fue bajando hasta apoyar la cabeza en el borde con el pelo moviéndose a su alrededor como seda dorada en la superficie del agua.

Anusha ungió y acarició su cuerpo, cruzado por cicatrices viejas, y suave como piedra pulida. Masajeó sus largas piernas y luego, con gran osadía, respiró hondo y se hundió bajo el agua para tomarlo en su boca.

Nick se estremeció, se arqueó y ella usó la lengua y los labios mientras le duró la respiración y luego emergió, viendo estrellas y poco más a través de su cortina de pelo mojado.

—¡Oh, amor mío!

Nick se movió deprisa. La envolvió en toallas y la depositó en la cama oscilante. Se echó a su lado, lo que hizo moverse todo el lecho.

—Hay muchas cosas sutiles que podemos hacer en esta cama —dijo, apartándole el pelo de la cara.

Anusha asintió. Confiaba en poder interpretar bien los textos ilustrados para darle placer mientras a ella le temblaban las piernas y el corazón le golpeaba como un tambor.

—Pero no creo que intente ninguna de ellas hoy —dijo Nick entre besos—. Hoy voy a ser simplemente un inglés y adorarte.

Y eso hizo, con la boca, las manos y con palabras, hasta que a ella el placer le quitó la capacidad de pensar y gimió su nombre, se arqueó bajo él y le suplicó en hindi y en inglés con murmullos suaves e incoherentes.

Cuando Nick se colocó por fin encima de ella, a Anusha no le quedaban inhibiciones ni miedo.

Lo acunó entre sus muslos, lo abrazó con las piernas y le abrió su cuerpo y su corazón para que la hiciera suya.

—Nick —dijo, cuando sintió la embestida lenta y suave de él. Abrió los ojos y él la miró con amor y deseo.

—Estoy aquí —contestó, como si ella pudiera dudarlo.

Empezó a moverse, despacio al principio y arrastrándola luego en un ritmo que se fue haciendo más intenso hasta que todo explotó y fueron uno y ella no sabía dónde terminaba su cuerpo y empezaba el de él, ni tampoco su mente.

—Anusha —murmuró Nick.

Rodó con ella todavía en los brazos. La cama se movió salvajemente y ella se agarró a él y rio.

—Estoy aquí.

—¿Eres feliz?

Era una pregunta valiente para hacérsela a una recién casada que acababa de yacer con su esposo por primera vez. ¿Y si decía que no?

—Creo que quizá no esté permitido ser tan feliz —respondió ella. Se apoyó en los codos y le sonrió—. ¿A las futuras marquesas les está permitido eso?

—No tengo ni idea —confesó él—. Pero crearemos reglas nuevas sobre la marcha y predigo que nos reiremos más que ningún otro noble de Inglaterra.

Ella se acurrucó a su lado y empezó a acariciarlo. Era valiente y Nick comprendió que estaba poniendo en práctica su saber teórico.

—También predigo —musitó, procurando no soltar un respingo— que serás la única aristócrata de Inglaterra que conozca los textos eróticos clásicos indios. No sé qué he hecho para merecerlo, pero, por favor, amor mío, no pares.

Anusha apoyó las manos en su pecho y le besó el cuello.

—Oh, te amo, Nicholas.

—Para siempre —él la besó en la boca—. Para siempre —repitió.

Nota de la autora

En los primeros años del reinado de la Compañía de las Indias Orientales, sus agentes y oficiales eran alentados a casarse con mujeres indias o a tomar amantes indias, porque eso se consideraba importante para que los entendieran y aceptaran. Muchos oficiales tenían aventuras con mujeres de familias principescas y había pocos prejuicios. Muchos británicos se convirtieron al hinduismo o al Islam, estudiaron las lenguas y culturas del subcontinente y criaron familias en hogares angloindios.

Fue a partir de la década de 1820, cuando empezaron a llegar esposas inglesas y misioneros, cuando las actitudes cambiaron a peor y se empezaron a ver mal esas relaciones. Se esperaba que los oficiales de la Compañía llevaran una vida lo más próxima posible a la norma inglesa y les cerraron las puertas a los niños angloindios.

Yo empecé a interesarme por el mundo de los angloindios del siglo XVIII cuando vi retratos de ellos en la National Portrait Gallery, en una exposición titulada *Retratos indios de 1560 a 1860*. El libro de William Dalrymple, *Los mughals blancos*, cuenta la historia de una relación de ese tipo, en este caso entre el residente en la corte de Hyderabad y la hija del primer ministro de Nizam. Pero esa historia de amor terminó en tragedia y yo estaba decidida a que mis amantes tuvieran un final feliz.

Una maravillosa gira de dos semanas por Rajastán, hospedándome en palacios reales, me proporcionó el ambiente y más recuerdos maravillosos de los que jamás podría usar. Los estados de Kalatwah y Altaphur, por supuesto, son totalmente ficticios.

El libro *Begums, villanos y mughals blancos*, los diarios de Fanny Parkes, me dio toda la información esencial para el viaje por el Jumna y el Ganges de la pluma de una intrépida esposa de la Compañía. El libro *Narración de un viaje por las provincias altas de la India*, del obispo Reginald Hebers, me dio también mucha información desde un punto de vista diferente, pero lleno de detalles fascinantes como la producción de azúcar y las dificultades de los viajes.

ANA GALAS
Bella como la noche

Tú, siempre tú. Tu amor es la luz de mi vida. Este libro es para ti.

Nota de la autora

Todos los hechos, personajes y títulos nobiliarios de esta familia son totalmente ficticios, si bien están inspirados en algunos aspectos de la historia de mi propia familia. A veces es un nombre, un rasgo de carácter, o un hecho concreto. Esto es algo inevitable para cualquier escritor. Por mucho que fabulemos, no podemos evitar dar vueltas y vueltas en torno a lo que somos.

No obstante, todos los personajes tienen cuerpo y entidad suficiente como para reclamar con total autoridad e independencia su propio lugar en el mundo, aunque en este caso sea el de la imaginación. Aun a riesgo de caer en el tópico, no puedo evitar desear que lleguéis a apreciarlos tanto como yo.

A modo de dicho confirmaré que «el escritor» propone y Dios dispone y, aunque los que escribimos nos sintamos como pequeños dioses manejando la vida de nuestros personajes, no lo somos tanto…

*Camina bella, como la noche
de climas despejados y de cielos estrellados,
y todo lo mejor de la oscuridad y de la luz
resplandece en su aspecto y en sus ojos...*

Lord Byron

Uno

Londres, 1830

La tormenta, chispeante y explosiva como lo es en sí la primavera, había dejado paso a un sol cálido y resplandeciente. Lucy había estado contemplando desde su ventana el espectáculo, complacida secretamente con el retumbar de los truenos y los dibujos de los rayos en el cielo plomizo del atardecer.

Por fin, aquella algarabía había culminado en una lluvia intensa y fugaz, que había limpiado el aire de Londres, siempre denso y pesado. Ahora, la tarde clara y primaveral resurgía con un manto nuevo de verdor vivificado y los pájaros se atrevían a entonar sus trinos y retomar sus vuelos por el vasto jardín trasero de la casa, a donde daba el dormitorio de Lucy.

No quedaba mucho tiempo para que llegara el invitado de su padre a tomar el té. Pero ya estaba casi lista para recibirlo. Desde que su abuela había fallecido, hacía casi tres años, era ella la anfitriona. Si bien era cierto que no tenían muchas visitas. Solo los amigos de su padre, casi todos mayores que él, ancianos eruditos que solo vivían para sus estudios e investigaciones y que frecuentaban la casa con la asiduidad de amigos íntimos y casi familiares. Si no fuera por ellos y sus tertulias, la vida de Lucy sería muy solitaria.

El ostracismo en que los había sumido su propia familia y la alta sociedad, después del «atrevimiento» de su padre, era el causante de esa soledad. No tenían penurias económicas gracias a la abuela Anne, aunque tampoco nadaran en la abundancia.

La generosidad y buen corazón de la anciana habían permitido que su padre, recién llegado de la guerra en España con el ejército de Wellington, convaleciente de sus heridas y llevando consigo una mujer y una hija de meses, no quedara abandonado a su suerte después del rechazo de la familia.

No le perdonarían nunca, aunque fuera el menor de los hijos del conde, que se hubiera casado con una plebeya, por muy hermosa y educada que esta fuera, y habían cumplido su sentencia hasta las últimas consecuencias.

La abuela Anne, siempre dispuesta a llevarle la contraria al que fuera, se había erigido en salvadora de su nieto preferido, William, y, dueña de una casa en Londres y unas rentas de las que había hecho heredero al mismo, los había acogido en su hogar. Pero la frialdad del recibimiento familiar y la rigidez de una forma de vida tan alejada del sol de su tierra habían hecho mella en la salud de la joven extranjera y había muerto de un resfriado que con la humedad del clima se había complicado.

Lucy solo tenía tres años. Entonces, su bisabuela se convirtió en una madre para ella y así había sido hasta hacía poco, cuando su corazón se había agotado y había dejado suavemente de latir mientras dormía. Lucy ya solo contaba con Bessie, su fiel doncella, amiga secreta y testigo y partícipe de todos sus sueños.

Como si la hubiera conjurado, Bessie llamó y entró en su cuarto.

—Señorita Lucy, le traigo los lazos que me pidió, ya planchados —comentó, y se acercó, dispuesta a darle los últimos retoques a su pelo.

—Gracias, Bessie, ¿has recordado a la señora Hopkins que tenga las galletas de mantequilla recién horneadas para el té?

—Sí, todos están avisados, estará todo perfecto —comentó la joven, sonriendo ante la excitación de Lucy—. Ah, tenía razón, estos de color rosa quedarán perfectos con el tono corinto del vestido.

Se dispuso a colocar el lazo en el moño bajo en que había recogido la rebelde melena rizada y morena de Lucy.

Aunque su familia no quería saber nada de su madre, en ella habrían tenido un recuerdo constante de la joven española. Sus ojos oscuros de largas pestañas, su tez trigueña, sus pómulos altos y su cara redondeada de labios generosos y rojos. Solo su altura y complexión esbelta, no exenta de ciertas

11

curvas y un busto generoso, hacían recordar la herencia inglesa de su padre que corría por sus venas.

Un retoque más y estaría lista para bajar al salón a recibir a ese invitado tan especial y averiguar quizá el asunto tan importante del que nada le había dicho su padre.

Solo había comentado con aire misterioso que tenía que estar atenta y con todo preparado para aquella cita tan singular de la que parecía depender su futuro.

Hacía mucho tiempo que no veía a su padre tan contento, ya que la muerte de la abuela lo había sumido en una melancolía solo igualada por la pérdida de su esposa.

Pero esa mañana, mientras cabalgaban por Hyde Park a esas horas tan tempranas en que los jinetes pueden tener libertad de movimiento y no cruzarse con los paseantes, su padre había parecido rejuvenecido.

Bien era cierto que cuando cabalgaba perdía el aire taciturno que lo acompañaba constantemente; entonces parecía ser el joven lord vital y valiente que había ido a una guerra en un país lejano y había bañado con su sangre los campos de cebada de Badajoz.

Todavía era joven, ni siquiera tenía cuarenta y cinco años, y la naturaleza había sido generosa con él. Tenía unos hombros anchos, una figura esbelta y una altura que intimidaba a cualquiera que se pusiera a su lado.

Solo su pelo rubio y rizado y sus suaves ojos

verdes daban una nota de dulzura a aquel hombretón tan serio.

Todo lo que había vivido en el campo de batalla y lo que había sucedido después en su propia familia había dejado la huella de unas arrugas en su frente y entrecejo, pero su mirada seguía siendo limpia y sincera, y había sido para Lucy el mejor padre del mundo.

Durante su más tierna infancia había jugado con ella y le había contado los cuentos más maravillosos. Había inventado para ellos dos las aventuras más osadas, aventuras que seguramente él habría emprendido gustoso si no la hubiera tenido a su cargo. De manera que no le podía negar lo que le pidiera.

Estaría radiante y solícita y sería la anfitriona perfecta para su visita.

El sonido de unos cascos rasgó la recién encontrada calma de la tarde. Lucy corrió a la ventana de la salita de enfrente, desde la que se divisaba la entrada principal de la casa, seguida de Bessie.

Un carruaje acababa de parar frente a la puerta. El escudo nobiliario le era desconocido, pero se trataba de alguien importante, de eso no cabía duda. Quizá algún anciano mecenas dispuesto a proporcionar fondos a las investigaciones científicas y literarias de su padre y su círculo de amigos.

No le había dado tiempo apenas de cifrar ese pensamiento, cuando un hombre joven y apuesto bajó atléticamente del carruaje.

Su porte elegante revelaba la nobleza de su cuna a la perfección, pero aquella agilidad y soltura de movimientos reflejaban un poderío y un empuje muy alejado de los atildados nobles que veía paseando por Hyde Park.

Tenía el aire quizá de un libertino, pero eso solo quedaba para su imaginación, ya que no había visto a ninguno cuando cabalgaba a esas horas tan tempranas en que frecuentaba el parque y su experiencia en sociedad era muy limitada.

Los rasgos eran perfectos, su boca bien cincelada, el mentón cuadrado. El pelo era castaño oscuro, algo revuelto.

Y él se paró un instante para alisarlo y colocarse el sombrero.

Al hacerlo, alzó los ojos y la descubrió observándolo. Unos ojos claros, fríos como el agua del mar más azul, se posaron en los de Lucy y una sonrisa burlona acompañó el leve arquear de una de sus cejas.

La sonrisa había dado un poco de calor al momento, demasiado, para que Lucy lo admitiera. Y se alejó de la ventana bruscamente, pensando en quién sería aquel arrogante engreído que la tomaba por una jovencita fisgona.

Bessie se había quedado con la boca abierta contemplando la aparición desde su espalda, y no parecía reaccionar cuando Lucy se volvió algo acalorada hacia ella.

—Vamos, Bessie, ni que hubieras visto al diablo —le recriminó, casi sin pensar lo que decía, a la joven que estaba también entre aturdida y embelesada.

—No sé, señorita, pero es bello como un ángel, nunca había visto a un hombre tan guapo… Puede que sea un ángel caído… —añadió, con una sonrisa pícara y volviendo a ser la de siempre.

Ese era el problema de tener una doncella instruida.

Bessie era la sobrina de Hobbes, el mayordomo. Había entrado a su servicio siendo apenas una niña de once años y su padre la había enseñado a leer y a escribir.

Aunque poco ortodoxo tratándose de la servidumbre, Bessie había sido casi una amiga para ella, una compañera de juegos a la par que doncella, y aunque al crecer su padre había querido hacer de la joven una señorita de compañía para su hija, Bessie no había permitido que nadie ocupara su puesto de doncella personal, así que era una mezcla de ambas cosas.

Nada era muy ortodoxo en aquella casa.

—Bueno, dejémonos de charlas, tengo que bajar —comentó, intentando parecer más compuesta de lo que se sentía.

La verdad era que aquella sonrisa había alterado todo su mundo. Había puesto cuerpo y cara al hombre de sus sueños, el héroe romántico de todas sus lecturas, el anhelo secreto de sus ensoñaciones de adolescente.

—Se parece un poco a ese tal Lord Byron que tanto le gusta —comentó la joven, sin cejar en su empeño de hurgar en la herida abierta ya con su anterior comentario.

Así era Bessie, alegre y parlanchina. Y con una imaginación tan desbordante como la suya propia.

Pero tenía razón, había algo intrépido y desafiante, y muy pecaminoso, en la sonrisa de aquel hombre.

Sin embargo, no debía demorarse más. Hacía unos segundos que había sonado la campanilla de la puerta. Su padre ya habría recibido al invitado y debía reunirse con ellos.

Así que hizo acopio de valor y se dirigió escaleras abajo, en busca de su destino.

Dos

Lucy bajó los últimos escalones con algo menos de decisión y se paró para tomar aire y serenarse al final de la escalera.

De repente, el vestido que llevaba, que era el mejor que tenía, se le antojaba demasiado austero, demasiado serio para su edad. Solo los lazos rosas daban un aire más juvenil a su aspecto.

A sus diecisiete años, casi dieciocho, ya debería haber sido presentada en sociedad, ya tendría que estar acostumbrada a los bailes, las cenas, las meriendas. Pero, salvo las reuniones con los habituales contertulios de su padre y alguna visita ocasional de sus antiguos compañeros de armas, no había tenido todavía ocasión de lucirse en ningún acontecimiento de verdadero relieve social.

Cierto era que algunas amigas de su bisabuela la visitaban antaño con frecuencia, pero la abuela Anne había decidido repudiar también a una sociedad que le cerraba las puertas a su nieto y su esposa y no había querido corresponder a esas visitas, ni asistir a ninguna reunión social.

Si hubiera vivido más, seguramente habría utilizado esas amistades para, a su debido tiempo, poder presentar a su bisnieta en sociedad, aunque fuera discretamente.

Pero de nada servía lamentarse, la abuela ya no estaba y ella era la anfitriona de su padre, que la esperaba con su invitado en el salón, así que no podía retrasar más su llegada.

En eso la anciana había sido toda una maestra. Lucy sabía perfectamente cómo debía comportarse una dama.

Dio unos golpecitos en la puerta y entró con aire sereno y decidido en la estancia. Los dos caballeros se levantaron educadamente para recibirla.

—Ah, ya estás aquí, Lucía —comentó su padre, que era el único que la llamaba así, por su nombre completo, y lo pronunciaba con cierto acento español lleno de añoranza, puesto que era el nombre también de su madre—. Excelencia —añadió, dirigiéndose al otro hombre—, le presento a mi hija, Lucy.

—Señorita Havisham —dijo el invitado haciendo una leve inclinación de cabeza y acercando ligeramente los labios a su mano extendida.

—Hija, te presento al duque de Stratton, sir Alexander Grantham.

—Excelencia —dijo ella haciendo una ligera reverencia y retirando la mano del suave agarre de la suya.

—Si le apetece, vamos a tomar el té y luego hablaremos de los detalles concretos de la propuesta, mi hija nos lo servirá en la mesita que hay junto a la ventana. Ese es nuestro rincón preferido de la sala.

Lucy esbozó una sonrisa y miró cariñosamente a su padre. Tenía la habilidad de hacer fáciles las cosas. Allí estaba, con todo un duque, y lo animaba a compartir el té amistosamente contemplando el jardín y haciendo más fácil para ella la situación.

Claro que su padre era hijo de un conde y, aunque caído en desgracia, no tenía por qué sentirse amilanado en compañía de nadie, aunque fuera alguien de tan alta alcurnia como el duque de Stratton.

—Me encantará contemplar el jardín en tan agradable compañía —comentó el duque amigablemente y con aire desenfadado.

Entonces, cruzó levemente su fría mirada con la de Lucy y sonrió, esta vez sin la ironía de su primera sonrisa, y eso le dio a sus facciones un aspecto tan radiante que fue como si la habitación entera se llenara de luz.

En los libros, a veces, hablaban de amor a primera vista. Lucy no sabría decir si aquello que acababa de sentir se trataba de amor, pero era como si el sol hubiera nacido en su pecho. Aunque, por otro lado, aquel era el primer hombre joven aparte de los criados que tenía ante sí, y además muy guapo.

Quizá fuera solamente la impresión de un momento.

Él debía rondar los treinta, no tenía el candor de los veinte años, eso seguro, sino cierta madurez, que se reflejaba en su mirada y en la seguridad de su porte.

Unas ligeras arruguitas habían asomado a sus ojos al sonreír y, fijándose bien, su tez tenía el rastro de un tono moreno que hablaba de aire libre y lugares más cálidos.

Estaba claro que era un hombre de mundo.

Ella era inexperta, pero tenía una marcada capacidad de deducción. En eso había tenido de ejemplo a su padre.

Su cabello, aunque bien cortado, tendía a caer sobre su frente con abandono y él se lo retiraba con una mano esbelta y morena, bien cuidada pero fuerte y de movimiento rápido y decidido.

Aquel no era un duque frívolo y banal. De eso estaba segura.

Sus maneras eran intachables y su tono amistoso, pero la frialdad de su mirada hablaba de un hombre que arrastraba un conflicto interior. Parecía ligeramente atormentado y algo contenido, como fuera de lugar en su papel.

Todo esto lo iba pensando Lucy mientras se acomodaban en la mesa y ella llamaba al servicio.

Su padre estaba charlando con el duque de los pormenores de los jardines. La botánica era su pasión.

—Este es solo el jardín delantero y para mi gusto demasiado convencional —comentaba su padre—, es en el jardín trasero, que es mucho más grande, donde me permito mis experimentos botánicos. Allí, y en el invernadero, es donde intento aclimatar flores y árboles de otras latitudes. Es mi pasatiempo favorito.

—Vaya, es una agradable sorpresa encontrar a alguien aficionado a la botánica como yo —respondió el duque—. Acabo de volver de Jamaica y he traído algunas semillas de flores pero, dadas las circunstancias, no he tenido tiempo de hacer nada con ellas.

El criado y el mayordomo entraron con el servicio de té y las maravillosas galletas escocesas de mantequilla de la señora Hopkins.

No era el acompañamiento del té más tradicional pero, una vez más, no se ajustaban en nada a los cánones de la sociedad.

Vivían en una especie de burbuja fuera de la realidad.

Quizá fuera momento de pinchar aquella burbuja, pensó Lucy, que de pronto se había topado con una realidad inesperada, en forma de apuesto caballero.

«Jamaica», había dicho él. Con razón tenía aquel tono de piel dorado… y de pronto se ponía a hablar con su padre de plantas…

—Allí hay una vegetación tan colorida y exuberante que resulta imposible no caer bajo su hechizo y, al venir, quise traer conmigo algo de aquel colorido. También me hubiera gustado traer algunos retoños de árboles, pero para eso no tuve tiempo —comentó el duque, dejando a Lucy en suspenso y preguntándose qué sería lo que hacía allí y qué lo había traído de vuelta tan precipitadamente.

—Sí, algo he leído de aquellas tierras, tengo entendido que los esclavos a veces se alimentan con los frutos del árbol del pan —replicó su padre.

Lucy no pudo evitar entrar en la conversación. Ella odiaba la esclavitud. Había oído hablar a su padre de la situación en las plantaciones de caña de azúcar y de las revueltas de esclavos que había habido en la isla.

—Es horrible la vida de esa pobre gente en las plantaciones...

—Sí, tiene razón, señorita Havisham —atajó él posando de repente su mirada en ella con algo de asombro por su intervención—, pero la situación ha llegado a un límite tal que no creo que tarde mucho en explotar. Al final, la esclavitud tendrá que ser abolida, no hay otra salida. La caña de azúcar tendrá que ser cultivada por mano de obra asalariada, es cuestión de poco tiempo...

Los dos hombres se enredaron en disquisiciones políticas y Lucy no quiso volver a intervenir por no encontrarse otra vez con la mirada de sus ojos solo para ella.

Era demasiado intensa, le hacía casi perder la compostura.

Así que se retiró discretamente una vez que hubieron tomado el té.

No sabía a qué había ido el duque, pero ciertamente no sería a hablar de plantas, ni de política.

Se retiraría a la biblioteca, dejaría a los caballeros tratar de sus asuntos tranquilamente y esperaría a que su padre fuera a contarle en qué consistía el misterio de la visita de aquel hombre que en unos instantes había vuelto todo su mundo del revés.

Lucy cerró la puerta de la biblioteca y sintió un escalofrío recorrer toda su espalda. No tenía sentido. Tenía las mejillas ardiendo.

El fuego chisporroteaba alegremente en la chimenea y la estancia estaba tan cálida como siempre. Allí pasaba sus tardes en compañía de Bessie, cosiendo, leyendo, contemplando el vasto jardín.

Fue hasta el amplio ventanal y atisbó el cielo del atardecer, que se había oscurecido una vez más de repente.

Otra vez amenazaba lluvia.

Al fondo, divisó a Bessie arrancando de un arbusto flores tempranas de primavera, ya marchitas. A su lado, quitando malas hierbas, estaba Sam, el joven cochero al que su padre había convertido también en jardinero y con el que pasaba largos ratos trabajando en el jardín.

No tenían mucho servicio y algunos criados tenían que desdoblarse en sus tareas.

A Lucy le gustaba ver a su padre manchado de tierra agachado en los parterres, que convertía siempre en una maravilla de aroma y color. Le recordaba su infancia, cuando iban a la zona cerca de Bath los veranos con la abuela Anne.

La anciana tenía por costumbre alquilar una pequeña mansión en un pueblo cerca de la playa y mientras ella iba a Bath a tomar los baños, todas las mañanas su padre la llevaba a ella a correr, saltar las olas y hacer castillos de arena, en la que acababan a menudo rebozados.

A veces su padre se quedaba absorto mirando el horizonte, con una cara muy extraña, pero ella llamaba su atención con cualquier cosa y enseguida retomaban sus juegos.

Qué alegre y fácil era todo entonces… pero no habían vuelto allí desde que murió la abuela.

La lluvia comenzó de súbito y la arrancó de sus pensamientos, dando otra vez vida al presente. Lo cierto fue que en ese instante, al fijarse en el jardín, el verde le parecía ahora más verde, el rosa de las flores más encendido y de pronto comprendía de verdad a Julieta, la escena del balcón del drama de Shakespeare cobraba para ella un nuevo sentido…

¿Qué le estaba ocurriendo?

Cogió su ejemplar de *El viaje de Childe Harold* de Lord Byron. Su poeta preferido, aquel noble ebrio de placeres y libertad que había amado España, había cruzado a nado el Bósforo y había escandalizado a toda la sociedad, para después redimirse un poco a ojos de esa misma sociedad luchando por la independencia de Grecia contra los turcos.

Suspiró dramáticamente. Había gente que moría por un ideal. Qué monótona y aburrida se le antojaba sin embargo a ella su vida.

Siempre se había refugiado en los libros, que su padre le permitía leer sin restricciones, para mitigar la soledad. Allí, desde la biblioteca, podía vivir mil vidas diferentes. Podía ser un caballero sediento de justicia como Ivanhoe o correr las mismas aventuras de Rob Roy o los otros héroes de Walter Scott.

Ya de pequeña, su padre le hacía memorizar allí los versos de *El paraíso perdido,* de Milton, mientras ella contemplaba los grabados de ángeles y serpientes.

Y allí, el profesor de español, un anciano hijo de un noble de España venido a menos, leía con ella *El Quijote* y los sonetos de Garcilaso.

Lucy no tenía apenas recuerdos de su madre, pero su idioma le hablaba al corazón, y lo había aprendido con inusitada facilidad.

Su madre se había dirigido a ella en su idioma desde que nació, y era su voz y sus canciones españolas el único recuerdo claro que ella tenía de su paso por la vida. Eso, y el retrato que llevaba en su pecho guardado en un camafeo de oro y nácar.

¿Habría sido su madre quizá parecida a la joven que describía Lord Byron en su poema de una joven de Cádiz?

Ella solía ponerle su rostro cuando lo leía.

No me habléis del frío Norte
No me habléis de inglesas damas

No habéis visto, no habéis visto
A la gentil gaditana...

En la biblioteca, también, se había aburrido mucho aprendiendo latín, historia, francés y otras materias con su institutriz, la señorita Blake, cuyo único rasgo atractivo para ella, ya convertida en una jovencita, era que le gustaban las novelas de Jane Austen, a las que también ella se había aficionado desde entonces, lo mismo que Bessie. Claro que hasta el mismísimo Jorge IV era gran admirador, ya desde su época de Príncipe Regente, de la señorita Austen

La lluvia estaba arreciando y Bessie y Sam habían corrido a refugiarse en el invernadero. Qué bien se llevaban esos dos. Estaba claro que se gustaban.

Bueno, Bessie siempre lo tenía todo muy claro. No era como ella, que le daba mil vueltas a las cosas. Para Bessie todo era blanco o negro. Y luchaba siempre por lo que quería. Era muy decidida.

Sam no tenía escapatoria, pensó Lucy con una sonrisa.

Se sentaría un rato a leer hasta que llegara su padre y Bessie apareciera al fin con su costura.

Y, efectivamente, al cabo de un rato, nada más cesar la lluvia, irrumpió en la biblioteca Bessie, algo mojada y con un brillito delator en la mirada.

—Lo siento, señorita Lucy —se disculpó la joven—, pensé que tardaría más y salí un rato al jardín. Luego ha empezado a llover… Si quiere continuamos ahora con el bordado del mantel que empezamos la otra tarde…

—No te preocupes, Bessie. Ya he visto que estabas muy ocupada —replicó ella conteniendo a duras penas la risa—. Anda, ve a secarte y no bajes hasta la cena. Mi padre no tardará en llegar y supongo que querrá hablar a solas conmigo y contarme al fin en qué consiste todo este asunto.

Bessie hizo una ligera reverencia y se alejó, algo ruborizada y aliviada de no seguir siendo objeto de las miradas burlonas de su señora.

Era muy parlanchina y perspicaz, pero para sus sentimientos era también muy reservada. Hablaba continuamente de todo menos de sí misma. Casi como si no se considerase digno objeto de conversación. Y, por mucho que Lucy intentase sonsacarla, ella no se abría.

Había barreras sociales muy sutiles, que eran más difíciles de abatir que si fueran sólidos muros de piedra.

Aunque ella la considerase una especie de confidente y amiga, para la joven era su señora y había límites que no se podían traspasar; no importaba que ella estuviese dispuesta a permitirle que se tomase algunas confianzas, ni que estuviese necesitada y deseosa de tener una amiga y una igual.

En el fondo, Lucy no le hacía ningún favor colocándola en esa difícil disyuntiva. Bessie prefería las cosas blancas o negras, ya lo sabía.

Era mejor dejarlo estar.

Retomó la lectura y dejó su mente vagar por su gastado ejemplar de *Childe Harold*.

A su padre, aunque no lo confesara, también le gustaba Lord Byron, y lo leía con frecuencia, tanto, que entre los dos habían acabado por hacer envejecer sus páginas.

Tres

Alexander Grantham, duque de Stratton muy a su pesar, salió como alma que lleva el diablo de la pequeña y decadente mansión de High Street.

Todavía le ardía la piel de recordar el rubor de la hija de William Havisham. Y no necesitaba ese problema añadido a su ya de por sí problemática situación.

El padre, en cambio, era la persona que necesitaba, estaba absolutamente convencido.

Tal como le había comentado James, era un noble algo apartado de la sociedad, pero de exquisita educación y una bien merecida reputación de hombre docto, tanto en las ciencias como en las letras, y muy aficionado a los libros, que era lo que a él le importaba.

Personalmente, además, se había ganado su simpatía al instante. Era un hombre que inspiraba confianza, dato muy a tener en cuenta para su menester.

Su casa era el fiel reflejo de lo que sabía de él. Una mansión relativamente pequeña, situada en un barrio discretamente bueno pero algo descuidada, sin mucho servicio por lo que se había visto, pero decorada con un gusto exquisito, aunque algo anticuado.

Eso sí, era una casa que irradiaba calor de hogar, de eso no había duda, y algo de falta de dinero.

Él había sugerido con delicadeza, para no ofender a su anfitrión, que estaría dispuesto a pagar una buena suma por su labor. Y William Havisham había declinado elegantemente su sugerencia.

Había ofrecido su ayuda desinteresadamente, solo había impuesto una condición a cambio. No se separaría de su hija. Si viajaba, ella iría con él.

Y ahí estaba el problema.

Lo último que necesitaba Alexander era tener a una jovencita a su alrededor, ruborizándose cada vez que posara su mirada en ella... y ciertamente, merecía esas miradas.

Era no solo bella, sino llena de una sutil vitalidad, una luz interior que irradiaba a través del fuego de sus ojos negros de mirada inteligente.

Uno podía perderse en aquellos ojos... pero estaba claro que él no.

Conocía bien esa pasión contenida. Su propia madre había tenido esa mirada cuando miraba a su padre, y bien sabía él que había sido su perdición.

A lo que él estaba acostumbrado era al ardor de las mujeres de Jamaica, mulatas de piel dorada que vivían el placer sin la virginal inocencia de aquella muchachita romántica.

Ese placer y esa fuerza de la naturaleza que eran

las mujeres del Caribe era lo que lo había mantenido atado a la vida después de los trágicos acontecimientos que lo llevaron a esas latitudes.

En aquellas bellezas tan diferentes de las inglesas había volcado toda la fuerza de sus pasiones desatadas. Todo el rencor y algo de la culpa habían quedado mitigados en brazos de aquellas dulces amantes, que le habían enseñado no solo a buscar su placer, sino a saciar y adorar sus cuerpos voluptuosos.

Nunca había faltado alguien en su cama para mitigar la soledad. Ellas lo amaban simplemente por el hombre que era, no por el título que escondía en su pasado, y él las amaba a su manera, sin poner en riesgo su corazón, atado por unos lazos de hielo que ni siquiera el exquisito ardor de tanta pasión había sido capaz de deshacer.

Había aprendido muchas cosas de la vida a lo largo de aquellos años.

Cuando llegó a la isla solo pensaba en trabajar en lo que fuera para ganar su sustento y no tener que gastar todo el dinero que le había dado su hermana.

Después de toda una vida dedicada a no hacer nada, salvo divertirse con sus amigos, todos hijos de la nobleza como él, a emborracharse y jugar a las cartas. Después de dedicarse a saciar su sed de placeres con alguna viuda algo madura o incluso jóvenes casadas con viejos y aburridos maridos llenos de títulos, sus primeros tiempos en Jamaica habían sido brutales.

Por primera vez no era nadie, solo un hombre con las manos vacías y cuyo único valor era su fuerza y su empuje para desarrollar un trabajo.

La experiencia, desde luego, había sido enriquecedora. Y tras un tiempo descargando mercancías de los barcos, algo casi relegado solo a los esclavos y los parias, había conseguido trabajo en una pequeña compañía que se dedicaba a la exportación del café que tan abundantemente producía la isla.

Su educación y buenas maneras le habían hecho la persona ideal para tratar todos los asuntos de la compañía con las autoridades, gestionar contratos y llevar asuntos de ese tipo.

Ahora, todo aquel mundo se le antojaba tan lejano, tan irreal. Estaba de vuelta en la vieja Inglaterra, detentando el título que su odiado padre le había dejado en herencia.

Si su hermana hubiera tenido algún hijo varón antes de enviudar, seguro que el viejo lo habría nombrado gustoso su heredero, con tal de no tener que dejarle el título a él.

Pero no había sido así, y puesto que no había más familia en aquella maldita saga y su hermana lo había reclamado insistentemente para que fuera a ayudarla y se hiciera cargo de su legado, no había tenido más remedio que volver.

Ella era la única persona en el mundo que lo quería, su único puerto seguro.

Aunque solo dos años mayor que él, siempre había sido su protectora en las desavenencias con su padre, su aliada. Si no hubiera sido por ella, no habría podido huir de Inglaterra aquella terrible noche…

Su vida se habría sumido en la miseria.

Así que había vuelto a cumplir con su deber y tomar las riendas del patrimonio que tan abandonado había dejado su padre desde la larga enfermedad que había acabado con su vida.

Pensándolo desde otra perspectiva, a Elisabeth, su hermana, le vendría bien algo de compañía femenina, aunque para él fuera un inconveniente, el arreglo podía conllevar algo positivo.

Y además, si seguía en Londres más tiempo, con la Temporada en pleno apogeo, ya no podría esquivar las invitaciones de las matronas de la alta sociedad, ávidas de tener a un duque como posible objeto de sus planes casamenteros.

Qué equivocadas estaban. Él no tenía ninguna intención de casarse. Por nada del mundo tendría un heredero para aquel maldito título. Que su estirpe muriera con él.

Lo mejor, de todos modos, era irse al campo y no desairar a nadie.

Solo tenía que mantenerse un poco al margen e ignorar la suave tentación de la virginal jovencita que iba a ser su invitada.

Ay, cómo echaba de menos Jamaica…

William Havisham llamó suavemente a la puerta de la biblioteca y entró con aire jovial en la estancia. Estaba muy contento. Hacía tiempo que

Lucy no lo veía tan animado, hasta parecía más joven.

—Bueno, papá, ya está bien de tenerme en ascuas —dijo ella con fingido enfado—. O tendré que hacerte cosquillas en las plantas de los pies, si no confiesas lo que te traes entre manos —añadió echándose a reír.

—Confieso, confieso, no será necesario que me hagas cosquillas, Lucía —respondió él sonriente.

—Bueno, siéntate conmigo y cuéntame. Le he dicho a Bessie que no baje hasta la hora de la cena. ¿Quién es ese hombre tan misterioso y qué quiere de nosotros? —añadió intentando parecer serena y disimulando el estremecimiento que le producía hablar con su padre de él.

—El asunto es bastante sencillo —empezó a contar—: El duque acaba de volver de Jamaica para hacerse cargo de su herencia. Al parecer, todo está un poco abandonado tras los últimos años en que su padre estuvo muy enfermo y entre las cosas que tienen que organizarse está la biblioteca, que según me ha contado perteneció a su abuelo y tras un incendio ha quedado algo deteriorada, con algunos ejemplares perdidos del todo, otros solo algo estropeados pero que se pueden arreglar y otros que hay que ir buscando y comprando para completar.

—Ah —dijo Lucy, que no veía adónde quería ir a parar todo aquel relato—. ¿Y qué tienes tú que ver en todo eso, papá?

—El duque necesita a alguien de confianza y

con los conocimientos suficientes para que ponga orden en aquel desastre. Nos ha invitado a su propiedad en el campo para que yo pueda reorganizar su biblioteca.

—Pero, padre... —dijo Lucy mortalmente seria, pareciendo de repente una niña perdida.

Estar bajo el mismo techo que aquel hombre sería un infierno. Un infierno de anhelo y deseo si hacía caso al pensamiento que surgió en el último recodo de su mente.

—Lucía, es una oportunidad que no podemos dejar pasar —argumentó su padre poniéndose serio también—. Yo disfrutaré enormemente organizando esa biblioteca, que tiene fama de ser una de las más importantes colecciones particulares de toda Inglaterra. De ahí el interés del duque de encontrar a una persona de absoluta confianza.

Esbozó una sonrisa indulgente y añadió:

—Y, por otro lado, es la oportunidad perfecta para tu presentación en sociedad. Es cierto que será en el campo, y con la nobleza local. Pero de la mano de todo un duque. No podrías soñar una ocasión mejor. Esta oportunidad se ha presentado en nuestro camino y no vamos a ignorarla.

Lucy no se sentía capaz de argumentar nada en contra de aquella vehemente exposición que acababa de hacer su padre, pero hizo un último intento. Aunque tímido.

—Pero, papá, no tengo el guardarropa apropiado...

—Ah, cariño, lo tengo todo pensado. Mañana

mismo, si puedo concertar la cita, vamos a ir a la modista.

Lucy abrió la boca con asombro.

Su padre hablando de modistas era algo que se salía de lo habitual, y eso que no era un hombre muy convencional y estaba acostumbrada a hablar con él de todo.

Al ver su expresión, William sonrió con picardía

—Hija, no siempre he sido un ratón de biblioteca. Hubo un tiempo en que supe muy bien cómo tenía que vestirse una dama —y desvestirse, pero eso no se lo dijo a su hija, como era natural—. Solo es cuestión de ponerse al día y, según me han comentado algunas esposas de mis amigos, cuando les he contado estos días mis intenciones, esta modista francesa es la más adecuada para hacerte un vestuario elegante y a la última moda, para no desmerecer en la casa del duque.

Lucy empezó a contagiarse un poco del buen humor de su padre.

Sí, él había sido un joven muy popular en sociedad hasta que, libre de compromisos nobiliarios por ser el hijo pequeño, decidió entrar en el ejército tras acabar sus estudios en Cambridge y luego se marchó a la guerra.

Y entonces, también contó con el respaldo y el beneplácito de todo su entorno.

Aquella lucha de los españoles, que hasta entonces habían sido enemigos de Inglaterra y ahora se habían convertido en sus aliados en la guerra contra Napoleón, despertaba muchas simpatías en la sociedad de la época.

Luego todo había terminado mal por culpa de la boda con su madre...

—Lucía, ¿qué me dices? —inquirió su padre algo preocupado por su falta de entusiasmo—, no quiero verte tan meditabunda. El duque es un hombre honorable. Salvo alguna desavenencia con su padre, goza de las mejores credenciales. Es además un hombre de mundo y su conversación y compañía muy gratificante.

Ella le sonrió haciendo un esfuerzo por controlar sus inquietudes

—Y en su mansión está su hermana, una viuda con la que puedes trabar amistad y que puede serte de gran ayuda en esta nueva etapa de tu vida —continuó diciendo, y luego preguntó—: ¿No te parece una perspectiva magnífica?

Lucy no tuvo corazón para seguir decepcionando a su padre, que tan interesado parecía en su proyección social.

Y ella que creía que no le prestaba ninguna atención a esas cosas.

Hubo un tiempo, hacía más o menos un año, en el que había anhelado tener una presentación en sociedad en toda regla. Pero, ahora, la verdad era que casi se había resignado, aunque no quería contrariar a su padre

—Sí, papá, tienes razón, es que me ha pillado por sorpresa, pero me parece bien. Mañana, si quieres, iremos. Pero el dinero...

—No te preocupes por eso, no somos tan pobres. Las rentas de la abuela no dan para vivir con muchos lujos, pero sí para hacer una excepción cuando la ocasión lo merece, y esta es una de ellas.

Hizo una pausa y, mirando su atuendo, añadió:

—Yo también tendré que ir a mi sastre y renovar un poco mi guardarropa. Tenemos menos de tres semanas para prepararnos.

Tres semanas entonces para vivir sus últimos días de paz… se dijo Lucy.

Luego pasó el resto de la tarde mirando al vacío, sin ser capaz de retomar la lectura. Después de la cena alegó estar cansada y se retiró pronto a su cuarto.

Y, cuando la noche cayó sobre su lecho, ya no fue dueña de sus sueños y se debatió entre las sábanas, al vaivén de las olas de un mar muy azul que lamía su cuerpo.

Cuatro

Elisabeth Grantham, ahora condesa viuda de Montrose, cabalgaba desbocadamente por las praderas de Stratton Hall.

El rocío de la mañana recién estrenada humedecía suavemente su rostro, como si quisiera acariciar su angelical belleza.

Algunos mechones rebeldes escapados del sombrero de su elegante traje de montar creaban una aureola de rizos rubios alrededor de su cara y le daban el aire de una deidad furiosa y etérea.

Siempre había sido una experta amazona, nadie lo ponía en duda.

Los años, lejos de hacerla más precavida, habían hecho que la seguridad que sentía a lomos del caballo la hiciera más intrépida.

—Milady, por favor, no vaya sola, Tom está preparado para acompañarla —le había dicho el jefe de los establos, mientras sujetaba las riendas y la ayudaba a subir a Winter, un caballo negro como la noche y más brioso de lo aconsejable.

—No te preocupes, Jonas —replicó ella.

—Pero qué dirá Su Señoría…

—El señor no tiene por qué enterarse —atajó ella—, y, si se entera, insistiré en que obedecisteis mis órdenes, algo a lo que estabais acostumbrados hasta que él ha llegado —añadió con una sonrisa traviesa.

El hombre movió la cabeza con disgusto.

La señora estaba muy extraña últimamente. Desde que volvió el señorito Alex, ahora el nuevo duque, parecía empeñada en hacer travesuras. Aunque siempre había sido muy sensata.

Elisabeth se inclinó desde su montura y palmeó la espalda del hombre que le había enseñado todo lo que sabía sobre los caballos.

Su hermano insistía en que no fuera a cabalgar sola, llegaba incluso a enfadarse, pero ella pensaba que era el momento de rebelarse contra todo lo que había regido su vida hasta el momento.

Le gustaba cabalgar cuando el mundo comenzaba a despertarse, cuando el día no prometía aún nada y todo era posible.

Le gustaba la soledad, el fragoroso trino de los pájaros saludando al temprano sol. El ruido de los cascos sobre la tierra empapada de rocío.

Todo ello la envolvía junto con el viento que azotaba su cuerpo y le hacía sentir que aún estaba viva, que los años dedicados a cuidar de un marido enfermo y un padre moribundo habían sido un paréntesis entre la joven llena de ilusiones y la mujer que ahora era, que la pasión no había dejado de correr por sus venas, que aún quedaba algo por lo que vivir.

Por eso había insistido en que volviera su hermano, que parecía algo reacio a hacerlo tras la muerte de su padre, para que por fin tomara las riendas de todo lo que era suyo por derecho y ella pudiera tomar a su vez las riendas de su propia vida.

Su esposo la había amado tiernamente y la había tratado como a una muñeca de porcelana. Poco a poco, había introducido a la joven inexperta en los placeres del matrimonio, con la sabiduría que su madurez le otorgaba y la había hecho florecer en la intensidad de la pasión.

Aunque era un hombre atractivo, le llevaba más de veinte años cuando se casaron y, pasados unos cuatro años, su salud se empezó a resentir.

La había tratado con el mayor de los cuidados y al principio no había impuesto su presencia en su alcoba. Sabía que ella solo se había casado por despecho. Su corazón había quedado prendido de un amor no correspondido y solo el rechazo la había arrojado a sus brazos.

Él lo sabía y aun así le había propuesto matrimonio. Adivinaba que ella solo había acatado el deseo de su padre al aceptar esa unión con alguien que era amigo y vecino. Y en vez de resentirse por ello, agradecía al destino la posibilidad de estar casado con una criatura tan maravillosa como Elisabeth.

Ella había sido la sensación de la Temporada en que tuvo lugar su debut. Pronto tenía a toda una cohorte de enamorados rendida a sus pies. No solo era bella, era inteligente y alegre, con una madurez inesperada a su edad y muy de agradecer dada la sosería habitual de las debutantes.

Era muy parecida a su hermano en la fuerza de carácter y en la altivez de su porte. Sin embargo, en el físico era tan parecida a su padre que no podía negar su parentesco. Si bien él tenía un temperamento más blando, que trataba de disimular adoptando un aire enérgico, no exento de cierta crueldad en ocasiones.

Ella tenía los ojos muy azules, como su hermano y la madre de ambos, pero ahí acababa el parecido. Su pelo era rubio platino y rizado, su boca pequeña y de labios rojos y bien perfilados. La nariz recta y proporcionada con su óvalo facial y sus pómulos perfectos. Era como Venus saliendo del mar de Boticelli. Una deidad de las aguas.

Y tenía ese aire inaprensible.

Había tenido a todos los hombres a sus pies menos a uno. Sir Thomas FitzHugh, el joven perteneciente al círculo de amigos íntimos de su hermano del que se enamoró perdidamente, y que había terminado declarándose a otra joven, aparentemente anodina.

Había pedido su mano nada más acabar esa Temporada y había acabado así con las ilusiones juveniles de la reina de todos los bailes.

Elisabeth refrenó a Winter y descabalgó al pie de una poza para darle un respiro y serenarse ella misma un poco.

Al rato de estar sentada en una piedra, al pie del

agua, oyó el crujir de una rama entre la maleza y se volvió sobresaltada.

Luego sonrió para sí misma pensando que su hermano estaba consiguiendo atemorizarla.

Parecía muy nervioso tras el incendio de la biblioteca, veía fantasmas por todas partes, y conspiraciones donde solo había habido un accidente.

Alex siempre había sido más negativo y receloso que ella, y aún más desde aquel terrible suceso que cambió su vida…

Se levantó. Se arregló un poco el pelo y volvió a ponerse el sombrero, que se había quitado al acercarse al agua para refrescarse la frente y las mejillas.

Alex se había ido hacía apenas un día y tenía muchos asuntos que atender en Londres, pero no tardaría en volver y juntos pondrían en orden todo lo que su padre había dejado tan descuidado. Después ya decidiría lo que tenía que hacer con su propia vida.

Afortunadamente, su marido la había dejado bien protegida económicamente y el nuevo conde de Montrose, su sobrino James, no le había negado nada y había dejado a su elección el vivir en la casa como hasta entonces o tomar posesión de la que le había legado su marido.

Era un hombre honorable, y casi de su edad, un poco más joven. Además, había sido compañero de estudios y amigo de su hermano de toda la vida.

Elisabeth volvió a oír un ruidito y se dirigió hacia el caballo mirando intrigada a su alrededor.

De repente, se oyeron los cascos de otro caballo que avanzaba hacia el lugar y Tom apareció con aire culpable ante ella.

—Lo siento, milady, Jonas ha insistido en que volviera a buscarla, se estaba poniendo cada vez más nervioso… —dijo el mozo de los establos a modo de disculpa.

—Ese viejo cabezota, todavía se cree que soy una niña… —respondió ella moviendo la cabeza con resignación.

Subió al caballo enfadada ante el exceso de celo de los suyos, lo puso al trote y se alejó del apacible remanso de la poza, seguida de un cabizbajo Tom y ajena a los ojos que, embozados en la maleza, observaban su marcha con una mirada oscura y malévola.

Alexander bajó del carruaje al llegar de vuelta a las puertas de Stratton House, su residencia de Londres.

De pronto experimentó un extraño sentimiento de añoranza.

Aquella casa había sido el feudo de su abuelo, y el suyo propio durante la mayor parte de su vida. Su padre prefería el campo y pasaba largas temporadas junto a su madre en Stratton Hall.

El abuelo Richard era más aficionado a la ciudad y todo el bullicio intelectual y político que esta conllevaba. Cuando iba a las posesiones de la campiña apenas salía a disfrutar del aire puro y se pasaba largas horas encerrado en la biblioteca, su orgullo y el legado de todos sus antepasados.

Él adoraba a su abuelo, si bien tenía que reconocer, no sin disgusto, que compartía más la afición de su padre por la naturaleza y los espacios abiertos.

Odiaba parecerse a su padre, siempre había tenido más afinidad emocional con el abuelo Richard. Pasaba muchas temporadas con él en Londres y disfrutaba de todas las actividades sociales y los placeres que para un noble joven y atractivo brindaba la ciudad.

Subió los peldaños que llevaban a la puerta y, como si hubiera intuido su regreso, Herbert apareció en el umbral.

—Milord —dijo el mayordomo apartándose para dejar paso al duque.

—Hola, Herbert, ¿qué hacías, fisgando detrás de las cortinas? —comentó Alexander sonriendo.

No podía evitar tomarle el pelo. Desde siempre, el circunspecto Herbert había sido objeto de sus bromas, y nunca perdía la compostura. Tampoco le contaba a su abuelo las veces que había tenido que cuidar de él cuando regresaba ebrio a casa siendo solo un jovencito.

Eso era quizá algo habitual en otros mayordomos, pero no así su total discreción y devoción por el nieto de su señor. Y, por su parte, Alexander siempre lo había tratado con afecto. Era travieso pero un buen chico. Muy parecido a su abuelo y totalmente diferente a su padre en el trato con la servidumbre.

—No, milord, su secretario acaba de llegar del

campo y está esperándolo en la salita. Me he tomado la libertad de servirle el té mientras esperaba su regreso

—Has hecho bien, Herbert —respondió, con tono más serio—. Dile que enseguida bajo con él. Voy a ponerme algo más cómodo.

Tenía que reconocer que se había quedado sorprendido cuando, a su regreso de Jamaica, al aparecer sin previo aviso en la mansión, la encontró en perfecto estado de funcionamiento, como si solo hubiera pasado una tarde fuera de casa.

Muchos de los criados que ahora se encargaban de que ello fuera posible, como Herbert, habían entrado al servicio del antiguo duque, su abuelo, siendo apenas unos niños. Habían ido pasando a puestos de mayor importancia según habían ido ganando en años y experiencia.

De manera que para ellos era casi una misión vital mantener el orden de las cosas, estuviera o no el señor en casa. Era lo que tenían que hacer y lo hacían a la perfección. Mantenían la llama del hogar y la tradición intacta. Y Alexander se lo agradecía de todo corazón.

Su vuelta habría sido mucho más difícil si no hubiera sido por ese detalle.

—Le diré a Julius que suba a ayudarle, milord.

—No es necesario, Herbert, déjalo, no me hace falta, y seguro que está en la cocina…

Herbert arqueó una ceja significativamente.

Julius era un gigantón de color chocolate que había viajado con él desde Jamaica.

Alexander lo había comprado como esclavo y le había dado la libertad y contratado después a su servicio como criado personal y guardaespaldas. Algo muy necesario cuando se manejaban negocios, contratos y dinero de transacciones comerciales y uno se movía por el puerto y las zonas céntricas de la ciudad, allá en la isla.

Ahora, recién llegado a la metrópoli, el hombre se encontraba un poco extraño y, como sus servicios apenas eran necesarios dada la abundancia de criados y la tranquilidad de aquel entorno, se pasaba la vida en la cocina. Allí parecía sentirse más caliente y menos abrumado que en el resto de la gran mansión.

La señora Holmes, la cocinera, una gruesa mujer afable y parlanchina, haciendo honor a su nombre de pila, Charity, había decidido tomarlo bajo su protección y lo regalaba con los mejores guisos y pasteles, a los que Julius se había vuelto adicto.

Si los demás miembros del servicio se habían sorprendido por la irrupción de aquel extraño de tierras lejanas y de una raza diferente, no habían dado muestras de ello y habían aceptado sin rechistar su exótica presencia en la casa.

Distinto era que se mostraran muy sociables con él, como la cocinera, pero poco a poco iban haciéndole un hueco en su rutinaria vida.

—Dile a Albert que prepare los papeles que me trae de los adjudicatarios, que enseguida estoy con él.

—Al momento, milord —Herbert tomó el sombrero y los guantes que se iba quitando su señor y se dispuso a cumplir las órdenes.

Alexander subió a su cuarto, se quitó el alfiler de brillantes que llevaba en el lazo y empezó a aflojarse el intrincado nudo mientras se contemplaba distraídamente en el espejo.

Sin previo aviso, unos ojos oscuros, de mirada limpia y altiva, se colaron en su mente

«Condenada cría», pensó intentando apartar el recuerdo de la joven.

Pero no pudo.

«Se sonroja como una jovencita, pero tiene el porte de una reina», siguió reflexionando, inmóvil ante su reflejo, mirando sin ver su elegante figura, ajeno al atractivo de su gesto ausente y al sensual abandono de su postura, ajeno a su belleza y abstraído en otra muy diferente.

Sintió de repente un escalofrío y se dijo que ya era suficiente.

¿Cómo podía estar de pronto tan pendiente de alguien a quien apenas conocía? Todo era producto de su imaginación exacerbada.

Últimamente había habido muchos cambios en su vida, demasiadas emociones en un corto espacio de tiempo.

Tenía que bajar ya a ver a su secretario.

Albert era primo lejano de su buen amigo James, y muy parecido físicamente a él. Ambos tenían el mismo cabello rubio claro y los ojos castaños. Un contraste que resultaba algo chocante. Pero en ellos reforzaba su atractivo.

James era quien se lo había recomendado y estaba satisfecho con su trabajo y sus ganas de mejorar el estado de todas las propiedades. También había sido James quien le había hablado de William Havisham. No lo conocía personalmente, pero tenían amigos comunes.

A James le gustaba frecuentar los ambientes intelectuales de Londres, pero desde que se había convertido en el nuevo conde, hacía un par de años, pasaba largas temporadas en el campo poniendo al día el funcionamiento de sus propiedades.

Bueno, él también tenía mucho trabajo por hacer, la diferencia estaba en que James parecía muy contento de ser el nuevo conde, y él no estaba muy seguro de querer ser el duque de Stratton.

Se dirigió a la sala donde esperaba el secretario.

Albert se levantó como por un resorte en cuanto el duque entró en la estancia,

—Excelencia, acabo de llegar del campo. Ya tengo la información de los adjudicatarios. Está todo recogido en estos informes —añadió, extendiéndole los papeles.

—De acuerdo —respondió Alexander, centrado ya en sus preocupaciones cotidianas—, vamos a la biblioteca y allí puedes ponerme al tanto.

Mientras se dirigían hacia allí comentó:

—Quiero hacer muchos cambios. Hay que sacar más productividad a la tierra e incentivar a los arrendatarios de alguna manera. Las propiedades han estado administrándose igual durante siglos, y el mundo está empezando a cambiar, no podemos quedarnos atrás.

El hombre se dirigió a la biblioteca dispuesto a demostrarle al duque que no era un simple secretario acostumbrado a escribir cartas y preparar documentos, que sabía lo que hacía.

Él también tenía muchas ideas para sacar más productividad a todas aquellas tierras. Así que comenzó a presentarle pormenorizadamente la situación.

Cinco

William Havisham paseaba nervioso al pie de la escalera, Lucy tardaba mucho en prepararse.

Habían pasado ya dos días desde que decidieron visitar a la modista y su hija había puesto mil excusas hasta decidirse a ir.

Y ahora no parecía tampoco tener prisa por bajar.

—Lucía, cariño, Sam está ya preparado con el coche y yo llevo esperando aquí media hora.

—Ya voy, perdona, papá —contestó Lucy comenzando a bajar la escalera, seguida de Bessie.

William la contempló mientras llegaba hasta él. De repente, su hija había crecido y él apenas se había dado cuenta.

Parecía que era ayer cuando correteaban por la playa. Cuando lloraba por las noches. Cuando la acunaba su madre…

Se le había escapado una parte de su vida de las manos en un torbellino de sucesos en los que se mezclaban la tristeza por la pérdida de su esposa y la alegría que le reportaba en cambio el cuidado de su hija.

La que avanzaba hacia él era ya toda una mujer, y muy hermosa.

Tenía la misma belleza morena de su madre, pero no su fragilidad. Su hija no era una flor delicada, tenía la fuerza y la tenacidad de su bisabuela. Se parecía mucho a ella en la estatura, en la seguridad en sí misma y en su voluntad férrea.

Cuánto echaba de menos a la abuela Anne. Ella habría sabido llevar mejor que él la situación. Aquella reticencia de su hija era algo normal. Estaba claro que Lucía tenía miedo de enfrentarse a la edad adulta y salir de la crisálida. Echaba de menos los consejos de otra mujer.

Quizá la hermana del duque…

—Perdona por hacerte esperar tanto… —dijo Lucy al llegar al fin hasta él.

—No pasa nada —la interrumpió—, vamos por fin a vestirte como te mereces. No sé en qué estaba pensando todo este tiempo, hija. Tenía que haberte prestado más atención —añadió, acariciándole la mejilla—. Pero eso va a cambiar. Vas a ser la joven más elegante y más bella que haya visto toda Inglaterra…

—Bueno, padre, no exageres, ya sé que para ti siempre seré la mejor en todo —replicó ella de buen humor y olvidando por un momento sus inseguridades.

—No, Lucía, es que tú no eres consciente de tu belleza, pero es algo que irradias desde dentro, y vamos a hacer que luzca en todo su esplendor.

William tomó a su hija del brazo y la acompañó junto con Bessie al carruaje.

Una vez allí retomaron sus bromas y, mientras se acomodaban, entre risas, volvieron a ser por un momento los compañeros de juegos de antaño.

Una vez en la calle Bond, se dirigieron al establecimiento de *madame* Lescaut, la modista que le habían recomendado a William.

El negocio estaba ubicado en un local pequeño, con un escaparate en el que se mostraban algunos sombreros y guantes de la mejor cabritilla y de los colores más delicados. Se veía que todo allí rezumaba elegancia, aunque no resultaba ostentoso.

Nada más abrir la puerta y ver cómo saludaba a su padre la dama que los recibió, Lucy se dio cuenta de que había concertado una cita en privado con la dueña. Cuando él hacía algo, lo hacía bien. Y ella que había estado con tontas evasivas para retrasar el momento.

—*Bonjour, monsieur,* ah, aquí tenemos al fin a *mademoiselle* Havisham —dijo a modo de recibimiento una elegante mujer de mediana edad, que a todas luces parecía ser *madame* Lescaut.

No podría decirse exactamente que fuera guapa, pero sí tenía la distinción y el encanto que siempre se les atribuía a las francesas. Y una figura envidiable, cosa que las distinguía también.

—*Bonjour, madame* —respondió Lucy empezando a disfrutar de la situación.

Quizá había estado dando demasiada importancia a cosas que no la tenían. Debía relajarse y disfrutar.

Eso era lo que quería su padre. Y él generalmente solía tener razón…

—*Mais oui, monsieur* Havisham, no era amor paternal, tenía usted razón en todo lo que me dijo de su hija —comentó la señora con una sonrisa—, será todo un placer para mí vestir a *mademoiselle* Havisham.

Lucy se sintió de repente en buenas manos, no por el halago, sino porque aquella mujer tan distinguida por fuerza tendría que saber lo que se hacía.

Su padre, una vez hechas las presentaciones, se dirigió a la modista para concretar el encargo. Y, ante el asombro de Lucy, decidió que tenían que hacerle dos trajes de mañana, dos de tarde, uno de montar, otro de viaje, con su correspondiente capa, y dos de fiesta. Todo ello con complementos tales como botines, botas, zapatos de salón, sombreros, guantes, chales, medias, y demás ropa interior.

Todo eso lo iba recitando como si fuera un oficial de intendencia avituallando a su regimiento, tal era su seriedad y aire marcial, y no pareció tener ningún problema en enumerar medias, enaguas y ropa interior.

Si Lucy no hubiera estado boquiabierta, se habría echado a reír, para luego ponerse seria.

Era demasiado.

Bessie sonreía a su lado y, por un momento, Lucy también sintió algo de culpabilidad por lo injusto de la situación. Así que decidió que, a excepción del vestido de color corinto, que era su preferido, y algún otro necesario para esa nueva etapa, le daría a su querida Bessie algunas cosas para el ajuar.

—Pero, papá… —empezó a decir.

William zanjó la cuestión con su habitual decisión.

—Nada, hija, no hay más que hablar, ya había comentado con *madame* Lescaut la naturaleza del encargo y ella está dispuesta a hacernos todo en poco tiempo. También nos hará un precio especial, no te preocupes.

—Efectivamente, *mademoiselle*, como su padre bien dice, estaré más que dispuesta a satisfacer todas sus necesidades para la ocasión —corroboró la modista.

Luego, dejando caer con languidez los párpados, añadió confidencialmente:

—No llevo mucho tiempo aquí, en Inglaterra, y tengo la suerte de contar con unas pocas buenas clientas y amigas, que son mi tarjeta de visita por el momento y a las que les estoy muy agradecida. Pero vestir a una damita como usted será para mí la auténtica presentación en sociedad. Será mi oportunidad de darle alma a mis creaciones.

William esbozó una sonrisa y asintió. *Madame* Lescaut, según le habían contado, era una viuda de misteriosa reputación, que había llegado a Londres rehuyendo los conflictos que parecían inminentes, no solo en Francia, sino en buena parte de Europa.

Secretamente, se comentaba que había estado presente en el acontecimiento festivo más destacado del París del año anterior, el famoso baile de máscaras de la duquesa de Berry, una magnífica evocación medieval basada en las novelas de Walter Scott. Y que, tras el baile, había habido un escándalo por el duelo que había tenido lugar por su causa entre su amante y un joven pretendiente.

Madame Lescaut había estado casada con alguien perteneciente a la nobleza de menor rango, y tenía fama de cortesana, pero su amante era un conde, y con eso tenía todas las puertas abiertas. El problema era que él había terminado perdiendo la vida por su culpa.

Ante el escándalo, ella había huido de París solo con lo que había podido transportar en el viaje y con sus numerosas joyas, y había decidido instalarse en Londres.

Como sus recursos eran limitados y era una mujer de fuerte carácter y aburrida de los hombres, había decidido hacer lo que habían hecho muchos de sus compatriotas nobles y exiliados desde los tiempos de la Revolución, había decidido ganarse la vida en ese país con su propio esfuerzo.

Si bien no manejaba la aguja a la perfección, había sabido rodearse de buenas costureras que plasmaran en la tela los diseños que ella sí ejecutaba con singular destreza. Había perdido el estatus, pero había ganado la libertad.

—Bueno, hija, ya que está todo claro, te dejo

con *madame* Lescaut —dijo William, dándole unas palmaditas en la espalda—. Mientras tanto, iré dando un paseo y luego Sam y Bessie te acompañarán y nos vemos en la librería del señor Faulkner, ya sabes que los jueves suelo pasar por allí. Así podrás escoger para ti también alguna cosa para leer, si te apetece.

—De acuerdo, papá, iré a buscarte en cuanto acabemos —respondió Lucy y se despidió de él con un beso en la mejilla.

Luego se volvió hacia la modista y, con una sonrisa, añadió:

—Me pongo en sus manos, *madame*, ¿Por dónde empezamos?

—Empezaremos haciendo una selección de los diseños, luego escogeremos las telas y colores y tomaremos medidas…

William abandonó el establecimiento y, tras advertir a Sam que tenía que esperar a Lucy para llevarla después a la librería para reunirse con él, se fue caminando calle abajo con paso ligero.

Estaba satisfecho consigo mismo y con las decisiones que había tomado en los últimos días. Dejaba a Lucía en buena compañía. *Madame* Lescaut tenía elegancia, sofisticación y una pizca de atrevimiento, una mezcla que una francesa sabía combinar como nadie.

Quienes la conocían hablaban maravillas de su *savoir faire*. Desde luego, Lucía ya había caído bajo su hechizo y no parecía tan reacia ante el desafío que tenía por delante.

Bajo su tutela, pasaría de tener el entrañable aspecto de una jovencita a convertirse en una dama elegante y arrebatadora, estaba seguro. Solo tenía que dejar fluir armónicamente toda la fuerza y la pasión que llevaba dentro.

William no pudo evitar sentir un poco de aprensión ante esa perspectiva. Esperaba que supiera hacerlo con inteligencia… Pero desechó rápidamente ese temor, tenía plena confianza en su pequeña.

Sumido en esas cavilaciones, llegó casi sin darse cuenta ante la librería de Faulkner, un local de aspecto algo decrépito, pero cuyo nombre auguraba buenas perspectivas: Los Mil Tesoros.

El sonido de la campanilla que se accionaba al abrir la puerta avisó de su llegada al librero, que salió solícitamente a su encuentro.

El familiar aroma de los libros mezclado con el olor del tabaco sumió de pleno a William en el ritual de todos los jueves.

Allí se reunían en agradable tertulia unos cuantos amigos. Era un grupo variopinto y bien avenido, que tenía algo en común. Todos ellos pertenecían a la Gran Logia Unida de Inglaterra, es decir, eran masones.

Y entendida la masonería como una asociación universal, filantrópica, que pretendía inculcar en sus adeptos el amor a la verdad, el estudio de la moral universal, de las ciencias y las artes, todos ellos eran dignos miembros de dicha sociedad secreta.

Si bien ninguno de ellos tenía una actividad social muy relevante de cara a la galería, dentro de su logia, y dado el carácter aristocrático de la masonería inglesa, tenían relación con las más altas jerarquías sociales. No en vano el rey Jorge IV, antes Príncipe Regente, había sido gran maestre de la orden hasta su coronación.

En Los Mil Tesoros se acomodaban todos ellos en el pequeño gabinete que constituía el despacho del señor Faulkner, el hombre que les conseguía casi siempre los libros de los temas en que cada uno de ellos centraba su interés.

Todos lo apreciaban y confiaban en su criterio y su sagacidad para encontrar joyas bibliográficas. Había pocos encargos que se le resistieran a aquel anciano, que era una mezcla muy peculiar de sabio erudito y comerciante gruñón, pero siempre fiable.

—Buenos días, señor Faulkner, veo que ya han llegado algunos de nuestros amigos —saludó jovialmente William.

—Buenos días, milord, ya estábamos preguntándonos qué lo estaría retrasando, estábamos departiendo sobre la poca calidad de determinadas traducciones.

—Sí, el eterno problema, sobre todo con la poesía —respondió William sonriendo.

—Pase, milord, iré a buscar otra copa de brandy para usted. Y, hablando de poesía, hoy tenemos otro nuevo contertulio, un aficionado a Lord Byron, como la señorita Havisham.

Tras explicar que había tenido unos asuntos que atender y que su hija se reuniría allí con él a lo largo de la mañana, William se dirigió al fondo de la librería, donde estaba ubicado el despacho. Allí se encontró con dos o tres de sus amigos y el otro miembro del grupo al que había aludido el librero.

Al primer golpe de vista, William se quedó sorprendido de ver a un hombre de aquel porte y edad en semejante entorno, con aquellos excéntricos que le sacaban muchos años incluso a él.

Era un apuesto joven de cabellos rubios, muy claros, que le dirigió una mirada directa y decidida, con unos ojos tan oscuros e impenetrables como una noche de invierno. Una combinación sorprendente, pero no exenta de atractivo.

Parecía que de pronto surgían hombres jóvenes y guapos a su alrededor.

Muy interesante…

—Vaya, llegas tarde, Will, te estábamos echando de menos —lo saludó estrechando su mano sir Walter Robinson, uno de sus más cercanos amigos—. Te presento a sir James Osbourne, conde de Montrose —dijo volviéndose hacia el joven—. Es un gran aficionado a la poesía y a la literatura en general. Tenía muchas ganas de conocerte.

Y, volviéndose hacia su amigo otra vez, añadió:

—Él es sir William Havisham, de quien tanto te he hablado.

James Osbourne se levantó y estrechó con fuerza la mano de William, a la par que le decía:

—Llámeme James, por favor. Encantado de conocerlo al fin, señor Havisham —y se apartó un poco para hacerle sitio en torno a la mesa.

—Encantado también, sir James, será un honor tenerlo en nuestra tertulia. No estamos acostumbrados a encontrarnos a caballeros tan jóvenes en nuestras reuniones, y menos tratándose de miembros de la más distinguida nobleza. ¿Verdad, Louis, Henry? —añadió.

Estrechó la mano de sus otros amigos y luego se dirigió al nuevo miembro de la tertulia.

—Será enriquecedor contar con sus puntos de vista, sir James.

—Sir James me pidió consejo respecto al asunto de la biblioteca que te comenté —intervino sir Walter—. Y yo le di enseguida tu nombre para que se lo transmitiera al duque.

—Le estoy muy agradecido, sir James, el duque de Stratton y yo hemos llegado a un acuerdo y estaré encantado de hacerme cargo de la supervisión de la biblioteca. Es para mí un auténtico placer intentar recuperar algo de lo que se ha destruido en tan desafortunado accidente —comentó William.

Hizo una mueca de pesar y luego añadió:

—No siempre se tiene acceso a una maravilla semejante. Esa biblioteca es el sueño de cualquier bibliófilo.

—Sí, fue una verdadera desgracia —corroboró sir James—. El abuelo del duque era un hombre muy culto e interesante. Cuidaba con mimo su biblioteca, el legado de sus antepasados, como solía llamar a sus libros —sonrió como para sí y siguió diciendo—: Pasé muy buenos ratos con él en aquella estancia cuando era un niño. Y también me gané algún que otro coscorrón cuando no trataba con cuidado los atlas que tanto me gustaban.

Esbozó una sincera sonrisa y añadió a modo de explicación:

—Alexander es mi mejor amigo. Sus tierras tienen una parte que linda con las mías y hemos crecido prácticamente juntos. Además, su hermana Elisabeth se casó con mi tío, el difunto conde de Montrose, de quien he heredado yo el título —hizo una ligera pausa y comentó—: Supongo que tendremos ocasión de vernos en Stratton Hall cuando vuelva yo al campo.

—Pues será entonces muy gratificante comentar los avances que vaya haciendo en mi labor, si como parece usted también disfruta de los libros.

Y en ese momento volvió Faulkner con una copa más y una caja de cigarros y, tras comentarle William que tendría que ayudarle a reponer los ejemplares que se hubieran perdido irremisiblemente en el incendio de la biblioteca, reanudaron la conversación que los demás habían iniciado antes de su llegada.

—Nos estaba diciendo sir James que para ser un buen traductor de poesía hay que ser necesariamente poeta —comentó sir Walter—. ¿Tú qué opinas, Will, ya que a ti te gusta tanto la poesía?

—Pues es cierto, creo que tiene razón, pero tiene que ser un poeta suficientemente generoso como para no poner demasiado de sí mismo en boca del otro. No alterar la esencia del original. Es en cierto modo arriesgado…

Y así siguieron charlando mientras tomaban el brandy y dirigían la conversación hacia sus diversos temas de interés y se iba forjando un incipiente vínculo de cordialidad entre los dos miembros más jóvenes del grupo.

Seis

Lucy salió con Bessie del taller de *madame* Lescaut y se dirigió al carruaje con una sonrisa en los labios.

Su mente se había poblado mágicamente de colores brillantes y telas que parecían tener vida propia.

El susurro de la seda, el crepitar de las muselinas y los suaves deslices del terciopelo.

¡Qué paños tan elegantes para los trajes de amazona!

A ella le había gustado uno de un azul pavo real, llamativo aunque elegante, con un tacto suave pero con cuerpo.

Y qué sombreros tan exquisitos… y aquellas maravillosas botas de montar. Se sentiría poderosa a cada paso que diera con ellas cuando saliera al parque con su caballo. Como si tuviera el mundo entero a sus pies.

Madame Lescaut era además muy graciosa, con ese acento francés tan marcado. E insistía en hablar en inglés a pesar de que ella podía hablar su idioma.

—Estos son mis diseños —le había dicho desplegando ante ella un montón de exquisitas acuarelas clasificadas ordenadamente en montones por categorías—. Primero elegiremos los diseños y después las telas y colores.

Ella había ido apartando lo que más le gustaba y comentando los modelos.

Madame Lescaut tenía un don para la pintura, estaba claro. Su sentido artístico era innegable, y tenía también una idea muy particular de la moda.

—Todos ellos tienen el corte muy pronunciado en la cintura… —apuntó Lucy.

Todos sus vestidos, si bien eran ya con el corte en la cintura, eran menos ajustados, tenían menos vuelo y las mangas no eran tan grandes y abullonadas.

—*Mais oui, mademoiselle.* Afortunadamente, ya no se lleva el talle alto. Por muy francés que fuera el Estilo Imperio, donde esté un talle ajustado a la cintura, un buen corsé y unas faldas acampanadas… —y añadió con sonrisa pícara—: Qué perdidas estarían las manos de un hombre si no pudieran descansar en la curva de la cintura de una dama…

Lucy se había sonrojado ligeramente pensando en ciertas manos y había sonreído con timidez.

—Perdón por mis palabras, *mademoiselle*, pero creo que a partir de ahora tendrá que acostumbrarse a ciertas cosas… sin duda recibirá muchos cumplidos de los caballeros y tiene que estar preparada para todo.

Le hizo un guiño cómplice y añadió:

—Los avances de algunos jóvenes a veces son casi imparables. Al menos en mi país, los hombres son muy osados. Y hablando de otra cosa…

Tiró suavemente de su mano para llevarla hacia una parte de la tienda llena de telas.

—Creo que los colores que más le favorecen a su tipo de piel son los claros pero intensos, los rosas, turquesas, amarillos, anaranjados e incluso los dorados y los rojos. Todos ellos le darán una aureola de vitalidad que va muy en consonancia con su tipo de belleza. Tengo por aquí una capa roja que estaba haciendo para mí que le sentará de maravilla. Nada de tonos pastel, *ma petite*.

Llegaron al fin hasta el lugar donde descansaban las telas como si esperaran que alguien las desenrollara y diera vida en forma de maravillosos vestidos.

—No será una debutante sosa —siguió diciendo—, sino una joven dama segura de sí misma, tal como parece incluso con esta ropa tan poco favorecedora, todo hay que decirlo —concluyó arqueando una de sus elegantes cejas.

Lucy no pudo evitar soltar una carcajada. Sí, era muy simpática y muy franca aquella francesa.

Aunque a simple vista a nadie le parecería simpática, con aquel aire tan altanero. Pero ellas dos parecían haber estado en sintonía desde el primer momento.

Y, mientras Lucy iba en el carruaje con una sonrisa en los labios, rememorando la escena, sintió de pronto que le faltaba a su lado la compañía de su bisabuela. Cómo habrían disfrutado juntas de esos momentos.

Habría sido un duelo digno de ver el de *madame* Lescaut y su abuela Anne…

La echaba terriblemente de menos. Se había ido sin hacer ruido, con su serena dignidad intacta. Y el vacío que había dejado solo lo llenaba el inmenso peso de su recuerdo.

Pero, bueno, pensó con los ojos húmedos de lágrimas reprimidas, la abuela no habría querido de ninguna manera que se sintiera triste. Ella siempre decía que había que disfrutar del momento.

Ya habían llegado a la librería.

Lucy bajó del carruaje ayudada por Sam y le dijo a este que esperara con Bessie hasta que ella y su padre salieran.

Empujó la puerta y la consabida campanilla avisó de su llegada. El ayudante del señor Faulkner acudió entonces a recibirla.

—Buenos días, señorita Lucy, su padre está en el despacho, con el señor Faulkner y sus contertulios.

—Sí, ya los oigo. Gracias, Peter, hemos quedado en reunirnos aquí, pero no le digas nada, voy a echar una ojeada a las estanterías mientras tanto.

—En aquella del fondo tenemos muchas novedades, y creo que el señor Faulkner ya le tiene preparadas algunas cosas —comentó el joven, mirándola embelesado—. Ejem… luego se las dará él mismo —añadió, haciendo un esfuerzo por recobrar la compostura—. Pase y mire lo que quiera, señorita Lucy. Si necesita algo llámeme, estoy restaurando unos libros aquí mismo, en la trastienda.

—Gracias, Peter, voy a ver qué encuentro por ahí —respondió Lucy con la mejor de sus sonrisas.

Mientras se acercaba a la parte de la librería que le había señalado el joven, oyó de pronto una voz profunda y bien modulada y no pudo evitar pararse en seco ante la sorpresa que le produjo.

Hay voces de hombres que portan consigo toda la esencia de la masculinidad y esa era claramente una de ellas.

Son voces graves y profundas, pero a la vez cálidas, que despiertan algo en lo más hondo del sentir femenino. Luego, si el aspecto físico acompaña adecuadamente a la expectativa creada, el atractivo se multiplica hasta extremos insospechados.

Lucy, por supuesto, no fue ajena al encanto de aquel timbre.

Pero ¿quién era el dueño de aquella voz…?, no pudo evitar preguntarse.

Qué tontería, sería algún anciano caballero, aunque desde luego no lo parecía, o quizá un hombre maduro, como su padre, pero estaba claro que no lo conocía.

No habría podido olvidar esa voz…

Y qué juicioso parecía todo lo que decía, aunque no distinguía bien las palabras.

¿Cómo sería aquel hombre?

De repente, sacudió la cabeza. Qué le pasaba últimamente, que andaba fantaseando con cualquier cosa.

Intentó centrarse en los libros que poblaban los anaqueles y a duras penas llegó hasta el extremo más alejado de la librería, donde casi no se oían las voces masculinas.

Allí se entretuvo un buen rato escogiendo algunas obras para unir a todo lo que le tuviera preparado el librero.

Luego, se dirigió hacia la trastienda y le pidió a Peter que comunicara a su padre que ya estaba esperándolo, pero que acabara cuando quisiera.

Cuando, al cabo de unos minutos, los caballeros salieron del despacho y se dirigieron a saludar a Lucy, esta no tuvo ningún problema en averiguar a quién pertenecía aquella voz. Y su aspecto no hizo sino corroborar la expectativa creada por su evocador acento.

Tenía ante sí a un hombre en la plenitud de su juventud y extrañamente hermoso. Aquella voz varonil atemperaba la suavidad de sus rubios cabellos y el oscuro terciopelo de su mirada ya terminaba de dejar claro que era todo un hombre y que sabía el efecto que causaba su apostura en las mujeres.

Habría que haber estado muerta para no reaccionar ante su presencia. Aunque Lucy tuvo que admitir que no resultaba arrogante.

Tenía también una figura esbelta, resaltada por la evidente elegancia y magnífico corte de su ropa y una altura semejante a la de su padre, cosa que no era fácil, dada su estatura.

—Hola, hija —la saludó William mientras el grupo avanzaba hacia ella.

—Hola a todos, me alegro de verlos —dijo Lucy sonriendo al grupo de caballeros.

—Hola, buenos días, señorita Havisham —saludaron los hombres al unísono.

—Lucía, te presento a un nuevo miembro de nuestra tertulia, el conde de Montrose, sir James Osbourne.

—Milord —dijo ella extendiendo elegantemente la mano para que él se la tomara.

—Es un placer conocerla al fin, señorita Havisham —la saludó él, llevando su mano hasta casi rozar su guante con los labios y haciendo una ligera inclinación de cabeza—, todo el mundo me ha dicho que tenemos unos gustos muy parecidos en poesía, y que le gusta Lord Byron. Es muy grato coincidir en algo con una dama tan encantadora.

Lucy esbozó una sonrisa algo tímida y aguantó su mirada con valentía, cuando él se incorporó con los ojos fijos en ella.

Era indudablemente atractivo, pero en un lugar muy oculto de su mente, tan oculto que apenas fue consciente de ello, sintió que no podía abandonarse a esa atracción.

No era libre de hacerlo. Había algo que se lo impedía.

Quizá unos ojos azules y tormentosos, un pelo oscuro y rebelde y una sonrisa burlona…

—Me alegra saberlo, sir James —le respondió sonriente, sobreponiéndose al estremecimiento que la recorrió—, a mi padre también le gusta, pero para hacerme rabiar siempre suele decirme que lo mejor que escribió Byron fue *El vampiro*

—¿Y no fue así? —inquirió William con sonrisa traviesa.

—Pues no, papá, no seas malo, ya sabes que lo escribió Polidori.

—Me temo, sir James, que mi hija tiene el corazón muy blando —dijo William con una carcajada.

—Sí, conozco la historia —comentó el conde de Montrose también sonriendo—, y el relato, sea de Polidori o no, me parece magnífico.

John Polidori, siempre a la sombra y objeto de escarnio de un ser tan terrible y maravilloso como Byron, de quien era médico particular, escribió un relato de terror a instancias de este y a modo de juego de entretenimiento que él había propuesto a todos sus invitados. Los relatos serían leídos después a fin de elegir el mejor. Además de Polidori, solo Mary Shelley secundó la idea hasta el final, con lo que escribió también su fascinante *Frankenstein*.

Todos estaban recluidos por el mal tiempo y las incesantes lluvias del llamado Año sin Verano en una casa preciosa que tenía alquilada Byron en Suiza. La Villa Diodati era famosa porque al parecer había acogido durante un tiempo a John Milton, el autor de *El paraíso perdido*, y estaba rodeada de bosques y cerca del lago de Ginebra.

Al decir todos entiéndase que eran nada menos

que el poeta Shelley, su esposa Mary, la hermanastra de esta, Lord Byron y el susodicho Polidori, entre otros.

En su relato, el médico retrataba a un noble disoluto, que además era vampiro, y que bien podía ser un trasunto del mismo Byron. Este, quizá molesto por ello, y aludiendo que copiaba su estilo de escritura, dijo que el relato era suyo en realidad. Y, a pesar de que luego lo desmintió reiteradamente, mucha gente siguió pensándolo siempre, para desgracia del desdichado Polidori, que nunca pudo disfrutar de la fama que bien merecía y que gozaba de toda la simpatía de Lucy por eso mismo.

Además, en aquellas noches de vino, licores y amistad al calor de la chimenea, también había leído Shelley en alto, con su educada voz de orador, una traducción de *El Quijote*.

—Byron era un poeta y un hombre maravilloso, pero también malvado —intervino Lucy—, y el pobre Polidori no tenía nada que hacer ante tal figura arrolladora, cómo no voy a compadecerme pues de él.

—Ya ve, sir James, en mi casa no faltan los temas de conversación —le dijo William, y aprovechó los derroteros que había tomado la charla para añadir—: Estaremos encantados de recibirlo allí, si le apetece unirse a nuestras tertulias. Los lunes solemos reunirnos a tomar el té y a charlar de los asuntos más diversos —comentó William.

—Es una reunión más concurrida que estas visitas a nuestro amigo Faulkner, de manera que tendrá ocasión de conocer a los demás miembros de nuestro grupo —añadió sir Walter.

—Es, desde luego, un honor que cuenten conmigo. Por supuesto que acepto. Cuenten con mi presencia mientras esté en la ciudad, porque últimamente suelo estar mucho en el campo —añadió James.

Y así continuaron charlando amigablemente hasta que cada uno se fue despidiendo y Lucy y su padre estuvieron acomodados en el carruaje de vuelta a su casa.

William iba con una incipiente sonrisa y parecía muy satisfecho consigo mismo. Lucy iba algo más circunspecta, pero a pesar de ello estaba emocionada, no podía negarlo.

Esa primavera había puesto en marcha muchas cosas. Había hecho girar la rueda del destino de Lucy.

La vida llamaba a su puerta y debía abrírsela de par en par.

Siete

Alexander esperaba algo nervioso la llegada de sus antiguos amigos. Habían quedado en acudir a su club, ir a cenar y salir después a recorrer la noche londinense.

Desde que había vuelto los había visto por separado, pero no habían tenido ocasión de reunirse todos y disfrutar de una velada como solían hacer en el pasado.

Habían transcurrido ocho largos años desde sus últimas correrías de juventud. No sabía si habría la sintonía de antaño. Él ya no era el mismo y todo su pasado le parecía ahora vacío e insustancial.

¿Se lo parecerían también sus amigos?

El primero en llegar fue James, siempre tan puntual. Parecía algo distraído, pero estaba muy animado. Se había dirigido hacia él con una sonrisa en el rostro y no había tardado ni dos segundos en contarle su experiencia del día anterior en la librería de Faulkner con William Havisham y los demás caballeros.

—He conocido también a la hija de William Havisham —comentó mirando de reojo a su amigo para ver su reacción.

—¿Y? —respondió Alexander arqueando una ceja.

—Nada, que es muy guapa. Tú la conociste seguramente cuando fuiste a su casa. ¿No te lo parece?

—Sí… muy guapa —dijo Alexander enigmáticamente dubitativo.

—Tú la has visto primero… —dijo James tanteando a su amigo al ver lo serio que se había puesto de repente—. ¿Tienes algún interés en ella? Si es así, dímelo —añadió, poniéndose también muy serio.

—¿Interés?, no, ninguno —respondió Alexander conteniendo a duras penas el inesperado impulso de estampar un puñetazo en el bonito rostro de James.

Solo era eso, un impulso, nunca le había puesto un dedo encima.

Alexander se sintió de repente como en el pasado, cuando James era el amigo algo más joven que estaba constantemente a su alrededor intentando emular sus hazañas y él se sentía como un hermano mayor, a medio camino entre la ternura y el fastidio que le producía su abierta devoción.

Siendo justos, había que reconocer que James había madurado, sobre todo desde que heredó el título.

Ya no era aquel jovenzuelo larguirucho, pero, a

pesar de que solo le llevaba unos meses, Alexander seguía sintiéndose mayor que él.

Infinitamente mayor en esos instantes…

Sin embargo, había algo en lo que James seguía siendo el de siempre. Era leal, sincero, y buen amigo hasta la muerte.

Alexander refrenó su incomprensible sentimiento de rabia y sonrió.

—No, James, de verdad que no me interesa. Apenas la he visto un instante y no tengo tiempo para complicaciones.

Estaba siendo sincero con James, pero no tanto consigo mismo. Aunque lo cierto era que tenía razón en hablar de ese modo. Albergaba en su interior demasiada ira, demasiado dolor como para abandonarse a ningún sentimiento como el que podría inspirar una joven así.

James se relajó entonces un tanto. Y, como si hubieran estado aguardando a que aquella conversación tuviera lugar, empezaron a ir llegando uno a uno los demás amigos del grupo.

Todos ellos, seis en total, convinieron en ir a cenar y ver después, como en los viejos tiempos, lo que les deparaba la noche…

Esa noche, Lucy permanecía sentada en su tocador con mirada ausente, mientras Bessie peinaba con mimo sus largos cabellos oscuros. Aquellos rizos rebeldes eran un desafío para el buen hacer de la concienzuda joven, así que durante un rato permaneció en silencio, concentrada en la tarea. Pero no tardó en aflorar su naturaleza expansiva, por muy interesada que estuviese en la labor de deshacer los pequeños enredos.

—Últimamente está muy pensativa, señorita Lucy… —comentó ahuecando la melena como si de un trofeo se tratase y dejando escurrir entre sus dedos los sedosos tirabuzones.

—No, solo pensaba en los nuevos vestidos…

—Bueno, no me refería a ahora, hablo en general. ¿No estará pensando en cierto caballero?

—¿A cuál te refieres, Bessie? —replicó ella sonriendo pícaramente

Bessie no se molestó en reprimir la carcajada que subió a su garganta.

—Luego está pensando en uno de los dos, ¿no?

—Preguntas mucho, para lo poco que me cuentas tú de tus pensamientos.

—Yo no soy un tema de conversación interesante, ¿qué interés pueden tener para usted mis inclinaciones?

—¿Cómo dices eso, Bessie, por qué no me van a preocupar tus sentimientos?

Hizo una pausa y atrapó su mirada a través del espejo.

—Sé que te gusta Sam…

Bessie se puso colorada como un tomate, y como siempre que se hablaba de ella misma permaneció en un silencio obstinado.

Lucy movió la cabeza con fastidio y se volvió hacia su doncella.

—Bessie, te lo voy a decir bien claro, no pienso contarte nada hasta que tú no me hables de ti misma. ¿De dónde sacas esa idea de que lo tuyo no tiene interés para mí? ¡Si nos conocemos desde niñas!

Hizo una pausa y movió la cabeza con resignación.

—Anda, déjalo ya y vete a dormir. Y no seas tan picajosa con tus sentimientos, mañana quizá te cuente lo que me pasa por la cabeza, si es que consigo aclarar mis pensamientos —añadió con una sonrisa triste y acariciando con ternura la mejilla de la muchacha.

Bessie sonrió cálidamente y salió de la habitación con un «buenas noches, señorita» teñido de emoción.

Lucy permaneció unos instantes más frente al espejo y luego, como movida por una fuerza ajena a ella, se dirigió hacia el balcón que daba al jardín y lo abrió de par en par.

Era una noche estrellada, limpia y serena, inmensa en su negrura y abierta a todos los sueños.

Una noche para vivirla, no para estar allí encerrada, en una habitación que se había transmutado de refugio en celda por arte de no se sabe qué clase de magia…

Y, como si la oscuridad la llamara, la brisa de la noche primaveral se arremolinó en el camisón y el suave roce de la tela pareció dar vida súbitamente a la desnudez de su cuerpo.

Ocho

La velada fue transcurriendo amigablemente en el salón privado del elegante restaurante donde decidieron ir a cenar y, conforme el vino fue regando los platos, se fueron reavivando los rescoldos de la antigua camaradería y todo empezó a fluir de nuevo, arropado por los suaves vapores del rojo líquido que llenaba sus copas.

Los recelos iniciales se fueron deshaciendo y de repente fue como si aquellos interminables ocho años no hubieran transcurrido.

No eran los mismos, era cierto, y no todos habían sido tan íntimos, pero habían sido un grupo muy unido y hay cosas en la vida que aunque parece que mueren, solo quedan dormidas en el olvido.

Curiosamente, Alexander abandonó sin dificultad la prevención que tenía respecto a recuperar su antigua vida social y empezó a sentir de repente que en cierta forma había vuelto a casa. Pronto, las chanzas y las bromas poblaron sus conversaciones.

Todos estaban fascinados con la experiencia vital de Alexander y, rehuyendo cuidadosamente el motivo de su partida, centraron la curiosidad en los pormenores de su estancia en Jamaica.

—Alex, cuéntanos cómo te las arreglaste allí —preguntó uno de ellos—. Supongo que sería horrible tener que trabajar, ¿no?

—Sí, tú te habrías muerto de hambre, Robert —replicó Alexander sonriendo maliciosamente.

Un coro de risotadas acompañó el comentario.

El objeto de la broma, el orondo Robert, vizconde de Clermont, terminó por unirse a las risas, aunque de mala gana al principio.

—Bueno, y ahora en serio, Robert —continuó Alexander—, tienes razón, yo no diría que horrible, pero sí muy duro. Aunque en el fondo es algo que por nada del mundo me hubiera gustado perderme.

Y pasó a contarles a grandes rasgos algunas de sus aventuras en aquella tierra fascinante y extraña y a satisfacer su curiosidad mientras avanzaba el relato.

—¿Y es cierto que te has traído a un esclavo contigo como se comenta por ahí? —preguntó uno que ya andaba algo achispado a esa altura de la sobremesa.

Él le dirigió una mirada resignada. Maldito Londres, los rumores y la maledicencia nunca cesaban.

—No es cierto. Es un hombre libre que trabaja para mí. Y seguro que le pago mejor que muchos de vosotros a vuestros criados —añadió con frialdad.

James acudió enseguida a cambiar de tema para aliviar la tensión; sabía lo susceptible que era Alex con ese asunto.

Lo que lo unía a Julius era más una amistad que otra cosa. Y la devoción con que aquel hombre correspondía era evidente.

—¿Cuánto tiempo vas a quedarte en Londres, Alex? —preguntó acaparando su atención, en un aparte.

—Me marcho mañana mismo. Tengo que supervisar personalmente la reparación de la biblioteca para que el señor Havisham empiece a trabajar en ella.

Hizo una pausa y siguió comentando con cierta preocupación.

—Además, después de lo que ha ocurrido, no me gusta dejar a Elisabeth sola durante mucho tiempo… No creo que el incendio haya sido algo accidental.

—Pero ¿por qué piensas eso? —le preguntó James—. Sabes perfectamente el estado de abandono en que tu padre tenía todo. En una situación así, cualquier descuido puede acabar en desgracia, yo no lo veo tan extraño —concluyó.

—No sé, puede que yo esté demasiado receloso después de todo lo que ocurrió al volver de nuevo a esa casa, pero no lo puedo evitar —se acercó un poco más a él y añadió—: Me da la sensación de que el fuego partía de dos sitios a la vez, y eso sí que es sospechoso.

—Sí, puede ser… Pero volverás a Londres otra vez entonces, ¿no? —siguió preguntando James, algo más preocupado que antes—. ¿No querías ver conmigo algunos caballos?

—Sí, no puedo llevar invitados a casa y no tener unos caballos en condiciones, aparte de Winter y los caballos de tiro, apenas hay ninguno que sea adecuado para montar. Tienes que ayudarme —le pidió—, necesito tu consejo, porque nadie sabe de caballos como tú. Luego yo mismo acompañaré a mis invitados en su viaje a casa.

James se sintió secretamente complacido por la confianza que Alexander depositaba en él.

—Entonces iremos a Tattersall a tu vuelta, y espero que me acompañes también a la ópera como hacíamos antes con tu abuelo —añadió—. Ahora tengo yo mi propio palco. Ya lo hablaremos más adelante.

Y, tomando su copa, sonrió e invitó a su amigo a entrechocar la suya en un pequeño brindis lleno de complicidad.

Julius estaba, como cada vez que Alexander volvía a casa tarde, agazapado en las sombras del recibidor, donde esperaba el regreso nocturno de este.

En aquel país tan tremendamente frío e inhóspito no tenía nada que hacer, salvo observar y escuchar el silencio.

A no ser por los pasteles y el aroma de las manzanas asadas de la encantadora señora Holmes, no había nada que calentara su corazón.

Ni había tampoco en realidad ningún trabajo que pudiera desempeñar. Todo estaba organizado y en su sitio.

Sobraba en todas partes.

Por eso insistía en ser él quien esperara al duque, disputándole al anciano mayordomo aquel raro privilegio y desafiando ligeramente su autoridad, consciente de su posición especial en el trato con su señor.

Hasta que él no estuviera en su cuarto descansando, Julius no haría lo propio.

Por el momento, solo eso podía hacer. Aunque, si fuera necesario, daría gustosamente la vida por él.

El hombre que ahora era un duque le había dado algo más valioso que la vida misma, le había regalado la libertad de ser dueño de sí y no un esclavo.

Lo había hecho un hombre libre.

Julius lo conocía bien. Bajo el frío aspecto exterior de aquel hombre de aspecto tan arrogante y atormentado se escondía un corazón ardiente y compasivo.

Y ahora, el señor Alexander, como él lo llamaba desde siempre, estaba muy preocupado por algo y, si la intuición no lo engañaba a él también, tenía razón en estarlo.

Como buen hombre de acción, Julius tenía un sexto sentido para intuir el peligro. Lo notaba en la piel…

Y a ello contribuía el que fuera nieto de uno de los más sabios ancianos de su pueblo, alguien que había conservado todo el acervo espiritual y mágico de sus ancestros.

El amuleto que su abuelo le regaló cuando se hizo un hombre pendía siempre de su cuello. Era todo lo que conservaba de él, y su única posesión de valor. Una herencia muy pequeña, o muy grande, quizá.

Estaba claro que Julius lo atesoraba.

Lo acariciaba lentamente, mientras se sumía en sus reflexiones y esperaba en su rincón con una paciencia infinita…

Nueve

Habían bebido ya mucho y no todos aguantaban del mismo modo el alcohol. La pregunta inevitable llegó según se caldeaba el ambiente.

—Dinos, Alex, ¿cómo son las mujeres de Jamaica? —inquirió uno de ellos, Thomas—. Supongo que, entre trabajo y trabajo, algo de tiempo te quedaría para ellas, digo yo, ¿no? —añadió con una risotada.

Thomas FitzHugh, el antiguo objeto del amor de su hermana. Por el que Elisabeth casi había perdido la alegría de vivir…

Viéndolo como era ahora casi se alegraba de que ella no hubiera tenido éxito en su conquista. El pobre hombre se debía de haber asustado de la intensidad que ya despuntaba en la joven belleza que era Elisabeth por aquel entonces y que había ensombrecido todo el atractivo de las demás muchachas que debutaron aquel año, pensó Alexander sonriendo para sus adentros.

Él era amigo de Thomas, no tanto como de James, claro, y no había podido evitar distanciarse un poco de ese amigo viendo el dolor que le había infligido a su hermana. Sobre todo por su manera de proceder.

Al principio había parecido muy interesado en conquistar a Elisabeth, pero a la hora de la verdad sus intereses demostraron ir claramente en otra dirección.

Ahora era un tipo un poco gordo y sin el atractivo de años atrás y, a juzgar por su sonrisa algo libidinosa, su matrimonio no marchaba todo lo bien que debiera.

Elizabeth había salido ganando con el cambio. Su marido, el tío de James, un viudo entrado en años pero muy atractivo, al que el propio James se parecía mucho, había sido un hombre de otra talla muy diferente.

—No te voy a contar nada de eso, Thomas, solo te diré que tienen un encanto algo diferente…

Y aquello dio paso a ciertas conversaciones algo subidas de tono, que por supuesto Alexander no secundó.

Él era un caballero con todas las damas.

Al no tener éxito y no poder satisfacer su curiosidad por aquel derrotero, los más inquietos del grupo propusieron una visita al local más de moda en cuanto a mujeres se refería.

Ni James ni Alexander tenían ganas de ir, ya que frecuentar esos locales nunca había sido su estilo, pero, como ocurre con todos los grupos, una vez alcanzado el grado de camaradería adecuado, nadie quiere ser el primero en deshacer esa comunión.

Así que, poco después, marcharon juntos a explorar lo más oscuro de la noche londinense.

Madame Violet siempre vestía de morado. La cremosidad de su piel blanca contrastaba con el suave fulgor de la tela que se ceñía a las sinuosas curvas de su cuerpo y enmarcaba su inusitadamente discreto escote.

Resaltaba de una forma extraña entre todas las mujeres del local. Y no solo porque era la dueña.

Parecía un lirio entre tanta flor exótica. Hasta sus ojos, de un azul intenso, eran casi violetas.

Aunque ella era en realidad morena, llevaba una peluca rubia heredada de su madre, *madame* Josephine, o *madame* Joe, como se la conocía más íntimamente.

No era lo único que había heredado de ella. Era ahora la dueña de aquel lugar y la responsable de todas las mujeres y el servicio que trabajaba en él.

La mayor parte de las chicas estaban muy ocupadas atendiendo y acompañando al grupo de caballeros al que ella, como anfitriona, acababa de recibir hacía unos instantes.

Su local no era un prostíbulo cualquiera, allí las mujeres podían rechazar a un cliente sin ningún problema. Así que los caballeros se sentían doblemente excitados por conseguir el favor de tan singulares meretrices.

Y había otra particularidad. *Madame* Violet era intocable, tanto, que todavía era una virginal doncella.

Sus rasgos juveniles, casi infantiles, estaban resaltados por el experto maquillaje. La seguridad de su porte y su elegancia innata hacían el resto. Y si algo se le escapaba de las manos, sus criados, fieles guardianes siempre, no dudaban en actuar contundentemente.

Pero aquellos caballeros eran inofensivos.

Solo los dos más atractivos podían infundir algo de inquietud en caso de problemas, aunque no parecían interesados en armar ningún alboroto. Incluso parecían ajenos a la animación que irradiaban sus compañeros.

Era casi como si estuvieran allí a la fuerza. Como ella.

Suspiró y se dirigió a los sillones donde el grupo de hombres se había acomodado.

—Caballeros. ¿Puedo ofrecerles de parte de la casa una copa de champán? —les dijo amablemente.

—Lo que usted quiera, *madame* Violet, viniendo de sus manos yo aceptaría cualquier cosa —respondió Robert, haciendo gala de sus maneras más seductoras.

—Estaríamos encantados si usted nos acompañara a disfrutar de ella —añadió otro.

Pero fue inútil, porque la dama solo se encargó de que les sirvieran el champán y se alejó sorteando discretamente los avances de los allí reunidos.

Todos lo sabían. *Madame* Violet era inaccesible, otra peculiaridad que excitaba sobremanera el ánimo de los clientes, empeñados todos en ser el único hombre que consiguiera su atención.

Madame Violet volvió a suspirar imperceptiblemente mientras se alejaba.

Menos mal que sabía desenvolverse perfectamente.

No en vano había crecido entre aquellos cortinajes de brocado, que ocultaban a la luz del sol un mundo poblado de falsos oropeles.

Había espiado detrás de ellos en muchas ocasiones, cuando su madre la dejaba en su cuarto con un beso de buenas noches y se marchaba a dirigir su negocio.

Había escuchado las conversaciones de las mujeres y también había conocido su lado más humano conviviendo con ellas. Habían sido todas sus hermanas, sus madres, sus amigas.

Después, ella se había marchado al internado y no había vuelto hasta años después, cuando alguien le escribió diciéndole que su adorada madre, la única persona que tenía en el mundo, estaba muy enferma…

Pero bueno, por qué tenía que recordar de pronto aquellas cosas…

Quizá la visión de aquellos dos atractivos caballeros, tan diferentes entre sí, pero tan endiabladamente guapos, le había hecho añorar el tener una vida normal y se había quedado ensimismada un buen rato.

Y, de pronto, aquellos dos hombres se miraron y, como si se comprendieran sin hablar, se levantaron y se despidieron de los demás.

Viéndolos marchar, por una vez, *madame* Violet se arrepintió de su decisión de no sucumbir nunca a la tentación de seguir la profesión de su madre...

Diez

Alexander miró a James y, como siempre había ocurrido entre ellos, no hizo falta que pusiera en palabras lo que estaba pensando, el fastidio que sentía en esos momentos.

James parecía estar experimentando lo mismo, aunque de vez en cuando miraba a la enigmática *madame* Violet con curiosidad, pero desde luego no pretendía acabar la velada como el resto de sus compañeros.

Así que se levantaron y se despidieron de sus amigos, a los que a esas alturas poco les importó ya su partida.

Ciertamente, James tenía poco interés en acabar la velada con una de aquellas damas, aunque había que admitir que todas eran muy bellas.

Sobre todo la distante *madame* Violet, que parecía una flor de otro mundo.

Y Alex tampoco había necesitado nunca utilizar aquel tipo de servicios…

Los dos salieron todavía en silencio a la calle,

anduvieron un rato y, al ver pasar un coche de alquiler, lo pararon y subieron a él para dirigirse a sus respectivas casas.

Conocían de sobra los gustos y la manera de proceder el uno del otro.

Lo que ninguno de los dos sabía era que iban pensando en la misma mujer.

Julius salió de su ligero sopor cuando oyó el lejano retumbar de unos cascos en el silencio de la madrugada.

Había habido otros ruidos antes que no habían captado su atención, pero ahora sabía que quien llegaba era él.

En cierto modo, era incómodo tener ese tipo de certeza. Otras veces, esa peculiar intuición le había salvado el pellejo.

Cuando el carruaje paró en la puerta de la mansión, él la abrió para franquear el paso a su dueño.

—Buenas noches, señor Alexander —comentó en un susurro—. ¿Ha conseguido sobrevivir al encuentro?

—Mejor de lo que pensaba, pero al final ya estaba más que harto.

Alexander se quedó mirando el recibidor en sombras.

—¿Cómo te las has arreglado para mandar a la cama a Herbert?

—No me ha costado tanto. Le crujen los huesos un poco más que a mí —contestó con una ligera sonrisa.

Delante de la gente, Julius se mantenía en el lugar que le correspondía, pero cuando estaban a solas, volvían a ser los compañeros de penurias de antaño.

Subieron la escalera hasta el cuarto del duque y, una vez allí, Julius le fue buscando la bata y las zapatillas mientras él comenzaba a desvestirse.

El hombre se había sentido muy reacio a abandonar la única tierra que reconocía como suya, y solo la amistad y la gratitud que lo unía a aquel joven le había hecho decidirse a emprender tan largo viaje.

Alexander lo sabía y, aunque en público mantuviera las distancias que su estatus exigía, no renunciaba a su amistad ni a su trato cercano con aquel hombre que había sido su único amigo en la soledad de su exilio.

—Todos me parecían ahora algo banales, pero otra parte de mí, el hombre que antes era, sí se mantenía unido a ellos de una forma especial.

—Tendrá que echar mano de ese hombre para volver a vivir en esta tierra —sentenció Julius, que era de pocas palabras, pero siempre certeras.

—¿Y tú, Julius, te vas adaptando más a vivir aquí? —inquirió Alexander mirándolo directamente a los ojos.

Julius se encogió de hombros y rehuyó su mirada.

—Sabes que te necesito, viejo amigo —dijo Alexander buscando otra vez aquellos ojos que habían visto tanto dolor a lo largo de su existencia—.

Eres mi único lazo de unión con la realidad. Sin ti, a veces me parece estar reviviendo una pesadilla…

—Señor Alexander, tarde o temprano, todo hombre tiene que enfrentarse a su destino. Cuanto más de frente se mire, menos sorpresas habrá.

—Julius, Julius, eres único. Habrías sido un buen padre… —comentó Alexander con amargura, pensando en el suyo.

—Bueno, quizá no era ese mi destino.

—Quédate conmigo al menos un tiempo —le pidió—. Luego, cuando decidas marcharte, no tendrás que preocuparte de tu futuro nunca. Si me das un tiempo para poner en marcha todos mis planes para las tierras y que todo empiece a funcionar, haré de ti un hombre rico.

—Estaré siempre a su lado. Hasta que me necesite. Luego ya veremos. Nadie sabe qué camino es el más acertado. Ni si conseguir nuestros deseos es lo mejor en todos los casos.

—¿Lo dices por mis locos sueños de comprar y dirigir contigo una hacienda en Jamaica? —inquirió Alexander, ya listo para meterse en la cama.

—Lo digo por todo y por nada —respondió Julius, enigmático como siempre.

Alexander sonrió y mandó al hombre a descansar. En momentos como ese era cuando apreciaba de verdad el cambio que había dado su triste existencia en Jamaica cuando sus ojos tropezaron con la intensa mirada de Julius y lo compró como esclavo.

Once

Elisabeth paseaba algo impaciente entre los destrozos de la biblioteca. Alexander habría salido esa misma mañana muy temprano de viaje hacia allí, según le había prometido. Londres no estaba excesivamente lejos. No tardaría en llegar, pues la tarde ya estaba muy avanzada y pronto iba a anochecer.

Hasta que él no estuviera allí no iban a empezar a remover todo aquello.

—Virgilio, deja ya de restregarte contra mi falda, me la estás llenando toda de pelos —le dijo al gato atigrado que no paraba de dar pasadas por sus piernas para buscar su contacto.

El enorme y peludo felino ya era viejo, pero no había perdido la costumbre de descansar en la biblioteca.

Fue el abuelo Richard quien lo bautizó con ese nombre, precisamente por su afición a permanecer largas horas en esa estancia.

—Tenemos que darte un apelativo adecuado para

permanecer con dignidad al lado de tanto nombre ilustre —había dicho el abuelo.

Alex y ella habían empezado a decir nombres hasta que el abuelo decidió solemnemente:

—Se va a llamar Virgilio, eso es. Me parece el nombre más adecuado. Y te nombro guardián de la biblioteca —añadió mirando al gato y haciendo un guiño cómplice hacia Alex, que a pesar de ser ya mayor seguía siempre liado con perros, gatos y cuantos animales pudiera encontrar. Ella en cambio prefería a los caballos, siempre los caballos.

Aquel gatito había sido el más pequeño de la camada que se resguardaba en el establo, y por eso el abuelo lo mimaba dándole restos de comida que le quitaba a la cocinera y cacitos de leche.

Era terrible el abuelo, a veces parecía un muchacho, pensó sonriendo con nostalgia.

El animal lo seguía a todas partes en cuanto lo veía. Tanto era así que al final consiguió traspasar las puertas de la casa y permanecía largas horas acompañando al anciano y dormitando al calor de la chimenea.

Ahora seguía siendo un gato mimado, con un precioso y cuidado pelaje, a pesar de sus casi diecisiete años. Y seguía siendo también el guardián de la biblioteca, aunque el abuelo ya hacía muchos años que no estaba con ellos…

Si no hubiera sido por sus maullidos de advertencia no habrían descubierto a tiempo el fuego en medio de la noche. Y cuando hubieran querido reaccionar, Dios sabe hasta dónde habrían llegado las llamas y la tremenda destrucción que habrían llevado consigo.

Luego, la rápida reacción de los criados y la determinación de Alex organizando a la servidumbre con los cubos de agua consiguieron que los daños no fueran más graves.

Y desde entonces su hermano estaba obsesionado...

Elisabeth se olvidó de la capa de pelo que muy posiblemente se pegaría a su ropa, se agachó, y cogió al gato en sus brazos.

—Anda, ven aquí, mimoso, aunque estás muy gordo para tenerte mucho encima —le dijo mientras le acariciaba tras las orejas.

Virgilio empezó a ronronear más fuerte y se acurrucó en el suave seno de Elisabeth suspirando de placer.

Alexander avanzaba a caballo por delante del carruaje que transportaba a su secretario y al artesano que había contratado en Londres para la reparación de las estanterías de la biblioteca, junto con algunos materiales y maderas de la mejor calidad.

Aquello dejaba poco sitio para los dos hombres, pero el suficiente para poder viajar dentro del confortable vehículo.

Era un trabajo que no podía hacerse de cualquier manera. Quería lo mejor y al mejor carpintero para arreglar la biblioteca.

En el pescante, acompañando al cochero, viajaba

dignamente Julius, disfrutando del aire puro y del paisaje abierto de la campiña inglesa. Aquello le gustaba más que la ciudad, se sentía más en su elemento, estaba claro, a juzgar por su aspecto relajado.

Alexander iba también contento en cierto modo. Su estancia en Londres no había sido tan desagradable como había imaginado en un principio. No se había sentido tan extraño.

Y, aparte del encuentro con cierta jovencita que había minado un poco su moral, no había habido nada inquietante en la visita a la ciudad.

Bueno, ahora esa jovencita se había convertido en objeto de admiración de James, y él se alegraba por ello.

Así le sería mucho más fácil emprender su nueva vida con la mente fría y alerta.

Había muchas cosas del pasado que atenazaban su corazón y no podía abandonarse a dulces devaneos y románticas pretensiones de muchachas insulsas.

No había terminado de pasar el adjetivo por su mente, cuando un aguijonazo de culpa le hizo sentirse mal.

No era una muchacha insulsa…

Bueno, pues precisamente por eso…

Sumido en esas reflexiones, llegó sin darse cuenta hasta las puertas de Stratton Hall mucho antes que el carruaje.

Había ido cabalgando briosamente a lomos de Black Shadows, el magnífico corcel gris oscuro como las sombras a las que aludía su nombre.

Elisabeth se asomó por la ventana de la biblioteca, con Virgilio en brazos, y, soltando suavemente al animal, salió corriendo sonriente a recibir a su hermano.

Pronto iban a comenzar a funcionar las cosas. La inactividad estaba empezando a acabar con sus nervios.

—¡Alex, por fin estás de vuelta!

El abrazo de bienvenida con que estrechó a Alexander hizo que este se sintiera más reconfortado de lo que se había sentido desde hacía mucho, mucho tiempo.

Luego, mientras permanecía estrechando a su hermana entre sus brazos se alarmó también un poco por tan expresiva muestra de alivio ante su vuelta.

—Elisabeth, me encanta tu recibimiento, pero ¿te ha ocurrido algo? —preguntó alejándola un poco de sí y mirándola a los ojos en busca de respuestas.

—No, en absoluto —respondió ella risueña, y se puso seria de repente y añadió—: Ya estás otra vez con tus manías y recelos. ¿Qué me iba a ocurrir? Esto está tan mortalmente tranquilo como siempre, Alex.

Le miró directamente a los ojos.

—No empieces otra vez con tus miedos…

Luego, pensando que estaba siendo muy dura con su hermano, y sopesando todo lo que había tenido que afrontar él al retomar su vida en Inglaterra, suavizó su tono un poco.

—Simplemente me alegro de tener conmigo a

mi querido hermano —comentó con aire desenfadado, y luego volvió a estrecharlo cálidamente entre sus brazos—. Además, el aburrimiento me está matando y ya estoy ansiosa de empezar a hacer cosas.

—Tenías que haberte venido conmigo como te pedí —le reprochó Alexander—. La próxima vez que vaya tienes que acompañarme. Ya está bien de estar recluida en el campo.

—Siempre me ha gustado. Además, en Londres apenas se puede montar a caballo…

—Elisabeth, el tiempo que hemos estado separados te ha hecho convertirte en una mujer muy decidida, y tu forma de montar parece más un desafío que un pasatiempo —y luego añadió poniéndose serio—: Tienes que tener más cuidado.

En el aire quedó el recuerdo de algo de lo que ninguno quería hablar, pero que los dos tenían muy presente.

—Y a ti te ha convertido en un hermano muy protector y juicioso —respondió agarrándolo del brazo y haciendo un esfuerzó por aligerar el ambiente

Alexander le dio las riendas de su caballo a un criado que salió a su encuentro y se dirigió con Elisabeth al punto donde el camino arbolado de entrada se unía a la explanada que rodeaba la mansión y por el que tendría que avistarse la llegada del carruaje.

—Y hablando de caballos y de Londres —comentó él—. Dentro de una semana tengo que volver.

James va a ayudarme a renovar nuestras cuadras. Aparte de Winter y de Black Shadows no hay un caballo decente para montar cuando vengan nuestros invitados.

—Ves, eso ya me va interesando más —señaló Elisabeth

Entornó sus chispeantes ojos azules para hacerse la interesante y añadió sonriente:

—Puede que esta vez sí te acompañe. No hay como una visita a Tattersall para animar mi espíritu.

—Yo estaba pensando más bien en una visita a la ópera —replicó Alexander enarcando una ceja—. James nos ha ofrecido su palco.

—¿Cómo está? —le preguntó Elisabeth—. Ahora que ha heredado el título casi no lo veo nunca. Siempre anda ocupado con sus asuntos. Parece que se lo está tomando muy a pecho.

—Bueno, ya sabes que James siempre fue muy concienzudo, más bien testarudo a veces, y como se proponga algo, no hay quien pueda disuadirlo de su empresa.

—Sí, parece empeñado en demostrar que merece ese título —dijo Elisabeth, y luego añadió con algo de tristeza—: Casi me alegro de no haber tenido un hijo que pudiera habérselo arrebatado. Lo merece más que nadie.

—Tú también merecías más que nadie ser feliz y tener un marido y unos hijos —la cortó Alexander—. Lamenté mucho la muerte de tu marido, era un hombre honorable y muy generoso.

—Sí, todavía sigo echándolo de menos. Añoro su fuerza de carácter y su apoyo. Pero ahora te tengo a ti y ya no me siento tan sola…

Alexander sonrió y en un gesto de ternura se llevó la mano de Elisabeth a los labios y depositó en ella un beso lleno de devoción y cariño.

A lo lejos se empezaba a divisar el carruaje.

Y, a lo lejos también, unos ojos llenos de odio contemplaban la escena…

«Sonríe, maldito, sonríe, que yo borraré esa sonrisa de tu cara. Te voy a quitar lo que más quieras…».

—Mira, Alex, ya llegan. Julius parece el dueño del universo ahí arriba —añadió Elisabeth con una carcajada argentina—. Como si fuera en un trono. Nunca había visto a un hombre tan seguro de sí mismo y tan serio como él.

—Y no lo conoces bien… —apostilló Alexander en tono irónico—. Puede ser además letal si es necesario. Ha sido durante todo este tiempo mi único amigo y el único puerto seguro en medio de tanta zozobra.

Se quedó pensativo un segundo.

—Si algo he aprendido de él es a respetar a cualquier ser humano por lo que es y no por el lugar que ocupa en la escala social. Aunque el abuelo también era en cierto modo así. No tenía nada que ver con…

Alexander se interrumpió bruscamente. Lo que menos quería era hablar de su padre. Todavía no podía hacerlo sin paladear el amargo sabor del rencor en su boca.

Elisabeth salió en su ayuda y cambió de tema con aquella habilidad suya de tomar las riendas de cualquier situación.

—Vamos, hermano, a ver qué cargamento traes. A juzgar por lo que asoma por la ventanas y la cara de agobio de tu secretario has comprado medio Londres en maderas. No me extraña que hayan tardado tanto en llegar.

Y avanzaron un poco para situarse junto al vehículo, que se había detenido al fin en la gran explanada con un chirrido de las ruedas y el relincho de alivio de los caballos, que cabeceaban en medio de una súbita nubecilla de polvo.

Doce

Lucy se movía inquieta por su habitación, colocando con Bessie algunas de las prendas que ya había terminado *madame* Lescaut.

Esa misma mañana había ido a recogerlas y se había probado algunos de los vestidos que quedaban por terminar.

Toda la ropa interior, las medias, los sombreros, los guantes aparecían desperdigados como si de tesoros se tratara y los contemplaba con Bessie en abierto deleite.

Nunca se había sentido tan nerviosa, salvo cuando era pequeña y recibía sus regalos de Navidad, pero eran unos nervios muy diferentes.

El magnífico traje de montar también descansaba en una silla y, a su lado, las botas aquellas tan preciosas que resultó que le quedaban como un guante.

Bessie, que había heredado a causa de ello más cosas de las que había soñado tener nunca, se encontraba también excitada y satisfecha por igual. Aunque, fiel a su sentido práctico, volvió a bajar a la realidad y le recordó a Lucy:

—Tiene que arreglarse ya, señorita Lucy, si es que no quiere recibir a sus invitados en ropa interior…

—No seas aguafiestas, Bessie —le reprochó la joven, sin dejar de contemplar su botín—. Nunca había visto tanta ropa junta, y tan bonita…

—Pues usted también querrá estar bonita para «sus invitados», digo yo —apuntó la joven con retintín.

Lucy reparó de pronto en la intención que llevaba el comentario de Bessie y también bajó a la realidad de golpe. Con ello, la excitación se convirtió en puros nervios y prisas por vestirse.

El conde de Montrose iba a acudir por primera vez a la tertulia que tenía lugar en su casa. Su padre lo había invitado en la librería y ella iba a verlo por segunda vez.

Un ligero rubor se extendió por su cara y por su pecho mientras decidía cuál de sus nuevos vestidos iba a ponerse.

—El azul, sin duda, es el más adecuado —intervino Bessie adivinando sus pensamientos.

—Sí, tienes razón. Siempre la tienes, por eso te perdono lo deslenguada que eres —le contestó Lucy, ya recuperado un poco su habitual aplomo.

Tomó el vestido en sus manos y se contempló en el espejo poniéndolo sobre su cuerpo.

Sí, aquel azul ni claro ni oscuro, lleno de matices, le sentaba muy bien a su tez. Aquel azul le traía recuerdos de un sueño…

Ese tono de azul hacía vibrar algo en su interior. Y envolverse en él no hacía sino potenciar su embrujo y sumirla en el ensueño…

—Entonces este, señorita Lucy. Vamos a ponérselo. Y estos zafiros de su bisabuela serán perfectos.

Lucy parpadeó un instante y se volvió hacia Bessie con la mirada ausente. Dejó que ella la vistiera y que después arreglara adecuadamente su pelo.

A las mejillas no les hacía falta color, quizá un poquito de rosa para sus labios…

—Está maravillosa, señorita Lucy, parece otra persona. La miro y casi no la reconozco —añadió con algo de nostalgia.

Bessie estaba viendo en ella a la mujer y no a la niña con la que había convivido hasta entonces.

Quizá era hora de que las dos crecieran. Ella también se sentía distinta cuando Sam la miraba con aquel fuego en sus ojos oscuros… pero solo cuando nadie los observaba…

—Gracias, Bessie. Tú sabes sacar partido siempre a mi aspecto, ya sea con los vestidos de siempre o con estos. Y nadie se atrevería como tú a domar mi pelo.

De repente, el sonido de un carruaje tirado por caballos que se detenía ante la puerta las hizo callarse al instante.

Sin dudarlo, las dos fueron hacia la ventana de la salita de enfrente. Lucy la primera. Bessie mirando por encima de su hombro.

El escudo que figuraba en la puerta era inconfundible. Ya lo había visto en la tarjeta de presentación que James Osbourne le había enviado a su padre.

La puerta se abrió y por ella descendió decididamente la esbelta figura del único hombre que igualaba en altura a su padre.

Sus rubios cabellos se arremolinaban con rebeldía en su frente cuando él los alisó para confinarlos en el sombrero y, al hacerlo, como si alguien lo llamara, alzó la mirada instintivamente hacia la ventana.

Los ojos de Lucy se encontraron con los suyos y ante el contacto ella sintió de repente que algo cálido surgía en su pecho. Alzó la mano en un saludo y sonrió.

Él se llevó la mano al sombrero también a modo de saludo y, con otra abierta sonrisa, se dirigió hacia la puerta.

William Havisham había salido a despedir a sus invitados, que ya se marchaban a sus respectivas casas, y ahora contemplaba abstraído la partida de los últimos de ellos desde la ventana que daba al jardín delantero de su pequeña mansión.

Todos habían estado entusiasmados con la asistencia de tan distinguido nuevo contertulio.

El conde de Montrose era ciertamente un joven digno de tener en cuenta y, si la intuición no le fallaba, era más que evidente que estaba interesado en su hija.

Era algo muy sutil, puesto que el comportamiento y los modales de James Osbourne eran impecables.

No es que le sorprendiera en absoluto. Lucy era una joven tan bella y encantadora…

Igual que lo había sido su madre.

«Lucía».

La había amado casi en el mismo instante en que su mirada se posó en ella como atraída por un imán. Cómo ignorar aquella belleza tan terrenal y a la vez tan etérea. Aquella dulce voluptuosidad y aquella sonrisa de niña.

Y en el horror de la guerra, cuando la vida y la muerte solo eran la cara y la cruz de un instante, se amaron con locura.

Vivieron aquel amor como si no hubiese un mañana. Y, en definitiva, así había que vivir siempre la vida. Porque nadie sabe si el mañana no se le escurrirá a uno entre los dedos en cualquier otro instante.

Y luego, no fue la guerra quien destruyó su felicidad, sino la fría Inglaterra y el duro corazón de su propia familia…

William volvió en sí cuando una mano se posó en su hombro.

—Papá, ¿qué haces tan pensativo? Tenías la mirada perdida. Hacía tiempo que no te veía tan triste.

—No, hija, no estoy triste, al contrario, solo son los recuerdos. Estás tan guapa que no he podido evitar pensar en tu madre. Y ese es un viejo dolor que siempre va conmigo.

Lucy se abrazó a su padre y no pudo evitar que una lágrima corriera furtiva por su mejilla.

No había un hombre en la tierra como su padre.

La mujer que lo amó y a la que él ahora veneraba había tenido la inmensa suerte de compartir su vida con un hombre así, aunque aquella historia de amor solo hubiera durado unos pocos años.

Ella quizá no tuviera esa suerte. Pero no iba a conformarse con menos, eso seguro.

—Vamos, papá. Vente al jardín de atrás conmigo. Sam dice que están saliendo un montón de flores después de tanta tormenta y la salida del sol. Y el reguero está lleno de agua.

—Nada como hablarme de flores para distraerme de mis cavilaciones ¿verdad? —dijo acariciándole con ternura la mejilla—. No juegas limpio. Me conoces demasiado bien, pillina.

William empezó a hacerle cosquillas juguetonamente en los costados, como cuando era pequeña. Y así, entre risas, se fueron hacia el jardín en busca de los nuevos tesoros de la primavera.

Trece

Elisabeth iba junto a Alexander en el carruaje, confortablemente abrigada con su manta y su ladrillo caliente, cavilando. La mañana era bastante fría cuando salieron casi al amanecer de Stratton Hall, camino de Londres.

Su hermano había decidido no ir a lomos de Black Shadows, como era habitual, e iba en el carruaje con ella para después volver con los nuevos caballos que iban a comprar en Tattersall con el asesoramiento de James.

James serían un buen consejero. Ella compartía con él la afición por los caballos desde siempre, además del profundo cariño que los dos sentían por su esposo.

James tenía decidido emprender la crianza de su propia cabaña y poco a poco iba dando los pasos necesarios. Era un espíritu demasiado inquieto para conformarse con la ociosidad que caracterizaba a la mayoría de las personas de su clase.

Su hermano Alex también compartía con él ese

espíritu emprendedor, que desbordaba los límites de su posición social.

Pero Alex estaba mucho menos centrado que James. Había sufrido más que él y todavía tenía muchas batallas que ganar. La principal de todas consigo mismo.

Solo era cuestión de tiempo… tenía que asimilar poco a poco el suceso que había alterado su vida y adaptarse al reto que suponía el ducado.

Y Alex no era como su padre, no iba a dejar que las cosas se hicieran, o no se hicieran más bien, por sí solas. Era demasiado responsable para dejar que todo se perdiera. Lo haría bien.

Elisabeth suspiró sintiéndose satisfecha y relajada.

Habían sido unos días muy ajetreados, con la reparación de la biblioteca, la confección de las nuevas cortinas, los nuevos tapizados de los sillones y todo el mobiliario que había sido repuesto o convenientemente reparado.

Ahora la biblioteca parecía otra cosa, nada que ver con la imagen de ruina y desolación que tanto los había entristecido.

Solo faltaba organizar y colocar los libros para que volviera de nuevo a la vida. Pero esa era una tarea que nadie, excepto la persona que había buscado Alex, podía acometer.

Se necesitaba mucho conocimiento y experiencia para una labor así, siguió reflexionando Elisabeth.

Tenía que ser un hombre bastante entrado en años y con mucha experiencia con los libros al parecer, aunque tenía una hija muy joven, según había sabido por lo poco que le había contado Alex, siempre tan escueto en sus explicaciones.

Era un hombre de pocas palabras. En eso se parecía poco a ella.

Al principio, la idea le había dado algo de pereza, pero pensándolo bien casi le apetecía tener invitados y volver a retomar un poco la vida social.

Su hermano, aunque no lo quisiera, también lo necesitaba.

—Alex, háblame de nuestros invitados —le pidió ella—. Apenas me has contado nada de ellos. Sé que son un padre y su hija, que él es uno de los hijos de un conde, pero nada más.

—Sí, creo que del conde de Richmond, pero tampoco hay mucho que contar. Apenas los conozco realmente —respondió Alexander—. Él es un hombre distinguido, apartado por algún motivo familiar de la vida social a la que tendría derecho, pero con sobrada reputación intelectual y con un montón de condecoraciones de la guerra de la Península.

—¿Y a su hija también la conoces? ¿Cómo es? Dime algo, siento curiosidad —siguió preguntando Elisabeth, ávida de respuestas.

Hasta entonces no le había prestado mucha atención al tema, centrada como estaba en las obras y el acondicionamiento de la casa para la recepción de sus invitados. Pero ahora estaba decidida a sonsacar a su hermano todo lo que supiera.

Y, cuando ella decidía algo, no había fuerza humana que se le resistiera.

—Apenas la he visto unos momentos. Fue cuando estuve tomando el té en su casa para hablar con su padre…

—Bueno, pues dime cómo es. ¿Es alta, baja, fea, guapa?

Alexander se quedó pensativo. La imagen de la joven se formó en su cabeza y llegó directamente hasta su corazón sin que él pudiera hacer nada por evitarlo.

Sintió un ligero escalofrío.

Esa mañana estaba resultando ser demasiado fría para estar en primavera.

—Es muy joven y sí, es guapa —respondió Alexander, nada proclive a ahondar en el detalle de una belleza que tanto lo alteraba.

—¿Rubia? —insistió Elisabeth.

—No, morena. Creo que su madre era española.

La natural curiosidad de Elisabeth se avivó más.

—Qué pintoresco. ¿Y dices que murió entonces?

—Creo que sí, Elisabeth. Pero ya tendrás tiempo de preguntarle a ella. Regresarán con nosotros cuando volvamos a Stratton Hall.

Y, para hablar de otra cosa y desviar la atención de su hermana de lo mucho que aquel tema le turbaba, añadió…

—James parece interesado en ella.

—Ah… Entonces tiene que ser alguien muy especial. Hace mucho que James no se interesa por ninguna mujer.

—Vaya —susurró Alexander enarcando una ceja con escepticismo.

Un gesto demasiado habitual.

Elisabeth continuó con su cháchara, sin haber percibido el sutil cambio de actitud de su hermano.

—Sí, no sabes cómo lo persiguen todas las matronas de la alta sociedad. Se ha convertido en uno de los solteros más codiciados de todo Londres.

Hizo una pausa, como si estuviera visualizando a James, y sonrió.

—Siempre tuvo éxito con las mujeres, de sobra sabes lo que supone para las damas ese cabello tan rubio, esos ojos tan negros y esa elegancia y apostura que le da la altura que tiene. Se parece tanto a mi difunto esposo que más que sobrino diríase que podría haber sido su hijo.

Elisabeth se puso triste por un instante, luego recuperó su tono jovial.

El recuerdo de su esposo aún le dolía, pero ya no sufría su ausencia como en los primeros momentos.

Estaba dispuesta a recuperar su vida.

Sonrió para sus adentros y retomó la conversación, ante el mutismo de su hermano.

—Pero, claro, ahora que ha heredado el condado, su atractivo se ha acrecentado considerablemente. Tiene que refugiarse en el campo para que no le persigan con fiestas y demás actividades sociales —hizo una pausa un poco dramática y añadió—: Y ahora, con la Temporada, ya verás…

El rostro de Alexander permaneció inexpresivo.

Se estaba temiendo el derrotero que iba a seguir la conversación.

—Él, sin embargo, las rehuye a todas —continuó Elisabeth inexorable—, aunque en algún momento tendrá que pensar en tener un heredero para asegurar la continuidad del título y, claro, tendrá que formar una familia.

Ya estaba, ahora le tocaba a él.

Estaba seguro.

—A ti te va a pasar lo mismo, querido Alex. Vas a tener que vértelas con todas las casamenteras. Y también tendrás que pensar en un futuro no muy lejano en formar tu propia familia…

El genio de Alexander explotó de repente. Una furia ciega lo invadió como una gigantesca ola de agua fría y espuma, sin que pudiera hacer nada por medir las palabras de rabia y amargura que afloraron a su boca.

No estaba dispuesto de ningún modo a transigir en ese asunto.

—Elisabeth, no pienso casarme ni preocuparme de la continuidad de un título que solo llevo como un lastre.

La miró directamente a la cara y, ya un poco más sereno, pero no menos hiriente, añadió:

—Habría sido feliz si hubieras tenido un hijo que pudiera heredar el título, las tierras, todas estas miserias y riquezas manchadas por el apellido de un hombre sin honor.

—Pero todo esto es tuyo por derecho, eso nadie puede negarlo, por mucho que te empeñes en rechazarlo.

—Solo lo he aceptado porque tú me necesitabas, no podía soportar que tuvieras que hacerte cargo de todo tú sola —añadió en tono bajo pero airado—. Pero, si no te hubieras quedado viuda tan pronto y tu marido hubiera estado aquí para haberte ayudado, yo habría seguido en Jamaica y a estas horas estaría dirigiendo mi hacienda.

—Bueno, pero alguna vez tendrás que dar lugar al perdón, reconciliarte con el pasado —dijo Elisabeth intentando imprimir algo de suavidad a unas palabras que sabía que alterarían aún más a su hermano—. Y, una vez que has aceptado ser el nuevo duque, tendrás que tener un heredero…

—Elisabeth, cásate tú, y ten los herederos que quieras. Eres todavía joven y muy guapa. ¿Por qué no piensas en ello, en vez de intentar dirigir mi vida?

Elisabeth se quedó pálida ante aquella respuesta, no por esperada menos dolorosa.

Su piel, ya de por sí blanca como la nata, pareció aún más nívea, pero acto seguido se llenó de un rubor evidente.

Ella también tenía su genio.

Vaya que sí, qué se había creído aquel estúpido… Ella también había sufrido con todo lo ocurrido en el pasado.

Pero, cuando iba a soltarle un improperio muy poco adecuado a su condición, la mano de Alexander sujetó las suyas con calidez.

Su expresión contrita refrenó cualquier acritud por parte de ella.

Elisabeth tenía genio, sí, pero un corazón noble y generoso por naturaleza también.

—Perdóname, hermana. Siento haber sido tan brusco y desconsiderado.

Le dio un beso en la mejilla, que ella aceptó un poco de mala gana, pero que no hizo ademán de rechazar.

—Sabes cómo te quiero —continuó diciendo Alexander—. Y que el cariño que siento por ti es lo único que me ata a este ducado. Pero no me pidas demasiado…

Elisabeth pensó un instante sus palabras, mientras asentía dando por olvidada la discusión y le devolvía el beso a su vez.

Todo lo que había dicho era cierto y tenía que decirlo, pero quizá él no estaba todavía preparado para escucharlo.

Aunque no se arrepentía en absoluto.

El mensaje quedaba en el aire. Su hermano lo iría aceptando poco a poco. Habría que darle más tiempo.

Él nunca había sido tan impulsivo como ella, por eso mismo, el mayor acto impulsivo de su vida, el que le había obligado a exiliarse a Jamaica, le había herido doblemente.

—Dejémoslo estar, Alex, no te preocupes por nada —dijo por fin para no alterarlo más.

Pero su hermano era fuerte, era tan noble de carácter como noble era su linaje, aunque no quisiera admitirlo.

Estaba destinado a engrandecer su apellido y sacarlo del fango donde su padre lo había sumido. Se parecía demasiado a su abuelo como para permitir que siguiera en él.

Se lo debía al abuelo Richard, a ella, y a su querida y sacrificada madre…

Siguieron avanzando ya en silencio por los caminos de la verde campiña. El sol se había levantado por fin regalando su calidez al paisaje y sosegando el ánimo de los dos hermanos, tranquilos ya al cabo de la pequeña discusión.

Los bien cuidados caballos avanzaban a buen paso bajo la mano experta del cochero, acompañado siempre por el solemne silencio del sin par Julius. Todos iban camino de la bulliciosa Londres, donde a todos los esperaba una meta no buscada y un encuentro con su sino.

La primavera hacía renacer la vida a su alrededor y, al igual que los campos se llenaban de flores después de la lluvia y la caricia de la luz, el corazón de los hombres empezaba a albergar una nueva esperanza, tan verde como esa primavera.

Catorce

William paseaba a caballo esa mañana con Lucy por Hyde Park.

Era, como siempre, muy temprano, la única hora en la que se podía disfrutar de alguna buena cabalgada, puesto que los caminos estaban prácticamente desiertos.

De todas formas, ellos siempre escogían los menos conocidos y transitados, de manera que no solían encontrarse con nadie.

Solo de esta manera podía William espolear a su caballo y abandonarse al placer de sentir el rocío en su cara, la humedad de la hierba oliendo en el viento…

En definitiva, la certeza de estar vivo aunque solo fuera por unos instantes.

Lo demás poco importaba en esos minutos robados a la cordura.

Atrás quedaba el dolor, las preocupaciones, los años vividos en un compás de espera reñido con el tiempo. En otras palabras, el vacío de su existencia.

Ese inmenso vacío que ni él mismo era consciente de sentir. Quería demasiado a su hija para reconocerlo.

Por ella, todo había valido la pena.

Lucy lo seguía a su ritmo, mucho más tranquilo y placentero para su gusto, ya que solía distraerse con frecuencia con cualquier cosa, sobre todo con las ardillas. En muchas cosas todavía seguía siendo una niña.

Él se adelantaba y la esperaba cuando le parecía conveniente, nunca muy lejos y nunca de manera que la perdiera de vista, puesto que paseaban solos.

Ya se sabían de memoria el ritmo de cada uno.

Lucy había estrenado esa mañana su nuevo traje de montar azul oscuro y sus botas y estaba exultante de alegría.

Estaba guapa y se sentía guapa, más segura de sí misma con aquel atuendo que como se sentiría con los trajes de fiesta, eso seguro, aunque aún no había estrenado ninguno.

Solo se había puesto el bonito vestido de tarde de color también azul, pero más claro. Y había que reconocer que era elegante y maravilloso.

—Te espero en el claro, Lucía —señaló William poniéndose al trote.

—De acuerdo, papá, vete tranquilo, que yo no tardo —le respondió ella.

Y entonces William se alejó al galope como una exhalación.

Elisabeth había salido esa mañana temprano a cabalgar con James. Alex tenía cosas que hacer y ella había preferido no atosigarlo para que fuera con ella. Tampoco quería ir sola acompañada de algún criado para que su hermano no se preocupara y se pusiera nervioso.

Se fiaba poco de ella.

James sí que había estado dispuesto a acompañarla, porque no dejaba de cabalgar a diario, como hacía cuando estaba en el campo.

Aquello no era lo mismo que montar en campo abierto, pero era mejor que no hacer nada, y, afortunadamente, James conocía caminos que apenas eran transitados.

A esas horas tan tempranas, en aquella mañana fría y llena de niebla aun a pesar de la estación en la que estaban, no sería fácil encontrarse con nadie.

James solía quedarse atrás, nunca dispuesto a seguir sus retos y sus bromas, por más que ella lo desafiara. No había hombre más impasible al respecto.

Pero al menos la dejaba en paz y no empezaba a sermonearla como su hermano. Dejaba que saliera al galope y luego, cuando a él le apetecía, la alcanzaba.

Él sí se fiaba de ella y no compartía los repentinos temores de su hermano respecto a su seguridad.

Le había dejado a ella su caballo más veloz y él iba con uno más lento y viejo, ya que en Londres no tenía mucho donde elegir, aparte de los del coche de tiro. Toda su mejor selección la tenía en el campo.

Y pensando en su casa Elisabeth se acordó de su fiel Winter. Cómo echaba de menos a su montura, aunque había que reconocer que Mist, un caballo gris claro, casi blanco, como la niebla de esa mañana, también era un portento.

James sabía lo que se hacía con los caballos…

Así iba, sumida en sus reflexiones y a galope tendido, cuando llegó más rápido de lo que debiera al final del camino, que desembocaba en la explanada.

Por el otro lado de la misma, y procedente de otro camino que también desembocaba en ella, apareció William.

Apenas tuvieron tiempo de verse y refrenar al unísono sus monturas.

Los dos caballos se encabritaron momentáneamente, ante lo brusco de su parada. Pero los dos jinetes eran expertos y no tuvieron problema en hacerse con la situación.

—Va demasiado deprisa para su seguridad, milady —dijo William enojado, pero sin poder evitar sentir admiración por la dama.

Quién era aquella fuerza de la naturaleza que surgía como una aparición de entre la niebla de la mañana.

Era, desde luego, la criatura más singular que había visto nunca.

Si existían las ninfas a caballo, era una de ellas, siguió reflexionando, sin poder apartar sus ojos de aquella salvaje belleza.

Y aquel jadeo de excitación que solo una cabalgada, o el éxtasis del amor, arrancan del pecho de una mujer…

¿Qué diablos hacía pensando esas cosas, cuando había estado a punto de partirse el cuello por culpa de aquella criatura desenfrenada?

—Lo mismo digo, milord, va a matar a su caballo, si no se mata usted antes —replicó mordazmente ella.

¿Quién era aquel hombre, tan extrañamente atractivo y arrogante, que se atrevía a darle consejos?

Por otro lado, había que reconocer que era guapo, de un modo natural, y con la apostura de un hombre hecho y derecho, pero joven y saludable.

Muy saludable, pensó viéndolo refrenar al animal entre sus poderosas piernas. Tanto que parecía un dios de los bosques surgido de la bruma.

Los dos permanecían mirándose desafiantes, sin duda sorprendidos y a la vez excitados por el peligro y el mutuo reconocimiento, cuando apareció en el claro James, que no pudo ocultar su satisfacción cuando reconoció a William.

—¡William, qué casualidad, y qué agradable sorpresa también!

Elisabeth miró a uno y a otro intrigada, e intentó dominar su genio lo mismo que hacía con su caballo. Qué casualidad, mira que ser amigo de James aquel cretino arrogante...

William hizo a su vez un esfuerzo por recobrar su proverbial calma, que se había visto alterada de una manera muy especial.

De modo que aquella aparición desafiante era conocida del conde, quizá su enamorada...

—Sí, qué encuentro tan inesperado —comentó él con ironía.

Elisabeth no fue ajena a la pulla y, enarcando una ceja en un gesto muy parecido al de su hermano, señaló:

—Así que os conocéis…

—Sí, te presento al señor William Havisham. Como te habrá comentado Alex, el señor Havisham será el encargado de organizar vuestra biblioteca.

Elisabeth sintió como si el suelo se hundiera a sus pies y se la tragara con caballo y todo.

¿Aquel era el anciano erudito que iba a hacerse cargo de la biblioteca? No podía ser…

Debía tratarse de una broma.

—Señor Havisham, le presento a la condesa viuda de Montrose. Mi tía, y hermana del duque de Stratton.

Hizo una pausa significativa al ver cómo se miraban y añadió…

—Su futura anfitriona en Stratton Hall…

William hizo un gesto de saludo con la cabeza, pero parecía haberse quedado de piedra.

No había sido un monje durante los años de viudedad, pero podría decirse que era la primera vez en todo ese tiempo que miraba a una mujer con los ojos de un hombre, en el pleno sentido de la palabra.

Rápidamente, relegó al fondo de su mente un sentimiento tan poco deseado.

En ese preciso instante apareció Lucy, y todos se volvieron hacia ella.

Lucy contempló al grupo intrigada, y enseguida divisó al conde de Montrose.

Cómo no reconocer al instante a uno de los

hombres más guapos y distinguidos que había visto en su vida…

Luego reparó en la belleza rubia que había a su lado, y que miraba con gesto extraño a su padre.

Como midiéndolo.

¿Qué tendría que ver con el conde?

Su padre también parecía algo incómodo, si no interpretaba mal las señales, y con él no solía equivocarse.

James Osbourne volvió a hacerse cargo de la situación, ante el inusitado e incómodo silencio de William.

—Señorita Havisham, es una agradable coincidencia, como le estaba diciendo a su padre.

—Buenos días, sir James —respondió ella haciendo gala de toda la majestuosidad que le daba su nuevo atuendo.

No había nada como ir bien vestida para cada ocasión, según estaba comprobando últimamente.

Aquella dama era muy hermosa, y sin duda iba también elegantemente vestida, pero no más que ella, contempló con satisfacción

Tenía algo desaliñado el pelo, como si hubiera cabalgado frenéticamente, pero aquella aureola que formaba alrededor de su cara solo contribuía a hacerla más encantadora… había que reconocerlo.

Elisabeth reparó en Lucy de repente y sonrió mostrando lo angelical que podía ser su cara cuando abandonaba el gesto desafiante.

—Señorita Havisham… —empezó a decir James para presentarlas.

Y Elisabeth lo atajó al instante.

Aquella jovencita parecía muy dulce, pensó observándola con atención, y tan bonita… No le extrañaba que James se hubiera encandilado con ella.

—Soy Elisabeth, la hermana de Alexander, y creo que vas a ser mi invitada dentro de poco en Stratton Hall —dijo recobrando su cordialidad habitual.

—Encantada, milady. Yo soy Lucía Havisham.

—Lucía, qué bonito nombre —comentó, y luego añadió—: Pero, por favor, llámame Elisabeth, seguro que seremos buenas amigas.

—Y yo soy Lucy para todo el mundo. Lucía solo me llama mi padre. Era el nombre de mi madre…

Un jarro de agua fría pareció bañar a William de repente y sacarlo de su estupor.

De todas las cosas que podría haber dicho su hija en ese instante, aquella mención resultó ser la más inadecuada de ellas.

Como ya estaban hechas las presentaciones, James los invitó a unirse a ellos y los cuatro se incorporaron al camino para continuar el paseo por el parque.

Lo hicieron al paso, para así poder charlar y seguir ahondando en su conocimiento.

—Ya que nos hemos visto por sorpresa, William, aprovecho la ocasión para invitarlo a usted y a la señorita Lucy a la ópera. Será dentro de un par de días —añadió, esperando su respuesta.

William no pareció muy entusiasmado, pero se esforzó por disimularlo.

En la ópera podía encontrarse con mucha gente. Antiguos conocidos que habían vuelto la cara a su paso cuando su propio padre lo alejó de su lado condenándolo al olvido.

Pero, viendo la mirada de entusiasmo de Lucy, no fue capaz de negarle aquel placer a su hija.

Si había que desafiar a la sociedad londinense por ella, estaba dispuesto.

Al fin y al cabo, la mayoría eran un atajo de pusilánimes que no se atrevería a negarle el saludo estando en compañía del conde de Montrose.

—Sí. Estaremos encantados de acudir, ¿verdad, hija? —respondió, mirando a Lucy.

Y por la sonrisa que se dibujó en la cara de su pequeña habría vendido William hasta su alma.

Quince

Lucy paseaba nerviosa por la biblioteca mientras Bessie se aplicaba laboriosamente a su bordado.

—Bessie, imagínate, voy a ir a la ópera —le comentó entusiasmada.

—No puedo ni imaginármelo, señorita Lucy, ya que nunca he ido y temo que nunca iré.

—Yo tampoco he ido nunca, Bessie, no seas prosaica —replicó ella—. Pero no por ello no voy a poder imaginármelo.

—Bueno, si usted lo dice… —replicó testarudamente la joven, sin apartar la vista de su bordado.

—Y el conde de Montrose, que es quien nos ha invitado, tiene un palco privado en el teatro.

—Señorita Lucy, comprendo su emoción si pienso en ir a cualquier sitio con semejante caballero, pero eso de ver una obra de teatro y que en vez de hablar canten, que es lo que hacen, por lo poco que sé, no me parece muy entretenido que digamos.

—Mira que eres, Bessie —le reprochó Lucy, algo desencantada.

—Mi tío fue en una ocasión y tampoco pareció entusiasmado. Aunque me dijo que estaba todo Londres en el teatro —hizo una pausa y matizó—: Toda la gente más distinguida, quería decir.

—Te había entendido, Bessie, puede que viva ajena al resto de la sociedad, pero no soy tonta.

—No quería insinuar nada por el estilo, señorita, perdóneme —comentó Bessie, reparando en que su natural escepticismo estaba aguándole la fiesta a la joven, y eso no era justo.

La quería como a una hermana. Así que añadió:

—La verdad es que ir como invitada del conde será como una especie de presentación en sociedad. Tendremos por lo tanto que escoger muy bien el vestido.

—Ya estaba pensando en ello —le dijo Lucy, olvidando con suma facilidad toda la cháchara anterior de Bessie.

Estaba demasiado entusiasmada para centrarse en otra cosa que no fuera su primera asistencia a la ópera.

Ese día sería el estreno de *La Cenerentola* y en cierto modo ella también se sentía como una cenicienta cualquiera en busca de su noche de ensueño con su príncipe.

Su padre, en cambio, no parecía tan entusiasmado como ella.

En ese preciso momento apareció en la biblioteca y se sentó junto al fuego después de coger un libro.

Eran muchas las tardes que pasaban allí los tres

al calor del fuego y allí era también donde les había enseñado a ambas muchas cosas.

Bessie no hizo pues ademán de marcharse. Si querían hablar a solas ya se lo dirían, así que como era habitual permaneció con su labor en la silla que había al lado de la ventana, aprovechando los últimos rayos de sol de la tarde y pensando en sus cosas.

Mientras, Lucy dejó su incesante ir y venir y se dirigió al otro sillón que había al lado de la chimenea, dispuesta a sonsacar a su padre algunas respuestas.

—Esta mañana ha sido muy gracioso nuestro encuentro, ¿verdad, papá? —preguntó, para entrar en materia.

—Mmmm, sí, muy gracioso —respondió él, sin levantar la mirada del libro.

—Me ha gustado mucho lady Elisabeth, es muy agradable, y a mí me parece encantadora.

—Sí, parece muy agradable.

—¿Es que vas a repetir todo lo que yo diga, papá? —preguntó enojada Lucy.

Estaba naturalmente ávida de comentar el encuentro y la consiguiente invitación, ya que con Bessie no había tenido mucho éxito. Necesitaba regodearse en todo el sugerente mundo de perspectivas y nuevas experiencias que se abría ante ella.

Y también quería averiguar el porqué del extraño humor de su padre.

William tuvo que bajar el libro, que en el fondo apenas estaba leyendo, y mirar directamente a la cara de Lucy.

—No, hija, no repito lo que dices, simplemente ocurre que eres una jovencita muy observadora y tienes razón en todas tus palabras —respondió mirando con picardía los ojos abiertos de indignación de Lucy.

—Ah, ¿sí?, pues tú no parecías muy contento con ella...

—¿Qué dices?

William se puso serio, sorprendido ante la agudeza de su hija. No había que subestimar nunca a aquella pilluela.

—Sí, que cuando llegué la mirabas de un modo extraño, lo mismo que hacía ella —explicó Lucy, rematando satisfecha la faena

—Imaginaciones tuyas, hija —respondió intentando convencerse a sí mismo también de que lo que decía era simple y llanamente lo que había ocurrido, que no había habido nada más.

Nada de aquel súbito ardor, ni del vuelco que había sufrido su cuerpo y su espíritu al encuentro con ella.

—Simplemente ocurrió que estuvimos a punto de chocarnos al desembocar los dos en el claro, porque tu encantadora dama cabalga como una furia —añadió.

—Sí, se ve que domina bien a los caballos, no es fácil llevar un animal como el que llevaba y parecer relajada y majestuosa.

Era mejor continuar hablando de otro tema, para no pecar de indiscreta. Su padre parecía en cierto modo impresionado con la dama y en cierto modo también enojado. Y casi podría apostar a que se había sentido atraído por ella.

Eso era muy raro en él, sopesó Lucy.

—Me dijo que era el caballo del conde, y que el suyo lo había dejado en el campo…

Nunca había notado esa actitud en su padre. Aunque sabía que a veces había tenido alguna relación, nunca había traspasado el mundo que compartía con ella.

Pero, por supuesto, ella ya era mayor, y entendía que era natural que él se permitiera rehacer su vida si realmente había alguien que mereciera su interés.

Bueno, por otro lado, iban a ser invitados del duque y su hermana durante un tiempo…

Ya habría ocasión de corroborar o no su teoría.

Sintió de pronto una especie de corriente de anticipación.

No iba a ser fácil convivir bajo el mismo techo que el duque, un hombre de enigmático atractivo que la atraía de un modo pecaminoso y extraño…

Qué ocurrencias.

Estaba muy romántica últimamente y podía ser que viera a su alrededor chispas de amor y pasiones encendidas por todas partes.

Alexander y Elisabeth estaban tomando el té en el tranquilo cuarto de estar de su casa de Londres.

Él había comido fuera con su secretario, después de visitar un par de fábricas en busca de nuevos arados y maquinaria para los campos.

—Como te decía —comentó Elisabeth después de una pausa para servir el té—, esta mañana, cuando montaba con James por el parque, he conocido por casualidad a nuestros futuros invitados.

—Sí, ya me has dicho… —respondió él.

—No me habías comentado que el señor Havisham fuese un hombre tan… joven —le reprochó Elisabeth como si hubiese una segunda intención en ello.

—Yo no te dije que fuera viejo, te conté todo lo que sabía de él. Las conclusiones las sacaste tú, Elisabeth —respondió cargado de razón.

—Pues yo creo que es demasiado joven, para hacer un trabajo así, me refiero. No creo que sepa tanto como para hacerse cargo de la biblioteca del abuelo…

—Pero qué tonterías dices, Elisabeth, ¿qué mosca te ha picado? —inquirió él, y luego añadió—: ¿Desde cuándo hay que ser viejo para ser experto en algo? Te aseguro que sus referencias al respecto son intachables. Sabe muchísimo de libros antiguos, y tiene los contactos necesarios para consultar lo que no sepa.

—Está bien. Tú sabrás lo que haces.

—Por otro lado, tampoco es tan joven, es un hombre hecho y derecho, no un muchacho.

—Sí, ya me he dado cuenta —respondió Elisabeth, y su hermano se la quedó mirando con suspicacia.

Elisabeth estaba un poco rara, y por el brillo que había en sus ojos al hablar de aquel hombre, mucho se temía que estaba interesada. No había visto en ellos esa expresión desde que era una jovencita

Parecía que los Havisham, padre e hija, tenían el don de atraer a sus redes a todo el mundo…

—Su hija, desde luego, es una preciosidad —dijo Elisabeth poniendo el dedo en la llaga.

Cualquiera diría que lo hacía para vengarse.

—No me extraña que James esté interesado —continuó diciendo—, hacía tiempo que no veía a una muchacha tan dulce y tan interesante.

Como él no decía nada, añadió:

—Parece altiva, pero es un encanto cuando charlas con ella, ¿no te parece?

Alexander empezaba a aburrirse del tema, así que decidió poner punto y final a la conversación.

—Sí, Elisabeth, ya tendrás tiempo de intimar con ella cuando nos visite en el campo. Seguro que os acompañaréis mutuamente.

Y, disculpándose con su hermana, se dirigió a la biblioteca a fumarse un cigarro y beber algo más fuerte que aquel té y aquellos pastelillos tan empalagosos que Elisabeth se había empeñado en que probara.

Dieciséis

Noche de estreno en el King's Theatre.

La gente iba y venía por sus alrededores y bajaba de los carruajes elegantemente ataviada. Había una palpable expectación en el ambiente que rodeaba a aquel pequeño trozo del corazón de Londres.

Así era la ópera.

El que no iba a verla por el puro placer de escuchar la quintaesencia del arte, iba a ver a los asistentes y a que los vieran, y participaba entonces de la misma expectación.

Triste es decir que los segundos eran los que más abundaban.

Pero el estreno de esa noche había causado gran revuelo. La música de Rossini, sublime y mundana a la vez, siempre gozaba de éxito, y *La Cenerentola* había sido muy apreciada desde su estreno hacía ya más de una década. Sin embargo, lo que todo el mundo quería era ver a la cantante de origen español, aunque nacida en París, la bella y maravillosa mezzosoprano María Malibrán, que estaba en su mejor momento y cuya interpretación era muy esperada.

La gran afluencia de público era pues en sí misma también un espectáculo.

Para Lucy era una ocasión doblemente especial, porque iba a oír por primera vez a una gran orquesta y no los pequeños grupos musicales a los que estaba acostumbrada, e iba a ser vista en sociedad.

Esa tarde, cuando había bajado la escalera desde su habitación para encontrarse con su padre, que la estaba esperando abajo, se había sentido como si fuera la reina de las hadas.

No había palabras más realistas para definir la absoluta magia que había obrado *madame* Lescaut con aquel vestido.

—Lucía, estás bellísima... —había musitado William, casi mudo de asombro.

—Gracias, papá —respondió ella sonriendo emocionada.

—Hija... con ese vestido me dejas sin palabras.

Era de muselina de un color rosa intenso, con unos ribetes de tul en un tono más claro en el borde del escote, demasiado profundo para el gusto de su padre, pero absolutamente perfecto para el resto de los mortales.

Para complementarlo, Bessie y ella habían escogido el collar de perlas y amatistas, con los pendientes a juego, que su bisabuela había regalado a su madre en un cumpleaños.

El fulgor nacarado de las perlas separadas por pequeñas amatistas contrastaba con la dorada tersura de su piel ligeramente morena. Y los pendientes, una gran perla con forma de lágrima que pendía de una amatista de un intenso tono violeta, ornaban iluminando de la mejor manera posible el delicado óvalo de su rostro.

—El conde de Montrose ha quedado en recogernos en su carruaje —le explicó su padre, poniendo una mano en su fino talle resaltado por el corsé y llevándola hacia la salita cercana al vestíbulo.

Su fina cintura estaba bien marcada también por el corte del vestido y presentaba un brusco contraste con el amplio vuelo de la falda. Al igual que las mangas abullonadas aureolaban y daban realce a la curva que marcaba el inicio de sus aterciopelados hombros.

El resultado era el que la sagaz francesa había previsto sin duda. Una mujer en la plenitud de su belleza juvenil, seductora y cándida a la vez, y sobre todo elegante. El sello que *madame* Lescaut había imprimido a todo su nuevo vestuario.

—Hoy no dirás que te he hecho esperar, ¿verdad, papá? —le preguntó a William en actitud coqueta.

—Viendo el resultado, creo que habría podido esperar media vida —le respondió él lleno de orgullo y ternura.

La niña había empezado poco a poco su transformación e iniciaba el lento e inexorable camino hasta convertirse por fin en toda una mujer.

Elisabeth y Alexander estaban preparándose, cada uno en sus habitaciones, y ya daban los últimos toques a su atuendo.

Alexander no ponía un empeño especial en arreglarse para estar elegante. Siempre lo estaba.

La desgana con que llevaba las obligaciones sociales relativas a su título imprimía un abandono a su porte, de natural distinguido, que potenciaba su atractivo y definía la impronta de estilo y elegancia que lo caracterizaba.

No era afectado, y la perfección de su facciones, su magnetismo sensual y la leyenda de un pasado un poco oscuro y peligroso lo hacía letal para las mujeres.

Elisabeth estaba en cambio poniendo especial atención en estar atractiva. Al fin y al cabo, hacía mucho tiempo que no se dejaba ver por Londres, y, aunque la ópera era la ocasión ideal para reaparecer sin hacer demasiado ruido, eso no quería decir que no intentara estar deslumbrante…

Les demostraría a todos que seguía siendo en cierto modo aquella mujer que eclipsó en su momento a jóvenes incluso más bellas.

Ya vería después si se prodigaba o no en las fiestas y celebraciones de esa Temporada. Por el bien de Alex quizá tuviera que hacerlo, pero eso sería más adelante.

De momento, quedaba apenas una semana para volver a Stratton Hall y completar la reconstrucción de la biblioteca.

Una mirada de desafío apareció en sus inmensos ojos azules cuando pensó en William.

¿Qué tenía aquel hombre que conseguía que se enfadara con un par de palabras?

¿Qué tenía que hacía que sintiera la necesidad de desafiar la serena autoridad que todo él emanaba?

La doncella dio los últimos toques a su pelo y se retiró para buscar su asentimiento.

Ella hizo un esfuerzo por centrarse en el peinado y no ahondar en el encuentro con aquel hombre.

Un encuentro en el que ciertamente habían saltado chispas…

—Gracias, Sarah —le dijo a la joven. No sabes cómo te he echado de menos en Stratton Hall. Quizá sería conveniente que vinieras con nosotros. Tendremos que dar alguna fiesta y necesitaré de tus servicios. Mi doncella personal está a punto de casarse y, además, no tiene tus habilidades.

La muchacha asintió satisfecha al ver que valoraban sus servicios. Luego, siendo sincera, tuvo que reconocer para sí que no era difícil lograr buenos resultados con un pelo tan precioso y una mujer tan bella.

Una vez aplicado un poco de color a sus mejillas y sus labios, Elisabeth se dirigió radiante a buscar a su hermano para salir por fin hacia el teatro.

James había quedado en ir a buscar en su carruaje a los Havisham, así que ellos irían en su propio vehículo. Y seguro que Alex ya la estaría esperando.

Al igual que al abuelo Richard, siempre le había gustado la ópera.

—Vaya, Elisabeth, vuelves a ser la de siempre —comentó Alexander al ver aparecer a su hermana—. Es como si el tiempo no hubiera pasado por ti. Estás bellísima.

Sonrió con aquel aire pícaro que tanto aligeraba sus facciones.

—Ya había perdido la esperanza de arrancarte del campo…

—Gracias, querido Alex. Y no te creas que por huir de la vida social he perdido mis habilidades al respecto. Es una elección voluntaria —se lo quedó mirando de arriba abajo y añadió—: Tú también estás muy guapo, y me atrevo a decir que el tiempo que ha pasado por ti te ha hecho más atractivo si cabe, aunque tampoco hay quien te arranque del campo…

—Bueno, tienes razón —le concedió su hermano—. Tampoco se puede decir que yo sea muy proclive al bullicio de Londres. Aunque he de confesar que no me importa ir a la ópera —añadió—, sabes que siempre me ha gustado, y en todos mis años en Jamaica llegué incluso a echarla mucho de menos.

Era uno de los pocos acontecimientos sociales a los que no le daba pereza asistir, pensó Alexander, aunque lejos quedaban ya aquellos tiempos de su temprana juventud, en los que se codeaba con las actrices y cantantes de ópera.

Ahora solo buscaba la música, y lo que menos le apetecía, pensó con un poco de aprensión, era encontrarse con cierta jovencita a la que a partir de ese momento ya no podría rehuir más.

Aunque, pensándolo bien, tampoco había que exagerar…

Era guapa y agradable, pero había mujeres mucho más guapas, y con ellas nunca le había costado obviar sus encantos…

Quizá estaba demasiado sensible y se había dejado impresionar por la fugaz atracción de un instante.

Además, solo tenía que dejar tranquilo a James con su conquista, en la que seguro que tendría éxito. James no se parecía en nada a él, que rehuía el coqueteo insustancial. Era un hombre con mucha mano izquierda para las mujeres y muy seguro de sí mismo.

Conseguía todo lo que se proponía…

Si había puesto sus ojos en ella, no pararía hasta conquistarla. Era muy tenaz; un cabezota las más de las veces… Lo sabía por experiencia propia.

Así que él solo tenía que dejar que ocurriera lo que tenía que ocurrir y seguir su camino en solitario sin crearse ningún problema…

No, realmente no era tan guapa…

Diecisiete

Los dos hermanos estaban en el vestíbulo saludando a algunos conocidos y esperando la llegada de James, cuando apareció por fin este con sus otros invitados, es decir con William y Lucy.

Las palabras que Alexander estaba diciendo parecieron ralentizarse en sus labios cuando sus ojos se posaron en ella.

Y ya no los pudo apartar.

Elisabeth notó algo en su expresión y miró un poco sobre su hombro

—Ah, ya están aquí —susurró como para sus adentros.

Alexander siguió absorto. Estaba equivocado.

No era guapa, era arrebatadoramente bella...

Una criatura que parecía nacida para poner a prueba todo su dominio de sí. Una criatura nacida para tentarlo.

Qué oscuro capricho del destino ponía en su camino la encarnación de la perfección, cuando su vida estaba sumida en el caos y no era más que un tipo resentido y amargado, el rastro del hombre que pudo ser…

James sonreía ante algo que Lucy decía, ajeno a las miradas de envidia y susurros de admiración que levantaban a su paso.

Alexander no era capaz de parar la vorágine que se había suscitado en su mente.

Ella era en todos los sentidos perfecta para James.

Era una joven digna de ser amada por un hombre sin otra preocupación que adorarla. Un hombre seguro de su lugar en el mundo y con un corazón que ofrecer.

Mientras tanto, ella avanzaba entre la gente como si fuera completamente dueña de la situación, escoltada por aquellos acompañantes altos como torres, extrañamente madura para su edad pero con una evidente falta de sofisticación que solo añadía frescura a su elegancia.

Toda su seguridad parecía irradiar de una especie de llama interior. Lo que hacía era por derecho propio. Como si tuviera algo que demostrar, o una cuenta que ajustar con el mundo.

Y no cabía duda. Estaba perfectamente claro que aquella noche todo Londres se preguntaría quién era la joven que hacía brillar de ese modo la antes esquiva y oscura mirada del conde de Montrose.

Elisabeth, más sofisticada y ducha en el arte del fingimiento, no quiso prestar demasiada atención a la llegada del grupo, pero fue muy consciente del avance de los dos hombres y la joven por el vestíbulo.

Permaneció medio de espaldas, viendo palidecer y casi balbucear a su hermano y siguiendo la entrada por el rabillo del ojo.

Se les podía ver a través del espejo.

Alexander estaba impactado, sin duda...

James llegó por fin a su lado, y juraría que su sonrisa era la de un hombre enamorado.

«Oh, cielos, qué triste embrollo», pensó mirando de uno a otro.

—Buenas noches, por fin estamos todos —comentó el anfitrión, y besó la mano de Elisabeth con el afecto que siempre le demostraba.

—Buenas noches —respondió Elisabeth, y permitió que William le besara también la mano mientras ella se esforzaba por mantener su aire sofisticado.

Luego ella saludó a Lucy cariñosamente, mientras permitía que Alexander se adelantara para besar la mano de la joven en actitud un tanto envarada.

—Gracias por invitarnos a tu palco, querido James —dijo por fin, poniendo una mano en su brazo—. No sabes la cantidad de gente que se ha quedado a las puertas sin entrada. Esta representación es todo un acontecimiento.

—De nada, Elisabeth. Es un placer volver a verte otra vez en Londres. La Malibrán es maravillosa, ya lo verás. La ópera es la ocasión idónea para que puedas empezar a disfrutar de la ciudad como antes...

Hizo una pausa imperceptible y, mirando a la joven, añadió:

—Y la compañía es inmejorable…

Elisabeth sonrió a Lucy, y esta se sonrojó ligeramente ante el cumplido de James.

—Sí, creo que vamos a ser grandes amigas —comentó Elisabeth mientras ella le devolvía la sonrisa —. Estás deslumbrante, y tu vestido es una maravilla. Tienes que contarme quién es tu modista —añadió en un aparte, solo para ella.

Era cierto. Estaba preciosa, sin duda era una joven espectacular… y con aquel pelo tan oscuro no se parecía en nada a su padre… siguió reflexionando Elisabeth.

Pero había que reconocer que también era un hombre guapo.

Ya se había dado cuenta de ello cuando casi se echa encima de él con el caballo, pero esa noche estaba soberbio con su frac negro y su chaleco de terciopelo también negro, que se ajustaba a su esbelto talle y en el que resaltaban unos pequeños botones como piedras preciosas…

Aquel detalle, un tanto extravagante, según el gusto de William, había sido aconsejado fervientemente por su sastre y él, pensando que quizá estaba un poco anquilosado y falto de su antigua sofisticación, había accedido, aunque un poco de mala gana.

Luego tuvo que reconocer que el hombre tenía razón. En cuanto a moda masculina, los sastres ingleses marcaban el camino mejor que los franceses, estaba claro.

En cuanto a las damas, las modistas francesas se llevaban la palma sin duda. Por eso había elegido a *madame* Lescaut para su hija.

Y no había más que verla. Había acertado en su elección, no podía estar más guapa. Sentía una opresión en el pecho cuando la miraba. Tan parecida a su madre, y tan distinta en el fondo…

Su hija tenía una pasión arrolladora por la vida, que la hacía fuerte y distinta de cualquier mujer, reflexionó, posando de soslayo su mirada en Elisabeth.

Aquella mujer tan endiabladamente atractiva también parecía muy apasionada… y su aspecto sofisticado y fríamente elegante apenas podía ocultar el verdadero fuego vital que albergaba su corazón.

Al menos a sus ojos no podía ocultarlo…

Y los ojos de ella se posaron entonces abiertamente un instante en los suyos dejando un rastro de ese fuego que William había intuido y que rápidamente él se esforzó en obviar.

No había sitio para ninguna mujer en su vida, aparte de la que había amado con toda su alma, a la que todavía amaba…

Ella, que había estado observándolo disimuladamente todo el tiempo hasta encontrarse con su mirada, retiró la vista bruscamente y fingió saludar a unos conocidos al otro lado del salón, para huir del súbito calor que aquella dura mirada de ojos verdes le había producido, pero siguió pensando frívolamente en su aspecto.

Desde luego, el *beau* Brummel, el hombre que en los últimos años había dictado las tendencias de la moda masculina en Inglaterra, no tendría nada que reprochar a aquel distinguido caballero, pensó Elisabeth volviendo a mirarlo otra vez de reojo, ya que él no la miraba.

Sin duda habría estado también magnífico con uniforme del ejército. Y su ceño fruncido le hacía parecer muy autoritario.

¿Por qué lo fruncía tanto?

Era muy elegante, sí, y el hecho de que fuera alto y fuerte no hacía sino acentuar su aire de autoridad, algo que no restaba distinción a su aspecto, que rebosaba elegancia.

Sabía moverse con seguridad entre el abarrotado vestíbulo y la muchedumbre se había abierto a su paso y el de James como barrida por la imponente presencia de ambos.

Tenía carisma. Y era orgulloso.

Puede que aquel fuera el motivo de su enigmático retiro de la sociedad…

En ese momento charlaba animadamente con su hermano.

—Ya hemos terminado los arreglos en la biblioteca —le oyó comentar a Alexander—, solo nos resta colocar los libros y clasificarlos.

—Tengo que confesar que estoy deseoso de empezar con ello —respondió William, y sus ojos se iluminaron de expectación.

—Va a ser una tarea considerable, permítame que le avise —le aclaró Alexander—. Hicimos lo que pudimos para que no se desorganizara todo, pero el fuego desató un caos tremendo.

—Mi padre disfruta ordenando el caos —intervino Lucy con su voz segura y cristalina—, casi diría que es su ocupación preferida. Si no fuera por su afición por la jardinería —añadió mirándolo pícaramente.

Alexander envidiaba la indudable compenetración que había entre padre e hija. Parecían los dos tan serenos, tan distintos de cualquier persona que hubiera conocido. Eran de todas todas los dos seres más fascinantes que había conocido en mucho tiempo.

Vivían en un mundo propio lleno de bromas, cariño y complicidad, como si nada les importara salvo ese mundo privado.

Y ella era tan dulce…

—Bueno, en cierto modo la jardinería es una forma de organizar la naturaleza, de someterla a un orden —le respondió Alexander aprovechando la ocasión para mirarla a su gusto, casi acariciándola con sus ojos.

Lucy no fue ajena al impacto de esa mirada, y su pulso se aceleró como movido por un resorte.

Desde que lo había visto al fondo del vestíbulo, con su frac negro y su pelo también negro peinado hacia atrás y resaltando las perfectas líneas de su bello rostro, en realidad su corazón no había dejado de dar saltos erráticos.

—Yo prefiero los jardines más salvajes —respondió ella, en un arrebato de locura, y su padre arqueó una ceja sorprendido por la extraña vehemencia de su hija.

Qué le estaba ocurriendo esa noche, pensó ella ¿Por qué se sentía tan enardecida y decía esas cosas sin pensar, casi como un reto…

Alexander se la imaginó al instante completamente desnuda en medio de una naturaleza salvaje, tan salvaje como el deseo que le inspiraba aquella criatura prohibida.

Afortunadamente, la representación estaba ya a punto de comenzar y, al ser avisados por las campanillas que lo anunciaban, todos se dirigieron al palco para ocupar sus asientos. Y todos también lo hicieron intentando recomponerse, cada uno a su modo, del torbellino de sentimientos y anhelos que la vista de los respectivos objetos de su muy íntimo interés les había provocado…

Dieciocho

Se encontraban en el palco, ya sentados, observando el teatro abarrotado de público ya perfectamente acomodado, cuando se hizo por fin un silencio poblado de promesas.

Salía el director de la orquesta.

—Empieza, Lucy, qué emoción. Ya verás —comentó Elisabeth, estrechando sonriente la mano de la joven, gesto que no pasó desapercibido para William, que estaba sentado un poco más allá, después de James.

Todos habían acabado sentados en línea, según indicaciones de Elisabeth, para ocupar la primera fila del palco. Estaban más estrechos, pero tendrían un mejor acceso a todo lo que ocurría en el escenario.

Tras los aplausos, los músicos se empezaron a colocar en sus asientos mientras hacían sus últimos gestos maquinales y nerviosos para colocar los instrumentos en la posición idónea. La música empezó a sonar entonces con brío, anunciando de esa forma todas las maravillas que estaban por venir.

—Oh, cómo suena… —exclamó Lucy mirando a Elisabeth y devolviéndole la sonrisa.

Después, toda su atención se perdió en el espectáculo.

Aquel maravilloso tropel de sonidos que había llegado a los ávidos oídos de Lucy la había inundado toda, como si tuviera el poder de atravesarla. Ahora entendía ella la fascinación que se sentía al ver representar una ópera. Era asombroso cómo se oía la orquesta en la sonora majestuosidad de un teatro.

La música te reverberaba dentro del pecho como los truenos en una tormenta y, cuando atacaban los violines y toda la cuerda, el alma se elevaba prendida de sus notas hasta alturas de emoción inusitada, para caer luego en un remolino de sensaciones a cada cual más insospechada.

Lucy no estaba preparada para sentir tanta y, sin poderlo evitar, notó que las lágrimas desbordaban sus ojos. Había en el mundo tantas cosas por descubrir, tanto que aprender y tanto que experimentar.

Alexander, sentado en el extremo del palco, con Lucy y Elisabeth a su izquierda, no dejaba de observar por el rabillo del ojo a la joven. Estaba más cerca de él de lo que habría deseado, pero se sentía secretamente complacido por ello en el fondo. La relativa oscuridad del teatro le permitía observarla a su placer, cosa que nunca había podido hacer hasta entonces con tanta impunidad.

La esbelta línea de su cuello se perdía en sus hombros de una forma exquisita. Y su perfil, marcado por aquella nariz perfecta, que la misma Cleopatra habría envidiado…

Alexander tuvo que reprimir aquel análisis tan exacerbado de sus encantos. No estaba preparado tampoco para la emoción que le producía aquel escrutinio, hecho al ritmo de la música que había empezado a inundar el ambiente.

De repente, observando su sonrosada mejilla, vio una lágrima que iniciaba su lento descenso por la curva de su piel inmaculada.

Tenía un espíritu sensible, demasiado sensible para este mundo tan cruel y despiadado. Quién osaría herir tanta pureza. No sería él.

Buscó su pañuelo y, aprovechando que estaba junto a ella y procurando que su gesto pasara desapercibido para los demás, lo puso en su mano.

Al pensar que aquel trozo de tela que aún conservaba el calor de su pecho iba a empapar sus lágrimas se sintió como si tocara el centro mismo de su ser. Fue el acto más íntimo que había compartido con otro ser humano en mucho tiempo.

Lucy estaba perdida en un mar de emociones y poco a poco se iba dejando ir en un torrente de lágrimas. Estaba inmóvil, sin capacidad de reacción, cuando de repente, sin aspavientos, el pañuelo de lino de Alexander apareció en sus manos. Ella lo tomó con suavidad para enjugárselas.

Sus miradas se cruzaron un instante y Lucy sonrió algo avergonzada. En ese momento ya no hubo artificio, ni atracción, ni deseo, sino una absoluta comunión espiritual.

—Gracias —musitó, sin apenas sonido, solo moviendo los labios.

Solo él había intuido su tristeza, solo él había comprendido su necesidad de intimidad para esa profunda emoción. Lo vio en su fugaz mirada, que había quedado prendida en la suya un instante y había abandonado su rostro para no incomodarla.

La ópera inició la andadura y Lucy logró templar su ánimo. Ya se conocía la historia de sobra porque su padre le había conseguido el libreto unos días antes.

La Cenerentola entonaba su lamento a la vez que limpiaba las cenizas de la chimenea, mientras sus malvadas y feas hermanas se burlaban de ella.

Aquella ópera bufa, basada en *La Cenicienta*, el cuento de Perrault, no tenía hada madrina, ratones, ni calabazas. Por no tener no tenía ni madrastra. Su lugar lo ocupaba un padre cruel y avariento, que solo se preocupaba de sus otras dos hijas y de sacar provecho de lo que fuera aun cayendo en el ridículo.

Pero sí había príncipe, y noche de baile, que prometía ser maravillosa…

Ella también se sentía así. Aunque de un modo diferente, esa noche era una cenicienta. Quién era su príncipe estaba por ver. Aunque estaba claro, si escuchaba las notas más profundas que entonaba su corazón.

Llegaron al fin al entreacto tras toda una suerte de arias y peripecias y Lucy pareció despertar de un ensueño. Sonrió a su padre y él supo que estaba siendo para ella toda una experiencia.

—Vayamos fuera a estirar un poco las piernas —sugirió Elisabeth, y los caballeros se levantaron al unísono.

Todos salieron del palco y William se entretuvo un instante saludando a un conocido junto a la puerta. Elisabeth y Lucy, seguidas de Alexander y James, avanzaron un poco más y se mezclaron con el público que iba saliendo también de los otros palcos comentando bulliciosamente los pormenores de la representación.

—Te está gustando tu primera ópera, ¿verdad? —le preguntó Elisabeth mientras avanzaban.

—Sí, nunca la habría imaginado así. Me encanta.

—Yo fui por primera vez con mi marido, y nunca olvidaré esa noche —le confesó la otra con expresión melancólica.

—¿Hace mucho que enviudaste? —se aventuró a preguntar Lucy temiendo pecar de indiscreta, pero la facilidad de trato de la otra mujer la animaba a las confidencias.

—Hace unos cuantos años, y ya estoy acostumbrada al vacío que dejó mi esposo. Solo queda la tristeza de la aceptación. Era un hombre maravilloso.

Se quedó callada y, ladeando un poco la cabeza para señalar a James, que iba unos pasos más atrás que ellas con Alexander, añadió:

—Se parece mucho a mi marido, ¿sabes? Más

que si se tratara de su hijo… y también es un hombre maravilloso.

Lucy lo miró de soslayo y tuvo que admitir que sí lo era. El duque de Stratton, en cambio, solo le inspiraba un tumulto de sensaciones contradictorias con su simple presencia.

Sería más fácil rendirse a la dulce atracción que ejercía sobre ella la indudable masculinidad que poseía el conde de Montrose.

—Sí, es un hombre muy atento y agradable —respondió en voz baja Lucy, pues ya estaban junto a ellas, que se habían detenido en un extremo del vestíbulo

Esa no era la respuesta que Elisabeth había esperado oír. Eso mismo había pensado ella de su marido y bien sabía que aunque lo había querido no había sido un verdadero amor. Y pensando precisamente en su marido, Elisabeth, divisó en el otro rincón del vestíbulo a lord Goring, un amigo de la infancia del antiguo conde de Montrose, que al verla, se acercó hacia ella acompañado del otro caballero con el que había estado hablando.

Los dos hombres llegaron por fin junto al grupo que formaban los cuatro, a la espera de que se incorporara William, que seguía rezagado.

—Mi querida Elisabeth, estoy gratamente sorprendido —dijo el hombre acercándose a besar su mano—. Ya pensábamos que habíamos perdido a la dama más bella de Londres. Aunque en este caso sean dos las damas más bellas —añadió mirando a Lucy.

—Muchas gracias, lord Goring, usted siempre tan amable —respondió Elisabeth sonriendo.

El hombre se dirigió entonces a saludar a los caballeros.

—Lord Osbourne —dijo estrechando la mano de James, y luego miró a Alexander y estrechó también su mano—. Lord Grantham, me alegro de ver que vamos a contar de nuevo con usted esta Temporada. Mi esposa estará encantada —añadió con regocijo.

—Muchas gracias, lord Goring, yo también me alegro de verlo —respondió Alexander, poniendo cara de circunstancias ante la suave carcajada de Elisabeth.

—No sé si conocen ustedes al conde de Richmond —siguió diciendo el hombre, y procedió con las presentaciones e intercambio de saludos.

Lucy se quedó de piedra al oír aquel nombre. James y Elisabeth se envararon un poco pero disimularon su sorpresa.

De modo que aquel hombre era su abuelo…

Toda la vida soñando con un posible encuentro con el resto de su familia y de pronto aparecía en su camino el abuelo Arthur, como si fuera la cosa más natural del mundo. La escena no era ni por asomo parecida a las muchas que había imaginado en su infancia, y quizá más en su adolescencia, sobre todo desde la muerte de su bisabuela.

Su padre no hablaba mucho al respecto, pero no debía de ser muy sano para su mente ni su espíritu mantener esa distancia con la propia familia. Nadie debería estar en conflicto con su entorno y menos con sus padres.

Después de tantos encuentros imaginados, porque en el fondo anhelaba conocer a su abuelo, aunque a veces lo odiara por haber rechazado a su madre, tenía que verse con él en el descanso de una representación, en unas circunstancias tan poco propicias al diálogo.

Quizá por eso su padre había estado un poco reticente cuando hablaron de ir al teatro. Mucha gente iba a la ópera, y los encuentros inoportunos eran fáciles.

El hombre tenía el pelo blanco y una estatura similar a la de su padre. Aunque quizá era un poco menos alto y corpulento que su hijo pero, teniendo en cuenta su edad, que debería rondar los setenta, parecía también muy fuerte.

Sin embargo, no fue eso lo que más impresionó a Lucy. Fue su expresión altiva, tan parecida a la de la bisabuela Anne. Impresión que se corroboró cuando sus miradas se cruzaron.

El conde de Richmond contemplaba a su vez a Lucy con algo de intriga. Conocía de vista a Elisabeth Grantham, pero ignoraba quién sería aquella jovencita que estaba con ella. En unos instantes se la iban a presentar, así que ya satisfaría su curiosidad.

Había algo en su figura y sus rasgos que le resultaba familiar, pero no conseguía averiguar de qué se trataba. Lo que sí tenía claro era que se encontraba ante una de las jóvenes más bellas que había visto nunca…

Había una gracia innata en su postura y una expresión algo orgullosa que se parecía mucho a…

El corazón del anciano dio un vuelco en ese preciso instante, cuando apareció en su recuerdo la imagen de una joven española, con una niña en sus brazos, mirándolo con esos mismos ojos de mirada orgullosa y asustada.

El reconocimiento cayó sobre su conciencia como un jarro de agua fría, un segundo antes de que oyera su nombre.

«Lucía Havisham».

James Osbourne estaba en ese precioso instante presentándole a Lucy, y él alargó automáticamente el brazo para besar su mano. Le bastó una sola mirada para captar que ella sabía quién era él. Se quedaron inmóviles, manteniendo el contacto algo más de lo estrictamente convencional, mientras la mente de ambos giraba en una espiral de expectación imposible de descifrar.

William había conseguido por fin deshacerse del cariñoso interrogatorio al que lo había sometido su amigo y se dirigía al encuentro de su hija y sus acompañantes cuando vio algo que ni en un millón de años habría soñado ver. Algo que se parecía más a una pesadilla que a algo real.

Su padre estaba besándole la mano a su hija y mirándola con unos ojos llenos de sorpresa y emoción.

Eso fue lo que más lo enfureció.

Tarde o temprano tenía que ocurrir. Uno no podía vivir siempre de espaldas a su pasado. En más de una ocasión se había imaginado a sí mismo cara a cara con su padre, reprochándole todas las cosas que le habían destrozado el corazón. Pidiéndole cuentas por su inflexible comportamiento.

En dos zancadas, llegó hasta ellos. Cuando nieta y abuelo apenas habían terminado el contacto y no habían podido asimilar el encuentro.

Haciendo acopio de toda la frialdad que pudo encontrar en su alma, dijo:

—Perdón, caballeros —y su voz fue todo lo impasible que cabría imaginar en él.

Luego, agarrando a su hija con suavidad del brazo, añadió:

—Lucía, ven conmigo un momento, por favor.

—Disculpen —dijo ella mirando de soslayo a su abuelo, y se fue con su padre. Nunca lo había visto tan tenso.

Lucy se había dejado llevar sin oponer resistencia y había mantenido como pudo la compostura ante lo violento de la situación.

El conde de Richmond había salido de su momentáneo estupor ante la voz gélida de su hijo. Y no le dio tiempo a asimilar su llegada cuando lo vio desaparecer con su recién encontrada nieta del brazo.

Alexander pensó entonces en seguir a William y socorrer a Lucy en el evidente apuro que debía estar pasando, pero miró a James y dedujo que estaba sopesando hacer lo mismo, así que le puso una mano en la espalda y lo animó a marcharse con un gesto.

Que hiciera su papel de caballero andante al rescate de su dama. Al fin y al cabo era el anfitrión de esa velada.

Él se ocuparía de aligerar un poco la tensa situación que había originado la precipitada marcha de padre e hija.

James llegó a la altura de William y Lucy cuando habían atravesado el vestíbulo e iniciaban la entrada en el pasillo lateral que llevaba a los palcos.

—William, espere un momento —le pidió, y él se dio la vuelta y esperó a que llegara a su lado.

Ni él ni su hija habían cruzado palabra todavía, apenas se atrevían a dar carta de realidad a aquel capricho del azar.

James sabía que aunque el modo de actuar de William había sido discreto, aquella partida tan brusca y aquella voz tan tajante iba a ser la comidilla de la velada. Nadie había sido ajeno a la presencia del hijo menor del duque de Richmond en el estreno.

—Si quiere utilizarlo, mi carruaje está a su disposición —le ofreció—. Me hago cargo de lo incómodo de su situación.

—Sí, se lo agradezco —le respondió William—, creo que será lo mejor.

—Un momento —intervino Lucy—. ¿Quién ha dicho que tenemos que marcharnos, papá?

William se la quedó mirando sorprendido, como si hubiera olvidado su presencia.

—Papá, por nada del mundo voy a perderme esta representación —levantó la barbilla con gesto obstinado—. Es mi primera noche en la ópera, y nadie va a propiciar que deje de disfrutar de esta experiencia. Nadie, ni siquiera tu padre, va a echarme de ningún sitio. Él menos que nadie —añadió casi para sí misma.

Los dos hombres la miraron con abierta sorpresa, cada uno admirándola a su manera, pero fue William quien le respondió.

Antes tuvo que hacer un esfuerzo por recomponerse de la agitación que sentía y de la sorpresa de ver que no solo era en su aspecto en lo que había cambiado Lucía. Su hija era efectivamente una mujer hecha y derecha, y tomaba sus propias decisiones con una madurez y entereza que no dejaba de conmoverlo y llenarlo de orgullo.

—De acuerdo, Lucía, puede que tengas razón. No dejemos que algo tan inoportuno e inesperado estropee tu noche.

—Entremos, entonces —les dijo James—, Alex y Elisabeth estarán al llegar. Vamos a acomodarnos. No creo que falte mucho para que se reanude la función.

Y, en efecto, los dos hermanos aparecieron por el pasillo en ese instante.

En el rostro de ninguno de los dos se vislumbraba rastro alguno de la tensión vivida. Y si se sorprendieron de ver que tanto William como Lucy pretendían seguir allí después de aquel desafortunado encuentro, no dieron tampoco muestras de ello.

Atrás habían dejado al conde de Richmond, visiblemente afectado, que tras unos minutos de charla insustancial en la que todos habían luchado por mantener las apariencias se despidió educadamente de ellos y abandonó el teatro en compañía de su amigo.

Nadie había hecho alusión en esos minutos al terrible impacto del encuentro entre las tres generaciones de los orgullosos Havisham.

Diecinueve

En el silencio del carruaje que atravesaba con rapidez la noche londinense, sir Arthur Havisham se hundía cada vez más en los recuerdos.

—¿Estás bien, Arthur? Te has quedado blanco como el papel —le había dicho su amigo cuando estaban en el vestíbulo.

—No te preocupes, acabo de ver un fantasma, eso es todo. Será mejor que me vaya a casa.

—Te acompaño —le ofreció el otro.

—Ayúdame a llegar a mi coche y vuelve al teatro, con eso me basta —le respondió sir Arthur.

—Como quieras… ¿Era tu hijo, verdad? —se atrevió a decir, y sir Arthur asintió—. Y tu nieta, ¿no es cierto?

—Sí, y supongo que era lo más normal que ocurriera algo así. Pero uno nunca está preparado para estas cosas —le respondió con voz cansina, casi como si hablara consigo mismo.

—Bueno, quizá haya sido lo mejor. Tu nieta es una jovencita muy especial. No le des la espalda

—se aventuró a aconsejarle su amigo—. Y ahora vete y descansa —añadió para no agobiarlo. Ya había dicho demasiado.

—Sí, gracias por tu apoyo, Edward —le hizo una seña a su cochero, que esperaba junto al carruaje fumando un cigarro—. Vuelve dentro, seguro que está empezando. Ya hablaremos.

Y, estrechando la mano de su amigo, se despidió de él y subió al vehículo.

Era inevitable que tarde o temprano se encontraran, iba repitiéndose una y otra vez. Lo que nunca había imaginado era mirar a su nieta cara a cara, besar su mano y perderla en el mismo instante en que la había recuperado.

Tenía la misma belleza de su desdichada madre, pero había intuido una dureza en su expresión de la que carecía la joven española. En algo se tenía que parecer a su padre, porque en un rápido vistazo, que era todo lo que había tenido de ella, era asombroso el parecido con su madre. Aquella muchacha que había dado al traste con todos los planes de futuro y las alianzas que había planificado para William.

Su hijo siempre había sido rebelde. Desde pequeño había sido testarudo e independiente. Como él mismo. Eran los dos demasiado orgullosos, demasiado obstinados y parecidos como para dar su brazo a torcer. Su primogénito no tenía esa fuerza de carácter ni llevaría el título que estaba destinado a heredar con la grandeza que le habría aportado su hijo menor.

Por eso había buscado para él un matrimonio que le proporcionara título y riqueza. Y lo había conseguido. Solo bastaba su consentimiento. La futura heredera estaba también de acuerdo, puesto que lo conocía desde hacía tiempo y siempre le había gustado. Pero su hijo había dado al traste con todo al aparecer casado y con una hija. Y él se había enfurecido y había dicho palabras muy amargas.

William no lo había perdonado, ni estaba dispuesto a hacerlo. Había quedado bien claro. Su mirada de acero se había clavado en la suya en actitud retadora cuando le había arrancado prácticamente a su nieta de los brazos.

Los dos habían cruzado muchas flechas antaño en aquella batalla de voluntades y su madre, la abuela de William, había ayudado poco a lograr la paz sumándose a la causa de su nieto y dándole el apoyo económico que necesitaba para independizarse del resto de la familia.

Pero lo cierto era que habían pasado muchos años, y él había tenido tiempo suficiente para reconocer sus propios errores. Tenía motivos de sobra para pedir perdón, pero su hijo también tenía que reconocer sus culpas.

Había abandonado el teatro en medio de un revuelo de susurros apenas sofocados. Toda la gente que había sido testigo de aquel suceso de tintes melodramáticos que se había desarrollado en el entreacto iba a dedicarse a revivir el antiguo escándalo.

Él también estaba reviviendo lo ocurrido…

Una y otra vez, en la mente de sir Arthur se repetían las últimas palabras de su hijo, dichas en medio del dolor por la muerte de su joven esposa, cuando él intentó que lo perdonara y acudió a verlo y ofrecerle su consuelo.

«Ya tienes lo que querías ¿no? Ya te has librado de ella. Por eso vienes… sal de esta casa y de mi vida».

William había vuelto a su lugar en el palco con un sinfín de emociones encontradas. La actitud de Elisabeth no colaboró precisamente a apaciguarlo, aunque su intención había sido la contraria.

Un momento antes de acomodarse, ella le tocó el brazo y le dijo dulcemente:

—Ignoro lo que ocurrió en el pasado, William, y soy consciente de su turbación, pero no se deje llevar por la ira. Su hija merece todas las oportunidades, y usted también.

—Efectivamente, lo ignora todo, así que disculpe si le digo que no puede opinar al respecto. Aunque le agradezco sus buenas intenciones —añadió cuando vio que ella acusaba el golpe.

Luego fue imposible seguir hablando, ni disculparse por su brusquedad, pues tuvieron que ocupar sus respectivos lugares en el palco. Pero ella no perdió la oportunidad de decir la última palabra.

«Condenado hombre».

—De acuerdo, no me meteré donde no me llaman —respondió ella soltando chispas por los ojos y ocupando su lugar junto a Lucy.

De modo que aquella furia de mujer también era una entrometida. Aunque no había podido evitar sentirse reconfortado por la suavidad de su voz y el calor de su mano en el brazo.

¿Por qué al final siempre lograba enfadarlo? Era apasionada, pero una mujer sensata también, y pudiera ser que tuviera razón, se dijo, pero eso no implicaba que se rindiera a sus encantos… No quería pensar en la dulzura de aquellos labios que se habían mostrado tan compasivos.

Eran muy otros los pensamientos que rondaban su espíritu en esos instantes. Los negros recuerdos que lo asediaban desde la visita de su padre ya no se podían refrenar, aunque lo intentó centrándose en lo que ocurría en el escenario.

Los oscuros cabellos de la cantante, que hablaban de su ascendencia española, la gracia y el apasionamiento con que interpretaba su papel, unidos al embrujo lleno de virtuosismo de su voz lo sumieron en un estado de emoción que disparó aún más los recuerdos.

Lucía estaba sentada con su hija en brazos, en el cuarto de estar de Richmond Hall, donde esperaban la llegada del conde. No podía ocultar su nerviosismo, aunque se esforzaba por disimularlo.

—No tengas miedo, Lucía —le dijo en español, pues apenas hablaba todavía unas palabras de inglés, ya que acababan de llegar a Londres.

—Solo es la incertidumbre, no sé qué opinará

tu padre de que te hayas casado sin decirle nada…
—respondió ella—. Y de que tengamos ya una hija.

—No tienes que preocuparte, mi amor. Te va a querer como un padre, ya lo verás —le aseguró él.

Lucía lo había perdido todo en la guerra. A sus padres, a sus dos hermanos, y su única hermana estaba desaparecida. No habían sido capaces de encontrarla ni en Sevilla ni en los alrededores. Así que quizá estuviera también muerta. Todos habían dado sus vidas por la libertad, por arrancarle a los franceses el dominio de su tierra. Ahora a ella solo le quedaba él y el cariño que compartían por su pequeña.

Inglaterra iba a ser su nuevo hogar. Él se encargaría de darle una nueva familia.

Y en ese momento apareció su padre, y tras el primer abrazo, descubrió a Lucía y se lo quedó mirando interrogativamente.

No era capaz de recordar las duras palabras que habían salido de su boca cuando le había explicado la situación y había intentado presentársela. Ni reproducir en su mente todo el desdén con el que había tratado a su esposa. A ella no le había hecho falta saber inglés para comprender su significado.

En medio de la discusión había aparecido su abuela y su hermano mayor, llamado también Arthur, como su padre.

—Ven conmigo, William, me avergüenzo de mi propio hijo… —había dicho su abuela, mirando con desprecio al conde.

Su madre había muerto hacía años, su hermano, él único que habría podido hacer de contrapeso además de la abuela Anne, no había movido un dedo para apoyarlo. Siempre era complaciente y solícito ante cualquier cosa que hiciera o pidiera su padre. Que se enfrentara con él estaba descartado. No podía decirse tampoco que le tuviera mucho cariño a su hermano, con lo cual no le habría sido muy dura la decisión. Vivir a la sombra de un hermano menor no era agradable para nadie. Casi seguro que se alegraría de perderlo de vista…

—William, ¿cómo has podido hacer algo así? —le dijo en cambio—. Después de todo lo que se ha esforzado nuestro padre para lograr un buen compromiso para ti…

William lo excluyó de la conversación con palabras airadas. Entonces intervino su padre.

—Quizá no esté todo perdido —dijo, haciendo un esfuerzo por reconducir la situación, y luego le preguntó a su hijo—: ¿Estás seguro de que tu matrimonio es legal? Con dinero se podría arreglar —y miró de reojo a Lucía, que se había puesto en pie con la niña pero no se había atrevido a acercarse.

Entonces fueron las duras palabras de William las que más resonaron en la habitación. Hasta que la abuela volvió a intervenir.

—Vayámonos de aquí, no soporto ni un minuto más esta falta de consideración. Venid conmigo, William, te lo ruego, estaré encantada de teneros alojados en mi casa.

—Sí, me marcho —le respondió William mirando a su padre con desprecio—. Gracias, abuela, vámonos de aquí —y mirando la expresión triste y dolida de Lucía, añadió—: En nombre de mi esposa y de mi hija te agradezco el gesto.

Fue hacia ella y la abrazó. Luego, tomando a su hija en brazos salieron de allí, seguidos de la abuela Anne.

Y ahí había dado comienzo su nueva vida, apartado de lo que siempre había sido su hogar, su familia, su posición en la sociedad. Nadie iba a recibirlo si con ello agraviaba al conde… y él tampoco iba a exponer a su esposa al cuchicheo y el desprecio que pudieran provocar sus humildes orígenes, puestos más de manifiesto ante la repudia de su propio suegro.

Luego, Lucía había muerto, y su padre había aparecido como un ave de mal agüero para cebarse en su desgracia. No se arrepentía de haberlo alejado de su vida, no había ya sitio para tanto dolor en su pecho.

Ahora, mirando hacia atrás y sin aquel dolor lacerante que lo había consumido en vida, pensó que quizá su padre había buscado realmente su perdón y estaba arrepentido. Pero ya era muy tarde para enmendar viejos errores. Lo mejor sería que se fueran de la ciudad. El viaje a Stratton Hall venía una vez más como llovido del cielo. Londres estaba empezando a asfixiarlo.

Veinte

Elisabeth estaba impaciente por llegar a Hyde Park Corner, en donde se encontraba Tattersall's Market, el mercado de caballos al que habían decidido acudir para comprar sus nuevas monturas. Aquel era el lugar ideal para elegir los mejores ejemplares, puesto que había una gran selección.

—No te pongas tan nerviosa, querida hermana —le dijo Alexander para meterse con ella como cuando eran niños—. Cualquiera diría que vas a un baile, y no a tratar con un montón de caballerizos y animales.

—Elisabeth es una maestra a la hora de regatear con los tratantes, lo hace mejor que yo —intervino James, en cuyo carruaje iban los tres sentados camino de Hyde Park.

Ella levantó la barbilla en señal de orgullo y miró con suficiencia a su hermano.

—Sí, harías bien en hacerme caso en lo que te digo. En esto y en todo lo demás —añadió con retintín.

—Y si se le resisten no tiene más que batir las

pestañas y caen rendidos a sus pies hasta los más duros —apostilló James para seguir el juego que ya era una costumbre entre ellos.

—No me hace falta hacerlo, me basta con mis conocimientos —les respondió ella defendiéndose de aquellos dos insufribles bromistas.

Siempre había sido igual entre los tres. La de trastadas que había tenido que soportar cuando solo eran unos mozalbetes y ella ya se sentía muy superior por tener unos años más. Menos mal que se las bastaba solita para meterlos en cintura. Con buenas o malas artes, pensó sonriendo para sus adentros con expresión traviesa.

Súbitamente esa expresión se tornó ausente, mientras se le venía a la mente la impresión que había tenido en el teatro. Juraría sin temor a equivocarse que los dos estaban bastante interesados en aquella jovencita tan singular, que tenía un padre también bastante notable.

Y ninguno de los dos querría hacerle daño al otro, estaba segura de ello. De ahí no podía salir nada bueno, pensó, como cuando los vio juntos a los tres esa noche, y sintió una punzada de tristeza en su compasivo corazón.

—¿Qué te pasa, Elisabeth? —preguntó Alexander, viendo lo seria que se había puesto.

—No es nada, solo estaba pensando en lo ocurrido en el teatro —respondió ella, desviando un poco la conversación de su preocupación principal y centrándola en la velada que habían pasado juntos en la ópera.

—Fue un encuentro bastante desafortunado, sobre todo para la señorita Havisham —comentó James—. Menos mal que no se dejó estropear su primera noche en la ópera. Además de ser preciosa, tiene mucho carácter. Es lo que más me gusta de ella —añadió mirando por la ventanilla, como si lo comentara para sí mismo.

Pero para ninguno de sus acompañantes pasó desapercibido el sentimiento con que lo había dicho. Y a los dos alteró bastante el darse cuenta de ello, por razones bien distintas.

—Fue una extraña casualidad, porque luego me he enterado de que el conde de Richmond no suele ir al teatro —señaló Elisabeth saliendo de su ensimismamiento.

—Si nos oyera Julius diría que no existen las casualidades —le dijo su hermano con una genuina sonrisa, y luego siguió reflexionando—: No sé qué desencadenaría el escándalo en el pasado, pero no me cabe duda de que va a volver a desencadenarse otro a raíz del encuentro —aseveró sintiendo cierta camaradería con William.

Su familia había tenido también su propio escándalo en el pasado.

—Creo que tuvo algo que ver con el matrimonio de William con la madre de Lucy, pero no he querido hurgar en esos asuntos preguntando —le respondió Elisabeth—. Lo que sí sé es que para la sociedad nada pasa desapercibido y la verdad es que se hizo un silencio ensordecedor alrededor de nosotros en el vestíbulo. Creo que en el fondo todo el mundo estaba esperando que se enfrentaran —añadió, y luego sugirió—: Quizá sería buena idea adelantar la vuelta al campo. Al fin y al cabo, después de comprar los caballos ya no tenemos nada que hacer aquí.

—Se lo comentaré al señor Havisham —le respondió Alexander—. Si ellos están listos, no veo motivo para no marcharnos en un par de días. Todo ha ido muy rápido con los arreglos y hemos acortado los plazos.

—Es que había pensado invitar a la señorita Havisham a pasear algún día por el parque… —comentó James, y luego concedió—: pero quizá tengáis razón y sea mejor dejar que se tranquilicen las aguas.

—Nada como poner distancia por medio —corroboró Alexander con su habitual tono irónico.

—Entonces todo decidido. Y tú, James, ya sabes que eres bienvenido siempre que quieras. Puedes venir a hacernos una visita y así pasas algún tiempo con ella, ¿verdad, Alex? —inquirió Elisabeth, mirando a su hermano.

—Claro —respondió este poniendo la mejor de sus sonrisas, la más falsa en esta ocasión. Y le dolía no ser sincero con su mejor amigo.

La había visto esa noche y ya solo podía pensar en ella. Hasta oír su nombre en boca de James le hacía sentir celos. Celos y una rabia contra sí mismo y todo lo que lo rodeaba que no podía explicar. Lo mejor sería que estuviera James por medio el mayor tiempo posible.

No sabía qué podría ocurrir si estaba solo con Lucía. Y eso era algo que tampoco le hacía sentirse bien consigo mismo, pero era tal la pasión que despertaba en él respirar simplemente el mismo aire que ella, que era casi un dolor físico no poder tocarla, sentirla, hacerla suya...

Reprimió como pudo aquellos pensamientos de delicias que no eran para él. Mujeres habría con las que saciar sus deseos. El sentido de la amistad era lo que más podía ayudarle a luchar contra aquel encaprichamiento tan obstinado. Y el profundo respeto que le inspiraba William y la misma Lucía harían el resto.

—Además, tendremos que organizar un baile para celebrar la vuelta de Alex y agasajar a nuestros invitados, así que ya ves, James, tienes un motivo más para visitarnos —le dijo Elisabeth sonriendo.

—Gracias, Elisabeth, tú siempre estás en todo, no faltaré —le dijo este y, viendo que ya llegaban casi, comentó—: ¿Cuántos caballos tenéis pensado comprar hoy?

—Unos cuatro al menos —le respondió Alexander—. Purasangres, dice Elisabeth, y a mí me parece bien si tú también estás de acuerdo con ello.

—Sí, en principio sí, pero veremos lo que hay en el mercado—le respondió James.

Alexander sabía que tanto él como Elisabeth se inclinaban por los purasangres ingleses, una mezcla de yeguas autóctonas y caballos árabes, que ya desde el siglo anterior se habían empezado a desarrollar como raza en Inglaterra. James parecía además decidido a dedicarse a su cría. Eran caballos muy veloces, aptos para la galopada y las carreras, y eso era lo que más les gustaba a los dos. Perderse por los valles y colinas de la campiña y jugar como cuando eran niños.

Elisabeth siempre había sido como un compañero más para los dos, tan intrépida como un muchacho, subiendo a los árboles y corriendo por el bosque con ellos. Luego se había convertido en una jovencita en edad de ser presentada en sociedad y toda esa energía la había volcado en los caballos exclusivamente.

Cómo le habría gustado a su hermana una tierra como Jamaica, que a pesar de todo el trabajo, los peligros y las peripecias que a él le había supuesto era como un Edén al alcance de las manos de cualquier ser terrenal.

Sí, añoraba Jamaica. Su sol, su naturaleza salvaje, los colores que tenía allí la vida, los matices de la luz, sus mujeres tan bellas… que, sí, eran exóticas, sensuales… Pero había algo en la pasión que despertaba en él Lucía que no tenía nada que ver con toda esa sensualidad, y a la vez era un sentimiento mucho más físico de lo que había imaginado poder llegar a sentir nunca.

Dando vueltas a todo ese torrente de evocaciones habían llegado ya a Tattersall y el bullicio del mercado lo sacó por fuerza de sus ardientes ensoñaciones.

Entonces, la algarabía de voces y los primitivos olores de Tattersall, los suaves colores y la primaveral luz de Hyde Park también consiguieron caldearle suavemente el corazón.

Lucy había recibido la noticia del adelanto del viaje con algo de reticencia. Desde que había asistido a la ópera vivía en un continuo desvelo.

—Les he dicho que no tenemos problema en ir, ya que *madame* Lescaut ya ha terminado todo tu vestuario —comentó William—, y mi sastre también —añadió.

—De acuerdo, pero ya me había hecho a la idea de que tenía más tiempo…

—Nos vendrá bien marcharnos una temporada —siguió diciendo su padre—, no es que tengamos mucho que ver con los círculos sociales, pero estando en Londres y teniendo ahora contacto con el conde de Montrose y el duque de Stratton va a ser inevitable enfrentarse a los cuchicheos en cualquier circunstancia, y de ninguna manera quiero eso para ti.

Lucy reparó entonces en la importancia que había adquirido de pronto ese viaje para su padre y para ella misma.

—Sí, será lo mejor. Tienes razón, papá —le dijo, intentando no reflejar sus temores.

Aquella suerte de acontecimientos que habían venido a alterar su tranquila existencia le provocaban una vez más sentimientos encontrados. Por un lado se sentía más viva que nunca y por otro terriblemente desgraciada. Y el vaivén en que se mecía su ánimo la tenía siempre en tensión.

177

Había hablado además mucho con su padre a raíz del encuentro con su abuelo. Habían conversado de todo lo que había ocurrido en el pasado, lo que había generado aquel encono y había conllevado la ruptura de los lazos familiares. Después de conocer los detalles, pues las líneas generales ya las conocía desde hacía tiempo porque se las había revelado su propia bisabuela, en aquello también tenía sentimientos encontrados.

Por un lado había sentido rabia al pensar que aquel hombre al que acababa de conocer había provocado un profundo dolor a sus padres y determinado quizá su triste destino, y por otro había intuido en aquel ínfimo contacto una ternura y un afecto en la mirada de su abuelo que no podía olvidar, máxime cuando aquella ternura venía de unos ojos tan parecidos a los de su bisabuela Anne. Y para Lucy el alma de las personas siempre se reflejaba en la mirada.

—Tenemos mucho que hacer entonces. Así que le diré a Bessie que me ayude a ir preparando los baúles.

—Después de comprobar lo bien que te sentaba el vestido la otra noche, estoy deseando ver lo elegante que estarás con el resto de tu nuevo vestuario —le dijo William para aligerar un poco los ánimos.

—Pues tú también estabas espectacular con tu frac, tanto que muchas mujeres se quedaron mirándote embobadas —comentó juguetonamente Lucy, y luego añadió—: No creas que no me di cuenta.

William sonrió abiertamente y su cara adquirió un aire juvenil, que dio aún más atractivo a sus facciones.

Qué guapo era su padre, y qué desdichado había sido hasta entonces. Quizá fuera hora de que los dos cambiaran el rumbo de sus vidas. Él se merecía tanto volver a sentir amor por otra mujer que no fuera un recuerdo…

Ahora se daba realmente cuenta de ello. Ahora que había llegado a la conclusión de que eso era lo que ella estaba sintiendo. Contra toda lógica, contra todo pronóstico. Pero el amor era así, y no tenía reglas ni momentos idóneos.

—Tú lo que quieres es irte a encerrar a la biblioteca rodeado de los libros, que ya te conozco —le dijo, haciendo un esfuerzo por seguir con el tono distendido—. Menos mal que ahora que conozco a Elisabeth sé que me sentiré muy acompañada con ella —siguió diciendo con algo de intención, para ver la reacción de su padre al nombrarla.

—Sí, claro, con ella estarás bien —respondió él rehuyendo su mirada.

—Es una mujer maravillosa, y casi nos hemos hecho ya amigas en el poco tiempo que hemos tratado. Es tan guapa y elegante…

William supo en ese momento que su hija tenía definitivamente ciertos planes de casamentera y no dejó de sorprenderse. Nunca se le habría ocurrido que estando tan unida a él admitiera la figura de otra mujer entre los dos.

—¿Qué pretendes, brujilla? Yo no tengo interés

en ninguna mujer, aparte de ti. No hay espacio para ninguna otra persona en mi vida.

—Pues ella te mira de un modo especial, yo creo que le gustas —insistió.

—Anda, no seas traviesa y ponte a organizar todo lo que tendrás que llevar —replicó él eludiendo el tema.

—Bueno, me quedo un ratito aquí para acabar este bordado y luego iré a buscar a Bessie, que estará perdida por el jardín, seguro.

—De acuerdo, hija, me marcho a organizar mis cosas. Tengo que escribir unas notas para avisar de que no haremos la próxima reunión aquí.

Y se fue silbando una canción que hacía mucho tiempo que no le oía.

Lucy se quedó pensando en las vueltas que daba la vida y sintiendo en su pecho una extraña presión. De pronto, al llevarse la mano al escote, reparó en el pañuelo de Alexander que descansaba guardado en su seno.

No se lo había devuelto, y desde entonces lo atesoraba como un objeto precioso.

Al ver a Alexander la otra noche, y compartir con él la experiencia de la ópera, se había dado cuenta al fin de que, si ella iba a ser la cenicienta de algún cuento, su príncipe solo podía ser él. Y lo había sido desde que posó su mirada burlona en ella, cuando lo observó llegar desde la ventana.

«A primera vista» llamaban a aquel amor. Y aunque había intentado dirigir su atención hacia otra parte, hacia el conde de Montrose, pensando que eso del amor a primera vista solo era cosa de la literatura, ahora ya sabía que la realidad superaba siempre a la fantasía.

Sacó el pañuelo y lo estrechó contra su pecho. Aquel suave lino que cuando él lo había puesto en sus manos conservaba la tibieza de su cuerpo y ahora albergaba la suya era todo lo que podía tocar de él.

Se lo volvió a guardar entre los senos y estos se tensaron con una extraña sensación, aún desconocida para ella. Se irguieron como si esperaran no se sabe qué caricias y Lucy no pudo evitar ruborizarse ante el repentino calor que se adueñó de todo su cuerpo.

Había intentado dejarse llevar por el atractivo y el encanto de James, que parecía estar interesado en cortejarla, algo que ni en sus más disparatados sueños habría creído ella posible.

James lo tenía todo para enamorar a cualquier mujer. Era guapo, varonil, considerado y todo un caballero, que hacía gala de su nobleza tanto en su forma de ser como en el título que llevaba con orgullo y que prometía toda clase de privilegios y dignidades para su posible esposa.

Nada más podría desear una jovencita como ella, sin ninguna oportunidad en la sociedad. Y lo cierto era que habría podido llegar hasta su corazón si este no estuviera atrapado ya en el embrujo de unos ojos de un azul tan oscuro como un mar embravecido.

No sabía por qué el hombre que la había atrapado en la red de aquel extraño embrujo la observaba algunas veces como si la detestase o le inquietase su presencia, y por qué otras veces parecía tener mucho interés en lo que sintiera o pensara ella.

No sabía por qué a menudo parecía no estar a gusto consigo mismo, ni estar haciendo lo que quería hacer.

No sabía si sería capaz de amar como ella necesitaba que la amaran, es decir, sin reservas.

En definitiva, no sabía qué tormentosos presagios auguraba esa mirada que lo era todo para ella, pues desde hacía tiempo no hacía más que sentirla sobre su cuerpo como si fuera real y no un juego de su imaginación desbocada.

Solo sabía que aquel mar tormentoso de su mirada no le daba ya miedo.

Ella nunca se había amilanado ante las tormentas.

Veintiuno

—¡Qué paisaje tan bonito! —exclamó Lucy asomada todo el tiempo a la ventanilla contemplando el recorrido.

Elisabeth y Lucy iban ya camino de Stratton Hall en el carruaje, mientras que James, William y Alexander viajaban con los caballos para dirigir a las nuevas monturas hasta su destino. En el carruaje de James viajaban Bessie, Sarah, ya convertida en la nueva doncella personal de Elisabeth, y el resto del servicio. Julius iba como siempre en el pescante del carruaje de Alexander.

—Sí, en esta época del año todo se llena de flores y es precioso —estuvo de acuerdo Elisabeth, que también iba mirando por la otra ventanilla, con actitud menos efusiva, contemplando a los hombres que iban a caballo.

Era todo un espectáculo ver a los tres jinetes a lomos de tan espléndidos animales. La brisa movía sus cabellos al igual que las crines de los caballos y ambos en conjunto parecían una sola criatura, llena de potencia y energía, que desafiaba al viento en su grácil avance. El lugar que ocupaba ella en el carruaje le permitía una mejor visión de los jinetes que a Lucy.

Elisabeth suspiró sin poderlo evitar

—¿Sí? ¿Decías algo? —preguntó Lucy, saliendo de su contemplativa actitud.

—Solo admiraba los caballos, son preciosos, y llenos de vida...

—Te habría gustado montar con ellos en vez de viajar aquí, conmigo, ¿verdad? —concluyó Lucy.

—No, no te preocupes, me gusta estar contigo. —le respondió Elisabeth—. Y no sería muy adecuado tampoco que hiciera un viaje tan largo a caballo.

Una vez más se admiraba de la intuición de la joven, pero no quería que se sintiera culpable de su aburrimiento.

—Ya tendremos tiempo de probar los nuevos caballos. También hay uno para ti.

—Ah, ¿sí? —respondió, llena de expectación.

—Sí, tanto James como Alex lo eligieron pensando en ti. Para que fuera un animal fiable y tranquilo.

—Bueno, yo sé montar bien, me las puedo apañar con cualquier caballo.

—Sí, ya te vi en el parque el otro día. Se notaba que sabías lo que hacías con tu yegua.

—Mi padre me enseñó desde bien pequeña, adora montar a caballo —le contó Lucy, mirando de reojo la cara que ponía Elisabeth cuando le hablaba de él.

Y efectivamente confirmó que le agradaba la

idea de que él compartiese esa afición con ella. Porque era evidente que para Elisabeth el montar a caballo era algo más que un ejercicio saludable.

—El caballo que tú vas a montar es aquel que lleva James de las riendas. El bayo —explicó.

Lucy se cambió de sitio para asomarse a la ventanilla desde la que se podía divisar a los jinetes.

—Aquel de las crines negras, ¿no?

Era un caballo precioso, con su pelaje de color amarillento que parecía dorado y sus crines negras. Era esbelto y muy ágil y aunque le habían dicho que lo habían escogido por ser tranquilo parecía muy vivaz y brioso. Sería todo un placer disfrutar de ese brío en las cabalgadas, que seguro emprendía con facilidad.

—Sí, te gusta, ¿verdad? Es uno de los más bonitos de los que hemos comprado —le contó Elisabeth.

—Sí, tenéis ya muchos, ¿no? —comentó Lucy, haciendo recuento de los animales que llevaban consigo.

—Bueno, las dos yeguas que viajan atadas al otro carruaje son de James. Las quiere para dedicarlas a la cría. Cuando descanse un par de días en casa se marchará a sus tierras con ellas. Y luego volverá para el baile que daremos. Está empeñado en conseguir los mejores purasangres de Inglaterra —le explicó—. Y yo lo animo totalmente. Es un hombre con demasiada energía como para dedicarse a la vida contemplativa, como suelen hacer la mayoría de los nobles.

—Sí, parece un hombre muy vital —concedió Lucy.

—Necesita retos. Una vez que ya ha superado todas las pruebas y se ha hecho con el manejo de las propiedades y asuntos de mi difunto marido, tiene que seguir adelante. Y supongo que tendrá que casarse y asegurar el título con un heredero también.

Entonces la miró como antes había hecho Lucy con ella, para ver la reacción que provocaba la mención del conde en la expresión de la joven. Y no vio nada en ella que delatara un especial interés. Pero sí vio que ahora miraba embobada la figura de Alexander a caballo y sintió que se corroboraban todas sus sospechas.

El drama estaba servido. Y como ya antes había pensado en el teatro, perdiera quien perdiera en aquel juego, todos iban a sufrir las consecuencias.

—Tu hermano también monta muy bien —le dijo Lucy, cambiando al tema de su interés sin apenas darse cuenta.

—Sí, la verdad es que Alex hace bien casi todo lo que hace. Es un fastidio a veces, pero así es.

—Se nota que lo quieres mucho. Siempre lo miras con mucho cariño —dijo—. Como si te preocupara algo.

Realmente a la pequeña Lucy no se le escapaba una, pensó Elisabeth poniendo cara de circunstancias.

—Tienes algo de razón, Lucy, me preocupa mi

hermano, y lo quiero muchísimo —le confesó—. Ha sufrido mucho durante estos ocho años que ha estado fuera de nuestro hogar y ahora tiene que adaptarse a un montón de responsabilidades de las que no quería hacerse cargo, pero en el fondo es su destino y lo asume con dignidad. No le puedo pedir más.

—Ya me parecía a mí que tiene a veces un aire atormentado que nubla su carácter, pero es tan inaccesible que apenas lo deja entrever.

—¿Inaccesible Alex? No, no es así, es un hombre bastante cercano. Hay que conocerlo para entenderlo. Siempre fue más serio que James, por ejemplo, pero no es frío ni inaccesible en absoluto —le aseguró Elisabeth.

Lucy sintió que estaba hablando demasiado de cosas muy íntimas e hizo un intento de seguir con otro tema de conversación que revelara menos sus inclinaciones. Si seguía mostrando interés por Alexander, su hermana iba a darse cuenta de la emoción que le producía saber cosas de él. Así que a pesar de que tenía un millón de preguntas que hacerle acerca de su hermano para satisfacer su curiosidad, se contuvo.

—El caballo que lleva es también estupendo, y ese marrón de mi padre me encanta. La verdad es que viéndolos cabalgar me entran también ganas a mí de unirme a la cuadrilla —comentó Lucy en tono de broma, y Elisabeth comprendió que no quería hablar de Alexander, pero que estaba intrigada por las luces y sombras de su carácter.

Lo cierto era que su hermano se comportaba con ella con un aire muy circunspecto, cosa que no le ocurría con las demás personas. Quizá aquella joven amenazaba demasiado sus defensas como para que le mostrara la parte más vulnerable de su persona. Por otro lado, estaba James, que había dejado claras sus intenciones y que actuaba como una barrera infranqueable para Alex.

Además, él no quería aceptar que era un hombre como los demás, capaz de formar una familia y de entregar su corazón a otra persona. Se había convertido en un escéptico.

Quizá aquella joven tan intuitiva encontrara el camino adecuado para llegar hasta su corazón herido. Porque estaba claro que en James no estaba interesada. Pero nunca se sabía hacia dónde se podía inclinar una balanza en cuestiones de amor.

—Cuando estemos en casa, podremos ir a cabalgar todo lo que queramos —le respondió Elisabeth para seguir la conversación.

—Yo nunca he visto la campiña como la estoy contemplando ahora. Íbamos todos los veranos a un pueblo cerca de Bath, pero allí el mayor atractivo era la playa y los paseos a pie.

—Yo también he ido alguna vez a Bath, pero mi marido prefería viajar a Escocia en verano. Era un enamorado de las Highlands.

—Qué maravilla poder viajar tanto. Yo querría ir alguna vez a España —le contó Lucy.

—¿Tenéis familia allí? —quiso saber Elisabeth, y sintió algo de aprensión al pensar en la joven española que había podido conquistar a un hombre tan formidable como William.

—No, ya no queda nadie, pero me gustaría conocer el país de mi madre. Creo que se lo debo —añadió tristemente.

—¿Hace mucho que murió? —preguntó Elisabeth olvidando completamente sus resquemores y compadeciéndose sinceramente de la tristeza de la joven.

—Yo tenía solo tres años, y apenas me acuerdo de ella —se detuvo un instante, intentando contener las lágrimas que extrañamente habían acudido a sus ojos.

Elisabeth le tomó las manos entre las suyas en un gesto impulsivo para consolarla. Lucy pensó que tenía algo que invitaba a las confidencias, y poseía una naturaleza tan abierta y cariñosa que en su presencia se sentía confiada. En ella encontraba a la mujer joven que había echado en falta a lo largo de su infancia y adolescencia, ya que la había criado su abuela cuando ya era muy mayor, además de su padre.

—Pero sí recuerdo su voz, porque siempre me cantaba canciones españolas, y también la recuerdo cuando me contaba cuentos hasta que me quedaba dormida. A veces me parece oírla en sueños y me despierto como si me hubiera llamado.

Hizo una pausa y suspiró. Elisabeth sintió un escalofrío.

—Por eso pensar en España es para mí una especie de tributo a mi madre. Conozco bien la literatura y las costumbres españolas y siempre he estudiado español.

—Tu nombre suena muy bien cuando lo dice tu padre con ese acento tan especial...

—Mi padre también habla muy bien español, lo aprendió en la guerra y siempre lo hablaba con mi madre —le explicó Lucy sonriente—. Pero dice que envidia mi acento porque hablo como si fuese española y yo no sé cómo puede ser eso, porque mi profesor lleva tantos años en Londres que tiene acento inglés. Quizá sea por la influencia de mi madre. Que no la recuerde del todo no quiere decir que no asimilara todo lo que ella me decía, ¿no te parece?

—Sí, me parece lógico, y me parece también que tu padre ha hecho un gran trabajo educándote, porque eres una joven maravillosa.

Lucy aceptó el cumplido con una sincera sonrisa. Y luego su pecho se llenó de emoción. Había encontrado una amiga con la que hablar de mujer a mujer. Una amiga y una figura materna, aunque Elisabeth no tuviera de ningún modo suficiente edad para ser su madre.

Las dos volvieron a dirigir su atención hacia los jinetes y Lucy siguió reflexionando. Efectivamente, no solo era maravillosa con ella, Elisabeth era también una mujer perfecta para su padre...

Entonces él se volvió ligeramente sobre la grupa, y las sorprendió mirando por la ventanilla.

Una genuina sonrisa se dibujó en su rostro mientras levantaba la mano para saludarlas, y fue entonces el corazón de Elisabeth el que se llenó de emoción.

Sir Arthur Havisham miró a su hijo y continuó relatándole lo ocurrido en el teatro.

—Y tu hermano se alejó de allí con mi nieta, Arthur, y no le importó que todo el mundo nos estuviera observando.

Estaba en su casa de Londres, conversando con su hijo mayor y heredero.

—Es un cabezota y un orgulloso —continuó hablando casi para sí mismo—. Dios sabe que lo intenté cuando murió la pobre muchacha. Yo no quería...

—Papá, no te mortifiques más o acabarás enfermando —le rogó su primogénito, harto ya del tema de su hermano—. Ya sabes cómo ha sido siempre William. Y hay cosas que no cambian nunca.

—Si me hubiera dejado asimilar la noticia al menos, podría haberme hecho a la idea después de un tiempo. Pero tu abuela siempre lo mimó demasiado. Si no hubiera sido por ella...

Se quedó callado un instante, mientras Arthur hacía una mueca de fastidio.

—Siempre fue también otra cabezota orgullosa —continuó diciendo—. Dónde se ha visto que una madre estipule en su testamento que no se avise a su familia para al menos asistir a su entierro.

—Papá. No le des más vueltas a un asunto que ya tendrías que haber aceptado. En el fondo, estás más tranquilo sin ellos —lo miró con gesto

191

despectivo—. Todos estamos más tranquilos sin ellos.

El conde de Richmond elevó la mirada hacia su hijo con dolor. ¿Cómo podía decir aquello?

—No hables por mí, Arthur, tú estarás más tranquilo. Yo solo siento amargura.

Él mismo también tenía que reconocer que había sido un cabezota egoísta durante demasiado tiempo. Ahora se daba cuenta de ello. Conforme pasaban los años, el día a día era una cuenta atrás cada vez más rápida hacia el momento final. Y no se podía vivir con un sentimiento como aquel y morirse tranquilo.

—Arthur, sé que para ti era difícil vivir a su sombra, pero no le guardes rencor por ello. Él no hacía nada para ser así, y te quería, pero los celos no te dejaban verlo.

—Bah, tonterías. Lo que pasa es que tú solo tenías ojos para él. Siempre fue tu preferido, y no lo disimulabas. ¿Cómo querías que me sintiera?

Su hijo mayor lo miró con rabia. Volviendo a revivir toda la amargura de su infancia.

Fue hasta la mesita de los licores y se sirvió un brandy.

—Pero no te preocupes por mí, ya ha pasado mucho tiempo de eso —se bebió la copa de un trago.

—No bebas de esa forma, hijo, te va a sentar mal. Tú no sueles beber a estas horas —le dijo su padre conmovido.

Ser superado en todo por un hermano menor no era algo tan fácil de tragar como aquel brandy, pensó Arthur sonriendo amargamente. Y menos cuando su padre siempre había hablado de Will con un orgullo que nunca había mostrado por él. Por más que se esforzara por lograr su aprobación, nunca le servía de nada. Si su padre hubiera podido elegir, estaba claro que el heredero del título habría sido su hermano.

—Bueno, estate tranquilo, papá. Todo se arreglará con el tiempo —dijo, en un intento por reconducir los malos recuerdos.

Él también había querido a su hermano a su modo, pero cuando era muy joven no tenía la capacidad de raciocinio como para poder separar la envidia del afecto. Luego, odiarlo se había vuelto ya una costumbre, que William abonaba sin darse cuenta con sus éxitos con las mujeres, los estudios, los deportes.

Y después su hermano se había ido a la guerra y se había convertido además en un héroe.

Y cuando lo había estropeado todo con su desafortunado matrimonio y su padre le había dado la espalda, él ya no tuvo que preocuparse más de estar a su sombra…

Pero tenía razón, había que reconocerlo, quizá fuera hora de superar el pasado.

Por otro lado, él ya tenía edad suficiente como para no compararse con nadie, ya no tenía que medirse con su hermano.

—Me marcho a casa. Margaret me está esperando. Adiós, papá —se acercó y le dio un beso en la frente. Su padre le agarró la mano y se la besó en un gesto de cariño tan inusual que lo dejó anonadado.

Arthur se dirigió hacia la salida con un nudo en la garganta.

—Adiós, hijo, dale recuerdos a tu esposa —dijo intentando volver al trato normal—, y no te preocupes tú tampoco por esto —añadió, sin poder evitar volver al tema de sus desvelos, pues el sentimiento de culpa que tenía hacia su heredero también le pesaba en la conciencia.

Su hijo lo miró desde el umbral de la puerta del salón y le hizo una inclinación de cabeza a modo de despedida. Luego se marchó pensando en cuánto había cambiado su padre.

Una vez que Arthur hubo desaparecido por la puerta y salido a la calle, sir Arthur Havisham se dirigió lentamente hacia su gabinete, donde estaba su escribanía. Se la llevó a la mesa y se sentó. Apoyó los codos en su superficie y con ambas manos se sujetó la frente.

Transcurrió mucho tiempo hasta que se decidió a plasmar en el papel todo lo que pasaba por su cabeza. Habían sido muchos años de rabia y remordimientos.

La carta llegó a casa de William cuando Lucy y él acababan de emprender su viaje hacia Stratton Hall.

Veintidós

Julius, subido al pescante en compañía de Raff, el cochero, había contemplado el ir y venir de los demás criados para subir el equipaje de los invitados de su señor a lo alto del carruaje. Una vez colocados y sujetos todos los bultos, que no fueron pocos, habían salido por fin los Havisham.

Julius pudo comprobar entonces la mirada de sorpresa de la joven Lucy al verlo sentado allí arriba. Seguramente no habría tenido tan cerca nunca a un hombre de su color. No era de extrañar su curiosidad casi infantil.

Él le había sonreído ligeramente y ella, al ser consciente de que lo estaba sometiendo a un descarado escrutinio, le sonrió a su vez, mostrando toda la amplitud de su sonrisa llena de simpatía.

—Él es Julius, y es de Jamaica —le había dicho Elisabeth, que la esperaba en la puerta del carruaje para iniciar el viaje las dos juntas. En el otro iba el servicio junto con el de James.

Julius se había tocado el sombrero a modo de

saludo. Ella se lo había devuelto y luego se había acomodado en su sitio, no sin antes despedirse de su padre, que iba a hacer el recorrido cabalgando.

—Adiós, hija, procura descansar algo —se despidió William, consciente de que esa noche ninguno de los dos había dormido mucho—. Nos aguarda un largo viaje —había añadido subiendo al que iba a ser su caballo, lleno de una vitalidad que poco casaba con la falta de sueño.

Y así se había iniciado el periplo. Julius había seguido sentado donde estaba al principio, en el pescante, el lugar en el que más le gustaba estar desde que había llegado a ese nuevo mundo. A excepción de la cocina de la señora Holmes, Charity, por supuesto.

En él podía contemplar sin ver, mientras iba ganando terreno al camino, sereno y meditabundo. Y ello era posible porque Raff disfrutaba del silencio casi tanto como él y solo se ocupaba de dirigir solemnemente a los caballos.

Sin proponérselo, el cochero mostraba con orgullo de clase que también los ingleses, aunque simples criados, podían tener aquel aire digno y majestuoso del que hacía gala Julius cuando iba subido allí arriba.

Stratton Hall se encontraba, según este había sabido por Alexander en su primer viaje a la mansión, en South Norfolk, al nordeste de Londres, en dirección a Norwick, en una zona donde abundaban los ríos y el campo era muy verde.

No era de extrañar de todas formas que hubiera tanto verdor, con esas lluvias frías y constantes que parecían ensañarse con uno hasta congelarlo hasta los huesos.

Hacia el mediodía, precisamente, el sol se empezó a ocultar y aparecieron las primeras gotas de lluvia.

—Pararemos en unos minutos —le dijo Raff, interpretando la señal de su señor, que se había vuelto hacia él mientras señalaba la dirección de la posada desde el lomo del caballo.

Julius suspiró aliviado. Una sopita caliente y quizá después el tiempo mejorara, se dijo para sus adentros.

Pero no fue así y, al final, cuando salieron de la posada después de comer, Julius acabó dentro del carruaje, pues ni los mantos encerados con que se habían pertrechado todos los que viajaban a la intemperie podrían auxiliar al gigantón en su lucha contra el frío.

—Tú vendrás con nosotras, Julius, no quiero que enfermes con esta humedad —le dijo Elisabeth cuando emprendieron otra vez el camino.

Todavía se acordaba de las fiebres que lo dejaron exánime al poco de llegar y que cargaron con un terrible sentimiento de culpabilidad a su hermano Alexander. Por eso no lo había dudado y había ordenado a Julius que se instalase con ellas en el interior del carruaje, donde podría abrigarse con las mantas y los ladrillos calientes que les habían proporcionado en la posada. En el otro vehículo ya no quedaba sitio.

Además, apreciaba sobremanera a aquel hombre que había protegido y dado algo de calor humano a su hermano en aquella etapa de su vida tan llena de tristeza.

La fina capa de lluvia no había dejado de caer, pero afortunadamente tampoco arreciaba, así que pudieron reanudar otra vez el viaje, aunque a un paso un poco más lento y menos alegre que hasta entonces.

Julius, bien calentito con la manta que Lucy le había ofrecido, aprovechó la ocasión para ir observándola disimuladamente, mientras parecía dormitar.

Era realmente una joven muy atractiva, tanto como había oído comentar a la servidumbre. Resultaba asombrosa la velocidad con que corría la información por las cocinas que a él tanto le gustaba frecuentar.

—Yo no la he visto —le había contado Charity, días antes, mientras le cortaba una porción de su famosa tarta de zanahoria—. Nadie, salvo un mozo y un cochero, la ha visto aún —siguió comentando mientras se la ofrecía con la cara iluminada de emoción casamentera—, pero parece ser que es una joven de cabello oscuro con mucho encanto, y que el conde de Montrose está dispuesto a iniciar su cortejo.

—Ya se verá —había respondido él, complacido por la dulce ofrenda y la charla amistosa.

La parlanchina cocinera no encontraba siempre a alguien decidido a escucharla. Y él era todo oídos mientras degustaba su tarta.

—Sí, me gustaría verla…

—Muchas gracias por la tarta, señora Charity. Respecto a la joven, yo la veré cuando vayamos al campo. Creo que vendrá con su padre, que se va a hacer cargo de la biblioteca —había concluido Julius.

Todos decían que formarían una pareja digna de admiración y estaban muy animados con el romance que parecía ya en ciernes. La verdad era que el conde gozaba de las simpatías de todos los criados del duque, según le había contado ella, puesto que frecuentaba desde joven tanto la casa de Londres como Stratton Hall. Lo habían visto crecer y siempre había sido con ellos muy considerado.

—Todos deseamos lo mejor para el señor conde —le siguió diciendo Charity—. Cuando esperábamos desesperadamente la llegada del señor Alexander de Jamaica, él corrió enseguida a ayudar a la señora en el gobierno de las propiedades y en Londres ya no nos sentimos solos y sin dirección como nos habíamos sentido antes, en los últimos años del anterior duque.

—Mmm —asintió Julius, mientras ella tomaba aliento.

—Durante ese tiempo, la señora estaba desbordada cuidándolo en el campo y en la ciudad estábamos solos y algo perdidos —se acercó un poco más a él y añadió en voz baja—: Y al final apareció él y se hizo cargo de nuestros salarios y todo… porque llevábamos algún tiempo sin recibirlo y ya no sabíamos qué pensar.

—Eso fue todo un detalle…

—Algunos, los que tenían familia, lo estaban empezando a pasar muy mal, pero entre nosotros lo íbamos arreglando hasta que llegó sir James, nos reunió y lo solucionó todo hasta la llegada del señor Alexander.

Eso explicaba lo que sentía la servidumbre hacia el conde de Montrose, cosa que él conocía ahora por boca de la cocinera.

Y, respecto a aquella bonita joven y su posible compromiso con el conde, y ahora que la había visto con sus propios ojos, era cierto que serían una pareja muy atractiva, pero él no veía ese futuro tan claro como parecía verlo todo el mundo…

Julius no se había dejado impresionar por ninguna de las bellezas inglesas que había tenido ocasión de contemplar desde su llegada de Jamaica, pero aquella muchacha era diferente. Tenía una mezcla irrepetible de belleza, inocencia y un indudable atractivo sensual que evocaba tierras más cálidas y sutiles placeres carnales, algo que seguramente ella misma ignoraba que poseía.

Pero lo que más le llamó la atención fue algo muy curioso, notaba en ella una fuerza interior y una sensibilidad que la ponía en sintonía con él de una extraña manera. Efectivamente, aquella joven sería sin duda una dama digna de tener en cuenta en un futuro inmediato.

La voz de Elisabeth lo sacó de su sopor.

—Mira, Lucy, asómate, ya se ve allí en la distancia Stratton Hall.

Y, cuando vio a la joven mirar con expectación por la ventanilla la llegada a la mansión, Julius pudo comprobar algo que lo dejó estupefacto. Notó en su propio cuerpo el escalofrío que la recorrió a ella de arriba abajo al contemplar la silueta de la casa entre los árboles. El mismo estremecimiento que lo había recorrido a él la primera vez que se acercó a los terrenos de aquella casa donde nada bueno los esperaba.

Lucy reposaba arrebujada en la manta, con el estómago agradablemente lleno, mientras se dejaba mecer por el suave traqueteo del carruaje e intentaba calmar un poco la excitación que le había producido estar en compañía de Alexander durante la comida, ver cómo era en realidad cuando trataba con la gente sin el envaramiento que adoptaba con ella.

En nada ayudaba el hecho de que a la salida, y mientras los otros hombres habían acompañado a los criados para ir a buscar los caballos y Elisabeth avanzaba decidida con sus botas de montar, él la hubiera cogido en brazos para evitar que se estropeara los botines en los múltiples charcos que la lluvia había formado en el patio de la posada.

Lucy había dirigido unos segundos antes una triste mirada hacia su nuevo calzado, que estaba a punto de ser destrozado por el agua.

—Permítame, señorita Havisham —le había dicho él al observar su ligero titubeo.

Y, sin esperar su respuesta, la había tomado en brazos y ella se había agarrado a su cuello como si su gesto fuera lo más natural.

Pero no lo había sido.

Sus mejillas habían empezado a tornarse rosas evidenciando lo mucho que le afectaba sentir que la estrechaba contra su pecho. Aunque eso no había impedido que alzara la mirada ligeramente para observarlo desde aquella posición privilegiada.

Sus labios, tan perfectos y bien cincelados, estaban a la altura de su mirada. Y tenía la mandíbula tan irresistiblemente cuadrada…

—Debí ponerme las botas, pero no pude resistirme a estrenar estos botines —dijo, como disculpa, y por cubrir el silencio lleno de tensión que se había formado entre los dos.

—Bueno, nadie esperaba que lloviera —le había dicho él, y la había mirado a su vez fugazmente desde aquella corta distancia.

El impacto de la cercanía, evidente ya en la escasa distancia de sus miradas, los sobresaltaba a los dos por igual.

El trayecto, suspendido en un inmenso vacío que parecía aislarlos de la realidad, solo duró unos segundos, pero para Lucy fue como un trozo de eternidad. Luego, él la había soltado junto al carruaje casi con brusquedad, como si su cuerpo le quemara. Con una disculpa, se había dirigido hacia las cuadras ante la mirada de asombro de Elisabeth, que los contemplaba ya desde dentro del carruaje.

¿Por qué se comportaba él así, tan atento como para preocuparse de su calzado y luego se deshacía de su contacto como si le repeliera?

¿Era demasiado educado como para no asistir a una dama en un momento de apuro, pero no podía disimular su rechazo hacia ella? ¿Por qué le resultaría antipática?

Si esa impresión era cierta, tenía un grave problema, porque ella había probado ya lo que era estar en sus brazos y no deseaba permanecer en ningún otro lugar en el mundo que no fuera ese…

Julius, que parecía dormitar, no dejaba de observarla con disimulo.

Lucy se había dado cuenta desde hacía rato de su escrutinio, pero no se sentía incómoda por ello. Al fin y al cabo, ella también lo había estado observando a él con curiosidad desde que lo había visto. No obstante, su mirada parecía atravesarla, como si aquel hombre tuviera la facultad de ver en su interior… y más allá.

Aquel antiguo esclavo, según le habían contado que fue en otro tiempo, era un tipo muy especial, como especial era la relación que lo unía a su señor. Eso había podido comprobarlo en el Cisne Blanco, la posada en la que habían parado unas horas antes a comer.

Alexander había reservado una sala privada para ellos, en la que por orden de este y contrariamente a lo que era de esperar habían preparado también una mesa para el servicio. Bessie y Sam se habían acomodado en ella con toda naturalidad. Parecía que se llevaban bien con la gente del duque, que además formaba una piña en torno a él.

—Ojo con el vino, Raff —había advertido Alexander a su cochero, sonriente pero firme—, llevas en el carruaje una preciada carga y todavía queda un buen trecho para llegar.

—Por supuesto, milord, no se preocupe —dijo el hombre de buena gana—, no quiero adormecerme por el camino, ya que además la conversación de Julius no es muy amena que digamos —concluyó con una sonrisa irónica.

—Julius es así, no habla si no tiene que decir nada importante —replicó Alexander, mirando con cariño a su antiguo guardaespaldas, que se encogió estoicamente de hombros—. Él prefiere observar —añadió—, y en eso ha consistido hasta ahora su trabajo.

—Sí, a mí me ocurre algo parecido, milord. Bromas aparte, normalmente agradezco el silencio, incluso lo añoro a veces. Sobre todo cuando estoy en la cocina con la buena de Charity —añadió provocando una carcajada general entre los demás criados.

Todos eran gente de confianza y se veía que el trato era muy cercano con su señor cuando la ocasión lo permitía, algo parecido a lo que ocurría en su casa, pensó Lucy.

Luego, cada uno se fue acomodando en sus respectivas mesas y empezaron a llegar las viandas. Lucy había comido en silencio también, pensando que no tenía nada importante que decir y mucho que observar, como Julius

Y, ya en el carruaje, al final de la última parte del trayecto, en el que había ido rememorando todos y cada uno de los minutos que había pasado en compañía de aquel hombre que la desconcertaba y la alteraba más que ninguna otra cosa que hubiera conocido en su corta vida, cuando Elisabeth la sacó de sus reflexiones y la animó a observar la llegada a la mansión que ya se atisbaba en la distancia, Lucy sintió algo que la alteró aún más. Se vio sorprendida por un tremendo escalofrío que la llenó de una extraña aprensión. Era el caer de la tarde, pero no se trataba de eso.

¿Qué era aquel frío que calaba su alma como si se tratase de una fría tumba?

¿Qué la esperaba en aquel lugar que tanto la soliviantaba?

Veintitrés

Alexander estaba comiendo en solitario cuando apareció en el saloncito del desayuno el objeto de sus desvelos.

—Buenos días, milord —dijo Lucy, intentando parecer más tranquila de lo que se sentía en su presencia.

Él se levantó enseguida para ayudarla a acomodarse a la mesa.

—Buenos días, señorita Havisham, ¿ha descansado bien? —inquirió, y aprovechó que estaba aún junto a ella para escrutar su rostro en busca de algún indicio de que el episodio de la tarde anterior hubiera dejado un rastro de inquietud en él.

En el suyo propio puede que no lo hubiera, pero no había podido apenas dormir pensando en cómo sentía el peso de su cuerpo en sus brazos, la rotundidad de sus curvas.

—Sí, he descansado maravillosamente bien —le respondió ella—. Mi habitación es preciosa, y las vistas del jardín y el invernadero son impresionantes. Aunque ayer era ya un poco tarde para apreciarlas por la falta de luz, esta mañana me quedé impresionada.

—Hubo una época en la que los jardines fueron aún más impresionantes y nos costará algo de tiempo recuperarlos, pero estamos en ello —le explicó él.

Estaba intentando con todas sus fuerzas parecer un anfitrión educado, cuando lo único que deseaba era volver a atraparla en sus brazos y llevársela a su habitación para perderse en aquella locura de deseo que lo arrasaba todo a su paso.

—La mansión en general es impresionante también. Demasiado impresionante, si he de ser sincera —añadió sin poder evitar compartir con él ese sentimiento.

—¿Prefiere té o café? —le preguntó él, viendo que el criado esperaba para atenderla.

—Café solo, un poquito de beicon y unas tostadas, gracias.

El hombre procedió a servírselo.

—Al principio me dio algo de miedo, tengo que confesarlo...

Alexander sonrió con tristeza y la miró con unos ojos llenos de algo indescifrable para ella.

—Es una casa muy antigua, con algunos añadidos de épocas más modernas. Así que conserva una gran estructura de su época de origen, toda ella con mucha madera en su construcción, como se hacía en la época Tudor —le explicó él.

—Sí, su silueta entre los árboles es espectacular y con esa torre cuadrada casi parece un castillo.

—Toda esa parte más antigua, donde por cierto está la biblioteca, cruje mucho precisamente a causa de la madera —siguió contándole él—. A mí también me daba miedo hace tiempo, tengo que confesarlo... —añadió imitando el anterior comentario de Lucy.

Al hacerle la broma una sonrisa traviesa curvó sus labios y dio a su expresión un aspecto desconocido para ella. Había en él un rastro del niño que fue en otra época, alguien vulnerable y seguramente muy travieso.

Lucy sonrió a su vez. Estaba siendo demasiado fácil hablar con él, demasiado placentero también. Podría habituarse a ello con facilidad.

Para ser la primera vez que estaban a solas y con el recuerdo de su contacto aún excitando su imaginación se sentía demasiado relajada en su presencia. Como si fuera lo más natural estar desayunando con el hombre de sus fantasías y charlar de la casa y sus ruidos y recovecos.

—No me extraña que un niño tuviera miedo, una casa así tiene que albergar hasta fantasmas.

Alexander hizo una mueca que por un momento borró la espontaneidad de su gesto.

—No hay que tenerle miedo a los muertos, señorita Havisham, es de los vivos de quien tenemos que temer siempre lo peor.

—Ya, no sé si me consuela eso, Excelencia —replicó ella poniendo a su vez una sonrisa traviesa.

—No me llame Excelencia, mi nombre es Alexander, y no se preocupe por vivos ni muertos, la defenderé con mi vida, esté tranquila por eso —musitó él y los dos se echaron a reír por el comentario.

—Bueno, Alexander, yo ya no soy una niña. No suelo sentir miedo. Fue solo un momento.

—Claro que no es una niña, ya me he dado cuenta de ello —no pudo evitar decir.

Tuvo que disimular a duras penas el placer que le había producid oír su nombre en su boca, y la camaradería se tornó en otra cosa en cuestión de un segundo.

—Ah, ¿sí?

En esa altura de la conversación, cuando ambos estaban mirándose con complicidad y una sonrisa de lo más seductora había hecho iluminar con coquetería el rostro de Lucy, aparecieron James, William y Elisabeth.

Alexander solo tuvo que contemplar el leve entrecerrar de ojos de James cuando lo vio allí charlando tan distendidamente con ella para comprender lo que este estaba advirtiéndole.

«Ya sé que puedes ser encantador, pero no te pases. No te metas en mi terreno».

Alexander lo entendió como si James lo hubiera dicho con palabras.

—Buenos días, Alex, Lucy, ya veo que por fin os habéis levantado, dormilones —dijo Elisabeth.

—Solo a ti se te ocurre levantarte con las gallinas para montar a caballo, y veo que has convencido a James y a William para que te acompañen —respondió su hermano.

Los dos hombres sonrieron y ocuparon sus lugares en la mesa, después de ayudar a Elisabeth a acomodarse en su silla. Luego pidieron café y té puesto que ya habían desayunado antes de ir a montar.

—Le hemos estado enseñando a William el terreno y hablando de los planes para aumentar mis cuadras —comentó James—, y hemos descubierto que sabe mucho de caballos también.

—Sí, nuestro erudito invitado guarda muchas sorpresas —añadió Elisabeth con gesto travieso, el mismo casi que Lucy había visto antes en su hermano.

—No tantas —dijo él—, es normal que un exoficial de caballería sepa de caballos.

—Cierto —intervino Alexander, y añadió dirigiéndose solo a él—: Me imagino que también estará deseando conocer la biblioteca, ¿verdad?

—Desde luego.

—Por favor, tuteémonos, se lo estaba diciendo a la señorita Havisham, confío en que todos seamos buenos amigos.

Miró a James y vio que ya estaba menos receloso.

—Allá de donde vengo no se tienen tantas formalidades —le siguió explicando a William—, y me cuesta sobremanera tratar con la gente cercana con tanto estiramiento. Ya que estamos todos bajo el mismo techo —añadió, no sin sentir un pequeño estremecimiento al pensar que ella lo compartía con él—, tratémonos más familiarmente.

—Por mí de acuerdo —respondió el padre de Lucy—, y Lucía no tendrá ningún problema con ello, le cuesta demasiado ser formal con la gente. Tiende siempre a ser amistosa con todo el mundo.

—Es una muchacha encantadora —dijo con calidez Elisabeth—, tiene suerte de tenerla como hija.

William le sonrió y asintió con la cabeza.

Lucy se sintió como si hablaran de ella sin estar presente y su padre, para colmo, acabó de rematarlo con su siguiente comentario.

—En los pueblecitos cercanos a Bath, cuando era pequeña, tenía que ir a buscarla siempre que se me escapaba a las cabañas de los pescadores. Y me la encontraba allí preguntándoles miles de cosas y ellos embobados con su cháchara.

—Papá, me estás avergonzando, deja ya de contar cosas así, que ya no soy una niña.

—No se preocupe, señorita Havisham, ninguno de nosotros la ve como una niña —intervino James, y Lucy no pudo evitar comparar su comentario con el de Alexander.

Evidentemente, sus palabras no la hacían sentir lo mismo que las de otro hombre que parecía tener la llave de su deseo.

No obstante, mostrando su sonrisa más sincera le dijo:

—Si vamos a dejar de lado las formalidades a partir de ahora tendrá que empezar a llamarme Lucía, o Lucy, como prefiera.

—De acuerdo, Lucy me parece muy bonito. Y es así como la llama casi todo el mundo, ¿verdad?

—Sí, es cierto. Lucía solo me llama mi padre —le explicó ella.

—Qué te parece si vamos a conocer el resto de la casa con James y a dar una vuelta por los jardines, Lucy —le preguntó Elisabeth—. Así dejamos que Alex y tu padre empiecen en la biblioteca.

—Me parece estupendo, estoy deseando conocer los pasadizos secretos y los retratos de vuestros antepasados. Porque seguro que los hay ¿no?

Elisabeth soltó una carcajada, como siempre cristalina. Luego miró a James con gesto malévolo.

—Bueno, en lo de los antepasados sí puedo ayudarte. Pero me temo que los pasadizos secretos solo los conocen Alex y James. Así que esperemos que quiera James enseñárnoslos. Yo nunca quise explorarlos con ellos.

Se acercó como para compartir una confidencia.

—Nunca fueron de fiar. No sé si ahora lo serán —añadió.

—Cómo dices eso, Elisabeth. Sabes que ya me he reformado todo lo que me podía reformar —le dijo James con aire juguetón y mirando de reojo a Lucy.

Alexander rechinó un poco los dientes y se levantó bruscamente cortando el curso de la conversación.

—¿Vamos entonces, William? —inquirió.

—Sí, vamos, estoy deseoso de empezar. Si no hubiéramos llegado tan tarde y tan empapados me habría puesto gustoso ayer a ello.

—Es mejor hacerlo con calma. Ya sabes que estoy encantado de que estés aquí todo el tiempo que sea necesario —le respondió Alexander—. Y el que te permitan tus otras ocupaciones, claro. No me gustaría acapararte en contra de tus intereses.

—No hay problema por ello. Mi vida se estaba tornando demasiado monótona. Ha tenido que surgir esta oportunidad de organizar la biblioteca y conoceros a todos para que me empezara a dar cuenta de ello.

Elisabeth fue entonces la que lo miró de reojo mientras se levantaba.

—Pues vamos a emprender nuestra visita, Lucy. ¿Estás preparada para ver lo feos que eran mis tatarabuelos?

—No creo que lo fueran tanto, viendo cómo sois vosotros —dijo Lucy, y Alexander la miró también de reojo y sonrió secretamente para sus adentros. Gesto que no fue ignorado por su hermana, que lo conocía bien.

Todos partieron hasta sus diferentes destinos y en el aire quedaron anhelos, agravios, un incipiente mal de amor y con todo ello un terrible enredo, como había augurado Elisabeth casi desde un primer momento…

Veinticuatro

William se dirigió hacia la biblioteca, el lugar que tanto había anhelado conocer, con una ligera carga en su espíritu.

—Por aquí, William, la biblioteca está en la parte más antigua de la casa —le explicó Alexander.

Él, un poco absorto en sus pensamientos, siguió maquinalmente sus pasos, sin fijarse siquiera por dónde pasaban. Alexander tampoco estaba muy parlanchín y caminaba en silencio.

William no dejaba de darle vueltas en su mente a la expresión de su hija cuando habían irrumpido ellos en el desayunador. Si no se equivocaba, y no estaba tan oxidado en los lances de amor como para errar tanto, su pequeña tenía una sonrisa coqueta que transformaba su rostro en el de alguien diferente mientras estaba allí hablando con Alexander, y él la miraba con unos ojos que decían más de lo que sus labios pudieran admitir, pues siempre era correcto y educado.

—No, William, por aquí, está al final de este pasillo.

—Vaya, creo que la próxima vez que venga solo me voy a perder. Me temo que no me he fijado por dónde voy —dijo este reparando en su falta de concentración.

—No te preocupes, vendremos juntos —replicó el otro—. Al principio habrá que remover mucho y quiero ayudarte, luego solo tú podrás hacer el trabajo.

—Me parece bien —corroboró William, volviendo a sumirse en sus reflexiones.

Estaba empezando a asustarse un poco. ¿Cómo podía ser tan atrevida su hija? Si apenas había tratado con ningún hombre... Se parecía a él, claro, porque su madre nunca había coqueteado. Era dulce, sensual, arrebatadora, pero totalmente inocente en las artes del coqueteo. ¿De dónde le venía de pronto ese desparpajo a su pequeña?

La culpa era de él. La había educado como a un muchacho. Tanta charla y camaradería por su parte, tanta literatura y libros de aventuras. Su abuela había hecho lo que había podido para educarla, pero no era una mujer joven. El peso de su educación siempre había sido suyo, y ahora descubría que su pequeña era una mujer quizá demasiado decidida. Solo le había bastado un vistazo para comprenderlo y eso le daba miedo. Sobre todo cuando ella miraba así a un hombre que parecía tener sobre su alma demasiadas cargas y lugares oscuros.

—¿Qué te parece? —le preguntó Alexander, y su voz lo sobresaltó.

Debían llevar un rato en el umbral de la estancia, porque Alexander parecía esperar sus comentarios.

—Pues que es más impresionante todavía de lo que me esperaba. Me había quedado sin habla…

Era una pequeña mentira, pero cómo decirle a aquel hombre tan atento y considerado que estaba empezando a recelar de él. Cuando por otro lado solo podían ser absurdos temores de un padre demasiado volcado en su hija. No estaba preparado aún para desprenderse de su pequeña y veía fantasmas.

Su reacción automática en el desayunador había sido volver de una forma un poco forzada a los recuerdos de la infancia de Lucy, y de ahí el comentario sobre los pescadores. ¿Estaría haciendo el ridículo? ¿La pondría en evidencia con sus absurdos temores?

—Aquella es la parte donde se inició el fuego. Salvo lo que estaba carbonizado no hemos tirado nada. Para que puedas ver lo que había y reponerlo en la medida de lo posible —siguió diciendo Alexander.

—Por lo que veo a simple vista no ha sido tanto el destrozo como habría sido posible. Me temía algo peor —dijo William centrándose por fin en la cuestión, al fin y al cabo estaba allí para eso.

—Sí, reaccionamos a tiempo. Virgilio nos avisó con unos maullidos que daban pavor. Es el gato de mi abuelo Richard —le aclaró—. No te sorprendas si ves que aparece por aquí. Se pasa la vida entre el sol del jardín y la chimenea. Es ya muy viejo.

Señaló el lugar donde un alegre fuego chisporroteaba.

—Siempre la hemos mantenido encendida por el día, y de noche queda el rescoldo, si no en época de lluvias hay demasiada humedad. Mi abuelo se pasaba aquí las horas muertas cuando no estaba en Londres, y Virgilio con él.

—No me imagino un lugar mejor en la tierra. Es el sueño de mi vejez.

—No digas eso, aún te falta mucho para ello. Creo que debes fijarte más en lo que hay a tu alrededor, William, si me permites la intromisión —se disculpó—. No te pierdas tanto en los libros. Aunque ahora puedes pasarte aquí todo el tiempo que quieras —le dio una palmada en el hombro para quitar hierro a sus consejos y le sonrió—. Todo tuyo, tú mandas —añadió, señalando el interior.

—Sí, empecemos por lo peor. Vamos a aquel montón de libros, o lo que queda de ellos —matizó.

—Lo que no devoró el fuego se estropeó con el agua, así que me temo que hay mucho libro que no está quemado, pero sí destrozado por la humedad.

—Veamos cuántos —dijo William, olvidado ya todo temor y animado por la perspectiva de poner orden en aquel maremágnum—. Si algunos tienen solo las tapas estropeadas se pueden mandar a encuadernar.

Todo volvía a estar en calma. Los libros lo llamaban. En ellos había encontrado durante años el refugio para su retiro y su soledad. Seguro que ellos le devolvían una vez más el equilibrio.

Todo estaba en los libros.

Lucy y Elisabeth avanzaban seguidas de James por una amplia galería en su periplo por la vasta mansión. Primero habían visitado ellas solas las cocinas, donde la joven se había maravillado por la gigantesca chimenea donde se hacían la mayoría de los guisos, en grandes calderos, a la antigua usanza.

—Dios mío, es más alta que yo —comentó con entusiasmo observando el tamaño del hogar.

Luego había una cocina de hierro más moderna donde siempre había agua caliente y algo horneándose.

—¿A que estaba deliciosa? —le preguntó Elisabeth, refiriéndose al trozo de tarta que les había ofrecido Laura, la cocinera.

—Pues sí, no había probado una tarta igual. Nuestra cocinera hace maravillas con las galletas pero no hace muchas tartas —le contó Lucy.

James se les había unido en el vestíbulo de la casa y ahora las acompañaba a recorrer el ala más antigua de la mansión

—Espera a probar la tarta de zanahoria de la señora Charity, nuestra cocinera de Londres, y sabrás lo que es bueno.

—Pregúntale a Julius, que es su principal admirador —intervino James.

—Julius no es un simple criado, ¿verdad? —aventuró la joven, mirando a Elisabeth.

—No, no lo es. A veces es difícil encajarlo en el esquema de la servidumbre, pues en Jamaica era en un principio empleado de Alex y guardaespaldas, y poco a poco se hicieron prácticamente amigos y compañeros —le explicó

—Se nota que entre ellos hay algo especial.

—Allí no había entre los dos la distancia social que existe aquí. Pero Alex en el fondo solo la mantiene de cara al exterior. Y los criados lo saben y lo tratan con respeto. Pero al principio no fue fácil para nadie asimilar esas extravagancias, como te puedes imaginar.

Hizo una pausa para indicarle el pasillo de la izquierda por donde se dirigirían al gran salón y añadió:

—Para mí tampoco lo fue. Pero estaba tan contenta de ver de vuelta a mi hermano sano y salvo, y a sabiendas de que más de una vez Julius le había salvado la vida que, aunque te parezca extraño, me resulta un hombre de lo más entrañable.

—Es que lo es, a su manera —estuvo de acuerdo Lucy—. A mí me cae simpático, a pesar de que no hable mucho. Parece una persona en la que se puede confiar, aunque no sé exactamente por qué, ya que tiene un aspecto de lo más amedrentador, hay que reconocerlo.

—Mejor, nadie se atrevería a nada malo estando él con nosotros. Al menos en eso confía mi hermano, que anda muy preocupado desde lo del incendio de la biblioteca. ¿Pero quién podría querer hacernos daño?

—Pues no parece probable, no sé, pero a veces lo que uno no espera te sorprende en un instante —dijo Lucy, recordando su extraño escalofrío.

—Sí, Alex tiene algo de razón en que el incendio resulta sospechoso —intervino James—, no hay que bajar la guardia, y eso va por ti, Elisabeth, nada de ir a cabalgar sola por los campos como sueles hacer.

—Bueno, no empieces tú también, ya tengo bastante con Alex —le recriminó esta.

—Mañana iremos contigo y con William, ¿verdad, Lucy? Y, si quiere, que venga también Alex.

—Yo estoy deseando cabalgar por aquí. No tendrá nada que ver con mis habituales paseos por el parque.

—Claro que no. Y viniendo ellos podré llevarte lejos, donde hay montones de rincones maravillosos —le dijo, con ojos brillantes de emoción.

—De acuerdo, mañana prometo levantarme temprano —le dijo Lucy echándose a reír.

—Yo me marcharé después, no puedo demorar más la vuelta a mis propiedades —les advirtió James —, pero no quiero perderme tu primera excursión por estas tierras —añadió mirándola con una elocuente calidez.

Lucy se sintió fatal de repente. En qué lío se había metido su loco corazón. ¿Quién en su sano juicio podía obviar el destello de amor de aquellos ojos negros? ¿Por qué prefería otros que no sabía lo que prometían?

—Mira, ya hemos llegado al gran salón. La biblioteca esta allí, al otro lado —le dijo Elisabeth—. Aquí será donde celebremos el baile. Es maravilloso, pero nunca lo usamos, salvo para las ocasiones especiales. Es demasiado grande.

Elisabeth fue a abrir las puertas, pero de pronto recordó que las mantenían cerradas.

—Espera un momento, Lucy, voy a buscar las llaves —le dijo—. Están en el escritorio de la salita anterior. Voy por ellas.

Elisabeth desapareció por el pasillo y, en cuanto lo hizo, James dio un paso hacia ella.

—Lucy, tengo que marcharme... —tomó su mano y se la llevó a los labios—. Pero volveré para el baile. ¿Me reservarás un vals?

Lucy dejó que él sostuviera su mano después de besársela, no sabía cómo actuar. Era incapaz de desilusionarlo.

—Claro... —empezó a decir, y el leve tintineo de las llaves avisó a ambos de que Elisabeth estaba a punto de llegar.

—No lo olvides... —susurró él, apartándose.

Y ella se quiso morir, ¿cómo iba a olvidarlo?

Veinticinco

Lucy se levantó temprano como había prometido y, ayudada por Bessie, se empezó a vestir para salir a montar a caballo.

Había quedado con su padre para desayunar juntos y apenas le quedaban ya unos minutos para estar a tiempo.

—Está muy bien con este traje de montar, parece toda una señora del castillo —comentó burlonamente Bessie, con su habitual picardía.

—¿Eso es lo que te parece esto, un castillo?

—En cierto modo. La verdad es que es tan grande, y con esa torre…

—Sí, a mí me parece un lugar muy romántico. Después de recorrerlo ayer, confieso que se me quitó un poco la aprensión que sentí hacia la mansión en un principio —le confesó Lucy pensando si su dueño sería como el siniestro lord Ruthven, el aristocrático vampiro de Polidori, y por eso era por lo que le había dado miedo.

No pudo evitar sonreír ante sus propias ocurrencias, no le tenía ningún miedo a Alexander, así que añadió:

—Ahora lo que me parece es un lugar muy romántico, simplemente, como te decía.

—Las habitaciones del servicio no están nada mal, desde luego. La que yo comparto con Sarah es muy alegre. Y no pasamos frío, a pesar de lo grande que es.

—Digan lo que digan no hay duda de que esto es o ha sido en otro tiempo un verdadero hogar. Mira por ejemplo esta habitación —le dijo Lucy—. ¿Cuándo habría soñado yo tener una cama como esta?

Las dos miraron el dosel que adornaba la cama y le confería un aspecto de lo más acogedor. La seda de color rosa intenso hacía juego con las cortinas del amplio ventanal que daba al jardín trasero.

—Mira, Bessie, es como en casa. Se ve el jardín de atrás.

—Sí, lo único que este es siete veces mayor —respondió la joven.

—Bueno, este es muy grande, pero yo no me quejo del mío. Y tú tampoco deberías menospreciarlo. Pasas muy buenos ratos en él —añadió con sorna, y Bessie acusó el golpe y se puso algo colorada.

—No estaba menospreciando nada. Es un hecho —respondió a la defensiva.

—Anda, vamos abajo. ¿Tu ya has desayunado? —le preguntó Lucy

—Sí, tomé unas gachas, pero Laura, la cocinera, me ha prometido un trozo de bizcocho y un té cuando acabara con mis obligaciones. ¿No tengo que hacer nada más ahora, no?

—No, Bessie. Ya veo que tienes toda la ropa ya colocada. Cuando vuelva del paseo te buscaré y veremos si Elisabeth tiene algún otro plan para nosotras.

Las dos jóvenes bajaron la escalera y luego sus caminos se separaron. Bessie fue hacia la cocina y Lucy hacia el desayunador.

«No hay ni rastro de él», fue lo primero que pensó la joven al entrar en el saloncito.

Luego vio a su padre y a James y los saludó.

—Buenos, días. ¿Preparados para la aventura? —les dijo sonriente.

—Buenos días —dijeron los dos al unísono, levantándose de sus asientos.

En ese momento llegó Elisabeth y se unió a los saludos mañaneros.

—Alex todavía no está —le dijo James a esta.

—No, no viene con nosotros. Creo que tiene una cita con Albert, su secretario —añadió mirando a Lucy y su padre a modo de explicación.

James se quedó algo pensativo. Era raro que Alex no quisiera unirse a ellos. Siempre le gustaba salir a cabalgar por el campo. En la ciudad era quizá un poco más perezoso y trasnochador pero en el campo nunca.

—No entiendo cómo no viene tratándose de probar los nuevos caballos, pero allá él. Está muy enfrascado con los asuntos de las propiedades, así que mejor que hable con Albert —comentó.

Lucy no pudo evitar desilusionarse, porque secretamente había anhelado encontrarse un momento a solas con él como el día anterior. Bueno, a solas en ese caso quería decir solo con los criados. Pero eran tan discretos que aparecían en los momentos oportunos y desaparecían repentinamente en el momento adecuado, como si tuvieran un don, pensó sonriendo para sus adentros.

Eso no pasaba en su casa. Más bien ocurría justo lo contrario. Claro que como no era mucha la servidumbre que tenían no había problema en esquivar oídos indiscretos si la ocasión lo requería. Y Bessie era para ella casi una hermana, con ella se sentía en confianza.

—Estás muy callada, Lucía —le dijo William, al verla tan pensativa.

—Sí, quizá sea una tontería, pero estaba pensando en el servicio. Tiene que ser muy difícil organizar una casa así, con tanta gente y tantas obligaciones, ¿verdad, Elisabeth?

—Es cuestión de práctica —respondió ella—. Todo tiene una lógica y una rutina. El secreto es tener un buen mayordomo y que la servidumbre sea buena gente.

—Es cierto, con eso ya se tiene una gran ventaja —comentó James.

—En nuestro caso la mayoría son personas que han servido durante generaciones para la familia. Gente de esta tierra, y cuando envejecían eran sus hijos los que sucedían a los padres. Ahora muchos jóvenes se han ido a las fábricas o las minas.

—Eso es lo que quiere solucionar Alex, quiere que los jóvenes vuelvan a las propiedades de sus padres y que la tierra vuelva a producir. Para eso está trabajando con Albert.

Bueno, parecía que había una razón de peso para su ausencia. No quería pensar que la evitaba, y que su breve y distendida conversación había sido solo un espejismo.

Había sido demasiado esperanzador descubrir que podían hablar como dos amigos, como personas normales y corrientes. Aunque lo que él le inspiraba era la cosa más extraordinaria que había sentido nunca.

Alexander estaba mirando por la ventana de su cuarto cuando vio a los cuatro jinetes saliendo por el camino que daba al bosque.

Debería haber ido con ellos…

Pero no quería interferir en aquel romance en ciernes. James no iba a tener motivos para mirarlo otra vez con reproche. Y le resultaba casi imposible estar con ella y no mirarla como si fuera la cosa más bella del mundo.

Qué demonios le pasaba con esa chiquilla, si solo era eso, una chiquilla que todo lo miraba con unos ojos limpios y despiertos.

Pues precisamente por eso, siguió reflexionando. Ella era todo lo bueno que la vida podía prometer. Ella era… era para James. Seguro que tendrían unos niños preciosos, una vida llena de risas y cariño y… y todas esas cosas que para él habían dejado de tener importancia.

—Milord, ha llegado su secretario —subió a decirle su criado.

Luego empezó a retirar el servicio del desayunó que Alexander había tomado en la habitación.

—Lo habéis pasado a mi gabinete, ¿no?

—Sí, allí lo espera, milord.

Alexander bajó las escaleras con aire taciturno. Todo aquel trabajo que en su momento había constituido un aliciente para hacerse cargo del título, un desafío en el que volcar su ira y el rechazo que le producía volver a su hogar, ahora se tornaba vacío de interés para él.

Solo la responsabilidad del compromiso adquirido, el rostro esperanzado de las gentes con las que había vuelto a encontrarse después de los años de exilio hacían que siguiera adelante.

Estaba cayendo otra vez en la desidia. ¿Por qué tenía que volver a sentirse de nuevo tan negativo? Ni su hermana, ni las gentes de Stratton Hall que dependían de él se merecían esa desgana.

Y todo porque andaba encaprichado de una muchacha. Pero ¿cómo podía ser tan estúpido? ¿O era algo más profundo lo que estaba empezando a sentir?

Nunca se había sentido de esa forma por un simple capricho. Tan perdido, tan necesitado de otro ser humano que en ese caso concreto además no era para él. No, no podía sentir eso, esa historia no tenía futuro, no podía ser.

—Hola, Albert, estaba deseando que volvieras con noticias —dijo cuando entró en el pequeño salón que él utilizaba como gabinete.

Debía sobreponerse a sí mismo.

—Milord, todo ha ido estupendamente —comentó el joven, tomando asiento en uno de los sillones que había junto a la chimenea, por indicación de Alexander.

—Excepto el hijo de John Gordon, que tiene un puesto en las oficinas de una de las minas, los demás han accedido a la propuesta. Estarán aquí en cuanto puedan organizar sus pertenencias y acabar en sus trabajos.

—Será necesario terminar a tiempo las reformas de las casas entonces. Encárgate primero de eso. Tendremos mucho trabajo si queremos que empiecen a rendir las granjas y procurar nuevos rebaños.

—Al principio estaban un poco remisos. Pero luego les he dado sus cartas, con los contratos que tendrán que suscribir, y no han podido evitar entusiasmarse —le explicó el secretario—. Las condiciones en las que trabajan son miserables, igual que las de los que están en las fábricas. Y cada vez se ve más inminente la posibilidad de revueltas. Volver a sus lugares de origen y tener posibilidad de vivir como vivían antes sus abuelos supone para ellos una gran diferencia.

—Hubo un tiempo en que esto eran todo tierras

muy prósperas. Y volverán a serlo —dijo con un tono de desafío en su voz. Al menos le debía eso a su abuelo.

Y así siguieron charlando y haciendo planes hasta que oyeron ruido de caballos en el exterior y salieron al encuentro de los jinetes.

Albert, que era primo lejano de James, se adelantó a su encuentro.

—Me alegro de verte, Albert —dijo James, bajando del caballo para abrazarlo.

—Hola, Albert —le saludó también Elisabeth y empezó a bajar del caballo, cuando su hermano se acercó a sujetárselo.

—Te presento a la señorita Havisham y a su padre, el señor William Havisham —le dijo James—. Mi primo Albert es el secretario de Alex —les explicó.

—Vayamos al salón a tomar un refrigerio, ya que James quiere salir de inmediato —les propuso Elisabeth, y Alexander asintió.

—De acuerdo —respondió William—, y luego iré a la biblioteca un rato.

Y así hicieron hasta que, media hora más tarde, James partió para su propiedad, que estaba a unas cuatro horas de distancia, y se despidió de todos prometiendo volver para el baile.

Lucy no pudo mirarlo a los ojos cuando él besó galantemente su mano.

Alexander lo vio partir y se sintió más débil que nunca ante el desafío que tenía por delante.

No iba a ser nada fácil luchar contra sus más

salvajes deseos. Y encima James tenía la brillante idea de dejarlo a solas con la tentación. Se fiaba demasiado de él como para pensar que pudiera traicionarlo.

Confiaba más en él que él mismo.

Veintiséis

Lucy bajó en busca de Bessie para preguntarle si quería salir a pasear con ella. Elisabeth estaba enfrascada escribiendo las múltiples cartas de invitación para los futuros asistentes al baile. Ya habían pasado varios días desde la partida del conde de Montrose y la vida de todos se había instalado en una amable rutina.

Por las mañanas, Elisabeth, su padre, Alexander y ella salían temprano a cabalgar, pero este último desayunaba solo en su cuarto y el paseo era el único momento del día en que Lucy estaba con él, hasta la cena.

Se retiraban poco tiempo después de terminar, sin apenas sobremesa, puesto que los caballeros se tomaban su licor y su cigarro en solitario y cuando volvían con ellas solo permanecían un rato más juntos los cuatro y ya se iban a sus respectivas habitaciones.

Estaba claro que él la evitaba, se repetía una y otra vez Lucy. Nunca se dirigía a ella directamente, siempre hablaba en general. En fin, no quería saber nada de ella. Estaba claro. Pero el motivo no conseguía descifrarlo, no podía entenderlo y en su fuero más interno tampoco podía aceptarlo.

—Vamos hacia allí, hasta llegar al río —les indicó a sus acompañantes acelerando el paso.

Porque, en efecto, mientras Elisabeth completaba su tarea, ella había encontrado a Bessie y escoltadas por Sam habían ido a pasear un rato por el campo.

Lucy no había querido desperdiciar la oportunidad de disfrutar de ese sol tan agradable que caldeaba la tarde y bañaba con su luz las grandes extensiones de flores silvestres de las praderas que bordeaban el río.

—No es muy grande, pero lady Elisabeth me ha dicho que este arroyo desemboca en el río Tas, y ese sí que es más importante —les explicó.

—¿Vienen por aquí cuando montan a caballo, señorita Lucy? —le preguntó Sam.

—Sí, y por muchos otros sitios bonitos. Estas tierras son fascinantes —respondió, llena de melancolía.

No era capaz de discernir si le parecían fascinantes por su simple belleza, que era mucha, o por el solo hecho de que formaban parte de Alexander. Cualquier cosa suya era relevante para ella.

Fueron pues avanzando hasta llegar al río, en cuya orilla se sentaron a descansar. Y así, en la calma tarde de la campiña, con el constante rumor del agua del pequeño riachuelo, Lucy sintió que la vida fluía apaciblemente por unos instantes.

La suave brisa parecía traer el eco de las voces de las gentes que se habían acercado hasta sus márgenes, de las risas de los niños que habían jugado en sus orillas. Quizá Alexander estuvo una vez entre ellos…

Olvidado quedó durante unos instantes el tumulto de pasiones. La paz de la naturaleza se había impuesto en su atribulado espíritu. Qué maravilloso sería dejarse llevar por la quietud de aquella tranquila corriente, escapar de todo y fundirse con el agua. Perderse en los líquidos remolinos. Pero era imposible… no se puede huir de uno mismo.

Y, para recordárselo, la voz de Bessie rompió el hechizo.

—Tenemos que volver ya, señorita Lucy, si no lo hacemos caerá la tarde y estaremos lejos de la casa —le advirtió.

—Sí, es que nos hemos alejado mucho —corroboró Sam.

—Pues vayamos nosotros más rápido a casa que el sol a su guarida, ¡en marcha, mis valientes caballeros! —dijo Lucy, sacando algo de fuerza de ánimo para hacer bromas.

Bessie movió la cabeza a un lado y a otro como diciendo que lo suyo no tenía remedio. Siempre sería la misma locuela. Sam sonrió mostrando también el aprecio que sentía por su joven señora.

Emprendieron así entre risas el rápido regreso, sin reparar en que había otra presencia que no formaba parte de su alegre grupo, ni participaba en absoluto de su buen talante.

Era una presencia que se iba agazapando en los múltiples recodos y entre la maleza y que vigilaba siniestramente sus pasos y sus costumbres, esperando encontrar el punto más débil en el que llevar a cabo su prometida venganza.

Gracias a su buen paso, los tres paseantes consiguieron llegar al caer la tarde, pero sin que se hubiera hecho todavía de noche. Lo hicieron justo cuando el crepúsculo estaba ya teñido de rojo intenso.

Al entrar en la mansión por la puerta del muro trasero del jardín, Lucy vio que su padre estaba en el invernadero. Pasaba muchas horas en la biblioteca y, cuando se cansaba, se iba al jardín. Ella solía acompañarlo alguna que otra vez, cuando no estaba con Elisabeth, con la que se llevaba estupendamente y pasaba muy buenos ratos.

—Bessie, sigue tú com Sam. Yo voy a ver a mi padre, creo que está en el invernadero.

—De acuerdo, señorita Lucy. Veré si me necesitan en la cocina. Siempre les echo una mano.

—Yo también voy entonces, hasta que me necesite el señor —comentó Sam.

—Hasta luego —se despidió Lucy de ellos.

Mientras los dos jóvenes avanzaban sumidos ya en una conversación de enamorados hacia la cocina, que daba al jardín de atrás, y adonde Sam iría seguro en busca de alguna golosina, Lucy se los quedó mirando con cierta envidia. Luego parpadeó para quitarse ideas de la cabeza y se dirigió al invernadero.

La puerta estaba ligeramente entreabierta, para

que entrara algo de aire pero no se fuera el calor acumulado del día. Allí el ambiente siempre era pesado por el perfume de las flores, la humedad con que mantenían los plantones y el consiguiente olor a tierra.

Alexander tenía allí plantas muy exóticas, que a su padre lo tenían fascinado.

—Vaya, papá —dijo, yendo hacia la figura acuclillada que había en un rincón, y cuya camisa blanca había visto unos minutos atrás desde lejos—, ya apenas te veo, no sé qué te gusta más, esto o la biblioteca.

Pero no fue su padre quien se incorporó, después de mover una gran maceta, sino Alexander, con la camisa blanca desabrochada y algo manchada de tierra, el pecho descubierto y una cara de pocos amigos que la dejó paralizada.

—Lo-lo siento, creía que era mi padre, suele venir muchas tardes —se justificó.

—Pues no, no soy tu padre, y harías bien en salir de aquí —dijo él con la misma cara de pocos amigos de antes—. Esto no es adecuado.

Lucy reparó entonces en la pequeña gota de sudor que bajaba por su pecho, en el pelo algo revuelto que caía por su frente y en lo sofocante que se había vuelto de pronto el aire que respiraba.

Ella también estaba empezando a sudar un poco, tanto era así, que notó cómo su labio superior se perlaba de ligeras gotitas.

Pero, a la vez que subía su temperatura, subía su atrevimiento.

—No sé por qué voy a salir corriendo, sin duda eres un caballero —dijo desafiante.

Él pareció perder la paciencia ante su clara provocación y toda la frialdad saltó por los aires.

La miró entonces ávidamente, reparando en un instante en su respiración acelerada, que ya era evidente en el suave subir y bajar de sus senos. En sus ojos llenos de sombras e imposibles promesas de placer. En sus labios entreabiertos.

—Cuando me miro en tus ojos me olvido de que soy un caballero. Y tu boca…

No acabó la frase. No hizo falta. Lucy sintió que toda su sangre le subía a las mejillas y que todo su ser se centraba en sus labios, pendientes quizá de un beso.

Él posó entonces las manos en su cintura, lenta pero decididamente, como si fuera algo inevitable, como si su vida entera dependiera de aquel instante.

—Nunca me han besado… —dijo ella casi en un susurro, tímida de repente ante la posibilidad de un beso.

Era mucha la tensión sexual de aquel ambiente, era excesiva la fuerza masculina del hombre que poco a poco la arrastraba hacia su cuerpo. Porque aquel era un camino que no tenía vuelta, y Lucy fue de repente muy consciente de ello.

Aun así no se resistió al inevitable encuentro y lo esperó con los labios entreabiertos.

Él se apoderó de su boca suavemente, consciente ya de que era su primer beso. Jugueteó con sus labios sin premura hasta que notó cierta confianza entre ellos, luego inició la dulce invasión de su boca y en ella se entretuvo sabiamente hasta provocar con su lengua un mutuo éxtasis placentero.

Lucy se dejó llevar hasta llegar a ese punto en el que toda la realidad se reduce a los labios del otro. Y esa especie de rendición la sintió él en lo más profundo de su ser. Si un beso era así, cómo sería tomar su cuerpo...

Alexander se separó bruscamente, intentando evitar su lógica excitación.

—Esto no puede ser, vete, no puede ser, te lo ruego —musitó, todavía enardecido.

—¿Por qué...? —susurró ella, sin dar crédito a la distancia que de forma tan brusca había puesto entre ellos.

—Yo no estoy hecho para el matrimonio, y tú no te mereces menos...

—Pero...

—Vete, o me iré yo. Vete, yo no te quiero.

Alexander tuvo que cerrar los puños al ver su mirada de dolor, pero lo que estaba diciendo era cierto. Ella no era para él, ni siquiera aunque James no estuviera por medio. Pero además lo estaba, con lo cual no había remedio. No podía ir en contra de sus principios. Aunque le fuera la vida en ello.

Lucy se dio entonces la vuelta, salió corriendo de allí y no paró hasta llegar al borde del huerto. De allí a la cocina había poco.

Tomó aire y se sacudió los restos de tierra que la camisa de él había dejado en su pecho, como quien se sacude un mal recuerdo, a sabiendas de que más tarde, a solas y por la noche, solo serían dulces recuerdos.

Alexander se quedó inmóvil, poco a poco, la cordura se fue apoderando otra vez de su mente y su cuerpo, si es que había ya posibilidad de cordura. Se llevó la mano a la frente para retirarse el pelo de la cara y suspiró. No era consciente de que alguien los había estado espiando.

«Ya te tengo, ya sé qué es lo que más te duele».

Lucy, al otro lado del jardín, soltó un sonoro suspiro y se dirigió con determinación al interior de la casa por la puerta que comunicaba con la cocina. Un nuevo pensamiento había cobrado fuerza en su mente.

Por mucho que él no la amara no iba a olvidarse nunca de aquel, su primer beso.

Esa noche, durante la cena, Elisabeth escuchó con sorpresa a su hermano.

—Mañana temprano parto para Londres, tengo algunos asuntos que atender —le explico a Elisabeth.

—Pero si tienes a Albert, ¿cómo te vas a ir ahora, a tan pocos días del baile? —le reprochó ella.

—No te preocupes, volveré a tiempo. Pero hay cosas que me gustaría tratar personalmente, y no quiero dejar que las lleve solo Albert, que además está muy ocupado dirigiendo las reformas de las fincas.

—Bueno, tú sabes lo que te haces, no digo nada —le dijo Elisabeth sonriente, y luego se puso seria —, pero no se te ocurra faltar al baile, porque eres el anfitrión, no se te olvide.

—No te preocupes, llegaré a tiempo. Yo también soy consciente de que tenemos que retomar las viejas costumbres sociales y el trato con los vecinos y amigos —le aclaró a su hermana.

Estaban solos los dos, junto con William, que acababa de incorporarse, porque Lucy había alegado un dolor de cabeza y se había quedado en su habitación. Él había ido a verla y le había encargado a Bessie que le subiera una sopa bien caliente, y un paño frío para la frente y una infusión de corteza de sauce en caso de que el dolor se hiciera más agudo. Como cuando era pequeña.

—Antes de acostarme volveré a ver cómo estás —le había prometido a su hija.

Lucy le había tranquilizado diciendo que apenas le dolía, que debía haber sido el sol que había tomado en exceso en su paseo por el campo de esa tarde y que estaba mejor en su habitación.

Pero, aun así, se había dejado mimar por el único hombre en el mundo en el que podía depositar sin temor a ningún daño todo su cariño y se había quedado rumiando sus penas en la cama porque se sentía incapaz de enfrentarse tan pronto a Alexander. No podía hacerlo todavía, después del arrebato de locura que había desembocado en aquel beso. Un beso que había sido algo más que un beso, y ella lo sabía bien. Había sido como un choque de voluntades que había abierto demasiadas expectativas entre ambos.

—William, ¿cómo está Lucy, necesita algo? —le preguntó Elisabeth, nada más enterarse de que estaba indispuesta.

—No, ya la está atendiendo Bessie, está bien. Es solo un poco de dolor de cabeza. Le ha dado demasiado sol, quizá.

—Entonces le vendrá bien un paño frío con vinagre —le dijo esta.

—No te preocupes, Elisabeth, muchas gracias —le dijo, agradecido de veras por la consideración y el cariño que ella mostraba siempre por su hija—, ya le he dicho a Bessie que le suba con la cena un paño húmedo y una infusión, creo que con eso bastará. Luego volveré a verla.

Alexander permanecía silencioso. La ausencia de Lucy corroboraba que su decisión de marcharse a Londres unos días y poner distancia entre ellos era lo más acertado. No podía mirarla como si no ocurriera nada. No podía hacerlo cuando todo su mundo parecía tambalearse al ritmo de la cadencia de su paso.

—¿Podrás hacer eso por mí? —le preguntó William y él se lo quedó mirando sin saber a qué se refería.

— ¿Cómo dices? —inquirió él a su vez, abandonando momentáneamente la frenética actividad mental que lo mantenía absorto.

—Te preguntaba si no te importaría, ya que Elisabeth dice que vas a Londres, hacer llegar a

Faulkner una nota con algunos encargos para la biblioteca, y así ganamos tiempo. Y de paso traerme cuando vuelvas, si te es posible, la correspondencia y los envíos que hayan llegado a mi casa —añadió y luego le explicó—: Tengo suscripciones de algunas revistas que ya me habrán llegado y me gustaría leer, si es posible.

—Claro, lo haré gustoso, William, demasiado tiempo estás ya dedicándole a mis libros en detrimento de tus asuntos.

—No te preocupes, estoy disfrutando enormemente de la tarea, y tanto tú como Elisabeth nos habéis hecho sentir como si estuviéramos en nuestra casa. Sobre todo para Lucy está siendo una oportunidad de ampliar un poco su mundo.

Alexander se sintió tremendamente culpable al oír su comentario. Admiraba y apreciaba a William, y no quisiera hacer nada que fuera considerado como una traición a la confianza que había depositado en él.

Tenía que marcharse, por supuesto, no había otra opción para poner orden en aquel desastre que a cada día que pasaba se tornaba más ingobernable. Tenía que marcharse para intentar quitarse de la cabeza aquellos labios que todavía sentía que le quemaban los suyos.

Veintisiete

Elisabeth y él tendrían que salir solos a cabalgar, pensó William. Lucy no había querido madrugar, según le había dicho la noche anterior, cuando subió a verla a su habitación después de cenar.

Su pequeña no parecía haberse tomado muy bien la noticia de que se iba Alexander. Se había quedado muy callada, como si estuviera desilusionada, cosa que a él le indicó que allí estaba ocurriendo algo que se escapaba a su control, tal como se había temido que ocurriera en un principio.

Solo la idea de que Alexander estaba lejos consiguió entonces calmarlo un poco. Eso y la perspectiva de unos días tranquilos en su ausencia. Ya vería cómo se desarrollaban los acontecimientos y si pasado un tiempo ella no le decía nada, sería él quien se encargaría de sonsacarle algo de información sobre lo que estaba ocurriendo.

Nunca le había hecho falta ser muy persuasivo con su hija, pues siempre le contaba lo que la inquietaba o disgustaba. Al fin y al cabo, solo se tenían el uno al otro. Pero una cosa eran problemas de niña y otra cosas de mujer.

Quizá debiera hablar con Elisabeth. Ella había demostrado ser una mujer afable y con sentido común. Se había ganado la confianza de Lucy... y la suya también.

Pero en ese pensamiento no quiso ahondar. No solo se había ganado su confianza, se estaba convirtiendo en alguien demasiado importante para él y no quería reconocerlo.

William bajó la escalera y entró en el desayunador, donde ya estaba Elisabeth.

—Buenos días —le dijo William.

—Ah, hola, muy buenos días, aún no ha bajado Lucy.

—No va a venir con nosotros, me lo dijo anoche. No quería madrugar después de la jaqueca.

—Vaya, lo siento, espero que después se sienta mejor. Si no, subiré a verla —comentó Elisabeth, y luego añadió—: Alexander ya se ha marchado, quería estar lo antes posible en Londres,

—Pues ya hay que madrugar para ganarte a ti, Elisabeth —dijo. A ella se le antojó que su tono había tenido un deje de intimidad y eso la hizo estremecerse.

Juntos terminaron de desayunar casi en silencio y luego se dirigieron hacia los establos. A Elisabeth se le hacía un poco extraño salir a cabalgar con él sin la compañía de Lucy ni de Alexander, pero no iba a poner reparos ni a actuar como una tímida jovencita, aunque no podía evitar preguntarse por qué se había tenido que ir su hermano y dejarla sola con todo, como siempre.

Al entrar en las caballerizas, vieron que la yegua en la que solía montar Lucy estaba ya preparada.

—Ven aquí, Sweet —ese era el nombre con el que la había bautizado la joven, por su afición a los dulces.

Tom no estaba por allí, se habría ido un momento quizá, y como el caballo de William ya estaba listo, Elisabeth decidió que iba a probar a ir con la yegua. Tenía curiosidad por montarla.

—Vámonos, William, iré con Sweet. Dejaré a Winter descansar por hoy.

—Lo que quieras —le dijo él, ayudándola a montar, y luego montó él y se dirigieron hacia la puerta del establo.

La mañana era algo fresca, pero sin rastro de la fría humedad que solía bañar los campos a esas horas. Parecía que el sol de la tarde anterior había llegado para instalarse, como muestra de que ya se había declarado el triunfo de la primavera.

Elisabeth montaba en cabeza, como siempre, puesto que se lanzaba a galope en cuanto era posible. Y eso fue lo que hizo.

Pero qué mujer tan testaruda, iba pensando William iniciando también el galope, cuando inesperadamente la silla de Sweet pareció desprenderse en plena galopada.

Elisabeth, como experta amazona que era, intentó sujetarse a las crines del caballo y se echó sobre el cuello del animal para contrarrestar la inercia de su cuerpo, que resbalaba con la silla.

—¡Por Dios, Elisabeth, agárrate! —gritó él azuzando a su caballo para intentar llegar hasta ella.

Pero fue inútil. Tampoco ayudó mucho el hecho de que Sweet no fuera un caballo hecho a las órdenes de su dueña. Si se hubiera tratado de Winter habría sido diferente. Aun así, Elisabeth consiguió que el animal se refrenara un poco y, cuando cayó, el golpe no fue tan terrible como podría haber sido.

Quedó tirada sobre la hierba medio inconsciente cuando llegó hasta ella William, que se había quedado lívido en el trayecto.

—Elisabeth, háblame, dime algo… por favor.

Comenzó a palpar su cuerpo en busca de algún hueso roto o cualquier lesión importante.

Ella se incorporó ligeramente, mirándolo con los ojos velados por el mareo.

—Dios, creí que no lo contaba, aún no sé si estoy viva del todo —dijo, al reparar en la cara de preocupación de William.

Él la estaba mirando con una expresión muy extraña. Cualquiera diría que se iba a echar a llorar. Ella le acarició la mejilla entonces para intentar tranquilizarlo.

—No te preocupes, creo que estoy bien, solo ha sido el golpe. Estoy un poco aturdida…

Él no dijo nada, pero la abrazó contra su pecho mientras depositaba pequeños besos por su frente. Luego la levantó en brazos y la llevó hasta la montura, mientras ella se abrazaba a su cuello.

—Elisabeth, creí que te perdía, y no lo habría podido soportar —confesó William, rota ya cualquier contención por la tensión del momento.

La dejó en el suelo para ayudarla a subir a su caballo y luego subir él detrás, pero, antes de que lo hiciera, ella se volvió a agarrar a su cuello y depositó un apasionado beso en sus labios.

—No sé cómo ha ocurrido, pero te quiero… —le dijo después, con su habitual franqueza.

William no quiso negarlo ya más y se abandonó a la evidencia de su atracción por aquella mujer, que con su apasionada forma de ser había roto por un instante todas las barreras que él había erigido contra ella.

La besó con toda la alegría de saber que no se le había ido de las manos en aquel lance. Que seguía viva y la tenía entre sus brazos. Aquella caída podría haber sido mortal.

Ella le devolvió beso por beso, ya un poco recuperada del aturdimiento de la caída, pero sin dar crédito al desenlace de los acontecimientos. Sentía que por fin sabía lo que era estar viva de verdad. El amor la hacía renacer, la vida era maravillosa y el mundo parecía nuevo y diferente.

—Elisabeth, yo solo sé que no podría soportar perderte, que te has convertido en alguien muy importante para mí.

—Con eso me basta por ahora, tú solo abrázame —le pidió ella, consciente de que para él no sería tan fácil rendirse al amor, confesarlo con palabras.

Le hizo caso y la abrazó efectivamente como si

fuera para él alguien imprescindible. De momento sería suficiente.

A trote lento, volvieron los dos hasta Stratton Hall, Elisabeth subida delante de él, en el caballo, y él rodeándola con sus brazos, donde desearía mantenerla siempre para protegerla de todos los peligros del mundo, pero no era fácil tampoco lidiar con el sentimiento de culpa que le provocaba ese torbellino de sentimientos.

Swett iba sujeta a las riendas del otro caballo, mientras que la silla había quedado abandonada en medio del campo.

Luego volverían a buscarla. Y, si se fijaban bien, descubrirían que las correas que amarraban la silla a la montura habían sido serradas a propósito, seguramente para provocar que con el galope terminaran de cortarse…

Lucy paseaba por el jardín, acompañada de Bessie y Sam, aprovechando los últimos rayos del sol de la tarde, la hora que más le gustaba para salir a andar, aunque ya no solía pasear por los campos.

Después del accidente de Elisabeth todos estaban muy alerta porque, según habían averiguado, parecía que habían serrado las correas de la silla para provocar la caída, aunque no estaba totalmente claro. Fuera intencionado o no, si no hubiera sido porque Elisabeth era una amazona experta y segura, habría podido costarle la vida.

Si hubiera sido ella la que hubiera llevado las

riendas de Sweet, quizá no estaría en esos momentos disfrutando de la belleza de las flores.

—Hola —saludó al anciano que estaba al otro lado del jardín, en los rosales.

—Buenas tardes —musitó el hombre apenas sin voz, levantando el sombrero para devolver el saludo.

Habían pasado varios días ya desde que se fue Alexander y ella se había ido haciendo a la idea de que no pensaba volver hasta que no fuera absolutamente necesario. No habían querido decirle nada del accidente que podía corroborar su teoría para no preocuparlo. Total, él volvería en unos días y se enteraría de todo.

Mientras tanto, Elisabeth y su padre parecían haber descubierto que sentían algo mutuamente y ella no podía estar más contenta por ello. Estaban hechos el uno para el otro y así se lo haría saber ella a su padre, que todavía parecía un poco remiso a aceptarlo del todo. Si él necesitaba una especie de permiso por su parte, desde luego no dudaría en dárselo efusivamente.

No se podía negar el amor.

Eso era lo que hacía Alexander, negarlo, pero al fin y al cabo era libre de decidir su destino. Podía ser cierto que no la quería, aunque no era eso lo que le habían dicho sus labios…

Una y otra vez revivía el momento, despierta y en los sueños que poblaban sus noches de pasión insatisfecha. Todo el mundo parecía encontrar el amor menos ella, quizá porque había puesto sus ojos donde no debía…

James volvería pronto, a lo mejor debería intentarlo. Quizá debiera darle una oportunidad al hombre que nunca la había rechazado, que parecía querer amarla como ella necesitaba ser amada.

No podía evitar sentir envidia cuando miraba a su alrededor.

Sam y Bessie no ocultaban que se querían, incluso estaban haciendo planes para casarse. Elisabeth y su padre también reflejaban su mutuo amor, aunque su padre aún necesitaba hacerse a la idea de que otra mujer que no fuera su madre ocupara su corazón, pero Lucy estaba segura de que al final iba a aceptarlo. Solo había que ver cómo miraba a Elisabeth cuando pensaba que nadie lo observaba.

Llegó poco a poco hasta los rosales para ver qué estaba haciendo el anciano.

—Hola, no lo había visto antes por aquí, ¿es el jardinero? —preguntó, intentando olvidar unas reflexiones que solo conseguían hacerle daño.

—Lo era, milady, ahora es mi hijo —contestó el hombre, quitándose el sombrero y aferrándolo contra su pecho.

—Cúbrase, por favor —le pidió al anciano—, que tenía escrito sobre su rostro el paso de los muchos años pasados al aire y al sol, pero que parecía gozar de una salud excelente.

—Gracias, milady —el hombre sonrió y le ofreció una rosa, después de quitarle unas cuantas espinas para que no se pinchara.

—Oh, muchas gracias, qué bonita —le dijo ella aspirando su aroma.

—Esas no huelen mucho, pero tienen un color muy raro —le explicó él.

—¿Se encarga usted de cuidarlas? —le preguntó viendo que tenía un cestillo con flores secas a sus pies.

—Bueno, el jardinero es mi hijo, pero la señorita Elisabeth me pidió hace ya un tiempo que me encargara personalmente de la rosaleda, porque sabe que me encantan las rosas. Y, aunque mi hijo no quería, ella insistió en pagarme además un sueldo aunque ya estoy retirado.

—Muy buena idea —comentó Lucy —. Tiene usted la rosaleda preciosa.

—Sí, hay que ir quitando con frecuencia las flores secas para que salgan rosas nuevas —le explicó el hombre satisfecho—. Tendría que haber visto el jardín antes, en tiempos de la señora… —añadió quedándose en suspenso.

—¿Se refiere a la madre de lady Elisabeth?

—Sí, era una dama muy buena. Muy desgraciada, también —dijo, moviendo la cabeza con tristeza—. Tenía los cabellos de un color tan oscuro como el suyo —puntualizó mirándola con los ojos entornados para eludir los rayos del sol.

—¿Hace mucho que murió? —preguntó Lucy, y se arrepintió de haberlo preguntado cuando vio la mirada elusiva del hombre.

—Sí, hace ya tiempo —respondió él en voz muy baja—. Y nada ha vuelto a ser lo mismo desde entonces.

Lucy no quiso insistir en aquel tema, por no

parecer que estaba hurgando en asuntos que no le incumbían. Pero el anciano se decidió al parecer a seguir con sus explicaciones.

—Mi hijo dice que hablo demasiado, y todos piensan que estoy un poco loco, creen que los viejos nos volvemos tontos por tener muchos años, pero somos más sabios que los jóvenes. Hemos visto demasiadas cosas a lo largo de la vida y sabemos de lo que hablamos.

Todo eso lo dijo de corrido, casi como si platicase consigo mismo en una conocida letanía.

Lucy no quería indagar, pero tampoco dejar la conversación y que él pensara que no le hacía caso. Le parecía un hombre muy entrañable. Así que siguió escuchando.

Él miró hacia un lado y otro. Bessie y Sam estaban a unos metros y no podían oírlos.

—No quieren que lo diga... porque dicen que son cosas de viejo, pero yo sé que algo malo ronda por aquí, aunque no dé la cara. Se ríen diciendo que veo fantasmas, pero tenga cuidado. Está aquí, en el jardín, no lo veo pero sé que está.

Lucy miró a su alrededor instintivamente y sintió un escalofrío, pero no quiso dejarse influenciar por aquellos cuentos. Todo el mundo andaba muy alterado por los últimos sucesos. Si hacía caso del anciano, también tendría que hacer caso de sus primeras impresiones, y lo que había sucedido con Elisabeth no venía sino a corroborarlo. Era demasiado aterrador pensar que hubiera alguien que quisiera hacerles daño a los habitantes de la casa.

—No se preocupe, tendré cuidado, siempre vengo acompañada —le aclaró.

—Lo sé, la he visto a veces, y también la he visto hablar con las flores, por eso sé que es usted también una persona buena.

Lucy soltó una sonora carcajada, olvidando con ella un poco el temor que le habían producido las anteriores palabras del hombre.

—Es una costumbre que tengo desde pequeña, mi padre solía sentarme en el jardín mientras plantaba cosas y yo jugaba y hablaba con las flores como si fuesen muñecas —le contó.

—Sí —confirmó el viejo—. Alguien que hable con las flores tiene que tener un corazón tierno. Hay costumbres que nunca se pierden —sentenció después y Lucy estuvo de acuerdo.

Ella nunca había sido una pusilánime, ya se sentía un poco más fuerte, aunque no más alegre.

No quería confundir la melancolía que sentía por la marcha de Alexander y el rechazo que eso suponía, pues estaba segura de que él se había ido para no afrontar su encuentro con ella, con lo que podía estar ocurriendo o no en realidad en la mansión. Su ánimo estaba totalmente quebrado y no era capaz de separar realidad de fantasía.

—Hablar con las flores es como hablar con uno mismo, en cierto modo —añadió el anciano y la miró fijamente un instante. Ella asintió.

Debía conocer muy bien después de tantos años de trabajo lo que su padre llamaba la soledad del jardinero, pensó ella.

Lucy se despidió al fin del hombre y volvió a darle las gracias por la rosa. Luego siguió andando por el vasto jardín, seguida de sus fieles sirvientes Bessie y Sam, sin los que tenía prohibido moverse a ninguna parte.

Ya quedaba poco para que se celebrara el baile. Volvería James, volvería Alexander, conocería a mucha gente y las cosas encajarían en su sitio como siempre. O eso era lo que ella esperaba, aunque lo que desease en su fuero más interno fuera otra cosa bien distinta.

Juntos avanzaron, como cada tarde, hacia el fondo del jardín, donde había un muro bajo poblado de hiedra desde donde ya se dibujaba el ocaso. Allí se detuvo Lucy absorta, en silencio. Y el manto rojizo con que se cubrió el atardecer fue una vez más testigo de su tristeza.

Veintiocho

William se quedó mirando absorto por la ventana de la biblioteca, rememorando la conversación que acababa de tener con Lucía. Había intentado averiguar qué era lo que le estaba ocurriendo a su hija y había terminado dando explicaciones él sobre sus sentimientos hacia Elisabeth.

Aquella hija suya era de lo que no había.

Le había pedido que lo acompañara un rato en la biblioteca como pretexto para tener una charla con ella, ya que habían pasado varios días desde que había descubierto algo extraño en su comportamiento y ella no había dicho nada hasta entonces. Por lo tanto había decidido que ya era hora de aclarar las cosas.

—¿Puedo entrar, papá? —había preguntado ella asomando la cabeza por la puerta entreabierta.

—Claro, pasa, Lucía, te estaba esperando.

Ella se dirigió hacia el centro de la sala, donde había una gran mesa llena de ejemplares apilados en pequeños montones.

—Has recogido mucho todo esto desde que no vengo por aquí —dijo Lucy mirando a su alrededor.

—Sí, ya está todo prácticamente catalogado, incluso le di a Alexander una primera lista con los encargos para Faulkner.

Dijo su nombre y esperó a ver la reacción que tenía en su hija la mención del duque.

Lucy permaneció impertérrita, pero por dentro no lo estaba tanto. William decidió entonces ir al grano. Con su hija era casi mejor no andarse con rodeos.

—El otro día pareciste desilusionada cuando te hablé de su partida…

Dejó la frase en el aire, esperando que ella aceptara el reto de ser sincera. Y no se equivocó en ser directo.

—Sí, papá, tengo que reconocerlo. Creo que me he enamorado de él —confesó sin ambages.

William se quedó estupefacto, había tenido demasiado éxito en sus pesquisas, más del que esperaba. ¿De dónde le venía a su niña ese aplomo, esa certeza?

—Pero, hija, ¿estás segura? Si apenas lo conoces…

—Sí, estoy segura, a qué negarlo. Pero no tienes de qué preocuparte. Él no quiere saber absolutamente nada de mí.

William sintió pesar y alivio a la vez. Un sentimiento indescriptible. Alivio porque no tenía claro que el duque fuera hombre para su hija y dolor al

255

pensar que ella estuviera sufriendo un gran desengaño por su rechazo.

—Pero, hija, yo pensé que sentías algo por James, incluso pensé en la posibilidad de que él me pidiera tu mano… —le comentó.

—Sí, creo que puede haber algo de eso por su parte, pero yo no me siento tan inclinada a aceptar su cortejo sintiendo lo que siento…

William se la quedó mirando compungido, ella lo miró a los ojos.

—Por eso, papá, cuando te veo resistirte tanto a tus verdaderos sentimientos, me da mucha rabia.

William dio un respingo, se le olvidó de un plumazo lo que estaba sintiendo hacia su hija, para acorazarse contra su escrutinio.

—¿Cómo dices? No sé a qué te refieres —dijo, atónito.

—Me refiero a Elisabeth, y ya lo sabes —respondió ella, haciéndose la sabionda, como cuando era una niña demasiado seria para su edad.

Ese detalle volvió a desatar la ternura en su padre y le hizo sonreír.

—¿Qué te hace pensar que me estoy resistiendo? —inquirió, algo más relajado.

—Papá, tú sabes lo que es el amor. Yo apenas lo estoy descubriendo. Pero sé que no hay nada como esto que estoy sintiendo, no sé si será lo mejor o lo peor que le puede pasar a uno, pero sí sé que es la fuerza más poderosa que existe y que se hace dueña de tu alma.

William se quedó perplejo.

—Sé que quieres a Elisabeth, y ella también te quiere a ti —prosiguió—. ¿No te parece milagro suficiente que esto ocurra para intentar evitarlo?

—No es tan fácil, hija —respondió William abriendo de par en par las compuertas de su alma ante la sinceridad de su hija—. Yo aún quiero a tu madre. Reconocer otro amor me hace sentir culpable.

Lucy sintió una inmensa pena al atisbar la lucha interior que debía estar teniendo su padre. Su madre, que también lo había amado, no querría verle sufrir así.

—Papá, si ella viviera, podrías seguir amándola, pero ella ya no está con nosotros. ¿Crees que querría verte dar la espalda a la vida? Si hay una mujer que puede volver a ocupar un lugar en tu corazón es Elisabeth, y eso no va a negar tu amor por mi madre. Ella ocupa en él su propio lugar, y nadie va a desbancarla.

William no pudo contestar a esas palabras. La emoción que lo embargaba era demasiada para decir algo. Sobraba cualquier comentario. Dio un profundo suspiro y besó con ternura la frente de su hija. Una vez compuesto el ánimo, se dirigió a ella en otro tono.

—¿Y cómo te has vuelto de repente una experta en estas cuestiones sin que yo me diera cuenta, hija? —inquirió mirándola a los ojos.

Ahora fue el turno de Lucy de retraerse un poco y soltar algo de hiel por otro lado.

—No sé, papá. Esto se aprende pronto. El amor te arrolla como una tromba y ya está. Te vuelves una experta en sufrir, esperar, anhelar lo que no tienes... pero debe ser muy bonito cuando es un sentimiento correspondido.

William se acercó entonces y la estrechó entre sus brazos, como tantas otras veces había hecho a lo largo de su vida. Ella se sumió en el calor de su abrazo paternal, en el que siempre había encontrado consuelo.

—Dale tiempo al tiempo, Lucía, a las cosas hay que darles tregua, y tú siempre has sido muy impaciente —le acarició el pelo—. Lo que hoy te parece ser de una manera puede resultar de otra según transcurre el tiempo necesario. Dale una oportunidad también a otros sentimientos, a otras cosas. Sé más práctica y centra tu interés solo en el baile, ya que es algo inminente. Será algo especial para ti, aprovecha la ocasión.

—Lo haré, te lo prometo —le dijo, y luego añadió—: Voy con Elisabeth, estará ya esperándome, quedé en verla en su saloncito.

William la dejó ir y se fue hacia la ventana. Allí permaneció largo rato, pasado el cual todavía sentía en su pecho la emoción que habían despertado las palabras de su hija sobre su madre, Lucía, el amor que había regido hasta ese momento su vida.

El suave maullido de Virgilio lo atrajo entonces junto a la chimenea. Allí se sentó, arrellanándose pausadamente en el confortable sillón.

El gato no desaprovechó la oportunidad y se subió a su regazo en busca de un calor distinto al del fuego. El calor humano era menos intenso pero resultaba más reconfortante. Allí se enroscó, mientras William le acariciaba detrás de las orejas, como sabía que le gustaba, y el ronroneo del animal no se hizo esperar.

Así, con el suave murmullo casi hipnótico de fondo, William decidió al fin que su hija tenía razón. Su corazón ya estaba listo para amar de nuevo. De hecho, ya se había entregado, aun en contra de su voluntad.

No había vuelta atrás, en el fondo ya lo sabía, solo había tenido que reconocer ante sí mismo una realidad que era evidente hasta para su hija.

Lo que sentía por Elisabeth se había ido adueñando de su corazón sin que él pudiera ponerle freno. Ella no solo era capaz de minar sus defensas con aquella belleza arrebatadora que se imponía como una fuerza de la naturaleza, ella hacía temblar de emoción su alma como antaño la había hecho temblar otra mujer

Su mente voló pues sin lastre hacia otro tiempo. Y el corazón ya no sangraba.

Badajoz, 6 abril de 1812

La sangre lo cubría todo. La toma de la ciudad había sido el espectáculo más dantesco de cuantos se pudieran imaginar. Y, tras la ardua victoria, los soldados, ebrios de esa misma sangre que habían derramado todos sus compatriotas y del alcohol que había corrido después a raudales, la habían emprendido inusitadamente con los inocentes civiles españoles que los esperaban con ansia para agasajarlos por haberlos liberado de los franceses.

Nada tenía sentido, salvo el horror de la guerra. De nada había servido la conminación al orden por parte de sus mandos, ya que ni el mismo Lord Wellington había podido entrar en la ciudad para restablecerlo, amenazado por las bayonetas de las propias tropas que comandaba.

Agustín Montero había sido testigo de la barbarie por parte de los soldados, cuando salió a recibirlos como sus demás conciudadanos y había corrido entonces hasta su casa sorteando a las hordas enfebrecidas de soldados británicos que expoliaban iglesias, violaban a las mujeres y mataban indiscriminadamente a civiles a su paso.

Lo hizo con facilidad, no en vano era el jefe de la partida de guerrilleros de varios pueblos de la provincia, que había ido minando con sus ataques selectivos buena parte de los correos y suministros que llegaban hasta Badajoz para los franceses. Lo suyo era esconderse, atacar en el momento preciso, retirarse y volver a atacar en otro punto débil. Así luchaba la guerrilla.

De no ser por su hija Lucía él estaría en los montes con sus otros dos hijos, Agustín y Antonio. Pero a pesar de que se había quedado con ella para protegerla, seguía organizando la partida guerrillera desde la ciudad, donde tenía fama de hombre recto y con cierto nivel de riqueza, puesto que tenía en el campo varias fincas de labranza y rebaños de ovejas. Pero todo había sido requisado para la guerra y las ovejas se habían convertido en carne para alimentar a los ejércitos. Aun así, tenía buena casa en la ciudad y el vivir en la capital le proporcionaba la ventaja de tener una información privilegiada, que luego se traducía en ataques fructíferos a las tropas francesas.

Agustín llegó al fin a su casa sabiendo que su hija estaba sola, puesto que los pocos criados que les quedaban se habían marchado antes de la llegada del ejército aliado a la casa solariega y no habían podido regresar ante el asedio. Lo que más temía apareció por fin ante sus ojos. La puerta estaba abierta de par en par y dentro se oían risas y la voz furiosa de su hija amenazando a tres soldados que intentaban llegar hasta ella. Lucía se había parapetado detrás de una mesa con el palo de una escoba como única e inútil arma contra ellos.

—No os atreváis o juro que os clavo este palo en el corazón —exclamó la joven un segundo antes de que irrumpiera su padre, con la fuerza que da la desesperación a algunas personas.

—¡Dejad en paz a mi hija, malnacidos! —exclamó Agustín, entrando en la estancia.

Desde que perdió a su mujer, Olimpia, sus hijas eran su más preciado y único tesoro. Sus hijos eran ya unos hombres que se valían por sí mismos y se enfrentaban al enemigo sin dudarlo como unos valientes. Su hija mayor, Teresa, estaba en Sevilla cuidando a una tía enferma y por lo que sabía estaba a salvo. Pero Lucía estaba allí, indefensa…

Los soldados se echaron a reír menospreciando la fuerza y determinación del hombre que les pareció poca cosa en esos instantes para sus enfervorecidos propósitos.

Agustín no entendía lo que hablaban, aunque no era necesario, sus risotadas lo decían todo. Pero estas desaparecieron de golpe cuando el primero cayó bajo la puñalada de la navaja del hombre en pleno corazón. Entonces los otros dos se abalanzaron hacia él y comenzaron a golpearlo sin piedad.

Lucía agarró una banqueta e intentó golpear con ella la cabeza de uno de los soldados. Y cuando fue repelido su ataque quedó medio aturdida en el suelo a causa del golpe.

Entonces apareció en el umbral otro soldado británico, un oficial, y todo se volvió oscuro para Lucía.

Cuando volvió en sí alcanzó a ver el magullado rostro de su padre y al oficial británico ayudándole a sentarse en una silla. Los dos soldados yacían sobre el suelo del salón, inconscientes.

—Ayúdeme si puede, señorita, tenemos que sacar estos cuerpos de aquí o atraeremos a más soldados y estarán perdidos —dijo el extraño, con un español cargado de acento pero bastante aceptable.

—Sí que puedo, no ha sido nada —dijo Lucía, sobreponiéndose al instante.

Juntos arrastraron al final de la calle a los soldados y al tercero, que estaba muerto, lo dejaron en el otro lado de la calle. En el transcurso Lucía pudo comprobar que el oficial estaba herido y que respiraba trabajosamente por el esfuerzo.

—Está herido…

—William, William Havisham. La herida no es de ahora, ya estaba herido, pero no es importante —explicó él mostrando la venda que cubría uno de sus hombros y acompañándola después hacia la casa.

—Yo soy Lucía Montero —le dijo ella—, y le agradezco mucho lo que ha hecho. Si no hubiera llegado a tiempo no quiero pensar cómo habría acabado todo —añadió mirando sus ojos verdes.

En ese instante William se fijó en su rostro tan dulce, en su oscuro pelo alborotado, en sus ojos abiertos por la expectación y le pareció que todo el horror del asedio y la batalla por liberar la ciudad tenían por fin un sentido. La oportunidad de salvarla a ella de la barbarie y poder mirarse en aquellos inocentes ojos y perderse en algo bello.

—Es inusitado este comportamiento por parte de mis compatriotas —dijo tras una pausa—, y todos ellos tendrán que dar cuenta de él ante Lord Wellington. Pero ahora tenemos que idear algo para protegerla a usted y a su padre de otros ataques.

—Vamos a casa, veremos cómo está mi padre. Él sabrá qué hacer —replicó ella.

Llegaron junto a Agustín y él decidió que lo mejor era refugiarse en la bodega. El acceso estaba oculto a simple vista porque lo utilizaban para sus actividades en la guerrilla. Habían escondido allí armas y gente cuando había sido necesario.

William estuvo de acuerdo en que eso era lo

más sensato y se decidió a ayudarlos, pero era más su voluntad de colaborar que sus fuerzas, y cayó en los brazos de Lucía casi inconsciente...

Al final fueron Agustín y Lucía quienes tuvieron que hacerse cargo de él y llevarlo consigo a la bodega para atenderlo.

Cogieron a toda prisa agua y algunas provisiones, atrancaron la puerta de la casa y cerraron todo bien. Luego bajaron a William a la bodega entre ella y su maltrecho padre. Era tan alto y tan fuerte que fue un triunfo, pero casi a rastras lo lograron. La herida que tenía en el hombro había empezado a sangrar y manchaba ya la chaqueta y bajaba por la manga.

Allí permanecieron encerrados casi tres días, hasta que poco a poco se restableció el orden. Los tesoros de las iglesias fueron devueltos a sus recintos y los que se demostró que fueron culpables de crímenes y pillaje fueron fusilados. Muchos soldados ingleses habían dado la vida por recuperar aquella plaza y los días que siguieron a la dura batalla fueron un borrón que seguirá empañando para siempre el recuerdo de los muchos soldados que dieron su vida en aquel entonces. Aquellos hechos y el altísimo número de bajas agriaron el sabor de la victoria para Lord Wellington igualmente. Aunque fue una victoria crucial para el desenlace de la guerra, pues la ciudad cerraba el paso hacia Portugal a las tropas francesas.

William se debatió esos días entre las fiebres, al cuidado de Lucía en su refugio, y su padre fue restableciéndose para en un futuro seguir arriesgando su vida dando la batalla a los franceses en los restantes lugares en los que seguían ejerciendo su dominio. Tanto fue así que él y sus hijos la perdieron heroicamente poco después en aras de la libertad de su patria y sus ideas liberales.

Lo más duro de todo, aparte de la inmensa pérdida que supuso para Lucía y que la dejó totalmente sola en el mundo, fue el hecho de que esos ideales de libertad fueran luego pisoteados por el yugo tiránico de Fernando VII. Pero la vida es así, y por eso muchos gritaron con el advenimiento de un rey absolutista, pero español: «¡Vivan las cadenas!».

Este fue el escenario donde se conocieron ellos… y donde después se amaron y vivieron su preciado paraíso de felicidad. Hasta que todo se acabó…

Y ahora la vida seguía su curso y el amor volvía a abrirse paso entre tanta tristeza.

Veintinueve

Lucy salió de la biblioteca y se encaminó hacia el saloncito privado de Elisabeth, donde pasaban muchos buenos ratos, y donde esta permancía más de lo habitual desde que había tenido el accidente. La caída la había dejado muy magullada y algo temerosa de aventurarse a salir lejos de la casa hasta que no se aclarase lo sucedido.

Lucy llamó a la puerta y entró decidida a tener una conversación con Elisabeth como la había tenido con su padre. Si ella no podía ser feliz, al menos que lo fueran los demás.

—Hola, Lucy, pasa y siéntate aquí conmigo. Ya te echaba de menos —comentó sonriente.

—Estaba con mi padre, me he entretenido un poco charlando con él en la biblioteca.

El rostro de Elisabeth se tensó por un instante al oír mencionar al hombre que se había adueñado por completo de sus pensamientos. Allí, en las horas de reposo obligado había tenido tiempo para rememorar el accidente y los besos que habían corroborado los sentimientos que tenía hacia William. Aquello no era un capricho pasajero. El contacto con sus labios había abierto las compuertas de todo su ser. Lo amaba irremediablemente, pero sabía que no era tarea fácil conseguir que él la amara a ella. Era muy duro competir contra un fantasma, su esposa estaba demasiado asentada en su corazón como para intentar desbancarla.

—Tu padre está haciendo un trabajo maravilloso con los libros, hemos tenido mucha suerte al contar con su ayuda —dijo, para que sus pensamientos no siguieran esos derroteros.

—Nosotros también hemos tenido mucha suerte al conoceros, nunca había visto a mi padre tan vital e ilusionado...

Elisabeth levantó sus claros ojos y se encontró con la mirada melancólica de Lucy.

—Sí, puede ser, pero tú estás muy triste, si me permites entrometerme en tus sentimientos. Y creo que conozco el motivo.

—Puedes hablar con total libertad, Elisabeth, —respondió ella, que al fin sentía que podía volcar su corazón con otra mujer. Así sería más fácil también abordar el tema de su padre con ella.

—El motivo es que estoy enamorada de tu hermano y él no quiere saber nada de mí. Supongo que ya lo has adivinado, creo que soy muy transparente —añadió algo avergonzada.

—Es muy difícil ocultar los sentimientos. Sobre todo cuando se trata de personas apasionadas, como es tu caso. Nunca te avergüences de ello, querida Lucy.

Lucy se sintió aliviada al oír sus palabras, qué diferente era hablar así con otra mujer. Con su abuela había tenido una relación muy estrecha y con Betsy compartía muchos pensamientos pero aquello era diferente. Así habría sido tener a una madre quizá, alguien aún joven pero con más experiencia que ella.

—¿Tú has sufrido alguna vez un desengaño? —se aventuró a preguntarle, animada por la confianza que le brindaban sus palabras.

—Claro, a tu edad es muy normal, y siempre parece que el mundo se acaba cuando no te corresponden. Pero no creo que ese sea tu caso, Lucy —soltó un suspiro y añadió, ante la mirada de asombro de la joven—: Mi hermano es un hombre muy complicado, y si fueras mi hija te diría que te fijaras en James, que te promete un amor sin trabas. Pero mucho me temo que no me harías caso.

—Tienes razón. Creo que eso es ya imposible, Y conste que lo he intentado...

—Alex tiene todavía que poner muchas cosas en orden en su interior, no está preparado para centrarse en otra persona, pero eso no es tan poco frecuente —añadió con algo de ironía—, en el amor también hay que ser paciente.

—¿Eso es lo que pretendes ser tú, Elisabeth? —inquirió Lucy cambiando las tornas.

—¿Cómo dices? —replicó esta algo azorada.

—En realidad era de essso de lo que quería hablarte, Elisabeth —añadió Lucy con una sonrisa cómplice—. Creo que mi padre te ama, y si no me equivoco él no te es indiferente. Simplemente tiene que hacerse a la idea. Ha pasado demasiado tiempo adorando el recuerdo de mi madre y manteniendo viva su imagen para mí a la vez.

—No es tan fácil como piensas. Yo también soy muy orgullosa. No quiero ser una sustituta de nadie. La profundidad de mis sentimientos me impediría aceptar algo así...

Lucy se acercó un poco y tomó entre las suyas las manos de Elisabeth en un gesto lleno de cariño y comprensión.

—Créeme, te entiendo perfectamente, yo no me conformaría con menos. Pero creo que mi padre te ama de verdad. No ha sido un santo. Siempre con discreción, claro, pero ha tenido sus historias. Y nunca le había visto así, tan vital y tan preocupado a la vez. Y es porque te ama como no ha amado a nadie desde que murió mi madre, y eso le asusta.

Los ojos de Elisabeth se empañaron y una lágrima rodó por sus blancas mejillas.

—Yo creía haber sentido todo lo imaginable, pero de pronto me enfrento a algo desconocido para mí, y me siento insegura como si fuera una jovencita otra vez, y enfadada conmigo misma por eso mismo. Mi vida era muy aburrida pero muy fácil, y últimamente todo son emociones y peligros también. Todo se ha complicado.

Lucy sonrió, le tendió su pañuelo, y le dijo también llena de emoción:

—Bueno, ahora somos amigas, siempre podemos consolarnos la una a la otra, ¿verdad?

Elisabeth sonrió a su vez y la miró con preocupación.

—Sí, ahora nos tenemos la una a la otra sin reservas, y me alegro mucho por ello. Pero eso me lleva también a advertirte que tengas mucho cuidado, lo que me ha ocurrido a mí con el caballo pudo ocurrirte a ti, y nunca me perdonaría si te pasara algo en mi casa.

—No te preocupes, siempre me acompañan mis criados, nunca salgo sola. Y tampoco nos alejamos mucho.

—Cuando vuelva Alex tendremos que investigar todo esto a fondo, pero mientras tanto sé prudente.

Lucy se puso tensa al oír el nombre. Y su tristeza no pasó desapercibida para la otra mujer.

—Sé valiente, Lucy, yo no puedo contarte todo lo que atormenta a Alex, eso lo debería hacer él, pero si de veras estás dispuesta a luchar por su amor creo que lo conseguirás. Y nada me alegraría más que tenerte en mi familia —añadió, y las dos se fundieron en un abrazo.

Treinta

Se acercaba inminentemente el día del baile. Alexander había llegado el día anterior y la había tratado como si nada hubiera ocurrido en el invernadero. Ella también guardó la compostura para que no pensara que era una niña impresionable. Además, lo que él había llevado consigo desde Londres entre las revistas y la correspondencia de su padre resultó ser tan impactante que lo relativizó todo un poco.

La carta de su padre, el conde de Richmond, permaneció largo rato en la mano de William, hasta que se decidió a leerla. Luego se dispuso a hacerlo con un suspiro y, al acabar, volvió a quedarse pensativo. Lucy no quiso intervenir, tenía que ser él quien le contara lo que ponía.

Él se la tendió con gesto ausente y murmuró:

—Creo que quizá sea hora de aceptar el pasado. Hemos sufrido ya demasiado. Tu abuelo quiere conocerte y me ruega que le perdone. Le escribiré mañana.

Lucy le sonrió y le besó en la mejilla antes de ponerse a leer la carta.

Lo que su padre sentía por Elisabeth todo lo allanaba, pensó, y se dispuso a leer lo que tuviera que decir su abuelo, aquel hombre que tenía la misma mirada y quizá el mismo orgullo y obstinación de su bisabuela Anne y su propio padre.

Querido hijo, siempre fue muy difícil para mí pedir perdón, más cuando me consideraba agraviado de alguna forma y veía frustradas mis expectativas. Ahora no tengo ningún problema en decirte que el mayor error de mi vida fue no pedirte perdón a tiempo. El daño ya estaba hecho cuando quise recapacitar y la muerte de tu inocente esposa, a la que habría debido aceptar como una hija, se interpuso para siempre entre mi arrepentimiento y tu perdón.

Ahora, al ver a mi nieta, tan parecida a ella, y tan segura de sí como tú, algo se ha roto en mi interior. No puedo ignorar por más tiempo lo que siento por ti, y por ella, aun sin conocerla. Te ruego que me des la oportunidad de redimirme. No deseo otra cosa antes de morir, pues ya son muchos los años que tengo y veo las cosas con otra perspectiva. El orgullo mal entendido no es buen compañero de viaje en la vida. Y de eso ha habido de sobra en mí y en nuestra familia. Mi paso por este mundo no habrá

tenido sentido si no arreglamos una situación
que ha durado más tiempo del que nadie ha-
bría imaginado posible. Hace mucho hice mi
testamento y en él te cedía algunos títulos y
propiedades. Siempre has estado en mi co-
razón.

Déjame conocer a mi nieta y darle a ella
todo el cariño que no le di a su madre.

Tu padre

Arthur Havisham
Conde de Richmond

Al final, la sangre llamaba a las puertas del corazón y había que dejarle paso. Estaba deseando
conocer al hombre que había engendrado a su padre. Él muy pronto acabaría lo que tenía que hacer
en la biblioteca y podrían volver a Londres.

James llegó también esa tarde desde su casa,
aunque un poco después, y le llevó como regalo a
Lucy un cachorro de perro que había nacido en sus
establos.

Era un bolita de pelo claro, con unas manchas
más oscuras aquí y allá, que pronto hizo las delicias de todos y fue bautizado como Pecas por Lucy,
mientras él se entretenía en morder con furia todos
los zapatos que creía que salían amenazadoramen-
te a su paso. Decidieron que a su partida se lo lle-

varían a Londres y que le harían una caseta en el jardín porque cuando creciera se haría muy grande para tenerlo dentro de la casa.

Y así, reanudando los momentos que habían compartido todos en agradable amistad y recibiendo a los invitados que vivían más lejos y se alojarían allí hasta después del baile, que fueron muchos porque Elisabeth no había escatimado en sus preparativos, se fueron disponiendo todas las cosas para el evento del día siguiente.

Esa misma tarde, aunque un poco antes de lo habitual, Lucy salió al jardín como solía hacer todos los días. Ya subiría luego a prepararse para la fiesta. Bessie y Sam la acompañaban algo rezagados, como siempre. Al llegar a la rosaleda, ella vio que Alexander estaba charlando con el anciano jardinero y, cuando los dos la miraron, se encaminó hacia ellos.

—Buenas tardes, señorita Lucy —la saludó el hombre quitándose como siempre el sombrero y apretándolo contra su pecho.

—Buenas tardes, señor Roberts —le respondió ella, y luego añadió—: cúbrase, por favor. Buenas tardes, Alexander.

—Buenas tardes, Lucía —le respondió él mirándola sonriente.

Lucy pensó que no era la primera vez que veía su sonrisa, pero ahora le parecía toda suya y hacía que su mundo se caldeara un poco, ya no se podía volver más del revés de lo que se había vuelto al conocer a su dueño. Se preguntó además por qué él se empeñaba siempre en llamarla por ese nombre. Era demasiado íntimo, aunque pareciera lo contrario. Lucía solo la llamaba su padre. El hombre que debía ser y era el más importante para ella.

—Me estaba contando Roberts que vienes todas las tardes, y que él te vigila todo el rato, por lo que pueda pasarte.

—Sí, el señor Roberts es muy amable, y siempre me regala una rosa —replicó ella sonriéndole al anciano—. Y también me enseña muchas cosas sobre las flores.

—El señorito Alex, digo, Su Señoría, también sabe mucho de plantas —comentó el viejo, mirándolo con orgullo—. Todo lo que planta, agarra, tiene ese don, que no tienen todos los jardineros, yo lo sé bien.

—A mi padre le pasa igual —intervino Lucy—. Yo en cambio solo sirvo para admirar las flores, no se me da nada bien plantarlas.

Alexander miró con cariño al viejo.

—Todo lo que sé se lo debo a él. Lo que me enseñaba nunca lo encontré en los libros —comentó mirando a Lucy y palmeando el hombro del anciano con cariño—. Y para ti sigo siendo el señorito Alex —añadió mirándolo a él directamente a los ojos—. No me sentaría bien oír de tus labios otro nombre. Eres muy viejo para cambiar de costumbres, Roberts.

—Bueno, ahora también tiene que escucharme, señorito Alex —le pidió el hombre, haciéndole automáticamente caso en el trato—, porque nadie más me toma en serio. Hay algo extraño rondando la casa. Ya se lo conté a la señorita Lucy. Y mire lo que ocurrió con el caballo de la señorita Elisabeth…

—Sí, lo sé, ya me lo han contado. Y he puesto vigilancia alrededor de la casa, y especialmente en las cuadras. Estate tranquilo. Después de la fiesta volveré a Londres y contrataré a un detective para que investigue si está ocurriendo algo que se escape a nuestro conocimiento. De momento tenemos a Julius, y eso me hace sentir algo más tranquilo.

—De acuerdo, si usted lo dice. Al menos no piensa que soy un viejo chiflado, como todo el mundo —comentó el anciano, y volvió a centrarse en su tarea de limpiar los rosales.

—No, Roberts, nada de eso, sigues siendo el mismo sabelotodo de siempre. Algo está ocurriendo aquí, tienes toda la razón, y si no fuera por el maldito baile iría inmediatamente a Londres a intentar solucionarlo —añadió él haciendo una mueca de fastidio.

—Bueno, ya me voy —se despidió Lucy—, adiós, señor Roberts, Alexander…

El anciano le ofreció entonces su consabida rosa y ella se la agradeció con una sonrisa y una inclinación de cabeza.

—Espera, Lucía, tengo que hablar contigo —le dijo Alexander, y ella se quedó paralizada y algo expectante.

—Paseemos un rato por el jardín, tu doncella y Sam pueden acompañarnos —añadió al ver que dudaba.

—De acuerdo, respondió Lucy, e inició la marcha con él, seguida a cierta distancia discretamente por sus criados.

—Es sobre lo que ocurrió la otra tarde...

—No tienes que decir nada —lo atajó ella, que no podía soportar otro rechazo por su parte.

—Solo quería decirte que durante estos días he pensado mucho en ello.

¿Cómo no pensar en aquel beso, si las fresas del jardín no tenían ni el dulzor ni el rosa de sus labios? Pero apartó de su imaginación el recuerdo de esa locura deliberadamente. No quería hablar con los delirios del corazón, sino con la más sensata de las corduras. Era quizá su única oportunidad de hacer bien las cosas.

Lucy, orgullosa ante el evidente rechazo, se mantuvo serena, esperando a ver por dónde iba su discurso.

—Quería asegurarte, Lucía, que eres una joven maravillosa, y que no hay nada malo en ti. Soy yo quien no te merece, quien no puede amarte —dijo con vehemencia.

—Pero yo sí te amo —dijo entonces ella, sin poder poner coto ya a sus sentimientos. Las medias tintas no eran para ella. Al diablo con las buenas maneras y los fingimientos.

Aquellas palabras se grabaron a fuego en la mente de Alexander, no era aquello lo que esperaba oír, aunque en el fondo era lo que más temía. No quería hacerle daño. Los días en Londres le habían convencido de que lo suyo era una fiebre pasajera, aunque mortal si persistía en no ponerle cura. La posible relación de William y su hermana, sugerida por boca de la misma Elisabeth al confesarle sus sentimentos al volver él de la ciudad, había terminado de bajarlo a la tierra. No tenía nada que hacer con una jovencita enamorada y menos si había alguna posibilidad de que se convirtiera en familia suya. Tampoco quería hijos, ni quería una vida normal. No la merecía.

—Yo no quiero casarme, ni tener hijos, ni puedo entregarme de verdad a nadie... tú mereces todo lo que la vida pueda ofrecerte.

—Pero yo...

—Tú apenas has vivido nada —la atajó él con rabia, casi con ganas de herirla por esa obcecación que tan difíciles le estaba poniendo las cosas—, no sabes que esto es un espejismo y que lo mejor de tu vida está por llegar —añadió, conteniendo su furia.

—¿Cómo puedes saber lo que yo siento o lo que me va a ocurrir? —preguntó ella pertinazmente, vuelto en sí su yo más altivo.

—Porque tengo más años que tú y más experiencia en estas cuestiones. Porque sé que en unos días te haría desgraciada y haría desaparecer esa luz de ilusión que hay en tus ojos.

—Tendría que ser yo la que decidiera, no tú. No escondas tu rechazo en un acto de caridad, eso sí que no puedo soportarlo.

—Lucía, no me lo pongas más difícil, por favor, sabes que no me eres indiferente.

Decir eso era decir poco, cuando estaba robándole la cordura. Rechazarla era lo más difícil que había hecho nunca. Pero no quería destruir todo lo bello que le debía deparar a ella la vida. Ya había destruido demasiadas cosas en la suya.

—No te voy a obligar a nada, descuida. Seguiré con mi vida, pero no pidas que no te ame... eso es solo cosa mía —añadió, levantando obstinadamente la barbilla.

Eso sería como pedir que renunciara al sol que nacía cada mañana. Pero, por lo visto, él no podía entenderlo.

—Eso es lo que debes hacer, hazme caso, tengo razón...

—Lo haré, descuida —le cortó ella.

—¿Me reservarás un baile esta noche, entonces? ¿Sin rencor? —dijo Alexander haciendo un esfuerzo por no mirarse en sus ojos, en los que brillaban ya las lágrimas, porque no podría soportar ver que lloraba por él.

Ella hizo acopio de toda su fuerza de carácter y sonrió. Por nada del mundo iba a derramar ni una sola lágrima.

—Sin rencor. Claro que te reservaré un baile. Te apuntaré en la lista para que no se me olvide —añadió, y él no pudo evitar sonreír ante su sarcasmo.

Aquella muchacha era única. Quizá en otra vida... Pero la vida no escribía segundas partes y él había dicho la última palabra.

Alexander se despidió y se fue hacia la casa, mientras Lucy seguía su paseo. Se tuvo que agarrar del brazo de Bessie para no sucumbir al deseo de arrojarse a la tierra del jardín y regarla con todas las lágrimas que su corazón destrozado podría derramar, si se abandonaba a la tristeza.

Alexander, taciturno, llegó a la casa con la certeza del deber cumplido. ¿Por qué se sentía entonces tan miserable como si hubiera matado a un pajarillo?

Transcurrió el tiempo inexorablemente, a pesar de lo poco que les apetecía a una y a otro abordar la vida social, y llegó por fin la hora del baile. La casa brillaba con el esplendor de todas las luces que la adornaban y que la hacían parecer una joya en mitad de la noche. Todo estaba dispuesto.

Lucy había escogido con Bessie su vestido y todo lo que lo iba a complementar y prepararon uno de muselina de color dorado, que tenía pequeños destellos brillantes. Los zapatos que eligieron fueron unos de raso también dorado, pero de color más claro, que combinaban bien con el chal de redecilla y con los pequeños lazos de color oro pálido que se anudaban al final de sus grandes mangas y a su estrecha cintura.

Para el cuello eligió una gargantilla de su abuela, que consistía en una pequeña hilera de esmeraldas de la que pendía otra un poco más grande y que adornaba su amplio escote. Tenía también unos pendientes largos a juego, que contrastaban armoniosamente con el dorado del vestido.

Ya solo restaba que Bessie se luciera con su peinado y quedaría preparada para el baile. Iba a demostrarles a todos que era una joven sofisticada y alegre. Nada de dramas románticos, nada de lloriqueos. Aquella era su noche e iba a disfrutar de ella. Si Alexander no la quería, allá él. No era el único hombre sobre la tierra. Quizá tuviera razón en todo lo que le había dicho.

Bessie decidió prender en su pelo, recogido en un moño bajo con unos tirabuzones sueltos, pequeños adornos dorados, apenas visibles pero que acentuaron aún más su aspecto radiante. Lucy besó a la joven, emocionada, después de contemplarse en el espejo y ver lo bien que había quedado su atuendo. Nunca se había sentido tan guapa. Luego se dispuso a bajar para reunirse con su padre.

La verdad era que no se parecía a ninguna otra, su aspecto siempre sería diferente. Si no la más bella, porque siempre hay alguien más bello, siempre sería la más impactante. Su figura era una mezcla perfecta de elegancia y voluptuosidad, que atraería en primera instancia todas las miradas, pero su sonrisa tan dulce y su mirada algo triste se apoderarían sin duda del corazón de todos los hombres cuando la conocieran.

Treinta y uno

Elisabeth acababa de salir del gran salón, donde estuvo supervisando todo lo referente al baile de esa noche y se disponía a subir ya para empezar a arreglarse para el baile, cuando se tropezó con William, que salía de la biblioteca. Este, al verla, decidió que ya no podía eludir más tiempo la conversación que tenían pendiente. Desde el día de la caída habían estado más comunicativos y no dejaban de mirarse de forma más íntima que antes, pero no habían hablado a solas nunca y no hubo más besos.

—Hola, Elisabeth, puedes dedicarme unos minutos —dijo, algo nervioso—. Y la miró a los ojos para buscar en ellos la confirmación de que lo que tenía que decirle sería bien recibido. Estaba más nervioso que un muchacho en su primera vez.

—Sí, por supuesto, ¿quieres que hablemos en la biblioteca?

—Claro, es mi lugar preferido.

William abrió la puerta para cederle el paso y

ella se dirigió hacia el ventanal y se volvió para enfrentarse llena de aprensión a lo que tuviera que decirle. Ya estaba, pensó, iba a decirle que lo suyo era imposible, que le gustaba pero que no podía amarla, que se debía al recuerdo de su esposa.

Tan absorta estaba en sus tribulaciones que no reparó en que había llegado junto a ella y casi se sobresaltó al verlo tan cerca.

—Elisabeth —susurró el—, cómo empezar a decirte que contra toda lógica te has adueñado de mi corazón, que no puedo vivir pensando en separarme de ti... que te quiero con toda mi alma y he tardado demasiado en decirte lo que siento y... temo haberte perdido con ello.

A ella se le escapó un sollozo, fruto de la tensión liberada, no sabía qué decir, por miedo a abandonarse al llanto. Negó con la cabeza y, decidida como siempre, se abrazó a su cuello.

Él la estrechó en sus brazos y se apoderó de sus labios, bebiendo de ellos todo el amor que ella le brindaba. El calor había vuelto a su vida otra vez, el agua había vuelto a su cauce y el mundo era un lugar más feliz.

Elisabeth, en todo el esplendor de su joven madurez, estaba como siempre impecable, con un vestido de un color verde que solo una belleza como ella se atrevería a lucir, y la luz del amor había conferido además a sus ojos un brillo y una suavidad de los que carecían antes. Esperaba junto a su hermano la llegada de los invitados en la entrada del salón, acompañada de William y Lucy para ser presentados como amigos especiales a todos los demás.

Los que estaban en la casa desde el día anterior esperaban dentro e iban saludando a los que se iban incorporando. Poco a poco, toda la nobleza de los alrededores fue apareciendo en la casa luciendo su mejor aspecto. Eran muchos los años que hacía que no frecuentaban Stratton Hall y todos estaban curiosos y excitados por la novedad. Sobre todo por constatar el retorno del hijo pródigo.

La indiscutible prestancia y la sólida presencia de Alexander no les dejó dudas de que estaban ante el nuevo duque y todos se plegaron a su innata autoridad.

Pronto se inició el primer baile, que los anfitriones abrieron alegremente al ritmo de la música de la pequeña orquesta contratada para la fiesta.

—¿Me concedes el honor del primer baile, Lucía? —le pidió William a su hija.

—Claro, papá, será un placer —respondió emocionada, viendo la solemnidad de su padre.

Y así se unieron a los demás en sus evoluciones por el inmenso salón en el que se había organizado el baile. Las luces creaban ligeros destellos en el vestido de Lucy y la hacían parecer casi etérea, como una visión delicadamente dorada.

—Cómo me gustaría que hubiera podido verte tu madre —le dijo William, mirándola embobado.

—Ella siempre está conmigo, papá —replicó Lucy—. Forma parte de lo que yo soy, y tú lo sabes.

—Sí, tienes razón, siempre la tienes. Eres más sabia que yo, aunque seas tan rabiosamente joven.

—Solo soy mujer, papá —respondió ella juguetonamente. Y su padre se echó a reír con deleite.

Luego fue James quien reclamó su turno, y repitieron baile varias veces. A regañadientes, él la dejaba marchar para cumplir con sus compromisos con los demás invitados, que parecían legión para solicitarle bailes. Ella le prometió que cenaría con él en el descanso, acompañados, claro, de Elisabeth y su padre.

Estos no se habían molestado en disimular su relación y bailaban con alegre abandono dejando patente el amor que los unía. Pronto se haría oficial, pero todo el mundo se estaba dando por enterado. Nadie podía negar que hacían una pareja estupenda, como si hubieran nacido para ser las dos caras de una misma moneda. Los dos tan rubios, tan altos, tan seguros de sí y tan vitales.

Lucy los miraba con orgullo mientras charlaba con una de las señoras mayores, que ya conocía del día anterior y con la que se había sentado a descansar un rato. Tras contemplarlos y ver la felicidad que irradiaban no pudo evitar emocionarse otra vez. Al menos algo tenía un final dichoso, pensó. No podía pedir más, tendría que conformarse con eso.

Alexander pareció elegir a propósito ese momento y se acercó a ella para reclamarle el siguiente baile.

¿Qué tenía aquel hombre que aparecía siempre de repente y, sobre todo, cuando se sentía más vulnerable?

—Vengo a pedirte lo prometido, Lucía. ¿Me concedes el siguiente baile?

—Claro que sí, ya no pensaba bailar más, no se lo había prometido a nadie.

—¿No está James contigo? —preguntó él, enarcando una ceja casi imperceptiblemente.

—Ha ido a buscar un poco de ponche para la señora Simmonds —respondió ella haciendo el mismo gesto burlonamente—. Ah, mira, ahí viene.

Pero, antes de que llegara, él tomó su mano y, despidiéndose educadamente de la otra mujer, la arrastró prácticamente a la pista de baile.

Era, cómo no, un vals. La única y deliciosa prenda que se iba a cobrar aquella noche, pensó Alexander.

Cuando él la estrechó todo lo que la etiqueta permitía contra su cuerpo, Lucy se olvidó de lo que había ocurrido hasta entonces. Solo había un mundo posible para ella y ese mundo estaba exactamente entre sus brazos. Como siempre.

Giraron al compás del vals, suavemente excitados por el ritmo de la música, y el latido de sus corazones se unió al desbocado ardor de las notas. Él la llevaba con paso seguro, ella lo seguía sin dudar. Y juntos protagonizaron sin quererlo el momento más espectacular de la velada. La pasión los envolvía y giraba con ellos.

Luego acabó el vals y él la acompañó hasta su silla, donde James los miraba pensativo, abandonada ya toda esperanza con ella pero manteniendo cortésmente la conversación con la señora Simmonds.

Había intentado llegar hasta Lucy de todas las formas posibles, pero estaba claro que solo tenía ojos para Alex. Su amigo había sido sincero cuando dijo que ella no le interesaba, lo conocía bien, pero lo cierto era que estaba loco por ella. Ya se daría cuenta, por mucho que se resistiera. Él ya se había dado cuenta por su lado de que no tenía nada que hacer con Lucy. Sabía de sobra cómo mira una mujer enamorada. Y Alex también merecía ser feliz. Así que decidió que cuando acabara el baile se apartaría de ella sin resquemores.

Ya era la hora de la cena, que estaba servida en un gran bufé para que todo el mundo se sirviera y se acomodara a su gusto para comer en las pequeñas mesas habilitadas para ello. Lucy se dejó acompañar por James, como le había prometido, y Alexander desapareció de su lado, pero ya nada fue igual para ella.

Su alma volaba hacia él. Su mirada también, buscándolo sin cesar, y a cada paso la traicionaba. Su expresión meditabunda la delataba después. Lucy lo achacó ante los demás al cansancio para no despertar sospechas, pero nunca había estado menos cansada, ni tan excitada.

Alexander actuaba como el perfecto anfitrión, departía con todo el mundo y a todos prodigaba atenciones. Todas las damas, jóvenes y no tan jóvenes, se rendían a su encanto y su saber hacer.

Él había bailado con todas y a todas agasajaba, pero solo una permanecía en su mente. Y, aunque no lo quisiera admitir, sabía que solo un vals atesoraría, marcado como con un hierro candente, en lo más secreto y hondo de su memoria.

Lucy subió a su habitación al término de la velada. Se sentía exhausta emocionalmente, pero inusitadamente despierta para la hora de la noche tan tardía en que se encontraba. Habían sido muchas las emociones vividas. Al final, Cenicienta había tenido su baile, pero, al contrario que en el cuento, su príncipe no iba a ir a buscarla.

Se miró en el espejo por última vez y empezó a quitarse el vestido y a deshacerse el peinado ayudada por Bessie, que estaba casi tan excitada como ella había estado al principio de la fiesta.

—¿Ha sido entonces una noche maravillosa o no? —preguntó la joven.

Lucy pensó en el vals y le sonrió con tristeza.

—Nunca la olvidaré, sí, ha sido un baile muy especial.

—Pues cualquiera lo diría viéndola tan triste.

—No estoy triste, Bessie, sino pensativa. Tengo mucho que reflexionar.

Bessie sabía cuándo era mejor dejarla tranquila, así que hizo un esfuerzo por permanecer callada.

Una vez desenredado su pelo y convenientemente preparada con el camisón para acostarse, Lucy se despidió de la joven y la mandó para su cuarto, pero ella no se fue directamente a la cama. Como había hecho en otro lugar y en otra noche ya lejana, cuando la misma inquietud se apoderó de ella, se dirigió al balcón que daba al jardín, descorrió los gruesos cortinajes y abrió las puertas de par en par.

La noche tenía la culpa. La noche la llamaba…

La luna era solo un trazo en el cielo nocturno, en el que las estrellas parecían derramarse en cascada. Un suave viento comenzó a susurrar suavemente entre los árboles y el rumor de las hojas diríase que le contestó. Toda la naturaleza estaba expectante.

Sí, la noche la llamaba…

A lo lejos, al fondo del jardín, al parecer en el invernadero, se atisbó de repente un ligero resplandor brillando en lo oscuro. Era Alexander, estaba claro como el agua. Su padre no podía ser, bastaba haber visto las miradas cómplices que había cruzado con Elisabeth para imaginar que esa noche iban a pasarla juntos.

Era Alexander que, tan inquieto como ella, había decidido que no se acostaba todavía, seguro. Y ese pensamiento bastó para animarla.

No, ese príncipe no iba a ir a buscarla.

La noche entraba por sus poros y la llenaba de audacia…

Lucy no lo dudó un instante, tomó su capa nerviosamente, se la puso sobre el camisón, agarró un candil que apenas lucía y salió sin pensarlo de la habitación.

Emprendió el descenso de las escaleras caminando lentamente a su encuentro, segura de su belleza, sabiendo que llevaba en sus manos la llave del deseo. Si esa llave abría también la puerta del amor habría que descubrirlo. E iba a averiguarlo inmediatamente.

Y así la vio Julius atravesar el umbrío jardín, con aquella capa roja que parecía una llamarada. Él estaba apoyado en un árbol, esperando a Alexander mientras vigilaba el entorno. Había hombres haciendo una ronda en el exterior, pero él no se iba a separar del señor Alexander hasta que no se recogiera en su habitación.

Lucy giró la cabeza en ese instante hacia donde estaba él, inmóvil y sin hacer ni un ruido, y por un momento Julius pensó que lo había descubierto, pero la oscuridad y su piel tan negra lo mantenían oculto y lo cobijaban. Otra vez esa especie de conexión, se dijo para sí. Juraría que ella había intuido su presencia. Pero Lucy siguió avanzando con paso seguro hacia su fin. La noche era para los amantes, se dijo Julius, consciente de que aquello estaba destinado a suceder desde el principio. No hacía falta ser muy intuitivo para vaticinarlo.

Lucy había llegado casi al invernadero cuando de repente le fallaron las fuerzas, tuvo que pararse un instante para sentarse en el frío lecho de hierba porque apenas la sostenían las piernas. Soltó un profundo suspiro y miró hacia el lugar donde se suponía que estaba Alexander.

¿Y si todo había sido fruto de su imaginación? ¿Y si solo se habían olvidado una luz en el invernadero? Bueno, la suerte era de los valientes, así que se incorporó y siguió con paso firme hasta llegar a su puerta.

Treinta y dos

Alexander salió de la biblioteca, donde había estado tomando unas cuantas copas, mientras hojeaba un libro de poemas de Byron solo porque sabía que le gustaba a ella.

Después de un rato de pasar hojas y leer algo aquí y allá, sus ojos se detuvieron unos instantes en unos versos.

Camina bella, como la noche
de climas despejados y de cielos estrellados,
y todo lo mejor de la oscuridad y de la luz
resplandece en su aspecto y en sus ojos,
enriquecida así por esa tierna luz
que el cielo niega al vulgar día.

Una sombra de más, un rayo de menos
hubieran mermado la gracia inefable
que se agita en cada trenza suya de negro brillo
o ilumina suavemente su rostro,
donde dulces pensamientos expresan

cuán pura, cuán adorable es su morada.

Y en esa mejilla, y sobre esa frente,
son tan suaves, tan tranquilas, y a la vez elo-
cuentes,
las sonrisas que vencen, los matices que ilumi-
nan
y hablan de días vividos con felicidad.
Una mente en paz con todo,
¡un corazón con inocente amor!

Dejó de leer para no seguir atormentándose. Antes apenas había bebido nada para no perder la compostura con sus invitados. Ahora ya llevaba en su cuerpo varias copas, pero ni todo el alcohol del mundo podría quitársela de la cabeza.

Aquello se había convertido en una obsesión, pensó, aspirando el aroma a húmedo del jardín. De noche las flores olían distintas. ¿O era solo una impresión? Su flor más exquisita dormía allá arriba, pensó mirando hacia su balcón, en el que los gruesos cortinajes impedían ver el interior. Estaba allí, lejos de sus manos, fuera de su alcance. Era su flor prohibida.

Se dirigió casi sin pensarlo hacia el invernadero. Tendría que conformarse con otras flores que sí estaban al alcance de sus manos. Solo en aquel acristalado refugio hallaba algo de satisfacción para su espíritu agitado. Para aquel anhelo constante, para el vacío que suponía pensar en una vida sin ella.

Dudó por un momento si todo aquel sufrimiento

tenía sentido, luego pensó en William, en James y en la encrucijada de su vida truncada por un pasado de infortunio. ¿Acaso lo merecía ella? No. Era una locura, una ilusión que el alcohol forjaba en su mente. Una esperanza loca. Aunque el aire frío le había despejado ya bastante la cabeza.

Encendió un candil y se puso a revisar un poco sus pequeñas plantaciones. Y así permaneció un buen rato, perdida la mente en el reconfortante trajín de la jardinería, que calma el espíritu como solo el contacto con la tierra sabe hacerlo.

Así estaba, cuando el chirrido de la puerta volvió a alterar su calma. Se dio la vuelta y allí estaba ella, como una aparición, con la capa y el candil en su mano. Casi parecía un duende.

Una oleada de ternura se apoderó de él. Qué inocente, qué dulce y qué valiente era.

—¿Qué haces aquí, ¿estás loca? —le preguntó en cambio bruscamente.

—Déjame a mí mi locura, déjame amarte —le respondió ella.

Dejó la luz a un lado y se quitó la capa. El frío exterior o la agitación, más bien ambos, habían hecho endurecer las puntas de sus senos como si fueran dos pequeños capullos contra la suave tela, que el ligero resplandor de las luces hacía parecer casi transparente.

—La locura es mía —dijo Alexander acercándose a ella.

La ternura había abierto una puerta, y cuando se unió al deseo se convirtió ya en una fuerza apenas controlable. Había sentimientos ingobernables para un simple mortal. Y Alexander era demasiado humano para soportarlos.

Tomó su cintura con un brazo para atraerla hacia su cuerpo e inclinando un poco la cabeza, se apoderó de sus labios. Lucy no vaciló y le pasó los brazos por el cuello. Las piernas volvían a fallarle de los nervios que sentía, de la incertidumbre y del deseo.

Él recorrió el contorno de sus labios suavemente con pequeños besos, luego fue hasta su mejilla, depositó un beso y lentamente volvió a su boca, que lo esperaba con el anhelo que habían despertado esas suaves caricias.

Lucy tenía una naturaleza apasionada, llena de fuego. Un temperamento tan vital por fuerza tiene que serlo, y recorrió con sus manos el torso de él buscando el contacto con su cuerpo. Abrió su camisa, buscó sus pezones con los dedos, e instintivamente, con un conocimiento tan antiguo como el tiempo, empezó a acariciarlos suavemente adueñándose de su pecho.

Él jadeó entonces, convertido de pronto de cazador en cazado, sorprendido y a la vez satisfecho. Sonrió con esa sonrisa pícara que ella vio en su primer encuentro. Le quitó el camisón y se quedó embobado mirando la desnudez de su exuberante cuerpo.

—Cielos, me vas a matar…

—Te necesito vivo —replicó ella sonriendo.

Lucy se mantuvo firme ante su escrutinio. No

había llegado hasta allí para menos. Alexander tomó entonces la capa que había quedado tirada en el suelo y se la puso sobre los hombros para que el frío de la noche no hiciera mella en su cuerpo.

—Ven, no cojas frío, aquí hace menos pero te puedes resfriar.

Su duendecillo tenía una cara muy dulce, pero el cuerpo de toda una mujer y unos senos erguidos y generosos, que estaban reclamando ser besados, pensó, loco ya de expectación. Ni en sueños podría haber imaginado llegar a eso.

—Eres más bella de lo que nunca pude imaginar —susurró embelesado, y añadió con pesar—: No puedo robarte la virginidad, nunca me atrevería a eso, no puedo ir contra mis principios, pero deja que te acaricie. Me conformo con eso.

—Haz lo que quieras…

No lo dudó y, manteniendo la capa sobre sus hombros, volvió a atraerla hacia sí para tomar en sus labios la punta de un seno.

Lucy parecía sumida en un letargo de excitación que le impidió replicar. Pondría toda su vida en sus manos sin dudarlo siquiera. Llegados a ese punto podía hacerle lo que él quisiera, con tal de que la mantuviera junto a él.

Casi perdió la cordura al contacto de su boca con su sensible y excitado pezón, que pareció crecer al calor de su caricia. Suave, firme, tierna, inefable. Así estuvo unos minutos dulces, rápidos e interminables.

Alexander la sentó luego en una larga mesa que estaba más o menos despejada, como esperando esa ocasión. La recostó en ella y tomó lentamente con sus labios, palmo a palmo, su piel, toda ella fruto prohibido, hasta llegar a la parte más recóndita de su cuerpo... Allí se entretuvo, dedicando toda su experiencia a aquel beso tan íntimo, tan delicado y tan intenso que parecía tocar su alma y la esencia de todo su ser.

Ella se entregó voluntariamente, rendida ya a la inevitable oleada de placer que poco a poco se adueñaba de sus entrañas. ¿Qué misterio era aquel que escandalizaba y satisfacía a la vez, qué fuerza devoradora que consumía y hacía renacer? No podría decirlo, pero sí supo que aquella parecía la razón de ser de toda su vida, la verdad y la virtud, pues no había pecado en aquella perfección. Aunque él no lo pretendiera esa era la verdadera pérdida de la inocencia. Tomar conciencia de lo que realmente suponía ser mujer. Y cuando el orgasmo se apoderó de ella se dejó elevar a las cumbres de sí misma y luego se abandonó en total rendición.

Él solo pretendía vivir aquel instante, regalarle un poco de placer, sin destrozar su futuro, calmar sus propias ansias también y así poder seguir adelante, pero poco a poco sentía que el yugo de frialdad que constreñía su corazón se iba aflojando cálidamente, mientras bebía de su cuerpo como si de una fuente de agua cristalina se tratase, ignorante de que aquella agua solo avivaría su sed.

Cuando la sintió llegar al orgasmo supo que él también había alcanzado la perfección.

Lucy se incorporó lentamente y lo miró a los ojos, sabedora ya de muchos de los misterios de la vida. Sabedora también de que él la amaba, aunque no se lo dijera. Y esa certeza le dio fuerzas para enfrentarse a su mirada.

—Anda, vete ya, es demasiado tarde —le pidió él.

Ella se abrazó a su cuello.

Alexander deshizo el abrazo con una suprema fuerza de voluntad. La besó en la frente y procedió a vestirla con el olvidado camisón que yacía en el suelo.

—Tienes que marcharte —añadió inflexible.

—Pero tú… —empezó a decir ella, sabiendo que él no había satisfecho todo su deseo.

—No te preocupes, ya he tenido más de lo que hubiera soñado tener.

La miró pensativo, algo triste, ¿arrepentido? Eso nunca, ¿quién puede arrepentirse de haber tenido la gloria en sus labios?

—Sé que me amas, aunque no me lo digas —le espetó ella.

—No, no te amo —mintió él. A ella y a sí mismo, como tantas veces.

—Ya me lo dirás, voy a estar esperando.

Él le puso la capa, le dio un suave empujón para que se dirigiera a la puerta y luego se quedó en el umbral del invernadero viendo cómo se marchaba por el jardín, después de haber depositado un ligero beso en sus labios, donde aún permanecía la esencia de su propio cuerpo.

Ella se marchó en silencio, pero se llevó su aliento prendido en la piel como una herida mortal, y ya nada fue lo mismo. Ni la noche, ni el fulgor del candil que alumbraba su paso, ni el brillo de las estrellas. Todo tenía su nombre y era la clave de su existir.

Treinta y tres

Julius la vio volver por donde se había ido antes y entrar en la casa. Él había permanecido deliberadamente lejos, para no invadir la intimidad de los dos amantes, pero no había ocurrido lo mismo con el hombre que merodeaba día y noche buscando la oportunidad de fraguar su venganza. Había tenido mucha paciencia hasta entonces, porque se lo habían puesto difícil tras haber fallado en sus intentos, pero podía ser que al final esa paciencia fuera recompensada. Iba a tener al menos una oportunidad, solo tenía que seguir esperando.

Alexander permaneció un rato más en el invernadero y luego, sumido en un mar de dudas, se dirigió hacia la casa. Julius estaría en el jardín; aunque no lo viera sabía que allí estaba. Siempre siguiendo sus pasos, siempre acechante. Le gustaba el jardín casi tanto como a él. Allí se sentía libre y en contacto con las fuerzas de la naturaleza que atávicamente habían forjado su carácter y habían marcado su vida.

Alexander atravesó la noche con paso decidido, sintiéndose aún preso del embrujo de aquel cuerpo que había sido suyo como ninguna otra cosa en la vida. Sería posible que eso fuera el amor… renunciar a lo que más deseas solo por no perjudicar a la persona amada. Hasta ese momento no había sido consciente de la magnitud de sus sentimientos. ¿Habría alguna posibilidad de retirar el velo oscuro que cubría su pasado...?

Cuando al fin llegó a la casa, Julius apareció entonces tras él, como surgido de la nada.

—Ya es hora de recogerse, amigo. Son demasiadas experiencias para una sola noche —comentó Alexander, a sabiendas de que no se había escapado a su vigilancia el encuentro que habían tenido.

—Tengo la sensación de que esta es importante —comentó el hombre con aire solemne.

—Yo tengo la sensación de que es única. Más allá no sé decirte —respondió Alexander—. No hace falta que me acompañes, tómate algo caliente en la cocina, si quieres, que subo solo a acostarme.

—Buenas noches, entonces —dijo Julius.

—Que descanses —le deseó Alexander, sabiendo que para él no habría descanso posible.

Tampoco lo había para Lucy, que permanecía tumbada en la cama con los ojos abiertos como platos, incapaz de abandonarse al descanso. No dejaba de rememorar el encuentro. Y las últimas palabras que había cruzado con él. La amaba, claro que sí, cómo podía no amarla y estar dispuesto a renunciar a tenerla cuando podía disfrutarla por entero, cuando sabía que era el absoluto dueño de su voluntad. La amaba, se lo había dicho de todas las formas posibles con sus labios y sus manos, y ella iba a esperar hasta que lo reconociera.

No sabía cuánto tiempo iba a llevarle a él aceptarlo, rendirse a la evidencia y olvidarse de esas tonterías de que no la merecía, de que no era bueno para ella. ¿Desde cuándo el verdadero amor no es bueno?

Oyó de repente unos golpecitos en el balcón, como de pequeñas piedras. ¿O era su imaginación?

Esperó sentada y, tras unos segundos, volvió a oírlos. Fue hasta allí, descorrió las cortinas, abrió y no vio nada. Entonces una pequeña luz volvió a iluminarse en el invernadero.

—Me ama, por fin ha entrado en razón —susurró sonriendo.

Volvió a ponerse la capa sin dudarlo ni un momento para bajar a encontrarse con su amante. No había nada en su cabeza que no fuera volver a sentir el aliento de él en su boca, sus brazos en la cintura, su cuerpo por fin perdiéndose en el suyo. Esa noche no había acabado. Lo sabía en lo más íntimo de su ser. Ya lo había sabido antes, aun cuando él la había apartado de su lado… Pero al fin había entrado en razón. ¡Claro que la amaba!

Sumida en sus reflexiones y absorta en el anhelo que hacía temblar de anticipación todo su cuerpo, no era consciente de lo que la rodeaba.

Sensible como era, sintió un escalofrío que nada

tenía que ver con el frescor de la noche del que la protegía la capa, cuando una mirada febril se posó en su cuerpo. Pero no hizo caso de la advertencia de ese sexto sentido. Solo el amor la embargaba. Y cuando el amor dicta tus pasos no hay realidad que se imponga. Por más que esa realidad te cueste la misma vida.

—Vuela, palomita, vuela a su encuentro, que él no está, pero yo quebraré tus alas—susurró para sí la sombra que la acechaba, y la empezó a seguir a través de la noche…

Julius dormitaba en la cocina, al calor de los rescoldos de la gran chimenea, después de haber disfrutado de un tazón de leche caliente con sopas.

Oyó de repente un susurro de faldas y se sobresaltó, pues estaba bastante adormilado. Lo achacó a eso y siguió dormitando unos instantes, pero ya no se quedó tranquilo.

¿Es que no tenía fin esa noche? Ya era hora de irse a dormir. Esperó unos minutos y se decidió a levantarse. Cuando lo hizo, empezó a sentir de repente que el amuleto le quemaba en el pecho, luego un extraño desasosiego, una angustia indescriptible, como si le robaran el aliento. Fue hasta la puerta del jardín para coger aire y supo que a la joven le estaba ocurriendo algo. Ella se estaba asfixiando. No tuvo que pensarlo más. Vio a lo lejos encendida otra vez la luz del invernadero. Era ella la que había bajado, y algo le estaba ocurriendo.

Echó a correr hacia allí y lo que vio terminó de despejarlo y devolverle el aliento. Estaba tirada en el suelo mientras un hombre con una gran capa negra le oprimía el cuello de forma que la tenía casi ahogada.

—¡Suéltala ahora mismo! —exclamó.

El otro dejó a Lucy, que quedó completamente desmadejada en el suelo, y sacó un cuchillo.

Julius sabía que seguía viva, pero podía ser que por poco tiempo.

—¿Qué te crees, sucio negro, que vas a impedirme terminar lo que debo hacer?

Julius no se inmutó, atento a sus movimientos.

—Si no está muerta, lo estará pronto —dijo volviéndose ligeramente hacia ella—, en cuanto acabe contigo como he acabado con esos dos que estaban ahí fuera.

Pero aquel hombre no era rival para Julius, que aprovechó su ligera vacilación y se abalanzó hacia él. En un momento del forcejeo le arrebató el arma y al instante el agresor yacía sin vida con su propio puñal clavado en el cuello.

Luego se acercó a Lucy y comprobó que en efecto estaba viva, pero desmayada, y la levantó rápidamente del suelo.

El ruido de la reyerta había alertado a la gente de la casa, que aunque algo lejana no lo estaba tanto como para no permitir oír el alboroto que se había armado. Los hombres que hacían la ronda habían descubierto ya los cuerpos de los dos infortunados guardas.

Cuando Julius avanzó con Lucy en sus brazos inconsciente, pero ya recuperado el aliento, Alexander ya corría a su encuentro.

Fue verla así y casi volverse loco de remordimientos. No le había dicho que la amaba, y ahora había muerto.

—¿Está…?

—Solo está inconsciente, pero allí hay un hombre muerto —dijo Julius, y dejó que Alexander la tomara en sus brazos.

William y James ya salían también a su encuentro. Y si no hubiera sido por este, William se habría caído redondo al suelo.

—Hija, ¿Dios santo, qué te han hecho? —susurró fuera de sí, apoyándose en James.

—Está inconsciente, no temas —le dijo Alexander intentando contener sus propios nervios—. Ha debido salir al jardín y un hombre la ha atacado, pero Julius se ha hecho cargo de él. Está muerto.

Elisabeth y los criados ya se habían puesto en movimiento. Los demás invitados estaban en el ala más lejana de la casa y no parecieron darse cuenta de nada de lo que estaba ocurriendo.

Subieron a Lucy a su habitación mientras llegaba el médico, al que habían ido a buscar a toda prisa. Elisabeth empezó a limpiar su cara y sus manos llenas de tierra con un paño húmedo y fresco para ver si recuperaba el sentido.

—Mi pobre niña —susurraba William, viendo impotente cómo la limpiaba Elisabeth.

Comprobaron que tenía una marcas rojas en el

cuello. Solo llevaba un camisón, que estaba algo desgarrado, porque la capa que seguramente había llevado debió quedar abandonada en el lugar del inesperado ataque.

Alexander había entrado también en el cuarto. William se lo quedó mirando entonces, esperando respuestas. Todo aquello requería alguna explicación.

—Tengo que ver cómo se encuentra, no me pidas que me vaya, aunque la culpa de todo esto sea mía en cierto modo. No pienso volver a dejarla nunca más a solas, si ella me acepta —añadió con vehemencia.

Lucy estaba sumida en una pesada inconsciencia, vagando por un mundo de sombras y espectros. El hombre de la capa negra se cernía sobre ella y no podía quitárselo de encima. El rostro de su madre, nítido como nunca antes lo había tenido en su memoria, apareció de repente en su visión y borró todo lo negro. La sintió acercarse a ella y luego sintió también un delicado beso en su frente. Abrió los ojos y fue el rostro de Elisabeth el que vio alejarse de ella después de haberla besado. Su sonrisa le dio la bienvenida al mundo de la consciencia.

—¿Qué me ha pasado? —susurró, con la voz enronquecida por el ataque que le había magullado el cuello.

Miró a su alrededor y vio a su padre, que le tenía tomada la mano, y a Alexander, a medio vestir, despeinado y tan bello como un sueño.

—Ya recuerdo... Creí... que lo habías pensado mejor y que me llamabas.

Se dirigió a él como si estuvieran solos y, en efecto, no existía mundo más allá de su propio universo.

—Y lo he pensado mejor. Me muero si no te tengo —se arrodilló a su lado y William se levantó y dio un paso atrás asumiendo lo evidente—. Nunca volveré a pedirte que te marches de mi lado, cásate conmigo —se llevó su mano a los labios—. A sabiendas de que no te merezco, intentaré ser el hombre que tú ves en mí.

Lucy se sintió desfallecer, pero esta vez de alegría.

—El hombre que eres realmente, amor mío —le respondió ella, con voz apenas audible, sintiendo que las lágrimas empezaban a correr por sus mejillas. Y por las de algunos más que estaban contemplando la escena.

Al momento se rompió el hechizo con la llegada del médico, que apareció bruscamente, como si lo hubieran llevado en volandas. Todos salieron de la habitación por orden de este. Solo Elisabeth permaneció al pie de la cama.

Los tres hombres se quedaron esperando en el amplio pasillo en el que estaba la habitación de Lucy. La puerta cerrada los mantenía en suspenso hasta que Alexander se atrevió a romper el silencio y abordar la conversación que tenía pendiente con William. No podían hacer otra cosa hasta que el médico saliera. James comprendió al instante la situación y se dirigió hacia las escaleras, sería mejor que bajara a ver en qué situación estaban las cosas en el jardín y propiciar en cierto modo la privacidad de aquella conversación que parecía importante.

—Wlilliam, te debo una explicación —empezó a decir—, no sé quién ha podido atacarla a ella, aunque estoy seguro de que es algo relacionado conmigo... pues desde que llegué no han dejado de ocurrir desgracias, pero llegaré hasta el final de todo este asunto, te lo juro.

—Eso no explica qué hacía mi hija en el jardín a esas horas de la noche —dijo mirándolo con una mirada gélida— aunque parece claro que me he perdido parte de la historia.

—Yo... te aseguro que no quería amarla, no había ninguna historia, no quería unirla a un destino que no se merece, a un hombre como yo, lleno de resentimientos... pero es imposible resistirse a ella.

Alexander lo miraba a los ojos sin amilanarse mientras hablaba, aunque comprendía que en su condición de padre su actitud airada estaba más que justificada.

—Hay muchas cosas que debo contarte, pero la más importante es que la amo y quiero casarme con ella. Y si ella está de verdad convencida de que me ama cuando hablemos, y tú nos das tu bendición, todo será perfecto.

William estaba hecho un manojo de nervios, y en ese momento lo único que le importaba era saber si su hija estaba bien. Lo demás ya se vería cuando se aclararan las circunstancias de lo ocurrido.

—Ya hablaremos —dijo, y al ver que se abría la puerta fue rápidamente al encuentro del médico.

Poco después, una vez constatado que Lucy no tenía nada grave, salvo las magulladuras propias del ataque, todos recuperaron la calma y fueron a investigar lo ocurrido, hasta que se esclareció todo con relativa facilidad. En cierto modo, pensó Alexander, aquel suceso le había hecho enfrentarse al pasado y poder mirarlo con otra perspectiva. La de poder deshacerse de aquel recuerdo maldito, no dejar que aquella desgracia gobernara su vida, lleno como estaba de ganas de recuperar esa vida para ofrecérsela a Lucía. Pero antes había algo que tenía que confesar a la mujer que parecía dispuesta a compartir su destino con el suyo. Solo así podrían empezar a vivir su historia de amor libres del pasado.

Lucy estaba ya bastante recuperada, después de haber estado todo el día anterior en la cama. En ese momento estaba sentada en una butaca al lado del balcón, tomando una tisana bien caliente.

Él se sentó a su lado y empezó a decir sin preámbulos:

—Tengo algo que contarte, y espero que después sigas pensando lo mismo de mí —añadió esperanzado.

—No lo dudes nunca, ni después de que me lo cuentes, ni en toda mi vida voy a dejar de amarte.

—Espera a oírme —dijo él, y procedió a relatarle lo que había ocurrido en el pasado. Ella lo escuchó en silencio mientras él, con el gesto demudado, revivía los acontecimientos más tristes de su vida.

Stratton Hall 1822

Alexander estaba esperando que su madre terminara de desayunar para dar juntos su acostumbrado paseo a caballo. Desde que Elisabeth se había casado, iban siempre ellos solos.

—Vamos, mamá, se está haciendo muy tarde —le dijo él.

Ella lo miró con gesto tranquilo y comentó:

—No seas impaciente, Alex, tengo aún una cosa que comentarle a tu padre, no quiero que se marche sin hacerme un encargo en la ciudad. No sé por qué no ha bajado todavía a desayunar. Efectivamente, es muy tarde.

—Bueno, te espero ya en el vestíbulo —le respondió él golpeando la fusta contra sus botas con impaciencia—, pero no tardes mucho, por favor.

La duquesa subió con paso decidido hasta la habitación de su marido e intentó abrir la puerta, pero se la encontró extrañamente cerrada. Así que se dirigió hasta su propio dormitorio, donde había una puerta que comunicaba con la otra habitación y que permanecía siempre cerrada por su lado.

Giró la llave de dicha puerta y se encontró con un horrible espectáculo.

La joven criada yacía en el lecho exhausta y ensangrentada, mientras su marido abusaba sexualmente de ella.

No pudo evitar el grito desgarrador que escapó de su garganta.

Alexander subió las escaleras de dos en dos alertado por el grito de su madre y, al ver la escena, se abalanzó hacia su padre, que permanecía estupefacto a los pies de la cama después de haber sido sorprendido en semejante acto de villanía.

—Fuera de aquí, los dos —dijo el duque, mirando con desprecio a la joven que yacía inmóvil en la cama.

—Cerdo asqueroso —dijo Alexander, y cruzó con la fusta el rostro de su padre.

Su padre se revolvió y se enzarzaron en una pelea cuerpo a cuerpo, en la que Alexander volcaba toda la rabia contenida durante años contra su despreciable progenitor, olvidado ya cualquier vestigio de respeto ante la horrible escena presenciada.

Su madre intentó interponerse desesperadamente entre ambos. Ellos la apartaron, y la mala suerte hizo que a consecuencia de ello perdiera el equilibrio y cayera hacia atrás. El golpe contra la chimenea fue mortal para la duquesa.

Y las consecuencias de aquel arrebato marcaron para siempre a su hijo y pesarían como una losa sobre su conciencia.

—¿Comprendes por qué no te merezco? —inquirió Alexander, contemplando el rostro de Lucy, por el que corrían las lágrimas.

—Pero fue un accidente, no hay duda. Muy triste, eso sí, pero ¿por qué te tienes que culpar tú solo por ello?

—¿Cómo puede alguien andar tranquilo sobre la tierra habiendo matado a su madre? —se preguntó él lleno de amargura.

—Amor mío, tú solo acudiste en ayuda de tu madre y de esa pobre muchacha. ¿Cómo ibas a pensar que todo acabaría así? No te martirices más, tienes que aceptarlo como un giro cruel del destino, no como culpa tuya.

Se levantó y fue a sentarse en su regazo. Luego le besó en los labios y le prometió:

—Juntos intentaremos aceptarlo. Nadie te culpó entonces, por lo que veo. Y nadie puede culparte.

—Todo quedó en un accidente, y yo desaparecí entonces de aquí. No podía volver a enfrentarme a mi padre —le siguió explicando—. El marido de Elisabeth me dio dinero para marcharme a Jamaica y allí he vivido todos estos años.

—¿Y ese hombre? —preguntó Lucy, recordando con temor la presión de los dedos en su cuello.

—Era el padre de la joven criada a la que violó mi padre. Él consiguió enviarlo a la cárcel con acusaciones falsas, cuando vino a reclamar dinero para su hija. Al parecer la joven se quedó embarazada y sin trabajo y luego murió en el parto junto con el niño, sola y abandonada. Apenas tenía quince años.

—Qué triste, pobre niña y pobre hombre —comentó Lucy, comprendiendo de pronto toda la furia asesina y el rencor enloquecido de aquel padre.

—Al haber muerto mi padre, cuando él salió de la cárcel, solo me tenía a mí para vengarse de semejante ignominia.

—Bueno, todo ha acabado por fin. Ahora nosotros tenemos que casarnos. Todavía no te había dicho que sí, pero te lo digo ahora. No voy a ir a ninguna otra parte que no sea tus brazos, lo supe hace tiempo —le dijo, decidida a retomar su vida—. Y vas a tener que confesar otra vez, ahora que estoy más consciente, lo que me dijiste la otra noche.

—Te amo con todo mi ser y quiero casarme contigo —le dijo con todo el amor aflorando a sus ojos azules, más claros que nunca—. ¿Tú me sigues queriendo? —le preguntó él, aunque sabía que sí.

—Cómo no te voy a amar, si es lo único que he hecho desde que te conozco —dijo Lucy juguetonamente, y entonces fue ella la que se apoderó de sus labios.

El amor volvía a allanar todos los caminos… y los dos le habían abierto al fin las puertas de su corazón de par en par.

Epílogo

La suave luz del amanecer se empezaba a filtrar por los ventanales de la salita de arriba de Stratton Hall cuando se oyeron los primeros lloros de un bebé.

William miró a Alexander, que paseaba nervioso por la sala, y los dos salieron inmediatamente al pasillo y se quedaron expectantes en la puerta del dormitorio donde estaba siendo atendida Lucy.

Elisabeth, el médico y la comadrona estaban con ella, así que se encontraba en buenas manos, pero ninguno podía dejar de sentirse preocupado por el transcurso de los acontecimientos. Parecieron minutos interminables, pero al fin se abrió la puerta y apareció Elisabeth, radiante de alegría con el pequeño bulto en los brazos.

—Es una niña, y Lucy está muy bien. Ha sido un parto fácil. Dice que se llamará Olimpia, como su abuela —explicó, y depositó a la pequeña en brazos de su padre.

Alexander no sabía aún cómo cogerla, pero hizo

lo posible por sujetarla adecuadamente. Estaba tan nervioso y emocionado que se le saltaban las lágrimas.

La pequeña Olimpia aprovechó entonces para hacer su presentación en familia y se echó a llorar con ganas.

Alexander puso cara de susto y se la pasó a su abuelo, William, que estaba deseando cogerla. Luego entró en la habitación para darle el beso más tierno de su vida a su querida esposa.

William acunó a su nieta expertamente en sus brazos hasta que se calló y luego se acercó con ella hacia la ventana para poder verla mejor.

Estaba claro que Olimpia Grantham iba a pisar fuerte sobre la tierra, a juzgar por la energía con que lloraba, pensó contemplándola a la luz del amanecer y secretamente complacido comprobó que, aunque llevara el nombre de su bisabuela española, aquella niña se parecía mucho a él. Tenía una pelusilla muy rubia y la tez blanquísima. Sí, no había ninguna duda, pensó acunándola, y luego sonrió.

Era una perfecta rosa inglesa.

Efectivamente, esa primavera puso en marcha muchas cosas. La cantante española María Felicia García Sitches, más conocida como María Malibrán, tuvo un gran éxito de público y crítica en su estreno de La Cenerentola *de Rossini en el King's Theatre de Londres, llamado Her Majesty's Theatre desde el ascenso de Isabel II al trono. Y Jorge IV, el antiguo Príncipe Regente, murió a principios de ese verano de 1830, dando paso a una nueva época, que entre otras cosas trajo consigo que al año siguiente se aboliera la esclavitud en Jamaica.*

Agradecimientos

Quiero expresar mi gratitud en primer lugar a Luis Pugni, por abrirle la puerta a este proyecto, y a María Eugenia Rivera y su legendaria intuición, por su aliento y confianza en esta historia, que no habría pasado de las primeras páginas sin ella. Escribirla ha sido para mí toda una experiencia. Y quiero dedicársela también a todos mis queridos compañeros. A los nuevos, que tan pronto se han vuelto imprescindibles, y a los de toda la vida, que día a día demuestran que experiencia y entusiasmo pueden ir de la mano.

Ana Galas

LOUISE ALLEN
La joya prohibida de la India

El mayor Herriard, un arrogante inglés, había recibido el encargo de llevar a Anusha Laurens, hija de una princesa india y un influyente inglés, a su nueva vida en Calcuta. Su misión era protegerla a toda costa, pero la atracción inicial bajo el sol ardiente de la India fue dando paso a una tentación prohibida. La hermosa e imposible princesa pondría a prueba todos los límites del sentido del honor del oficial inglés.

ANA GALAS
Bella como la noche

No. 75

No era fácil para Lucy vivir al margen de la alta sociedad a la que pertenecía por derecho, pero todo lo había compensado el cariño de su padre, un hombre todavía joven, atractivo y orgulloso.

Su tranquila vida se había empezado a llenar de pronto de nuevas experiencias y dos hombres, cada cual más atractivo se habían cruzado en su camino. Uno la amaría sin reservas, otro no querría amar ni ser amado, y ella tenía que dilucidar a cuál iba a entregar su corazón… sin sospechar que era la pieza clave de un destino fatal.

¡YA EN TU PUNTO DE VENTA!

JAZMÍN.

CAROLYN ZANE
EN BUSCA DEL HEREDERO

No había ni rastro del heredero al trono. Entre tanto, la bella princesa Marie-Claire parecía haberse enamorado de Sebastian LeMarc, un importante aristócrata, y los atentos cuidados que este le dedicaba podrían indicar que él sentía lo mismo. ¿Sería su relación lo suficientemente fuerte para hacer frente a los rumores que afirmaban que Sebastian estaba más relacionado con la familia real de lo que todos pensaban?

DONNA CLAYTON
EN BUSCA DE UNA PRINCESA

La princesa Ariane se ofreció para infiltrarse en el palacio de Rhineland y obtener información sobre un grupo de personas que se rumoreaba querían hacerse con el control de St. Michel. Pero cuando ella y el joven e irresistible príncipe Etienne se hicieron compañeros inseparables, todo el mundo empezó a pensar que entre ellos había algo más que amistad.

HOLLY JACOBS

N.º 563

ALGO MÁS QUE UN ACUERDO

Elias Donovan estaba seguro de convertirse en socio del bufete de abogados en el que trabajaba, pero, según su jefe, le faltaba algo esencial: una esposa. Así que afirmó estar prometido... con su vecina, Sarah Madison. La pragmática Sarah aceptó la propuesta de Elias. Pero a medida que la mentira se fue complicando, Sarah se fue dando cuenta de que no podía seguir negando lo que sentía.

MARIE FERRARELLA
LOS SUEÑOS DE UNA MUJER

Había un gran mundo ahí fuera, ¿pero estaba la ex monja Claire Santaniello preparada para él? Su anhelo de tener un hogar y una familia le habían hecho colgar los hábitos y volver a California. Sin embargo, su verdadera vocación no podía ser el atractivo Caleb McClain, ¿o sí?

La asombrosa pelirroja parecía incómoda en el atestado bar. También le resultaba torturadoramente familiar. Caleb no podía creer que la chica que años atrás había amado fuera ahora profesora en su ciudad.

Después de ser rescatada en la pista de baile por Caleb, Claire se propuso la misión de resucitar unos sentimientos que él no podría ignorar.

N.º 458

JUSTINE DAVIS
PERSEGUIDOS POR EL PASADO

Después de convertirse en padre de un hijo adolescente, el ex agente federal Wyatt Blake se enorgullecía de llevar una vida ejemplar. Desgraciadamente, la única persona que conseguía llegar al muchacho era Kai Reynolds.

Mientras que Wyatt y Kai investigaban a los traficantes de drogas que habían centrado su atención en el hijo de él, Wyatt descubrió un vínculo mortal con su pasado y se vio obligado a desenterrar una vida que llevaba ya mucho tiempo escondida por el bien de Jordy y tal vez por el de Kai y el suyo propio...

BIANCA™

Era esclava de su deseo...

CAUTIVA EN SUS BRAZOS

TRISH MOREY

N.° 3018

Kadar Soheil Amirmoez no podía apartar la mirada de la belleza rubia que paseaba por un antiguo bazar de Estambul. Por eso, cuando la vio en apuros, no dudó ni un instante en actuar. Amber Jones jamás había conocido a un hombre que transmitiera tanta intensidad como Kadar. El modo en el que reaccionaba ante él la asustaba y excitaba a la vez, tal vez porque Kadar se convirtió primero en su héroe y después en su captor.

Aquel no estaba resultando ser el viaje de descubrimiento por el que Amber había ido a Estambul. Sin embargo, cuando el exótico ambiente empezó a seducirla, se convirtió rápidamente en la cautiva de Kadar... y él, en su atento guardián.

¡YA EN TU PUNTO DE VENTA!

BIANCA.

No sería solo una noche con su enemigo...
¡sino toda la vida!

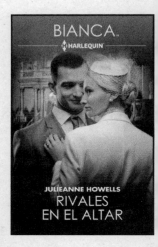

RIVALES
EN EL ALTAR

JULIEANNE HOWELLS

N.° 3019

Se suponía que la reina Agnesse no podía casarse con el
príncipe Sebastien, que tenía fama de mujeriego. No obstante, se había visto obligada a asistir a una cena benéfi-
ca con él y allí había estallado la explosiva química que
había entre ambos.
Seb se había prometido que no se casaría jamás por lo in-
feliz que había sido en el pasado, pero sí estaba dispuesto
a hacer cualquier cosa por proteger a Agnesse. Ambos se
habían enfrentado a desengaños por separado, pero en esos
momentos el amor que empezaba a nacer entre ellos podía
ayudarlos a afrontar su mayor desafío juntos... si de verdad
se permitían creer en el amor.

¡YA EN TU PUNTO DE VENTA!